Ein Morgen am Meer

Zum Buch

Sara ist freie Lektorin und fühlt sich wohl in ihrem Beruf. Sie liebt ihren Mann und hat alles, was sie braucht – nur kein Baby. Als Sara auch nach Monaten nicht schwanger ist, wird der Gedanke an ein Kind für sie zur Zwangsvorstellung. Nichts läßt sie unversucht: von magischen Ritualen bis hin zu einer Operation nach neuesten medizinischen Erkenntnissen. Wegen ihrer ständigen Depression beginnt es in ihrer Ehe zu kriseln. Da lernt Sara eines Tages eine seltsame Frau kennen, die ihr hilft, aus ihrem Teufelskreis wieder herauszufinden.

Zur Autorin

Nancy Thayer wurde 1944 geboren. Sie wuchs in Kansas City auf, studierte an der University of Missouri Englische Literatur und unterrichtete eine Zeitlang selbst. Inzwischen lebt sie als freie Schriftstellerin auf Nantucket. Im Econ & List Taschenbuch Verlag sind von ihr erschienen: »Das Glück am Rande des Wassers« (TB 27311) und »Nell« (TB 27536).

Nancy Thayer

Ein Morgen am Meer

Roman

Aus dem Amerikanischen von
Gesine Strempel

Econ & List Taschenbuch Verlag

Veröffentlicht im Econ & List Taschenbuch Verlag 1999
Der Econ & List Taschenbuch Verlag ist ein Unternehmen
der Econ & List Verlagsgesellschaft, München
Lizenzausgabe

Titel des amerikanischen Originals: Morning

Aus dem Amerikanischen übersetzt von: Gesine Strempel
Umschlagkonzept: Büro Meyer & Schmidt, München – Jorge Schmidt
Umschlagrealisation: Init GmbH, Bielefeld
Titelabbildung: Tony Stone, Hamburg
Druck und Bindearbeiten: Ebner Ulm
Printed in Germany
ISBN 3-612-27599-2

Für Julian Bach

Danksagung

Ich bedanke mich bei der Mugar Memorial Library und hier besonders bei den Bibliothekarinnen der Abteilung Special Collections, die mir beim Aufspüren der folgenden Quellen sehr geholfen haben: Sir James G. Frazer, ›The Golden Bough‹; Dorothy Jacob, ›Cures and Curses‹; Paul Ghalioungui, ›The House of Life‹; M. Ester Harding, ›Woman's Mysteries‹; Angus McLaren, ›Reproductive Rituals‹; Audrey L. Meany, ›Anglo-Saxon Amulets and Curing Stones‹; und Elwood B. Trigg und D. Phil, ›Gypsy Demons and Divinities‹.

Die Fruchtbarkeitsrituale sind Zitate aus diesen Büchern (die in der Reihenfolge, in der sie in meinem Buch stehen, aufgeführt wurden).

1

Als sie aufwachte, lag seine Hand bereits unter ihrem Nachthemd, auf ihrer Brust.

»Steve«, sagte sie, streckte sich und wälzte sich herum, um ihn anzusehen.

»Guten Morgen, Sara«, sagte er an ihrem Hals und hauchte ihren Namen wie ein Gebet, wie eine Lebensnotwendigkeit. Er zog ihr Nachthemd höher, so daß es sich um ihre Hüften wickelte.

»Warte«, sagte Sara. »Toilette.«

Sie stand auf, fröstelte in der Kälte des Hauses und rannte los. Sie rannte zurück, ohne sich die Zeit zu nehmen, die Zähne zu putzen. Sie waren sich so vertraut, daß sie sich wie Tiere benahmen. Jede körperliche Ausdünstung war wie ein Aphrodisiakum. Parfüm benutzte sie jetzt nur noch, wenn sie sich selbst etwas Gutes antun wollte; für Steve wusch sie jeden Geruch ab, bis auf ihren eigenen.

Das Bett mit seinen einfachen Flanellaken war weich und warm und einladend. Kaum lag sie unter der Decke, hob sie die Arme, um sich das Nachthemd über den Kopf zu streifen. Sie warf es auf den Fußboden. Steve hatte sein T-Shirt schon ausgezogen, und sie schmiegte sich an seine Brust, grub sich hungrig in seine kitzelnden Haare, seinen süßen verschwitzten Duft. Forschend, auf der Suche nach dem, was sie brauchte, fand sie es und richtete sich über ihrem Mann auf. Er zog mit den Händen die Decke gegen die Kälte hoch und hielt sie über ihrem Rücken und den Schultern fest, bis ihr von ihren Bewegungen auf ihm heiß wurde und sie sie mit einer einzigen schnellen Bewegung abwarf. Als sie schließlich auf ihm zusammensank, zog er die Decke wieder hoch und streichelte ihren Rücken unter dem warmen Quilt, während sie zur Ruhe kam. Ihre Stirn, ihr Haar, sogar die Haut in den Kniekehlen klebten vor Schweiß.

Zwischen den Beinen war sie ganz feucht, und sie lag auf ihrem Mann, war ihm so nah, so nah wie seine eigene Haut und doch, auf ihre weibliche Weise, so weit von ihm entfernt wie der Mond, war in Gedanken jetzt bei diesen Strömen, *lauschte* den Strömen geradezu: seinen und ihren, von ihrer Liebe am Morgen – und was noch? Was noch?

Während Steve duschte, machte sie ihm das Frühstück, Eier und Schinken und Toast mit Honig, weil er bei seiner Arbeit als Zimmermann die Kalorien brauchte. In der vergangenen Nacht hatte es Frost gegeben, aber immer noch wippten goldgelbe Chrysanthemen und ein paar blasse, sommerlich rosarote Rosen hell vor der Steinmauer an der Rückseite des Gartens. Die fünf mächtigen Ahornbäume glühten am Zaun, aber unter ihnen brach das rosa Springkraut des Sommers durch die rostfarbenen Blätter, die den Boden bedeckten. Angesichts dieser auftrumpfenden, grandiosen Natur, die sie umgab, mußte Sara lächeln. Sie dachte, sie hätte ein Geheimnis.

Als sie hinuntergegangen war, hatte sie den Thermostat hochgedreht, und nun sprang die Heizung an, füllte die Küche mit Wärme, während die Kaffeekanne die Luft mit ihrem verführerischen Aroma erfüllte. Sie atmete tief ein. Himmel, sie war eine Gerüche-Fetischistin, man sollte sie als Trüffelschwein einsetzen. Oder Drogenhund. Bei dem Gedanken lachte sie laut auf.

»Was ist denn so komisch?« fragte Steve, der in die Küche kam, durch und durch frisch und sauber, das blonde Haar noch feucht.

Sie sah ihn an, und ihr Herz sprang mit einem kräftigen Rums an – wie die Heizung. Auch nach zwei Jahren Ehe berührte sie sein Anblick immer noch zutiefst.

»Oh, nichts. Alles. Es ist so ein schöner Tag«, sagte sie und ging zu ihm und umarmte ihn.

»Du bist so wunderbar im Bett«, sagte er.

Sie setzten sich einander gegenüber an den Küchentisch. Noch ein ganz gewöhnlicher Tag, dachte Sara und lächelte in sich hinein, aber andererseits – vielleicht auch nicht. Sie blickte auf ihre einsame Kaffeetasse hinunter und auf die mickrige Grapefruithälfte, dann auf Steves üppigen Teller, auf dem sich der salzige Schinken verführerisch kringelte, ihr zuwinkte. Sie griff nach einem Brief, den sie gestern auf den Tisch gelegt hatte, und las ihn noch einmal durch, weil sie ihre Hände von dem Schinken fernhalten wollte.

»Hmm?« fragte Steve mit vollem Mund.

»Ein Brief von Julia«, sagte Sara. Julia war ihre beste Freundin, ihr direkter Draht nach Boston, ihr Sicherheitsventil und ihre Beraterin. »Hör dir das an, ich wollte ihn dir schon am Sonnabend vorlesen, als er ankam. Sie ist so verrückt. Sie hat für mich ein paar Zitate aus der Universitätsbibliothek ausgegraben. Das hier ist aus Frazers ›Golden Bough‹.«

»In der Gemeinde Bekes, in Ungarn, werden unfruchtbare Frauen fruchtbar, wenn sie mit einem Stock geschlagen werden, mit dem man vorher sich paarende Hunde getrennt hat.«

»Charmantes Bild«, sagte Steve grinsend, »aber unpraktisch.«

»Ich weiß nicht«, sagte Sara lachend. »Es gibt viele Hunde auf Nantucket.«

»Und ich müßte dich mit einem Stock schlagen, mit dem die beiden Hunde getrennt worden sind? Hört sich für mich leicht verdreht an.« Steve machte eine Pause, dann grinste er sie über den Tisch hinweg an. »Gut, ich werde es machen. Ich glaube, ich könnte Gefallen daran finden.«

»Na fein«, antwortete Sara.

Steve stand auf und zog seine abgetragene rote Weste über sein zerschlissenes, aber sauberes Flanellhemd. »Ich muß jetzt los, oder ich komme zu spät.« Er beugte sich vor und küßte Saras Nacken. »Schade, daß ich nicht hierbleiben und dich mit meinem Stock schlagen kann.«

Sara drehte sich auf ihrem Stuhl um, und ihre Lippen trafen sich. Er richtete sich wieder auf, und sie lächelten sich an.

»Bis später«, sagte er. An der Tür blieb er noch einmal stehen: »Komm doch heute nachmittag gegen fünf ins Café Atlantik, okay? Mick hat Geburtstag, und die Clique trifft sich.«

»Oh, natürlich«, sagte Sara mit geheuchelter Begeisterung. »Schön. Möchtest du, daß ich für Mick ein Geschenk besorge? Irgend etwas Witziges?«

»Nicht nötig, Liebling. Mick ist glücklich, wenn wir einfach Happy-Birthday singen und ihm ein paar Biere spendieren.«

»In Ordnung. Bis später.« Sara blickte wieder auf Julias Brief hinunter.

»Natürlich kommst Du Dir verrückt vor«, hatte Julia geschrieben. »Wenn Du Dir nicht verrückt vorkämst, würde ich denken, daß Du wirklich verrückt wärst. Ich meine, erst hast Du Deine ganze Macht und Dein Prestige und ein Büro mit Teppichen und Deinem in Holz geschnitzten Namen an der Tür bei Walpole and James aufgegeben, um Deiner großen Liebe in einem Dingi über das Meer zu folgen, wie Annie Okley, um auf einer Insel zu leben, auf der weniger Menschen sind als auf einem Parkplatz vor einem Einkaufszentrum. Und Nantucket ist Steves Territorium, Dich kennt keiner, und *jeder* kennt Steve – manche ein bißchen mehr als andere, was ab und an sicherlich etwas nervig sein kann. Und jetzt willst Du im Handumdrehen ein Baby. Ich weiß nicht. Ich glaube, das schreit nach einem unserer nächtelangen alkoholisierten Palaver vor meinem Kamin. Vielleicht hat die viele Seeluft Dein Gehirn verklebt. Obwohl ich Dir, wie Du weißt, wohlgesinnt bin.«

Irgend etwas störte Sara an dem Brief ihrer Freundin. »Das ist unfair!« sagte sie laut zu Julia, die in diesem Augenblick hinter dem Meer in ihrem Back-Bay-Apartment war und sich für den Tag in ihrer Kunstgalerie auf der Newbery Street zurechtmachte. »Ein ganzes Jahr lang, das ist nicht gerade wie im ›Handumdrehen‹!«

Sara schob den Brief weg und stand auf, ihre Gedanken beunruhigten sie. In ihren Vorstellungen hatten Kinder von Anfang an eine Rolle gespielt. Als sie und Steve vor einem Jahr nach Nantucket zogen, kauften sie ein Haus mit einem zusätzlichen Schlafzimmer – für die Kinder. Sara hatte ihre Stelle bei Walpole and James gern aufgegeben, um freiberuflich als Lektorin zu arbeiten, weil sie wußte, daß diese Art von Arbeit sich besser mit einem Leben mit Kindern vereinbaren lassen würde. Julia wußte das alles. Sie kannte jeden Schritt von Saras Lebensweg. »Ein Baby im Handumdrehen«, das war wirklich ungerecht.

Es stimmte aber, daß es Sara nie in den Sinn gekommen war, daß es ein Baby auf Bestellung nicht geben könnte – nicht nach all den Jahren, in denen sie sich davor geschützt hatte. In den ersten paar Monaten war sie einfach nur erstaunt, wenn sie wieder ihre Periode bekam, als ob es sich dabei um einen sehr merkwürdigen Vorgang handelte.

Als dann der sechste Monat ohne Empfängnisverhütung und ohne Schwangerschaft verstrich, wurde Sara wissenschaftlich und aktiv. Sie ging zu einem Gynäkologen. Er hatte über ihre Sorgen gelacht – tatsächlich gelacht. »Sie versuchen es erst seit sechs Monaten«, sagte er, nachdem er ihren Unterleib untersucht hatte. »Im Durchschnitt – *im Durchschnitt* – braucht eine Frau dreieinhalb Monate, um schwanger zu werden. Einschließlich all der unerfahrenen Teenager, die schwanger werden, wenn sie nur an Sex denken. Sie sind eine vollkommen gesunde junge Frau, Sie sind erst vierunddreißig, Sie haben viel Zeit. Gehen Sie einfach nach Hause, entspannen Sie sich und vögeln Sie viel.«

Sara war schockiert gewesen, daß ein Arzt »vögeln« sagte. Jetzt, sechs Monate später, als sie anfing, sich über sich den Kopf zu zerbrechen, fragte sie sich, ob ihre Reaktion auf das Wort »vögeln« nicht puritanisch gewesen war und auf irgendeine verborgene innere Sperre hinwies, die sie daran hinderte, schwanger zu werden. Das mußte sie Julia erzählen. Oder machte sie gerade einen selbstanalytischen Overkill?

Wenn Julia doch nur hier wäre und sie jeden Tag mit ihr reden könnte. Sara war sich sicher, daß sie und Steve sich so nah waren, wie ein Mann und eine Frau nur sein konnten, aber er konnte mit ihr nicht über die intimsten Frauenprobleme reden, die sie mit ihren Freundinnen in Boston besprechen konnte. Und ihre wachsende Angst vor einer möglichen Unfruchtbarkeit schien ihn zu verunsichern. Nun, sie war auch verunsichert. Das Schicksal war vorher immer so gütig gewesen. Ihre Erfolge waren nicht mühelos gewesen – sie hatte immer hart gearbeitet –, aber sie hatte sich noch nie mit einem so regelmäßig wiederkehrenden Mißerfolg auseinandersetzen müssen.

Vielleicht gab es gerade in diesem sehr erwachsenen und schönen Alter von vierunddreißig Jahren noch irgend etwas Grundlegendes über Fortpflanzung, was Sara noch lernen mußte. Etwas in der Richtung der Ammenmärchen, die Julia ihr inzwischen aus Spaß zuschickte. Sara sehnte sich nach einer guten Freundin hier auf Nantucket, einer, die sie täglich anrufen und der sie ihr Herz ausschütten konnte, ohne sich wegen der langen Ferngespräche über die Telefonrechnung Sorgen machen zu müssen. Steve hatte hier viele Freunde, und alle waren verheiratet, bis auf Mick, den ewigen Junggesellen der Clique. Und sie mochte die Ehefrauen – hatte aber das Gefühl, von ihnen nicht akzeptiert zu werden. Sie waren Teil eines Freundeskreises, der sich seit Urzeiten kannte, und als Steve auf die Insel zurückkehrte, auf der er aufgewachsen war, rutschte er sofort wieder auf seinen alten Platz; er war immer einer von ihnen gewesen. Jeder war freundlich zu Sara, aber sie wurde auf Abstand gehalten. Die Menschen, die sich entschieden hatten, das ganze Jahr auf der Insel zu leben, fünfzig Kilometer vom Festland entfernt, waren unabhängig und in sich gekehrt, sie waren stark, aber schwer zugänglich.

Und natürlich war es auch Saras Schuld. Ihre Arbeit war so isoliert, erforderte lange Stunden der Ruhe. Tagelang hatte sie nicht das Bedürfnis, aus dem Haus zu gehen – wirklich nicht, sie hatte noch nicht mal das Bedürfnis, ihren Morgenmantel abzulegen. Sie machte es sich auf dem Sofa bequem oder setzte sich an den Eßzimmertisch und redigierte historische Liebesromane, bis sie, wenn sie aufblickte, merkte, daß die Sonne untergegangen und der Tag zu Ende war. Und sie war schüchtern. Sie wußte nicht, wie sie sich den Zugang zum inneren Kern der Clique verschaffen konnte. Sie schienen auch ohne sie schon komplett zu sein. Sie hatten gemeinsame Erinnerungen und machten Witze und Anspielungen, die sie nicht verstand. Meistens waren es noch vier Ehepaare und Mick, der Junggeselle, der, zusammen mit Steve, die zehn vervollständigte, ein stillschweigend geschlossener Kreis, der einen traditionellen Volkstanz vollführte, dessen Schrittfolge sie nicht kannte. Sie kam sich wie eine Außenseiterin vor, die am Rand herumstolperte. Je länger sie sich ausgeschlossen vorkam, desto mehr sehnte sie sich danach, sich nicht mehr danach zu sehnen, mit einbezogen zu werden. Das war vielleicht falsch. Vielleicht war sie stolz.

Vielleicht hing eins mit dem anderen zusammen? Alle Ehepaare, bis auf eines, hatten Kinder, und während der letzten zwei Jahre hatte Sara die Ehefrauen hilflos verkünden hören: »Ach, du meine Güte, ich bin schwanger, und ich weiß überhaupt nicht, wie das passiert ist.« Sie wußte, wie in der Clique geklatscht wurde und jedes Geheimnis eifrig und wie ein Schatz von einer Person zur anderen getragen wurde – sie wußte, sie könnte es nicht ertragen, wenn die Frauen wüßten, daß sie versuchte, schwanger zu werden, und es nicht schaffte. Wieder: ihr Stolz. Und doch war sie vor sechs Monaten von der Insel nach Hyannis zu einem Gynäkologen gefahren. Die Gerüchte schwirrten in der kleinen Gemeinde so zahlreich herum wie die Möwen am Himmel, und sie wollte nicht, daß ein Arzt aus Nantucket oder eine Sprechstundenhilfe ihr Problem irgend jemandem gegenüber erwähnte, der es dann jemand anderem gegenüber erwähnte – dazu bedeutete es ihr zu viel.

Wie so viele glückliche Paare erlebten Sara und Steve, daß sie sich in jeder Hinsicht verstanden, geistig, seelisch und körperlich, und sie spürten, daß ihre Liebe etwas ganz Besonderes, Elementares und Seltenes war, wie die Geburt von Zwillingen. Als hätten sie in der Ehe entdeckt, daß sie nicht zwei verschiedene Menschen waren, sondern in Wirklichkeit zwei Hälften eines Ganzen, so wie der Halbmond neben der hellen Seite auch die dunkle Seite erahnen läßt. Nun gab es einen Sprung in dieser Einheit, ein haarfeiner Riß, der zwischen ihnen verlief und noch so winzig war, daß sie ihn kaum sahen.

Sie hatten nicht darüber gesprochen. Sara war sich dessen nur bewußt, weil sie merkte, daß sie zum erstenmal in ihrer Ehe mit Steve zutiefst auf Julias Verständnis, ihren Zuspruch und ihre Unterstützung angewiesen war. Vielleicht war es eine Hilfe, daß Julia dieses Problem nicht hatte und sich durch Saras Unfruchtbarkeit nicht niederdrücken ließ. Julia half Sara, nicht das richtige Maß zu verlieren, die großartige Julia, die ihr eigenes Problem hatte, ihr eigenes Geheimnis – sie hatte eine Affäre mit einem verheirateten Mann. Sie war leidenschaftlich verliebt in diesen Mann, der ziemlich bekannt und einflußreich war. Julia würde um keinen Preis schwanger werden wollen, aber sie lachte für ihr Leben gern und war deshalb in der Lage, Saras Sehnsucht stellvertretend für Sara richtig einzuordnen. Dem Himmel sei Dank für Julia, dachte Sara. Und für Ellie, Saras Schwester, die im Mittelwesten lebte und Krankenschwester war. Ellie war verheiratet, sie war Mutter, und sie war klug; sie schickte Sara seriöses wissenschaftliches Material über Fruchtbarkeit, genau wie Julia in ihrer originellen Art damit begonnen hatte, ihr unwissenschaftliche Sachen zu schicken. Wie könnte sie mit diesen beiden an ihrer Seite versagen?

Vielleicht hatte sie nicht versagt. Vielleicht – denn heute war der neunundzwanzigste Tag. Sara eilte ins Bad und sah nach. Kein Blut!

Sie betrachtete sich im Spiegel, grinste erleichtert, schnitt dann eine Grimasse, bedauerte wieder einmal den Haarschnitt, den sie sich gerade zugelegt hatte. Sie wurde langsam abergläubisch. Sie wurde wirklich langsam verrückt. Erst das Gewicht, dann die Haare – wie sieht das bloß aus.

Vor sechs Monaten, als der Arzt auf dem Festland ihr geraten hatte, sich zu entspannen, hatte Ellie Sara von einer Untersuchung mit Joggerinnen erzählt, die Schwierigkeiten hatten, schwanger zu werden, die sogar keine Periode mehr hatten. Also hörte Sara auf, Gymnastik zu machen und auf ihr Gewicht zu achten – das machte auf eine lustige Weise einen Sinn –, welches Baby würde sich schon in einem Haufen Knochen einkuscheln wollen? Ein runder und gutgepolsterter Körper schien doch weitaus eher der Ort zu sein, an dem ein Baby sich einnisten und wachsen würde. In den letzten sechs Monaten hatte Sara zwölf Kilo zugenommen. Sie war weich und rund. Es ging ihr gut – aber sie sah anders aus, und jetzt dachte sie, daß sie vielleicht zuviel des Guten getan hatte.

Und ihr Haarschnitt – das war noch verrückter gewesen. Jahrelang hatte Sara ihr dickes blondes Haar einfach frisiert, sich einen Mittelscheitel gezogen, von dem aus das Haar glatt auf beiden Seiten in einer sanften Welle nach unten fiel, genau bis zum Kinn. Sie hatte immer gewußt, daß sie hübsch war, und sich für diesen strengen Stil entschieden, weil sie fand, daß sie damit seriös, intelligent und klug aussah, wie eine Lektorin aussehen sollte, und nicht zu gestylt.

Aber vor zwei Wochen, bei einem Treffen der Clique, hatte sie gehört, wie Carole Clark verkündete, daß sie schwanger war. »O Gott, ich hätte mir nie die Haare schneiden lassen sollen«, hatte Carole lachend gesagt. »Jedesmal wenn ich mir die Haare abschneiden lasse, werde ich schwanger!«

Aha, hatte Sara gedacht, *so, so.* Es *gab* einen Zusammenhang zwischen Haar und Macht – siehe Samson und Delila! Sie wartete zwei Wochen, damit niemand Verdacht schöpfen konnte (so verängstigt war sie zur Zeit), und ging dann zum Friseur im Ort und ließ sich das Haar sehr kurz schneiden. Sie sagte, sie wollte einen »modernen« Schnitt, nicht punkig, aber schick.

Als Julia sie bei ihrem letzten Besuch sah, sagte sie, sie sähe aus wie Boy George, und Steve hatte im Scherz gefragt, ob sie nun anfangen würde, Ketten zu tragen und Sicherheitsnadeln im Ohr. Der Schnitt hatte nichts gebracht. Er war einfach zu kraß.

Andererseits, vielleicht *hatte* er doch etwas gebracht. Heute war der neunundzwanzigste Tag, und sie hatte noch nicht ihre Periode. Wenn sie schwanger wäre, würde ihr ihre Frisur völlig egal sein!

Ihr Bauch wölbte sich genauso vor wie immer kurz vor ihrer Periode – das war nicht zu übersehen. Also war sie vielleicht nicht schwanger. Und ihre Brüste schmerzten. Laut Ellie konnte das alles und nichts bedeuten.

Sara wandte den Blick von ihrem Bauch, um ihr Gesicht im Spiegel zu betrachten. Ihre blonden Haare standen in alle Richtungen. »Du verlierst den Verstand«, sagte sie zu sich selbst. »Los, an die Arbeit.«

Nach ihrer Heirat und den gesegneten Monaten, in denen sie die holzgetäfelten Flächen des Hauses lackiert und dazu farblich passende Servietten und Platzdecken ausgewählt hatte, begann Sara sich zu langweilen und hatte hilfesuchend ihren alten Boß bei Walpole and James angerufen. Donald James hatte ihr nur zu gern Arbeit geschickt. Im letzten Jahr hatte sie ein »Nie wieder Zucker, Salz, Alkohol«-Kochbuch bearbeitet, ein Sachbuch über das Abschlachten der Seehunde und Wale und einen öden

Roman über das Ende der Welt. »Erbauliches Zeug geben Sie mir da, um meine leeren Tage auszufüllen«, hatte sie im Scherz zu Donald gesagt, und er hatte geantwortet: »Erbaulich? Sie möchten etwas Erbauliches?« Und er hatte einem anderen Bostoner Verlag ihren Namen genannt, mehr zum Spaß.

Heartways House, ein Verlag mit dem Bruchteil des Prestiges von Walpole and James, aber mit mehr als fünfmal soviel Umsatz, hatte sich auf Liebesromane im Paperback spezialisiert. Das waren Bücher, die Sara bis dahin noch nie gelesen hatte. Zu ihrer Überraschung verschlang sie sie – wie Junk food –, es machte ihr Spaß, diese Bücher zu lektorieren, und die vergangenen Monate hatte sie mit der Lektüre von Geschichten über Leidenschaft und Rache und Unterwäsche mit Spitzen und Heldinnen, die aus Burgen fliehen mußten, und glutäugigen, geheimnisumwitterten Helden verbracht. Die Geschichten gingen immer gut aus – was sie in ihrer augenblicklichen Situation zu schätzen wußte.

Ihr Arbeitszimmer war das Wohnzimmer (während das leere Zimmer auf das Baby wartete), Manuskripte, Notizbücher und Bleistifte standen ordentlich auf einem Regal des Bücherschranks. Mit einer frischen Tasse Kaffee auf dem Tisch und einer Wolldecke über den Knien machte sie es sich mit dem neuesten historischen Liebesroman von Heartways House gemütlich. Es war sehr bequem, so arbeiten zu können, sich ins Sofa zu kuscheln, immer noch im Nachthemd und dem warmen rosa Morgenrock, so wie sie es liebte. Keine Störungen, keine Unterbrechungen, keine anderen Leute, die vor ihrem Büro auf dem Gang herumliefen, lachten, laut redeten, sie von der Arbeit ablenkten – nur die gemütliche Stille des Hauses. Sonnenstrahlen fielen schräg durch die Fenster und zeichneten einen verrückten Quilt aus dunklen und hellen Quadraten auf den verblichenen, rubinroten und azurblauen Orientteppich. Ihr Körper war ruhig: keine Anzeichen. Sie beugte sich über ihre Arbeit.

»Keuchend nach Atem ringend, stand Seraphina vor der schweren Tür aus Holz, die zum Turm führte. In der Hand die schweren schmiedeeisernen Schlüssel.

›Seraphina‹, rief Errol, ›Liebste. Befreie mich!‹

Seraphina erschauerte, während Furcht und Begehren ihren schlanken Körper wie Flammen durchzuckten. Sollte sie Errol herauslassen? Oder sollte sie fliehen und Jean-Paul holen? Welcher Mann war der Mörder? Welchem Mann konnte sie trauen?«

»Um Himmels willen, Seraphina, laß den armen Errol frei, dachte Sara seufzend. Wir alle wissen, daß er der Held und derjenige ist, dem das ganze Geld gehört und der das Schloß erben wird.«

Nach ein paar weiteren Absätzen (während deren Seraphina Errol aus dem Turm ließ) blickte Sara vom Manuskript hoch. Sie starrte aus dem Fenster in den blauen Himmel, aber sie sah ihn eigentlich nicht richtig. Sie fragte sich, ob Seraphina und Errol, wenn sie heirateten, irgendwelche Schwierigkeiten mit der Empfängnis hätten. *Das* ist das wahre Geheimnis, das echte Abenteuer, dachte Sara, die Geburt eines Kindes. Aber nein, Seraphina würde sofort schwanger werden und einen gesunden Knaben zur Welt bringen, genau wie Prinzessin Di. Bei manchen Menschen flutschte es eben so leicht wie auf der Rutsche.

Sie zwang sich, das Manuskript weiterzulesen. Sie mußte sich konzentrieren, selbst bei dieser Autorin, die im allgemeinen sehr genau war. Fühlte sie irgend etwas, ein Ziepen, irgendwo? Nein.

Sie zwang sich zur Konzentration.

Zu Seraphinas (und Saras) großer Überraschung fesselte Errol, sobald er aus dem Turm war, die arme Seraphina mit einem Strick und knebelte sie mit seinem Halstuch, wobei er ihr einige leichte blaue Flecke zufügte (und sie abgrabschte, obwohl die Autorin es nicht genau so ausdrückte). Saras Interesse war geweckt. Sie war sicher gewesen, daß Errol der Gute war. Sie blätterte die Seite um.

»Als ich zwölf Jahre alt war, hatte ich im Rahmen eines Förderprojekts für Jugendliche meine eigene Rinderherde. Ich hatte fünf junge Zuchtkühe, die in dem Jahr zum ersten Mal gedeckt werden und kalben sollten. Ich hatte jeder Kuh einen Namen gegeben. Mein Vater überließ mir für sie einen Teil des Stalls, und ich versorgte ihre Boxen reichlich mit Stroh, das so frisch und golden war, daß eine Prinzessin es leicht zu Gold hätte spinnen können; wenn die Sonne schräg durch die hohe Dachluke schien, fielen die Sonnenstäubchen ebenfalls wie Gold auf das Stroh und die Rücken meiner Kühe. Man konnte fast hören, wie es herunterklimperte.

Alle Tiere reagieren darauf, wenn sie individuell und zuverlässig geliebt werden. Und so ergab es sich, daß meine fünf Kühe jeden Abend, wenn ich hinaus in den Hof ging, um sie von der Weide zu rufen, indem ich den Eimer mit dem Futtergetreide gegen den großen runden eisernen Wassertrog scheppern ließ und sie so wie mit einem dröhnenden Gong zum Abendessen rief, angerannt kamen, wo immer sie auch waren. Sie kamen wirklich richtig angerannt. Vater sagte, so etwas hätte er noch nie gesehen. Mein Bruder, der manchmal vom College nach Hause kam, erzählte uns von Pawlow und dem Pawlowschen Reflex. Wie auch immer, wenn ich abends meine Kühe rief, kamen sie, sie wußten, daß sie eine große, schöne Portion süßer runder Maiskörner und etwas von dem Heuballen bekommen würden. Später, als sie trächtig und riesig rund mit den Kälbern in ihren Bäuchen waren, mußte ich lachen, wenn ich sah, wie sie mit ihren enormen Bäuchen über ihren schlanken Beinen angerannt kamen. Als ob die unverheirateten Damen unserer Kirchengemeinde alle auf einmal angerannt kämen, mit hüpfenden, blumenbesteckten Kapotthüten, sanft getragenen Gesangbüchern und großen, in Korsetts gezwängten Brüsten und Hüften und Bäuchen über zarten Knöcheln und niedlichen kleinen Füßen. Meine Kühe mit ihren scheuen Augen besaßen dieses vornehme Flair.«

Sara nahm die nächste Manuskriptseite. Da war wieder Seraphina, die sich drehte und wand, ihr Busen wogte unter der durchsichtigen Spitze. Errol hatte sie im Turm eingeschlossen.

Sara blickte wieder auf die Seite, die sie gerade gelesen hatte. Wie kam diese realistische kleine Erinnerung an Kühe mitten in einen historischen Liebesroman? Hatte man bei Heartways House zwei Manuskripte durcheinandergebracht? Aber was wollte Heartways, die nur historische Liebesromane und ein paar Spionage- und Abenteuergeschichten im Programm hatten, mit einer realistischen Beschreibung? Vielleicht las eine der Lektorinnen es für eine Freundin.

Sara sortierte die Seite mit den Kühen aus. Sie würde lieber so etwas lesen als das mit dem alten Errol und Seraphina, dachte sie. *Seraphina*, wirklich, was für ein alberner Name.

Ehe sie weiterlas, genehmigte sie sich einen weiteren Ausflug ins Bad. Ihr Herz hüpfte: noch immer kein Blut.

Gegen Abend, als sie fertig war mit ihrer Arbeit, stand Sara im Schlafzimmer und betrachtete sich in dem großen Spiegel der Schranktür. Sie hatte ihre neuesten Jeans angezogen, Größe 40, meine Güte, sie hatte noch nie in ihrem Leben Größe 40 getragen, sie würde fett wie ein Wal werden. Und heute paßten selbst diese Jeans ihr noch nicht mal richtig. Sie waren um die Beine herum zu weit und zu lang, aber um Hüfte und Bauch zu eng und gingen nicht zu. Verzweiflung beschlich sie. Den ganzen Tag lang hatte sie gehofft, aber das gehört zu den untrüglichen Anzeichen, daß sie ihre Periode bekam – der geschwollene Bauch, der sich vor ihr wölbte wie bei einer Scheinschwangerschaft. In ein paar Tagen, wenn sie die stärksten Blutungen hinter sich hätte, würde ihr entleerter Körper plötzlich wieder zu seiner Form zurückfinden, ihr Bauch würde sich straffen, ganz von selbst, und sie würde wieder normal aussehen, nicht gerade furchtbar dünn, aber jedenfalls nicht aufgeschwemmt. Aber jetzt war sie mit der Silhouette eines Känguruhs geschlagen. Immerhin – noch hatte ihre Periode nicht eingesetzt...

Sie beugte sich vor, um die Jeans auszuziehen, und lächelte ihren Bauch an. »Hi«, sagte sie, »ist jemand zu Hause?« Dann zog sie sich voller Optimismus einen langen Jeansrock an und mehrere leuchtendbunte weite Hemden und war dankbar, daß weite Sachen gerade modern waren. Sie stieg in die kniehohen roten Stiefel, bürstete sich das Haar hoch und in alle Richtungen und legte baumelnde Ohrringe an, die ihre Mutter verächtlich als nur für Zigeunerinnen kritisiert hätte. Sie warf sich ihr rotes Wollcape über und ging hinaus in den Abend, zum Café Atlantik, um ihren Mann zu treffen.

Es war noch nicht ganz fünf Uhr, noch nicht ganz dunkel. Bis jetzt war der November milde gewesen, die Luft angenehm, wenig Wind. Eine der Annehmlichkeiten des Lebens auf Nantucket war, daß man fast jede Stelle des Städtchens zu Fuß erreichen konnte, auf Straßen, die traumhaft schön und bezaubernd waren. Die Pleasant Street schlängelte sich vor ihren Augen wie die Illustration zu einem europäischen Märchen, Villen aus Stein mit Gärten und gewundenen gepflasterten Wegen hinter den Mauern standen neben kleinen Cottages mit blau gestrichenen Türen und Blumenkästen vor den Fenstern, aus denen immer noch Blumen quollen. Die Straßenlaternen und die Lichter der Geschäfte schimmerten golden auf dem Kopfsteinpflaster, als sie in die Main Street einbog, wo zu dieser Jahreszeit mehr Menschen mit Hunden als mit Autos waren. Sie schlüpfte zu Hub hinein, um zu sehen, welche Zeitschriften neu gekommen waren, dann spazierte sie zum Café Atlantik weiter.

Die Clique war schon da, lachte, hatte mehrere Tische zusammengeschoben. Sara sah sich nervös und unsicher um.

»Hi, Sara!« rief Carole Clark. »Komm her.« Sie winkte und deutete auf einen Stuhl zwischen sich und Steve.

Als Sara sich dazwischenquetschte, zog Steve sie an sich. »Hi, Baby«, sagte er und küßte ihr Ohr. Seine Haut war wie Seide über Stahl, er war stark wie ein Holzfäller, aber mit seinem dichten blonden Haar und seinen vollkommen regelmäßigen Zähnen sah er aus wie ein Rechtsanwalt.

»Ach, erzähl mir doch nicht solchen Scheiß, er ist ein Mistkerl!« dröhnte Mick von der anderen Seite des Tisches, und Steve gab Sara frei und wandte sich wieder dem Gespräch über einen Grundstücksmakler der Gegend zu.

Sara bestellte sich ein Glas Weißwein, dann lehnte sie sich zurück, beobachtete und hörte zu und versuchte weiter zu lächeln. Wenigstens, dachte sie und entspannte sich, wenigstens war, Gott sei Dank, »Die Jungfrau« heute abend nicht da.

»Die Jungfrau« war Saras geheimer Spitzname für Mary Bennett, eine Frau, die genauso alt wie Sara war und jahrelang Steves feste Freundin gewesen war. Sie hatten sich, nur ein paar Monate bevor Steve Sara kennenlernte, getrennt. Jetzt war Steve mit Sara verheiratet, und Mary war mit Bill Bennett verheiratet, aber Mary ließ nie ein Treffen verstreichen, ohne ihn so oft wie nur möglich an die alten Zeiten zu erinnern, als sie und Steve noch ein Paar waren.

»Erinnerst du dich – das war der Typ, der bei dieser Strandparty in Cisco die Volkslieder gesungen hat«, sagte sie zu Steve. »Die Party, wo wir uns davongeschlichen und –«, dann hörte Mary auf zu reden und grinste bloß noch.

»O ja, an den Typen erinnere ich mich«, sagte Steve dann nur, ohne ihr verschwörerisches Lächeln zu erwidern.

Oder: »Steve, wo hast du die silbernen Ohrringe mit den Türkisen gekauft, die du mir damals zu Weihnachten geschenkt hast?« fragte sie so laut, daß nicht nur Sara, sondern auch Bill, Marys Mann, es hören mußte. Steve murmelte nur verlegen und peinlich berührt, weil er Saras Abneigung gegen Mary kannte: »Ach, ich erinnere mich nicht mehr, Mary. Das ist so lange her.«

»*So* lange her nun auch nicht«, sagte sie mit einem eitlen Lächeln.

Als Sara neu auf der Insel war, hatte Mary sich ihr gegenüber verhüllt und auf gemeine Weise feindlich verhalten. Auf der Straße sah Mary in eine andere Richtung, wenn sie Sara begegnete, und wenn Sara sie ansprach, sah Mary sie nur an, ohne zu antworten, und manchmal lag ein Ausdruck verächtlicher Überraschung auf ihrem Gesicht, als ob sie dächte: »Wer ist diese gräßliche Person, die mich da anspricht?« Manchmal musterte sie sie mit unverhohlener Abneigung. Und lange Zeit tat sie so, als könnte sie sich Saras Namen nicht merken. »Hi, Shari«, oder »Hi, Susie«, sagte sie, wenn sie es für nötig befand, Saras Anwesenheit zur Kenntnis zu nehmen.

Zur Verteidigung dachte sich Sara einen Spitznamen für Mary aus: »Die Jungfrau«, weil Mary mit ihren großen Augen, selbst wenn sie auf Sara herumhackte, so rein und vollkommen und mütterlich und liebevoll wirkte wie eine Heilige. Mary hatte das süßeste Gesicht der Welt, herzförmig, mit einem kleinen süßen Kinn und großen, sanften braunen Kuhaugen. Sie hatte Unmengen langer, lokkiger brauner Haare, die ihr Gesicht einrahmten und sich um Kopf und Schultern bauschten wie ein Heiligenschein. Sie redete mit einer hohen, atemlosen Kleinmädchenstimme, die nie auch nur andeutungsweise schrill oder scharf wurde, so daß ihr »Du *heißt* doch Susie, oder?« so unschuldig klang wie bei einem Engel.

Alle schienen Mary zu vergöttern. Vor vier Jahren, als Steve und Sara in Boston zusammenlebten, hatte Mary Bill Bennett geheiratet, einen großen, gutaussehenden, zornigen jungen Mann, der Schriftsteller werden wollte. Mary hatte es sich zur Aufgabe gemacht, ihn dabei zu unterstützen. Sie verdiente den Lebensunterhalt für beide, indem sie bei sich zu Hause einen Kindergarten eingerichtet hatte. Kein Wunder, daß sie von allen vergöttert wurde, sie kümmerte sich liebevoll, zärtlich, verständnisvoll und mit nie endender Geduld um aller Leute Kinder. »Mary ist einfach unglaublich«, sagten die Leute ständig. »Ich wüßte nicht, was ich ohne sie machen würde.«

Sara fragte sich, ob denn keiner weiter bemerkte, daß Mary trotz ihrer »Wie bin ich gut«-Masche und ihres niedlichen Kleinkindergetues und ihrer großen rollenden Kuhaugen von allen Frauen der Insel die offenherzigste Kleidung trug. Unter dem Vorwand der Armut (Steve hatte Sara erzählt, daß Marys Familie Geld hatte) trug Mary nur Jeans und T-Shirts oder Rollkragenpullover oder Sweater. Sie trug nie einen BH, und jeder Sweater, jedes Oberteil, das sie anzog, war so eng, daß sich ihre Brüste und ihre Brustwarzen sehr deutlich abzeichneten. Ebensogut hätte sie ein T-Shirt tragen können mit der Aufschrift: »Hey, seht mal! Tolle Brüste!« und Pfeilen, die in diese Richtung zeigten. Ihre Jeans saßen immer hauteng. Sie hatte zwei Kinder, das eine drei, das andere fast zwei, und bis vor kurzem hatte sie das Baby noch gestillt, hatte vor Hinz und Kunz ihr Hemd hochgeschoben und ihre großen, vollen Brüste zur Schau gestellt. Einmal hatte Sara gesehen, wie Steve Mary beim Stillen beobachtete. Dann hatte sie zu Mary gesehen und war schockiert, von ihr einen Blick zu empfangen, der voller Selbstgefälligkeit und Verachtung war. »Ich war seine erste Liebe, ich werde ihn immer faszinieren«, schien Mary mit jedem Blick Sara sagen zu wollen.

An jenem Abend hatte Sara, als sie wieder zu Hause waren – das lag erst ein paar Monate zurück –, die Fassung verloren und Steve angeschrien. »Ich hasse sie! Ich hasse es, in ihrer Nähe zu sein!« Steve zog sich in sich zurück, wie immer, wenn sie wütend wurde. Er war ein friedlicher Mensch und haßte Auseinandersetzungen. (Eines Abends hatte Sara ihn angeschrien: »Oh, du machst mich noch verrückt – du bist so ... so *blond!*« – »Aber Sara«, hatte Steve verdutzt geantwortet, »du bist doch auch blond.« Das war richtig, aber Sara fand, daß sie so blond war wie eine Furie, die ab und an in ein wildes, aufgeregtes Zittern ausbrach und in ihrer Leidenschaft so laut kreischte, daß sie in ihrer Wut sogar in einer unverständlichen Sprache sprach – manchmal war sie sich sicher, so auf Steve zu wirken.) Im Verlauf ihrer Ehe hatte sie versucht, ihre Wutausbrüche zu mäßigen, aber in jener Nacht hatte Sara den Verstand verloren.

»Ich habe gesehen, wie du Marys Brüste angesehen hast. Herrgott noch mal, begreifst du nicht, wie hart es für mich ist, mit dir da zu leben, wo du auf die Brüste deiner Exfreundin starren kannst? Wie würde es dir gefallen, wenn ich mit David Larkin zusammensäße und er auf meine Brüste starren würde?«

»Sie hat ihr Baby gestillt«, hatte Steve geseufzt.

»Das ist nicht der Punkt!« schrie Sara, was gelogen war. Denn natürlich war das ganz genau der Punkt: Da saß Sara und bekam gerade ihre Periode, nachdem sie sich seit sieben Monaten abmühte, schwanger zu werden, und da saß Mary, Steves frühere Freundin, die ihr *zweites* Kind stillte. Wenn Steve Mary geheiratet hätte, dann hätte er jetzt schon Kinder. Natürlich wird ihm das durch den Kopf geschossen sein, auch wenn er nie so gemein wäre, es laut auszusprechen.

»Der Punkt ist«, fuhr Sara fort, »daß du hier mit deinen alten Freunden zusammen bist, daß du ständig deiner früheren Freundin begegnest, sie *ansiehst*, mit ihr über alte Zeiten redest. Und, zum Donnerwetter, immer küßt sie dich!«

»Sie küßt alle«, hatte Steve gesagt. »Das ist nun mal ihre Art.«

»Oh, du weißt schon, was ich meine, Steve. Sie benimmt sich immer so, als ob ihr beide ein tolles Geheimnis hättet.«

»Ich weiß, was du meinst«, hatte Steve müde gesagt, »aber ich finde, daß du übertreibst. Mary gehört nun mal zu diesen überfreundlichen Menschen. Ich liebe sie nicht mehr, Sara. Ich liebe dich. Und sie ist nicht an mir interessiert, sie ist mit Bill verheiratet, sie haben Kinder, sie arbeitet wie verrückt, um die Familie zu ernähren, damit er schreiben kann. Mach dich doch nicht lächerlich.«

»Oh, natürlich. *Ich mache mich lächerlich*«, sagte Sara

verächtlich und wurde kalt und bitter. »Und Mary ist vollkommen und einfach nur freundlich, und *ich* mache mich lächerlich.«

»Ja, stimmt genau«, hatte Steve gesagt. »Du weißt, daß ich mir aus ihr überhaupt nichts mache.«

»Ich wünschte nur, David lebte hier, ich wünschte nur, ich würde meinen früheren Freund jeden verfluchten Tag im Jahr treffen, ich wünschte, er würde mich jedes Mal, wenn wir uns sehen, küssen – und dann können wir uns mal darüber unterhalten, wer sich hier lächerlich macht.«

»Sieh mal, was soll ich denn machen?« hatte Steve unglücklich gefragt. »Sie und Bill gehören nun mal zur Clique. Sie sind mit allen befreundet, mit denen ich auch befreundet bin. Ich kann sie doch nicht einfach schneiden.«

»Das nicht«, hatte Sara ihm beigepflichtet. »So werde ich wohl für den Rest meines Lebens mit der Gewißheit leben müssen, daß du deine erste Liebe die ganze Zeit siehst – und weiß der Teufel, wie viele Male du sie zufällig triffst, wenn du allein bist.«

»Aber Sara –«

»Nichts mit ›aber Sara‹. Kein Wunder, daß du Sehnsucht hattest, auf die Insel zurückzugehen. Den Ort, an dem du mit deiner geliebten Freundin so wundervolle Zeiten verbracht hast.«

»Sei doch vernünftig, Sara«, hatte Steve gesagt und versucht, sie in die Arme zu nehmen.

Aber sie war außer sich vor Wut, sie saß in der Falle, und sie war wütend, weil niemand verstand, wie ihr zumute war– daß sie einfach eifersüchtig war, eifersüchtig, unbeschreiblich eifersüchtig, daß Mary Kinder hatte und sie, Sara, nur eine Woche mit Krämpfen in der Gebärmutter und dem sinnlos fließenden Blut.

Sie hatte sich von Steve losgerissen. War in das Gästezimmer gerannt und lag auf dem Bett und schluchzte.

Schließlich war Steve hereingekommen. Er hatte sich

neben sie auf das Bett gesetzt und seine Hand auf ihre Schulter gelegt.

»Sara, ich hasse es, wenn du dich so aufregst«, sagte er. »Hör doch mal zu, wir können doch immer nach Boston zurückziehen. Es würde mir wirklich nichts ausmachen. Wir könnten uns etwas außerhalb von Boston kaufen, auf dem Land. Du könntest wieder für Donald James arbeiten ...«

Langsam kam Sara wieder zu sich, und ihr fielen die vielen Cocktailpartys für Autoren ein, zu denen sie immer gegangen war, all die Autoren, die sie für ihren Boß am Flughafen abgeholt hatte, all die attraktiven jungen Männer, die alle selbst schrieben, etwas herausgaben oder bearbeiteten oder irgend etwas in der Richtung machten und die mit ihr geflirtet oder ihr Komplimente gemacht hatten und jedenfalls so intensiv mit ihr zusammengewesen waren, daß sie gleichzeitig immer wußte, daß sie auch eine sexuell anziehende junge Frau war. Steve war nie auf diese Partys eifersüchtig gewesen, zu denen sie allein gegangen war, auf diese Männer, mit denen sie zum Essen gehen »mußte« oder um die sie sich kümmern mußte. Er hatte ihr ihre vielen Verbindungen mit diesen Männern niemals vorgeworfen, sie nie verdächtigt. Sie wußte, er liebte sie so sehr wie sie ihn. Das wußte sie wirklich.

»Ach, Steve«, wimmerte sie. »Ich schäme mich so. Ich weiß, daß du mich liebst. Ich weiß, daß ich mich gemein aufführe. Ich bin nur so eifersüchtig, so eifersüchtig darauf, wie sie dich ansieht und was sie immer anzudeuten versucht.«

»Sie bedeutet mir nichts, das kann ich dir versprechen. Ich bin derjenige gewesen, der sich trennen wollte, wenn dich das irgendwie trösten kann« (ja, es tröstete sie wirklich). »Ich war doch monatelang nur noch aus Gewohnheit mit ihr zusammen, einfach so. Sie ist wirklich nicht so interessant, wenn du sie näher kennen würdest, Sara. Sie ist – ach, Sara, ich hätte sie nie geheiratet.« Sara drehte sich um und flog geradezu über das Bett und kuschelte sich in Steves Arme.

Seitdem hatten sie nicht wieder über Mary gesprochen, aber Sara merkte, daß Steve sein möglichstes tat, um Marys Interesse an ihm abzublocken, wenn die Clique sich traf.

Jetzt saß er da, hatte einen Arm lässig hinter Sara auf den Stuhl gelegt, in der anderen Hand hielt er ein Bier und war mit Mick und den anderen Männern in ein Gespräch über Fußball vertieft.

»Sag mal«, sagte Carole Clark und berührte Saras Arm. »Werdet ihr zum Erntedankfest die Insel verlassen?«

»Nein«, antwortete Sara, »wir werden hierbleiben. Meine Familie ist weit weg, im Mittelwesten, und Steves Eltern sind in Florida.«

»Prima«, sagte Carole. »Dann könnt ihr ja das Fest mit uns feiern. Wenn ihr wollt, meine ich. Die ganze Clique trifft sich jedes Jahr immer bei irgendwem zu Hause, und jedes Paar bringt etwas mit, und es ist ein riesengroßes Fest. In diesem Jahr findet es bei mir statt. Ich mache den Truthahn und die Füllung, und die anderen bringen den Rest mit...« Carole machte eine Pause. »Ich weiß, daß es ziemlich spät ist, euch einzuladen, aber... also... wir waren uns nicht sicher, ob ihr kommen würdet. Ich meine, wir haben auch alle unsere Kinder dabei, es werden also an die tausend Kinder dasein, und der Geräuschpegel – also, weißt du, es ist nicht gerade eine vornehme Feier.«

»Das hört sich *wunderbar* an!« rief Sara aus. Widersprüchliche Empfindungen kämpften in ihr: Sie war entzückt darüber, daß Carole sie gefragt hatte, war aber von ihren Worten entsetzt. Dachte Carole, sie sei zu kalt, zu wenig zärtlich, um kleine Kinder zu mögen? Hatte Sara einen verborgenen Makel, den jeder ahnen konnte?

Carole zählte auf, was die anderen mitbringen würden. Wein und Süßkartoffeln und Kürbiskuchen und Gemüse – was wollte Sara mitbringen? Hatte sie ein spezielles Rezept? Sara richtete sich auf und fing an, von ihrem Lieblingsrezept zu erzählen. Annie Danforth wechselte mit ihrem Mann den Platz, so daß sie am Gespräch teilnehmen konnte. Sara mochte Annie. Zum Teil deswegen, zugegebenermaßen, weil Annie Anfang Dreißig war und noch keine Kinder hatte, aber auch weil sie eine nette, intelligente Frau war. An diesem Abend hatte Sara zum ersten Mal die Gelegenheit, sich längere Zeit mit Carole und Annie zu unterhalten und sie näher kennenzulernen, und mit dem einen Bier im Bauch und dem ungezwungenen Fluß des Gesprächs verspürte sie das herzerwärmende Gefühl, daß die Welt eigentlich ganz in Ordnung war.

»Hallo, alle zusammen!« ertönte eine hohe, süße, atemlose Begrüßung.

Sara blickte hoch und stöhnte innerlich auf: Es war »Die Jungfrau«, die sie schließlich doch noch mit ihrer Gegenwart beehrte.

»Tut mir leid, daß ich so spät dran bin, ein paar Kinder sind etwas später abgeholt worden, na, ihr wißt schon, Mandys Kinder, sie ist im Krankenhaus, und Greg konnte nicht früher von der Arbeit weg.«

Während sie sprach, schlüpfte Mary aus ihrem Männermantel aus Tweed, vom Secondhand-Laden, und zog sich einen Schal vom Hals. Sie trug Jeans, kniehohe Stiefel, einen grünen hautengen Rollkragenpullover. »Nun ja«, dachte Sara gehässig, »wir können nun alle sehen, daß du in dieser Woche nicht ein Gramm abgenommen oder zugenommen hast.«

»Ich habe Bill gesagt, daß er heute abend bei den Kindern bleiben muß«, sagte Mary, und ihre atemlose Stimme ließ alles, was sie sagte, ungemein wichtig klingen. »Ich war den ganzen Tag lang mit Kindern zusammen und brauche mal ein bißchen Erwachsenenzeit! Und wir konnten keinen Babysitter bekommen. Aber ich kann nicht lange bleiben, nur für ein Bier, und ich will wissen, wie es euch allen geht!«

Mary schob ihre schlanken Hüften in einen Stuhl zwischen Annie Danforth und Pete Clark.

»Dein Jeremy war so süß heute«, rief Mary aus, wandte sich an Carole und dann wieder zurück an Pete. Sie begann mit einem ausführlichen Bericht über irgend etwas, was der Dreijährige der Clarks gemacht hatte, und die Clarks hörten gebannt zu. Sara beobachtete sie und dachte, daß es wohl nichts Faszinierenderes gab, als Geschichten über die Klugheit der eigenen Kinder zu hören.

Sara lehnte sich zurück und trank ihr Bier. Die Leute nahmen in kleinen Gruppen wieder ihre Unterhaltungen über Fußball auf oder darüber, was sie während der Arbeit erlebt hatten, oder über die Sitzung des Parlamentsausschusses gestern nachmittag. Während sie ein freundliches und aufmerksames Gesicht machte, horchte Sara heimlich in sich hinein: Tat sich da etwas? Noch hatte sie keine Krämpfe. Gar nichts schien sich zu tun. Sie beugte sich nach vorn, stützte die Ellbogen auf den Tisch, lächelte über nichts und wieder nichts. Würde eine Zeit kommen, in der Mary zu ihr sagen würde: »O Sara, dein Kind hat heute etwas ganz Süßes gemacht!«?

»Sara«, sagte Mary plötzlich und beugte sich über den Tisch zu Sara. »Ich muß dich etwas fragen.« Ihre Stimme klang leise und verschwörerisch. »Du redest jetzt mal mit den Jungs weiter«, befahl sie Pete Clark. »Dies hier ist Frauensache!«

Pete lächelte und wandte sich ab. Mary beugte sich noch weiter hinüber, ihr Gesicht reinste Freundschaft.

Sara dachte: Vielleicht ist sie doch ganz nett, vielleicht habe ich mir alles nur eingebildet. Sie mußte zugeben, daß sie sich geschmeichelt fühlte, daß Mary, von der sie für gewöhnlich ignoriert wurde, sie mit ihrer Aufmerksamkeit bedachte, und freute sich, daß Mary sie wie eine Freundin behandelte.

»Was denn?« lächelte Sara und beugte sich ebenfalls vor. Zwischen ihr und Mary saßen Annie und Carole und beobachteten sie.

»Also, ich fürchte, ich bin wirklich ziemlich unverfroren, vielleicht sollte ich das gar nicht fragen – aber weißt du, ich bin nun schon seit Wochen so *neugierig*, daß ich es nicht mehr aushalte –: Sara, bist du schwanger? Oder hast du einfach nur sehr viel zugenommen?«

»O Gott«, sagte Sara, und für den Bruchteil einer Sekunde *konnte* sie auch nicht mehr sagen. »Oh, habe ich *soviel* zugenommen? Ich mache wohl besser eine Diät. Nein, ich bin nicht schwanger, Mary. Ich glaube, ich habe mich einfach gehenlassen, seit wir auf die Insel gezogen sind. Du weißt ja, daß ich freiberuflich für einen Verlag arbeite, was heißt, daß ich viel sitze – und ich neige dazu, zu essen, wenn ich sitze und lese –, und als ich in Boston im Verlag gearbeitet habe, mußte ich viel mehr im Büro und in der Stadt herumlaufen und so weiter, und hier habe ich einfach nicht soviel Bewegung –« Sie redete dummes Zeug, sie wußte es, aber sie konnte nicht aufhören, sie versuchte, zwischen sich und Mary eine Mauer aus Worten zu errichten, mit ihren Worten einen Kokon zu spinnen, in dem sie sich verstecken konnte.

»O Sara«, sagte Annie Danforth, »ich finde nicht, daß du schwanger aussiehst. Wirklich, Mary, du hast nur Babys im Kopf. Fällt dir nichts anderes mehr ein?«

»Na, das willst du mir doch nicht vorwerfen«, lachte Mary. »Etwas anderes sehe ich ja auch nicht von morgens bis abends. Versteh mich nicht falsch, Sara. Ich wollte damit nicht sagen, daß du *fett* aussiehst oder so, sondern nur, also du *hast* doch zugenommen, seit du hier auf der Insel bist, nicht wahr? Und natürlich habe ich gedacht, ich meine, es ist doch so ...« Sie ließ ihre Stimme immer leiser werden. Lächelte Sara wissend an.

»Ich bin es, der schwanger aussieht!« sagte Wade Danforth, der sich von Steves anderer Seite vorbeugte und sich in das Gespräch einmischte.

Wieder krümmte sich Sara innerlich, weil sie merkte, daß der ganze Tisch Marys Frage mitbekommen hatte.

»Sieh dir das an!« redete Wade weiter und klatschte sich auf seinen dicken Bauch. »Ich bin der stolze Vater eines ganzen Sechserpacks Bier!«

»Eher eines ganzen Kastens«, bemerkte irgend jemand am Tisch und lachte.

»Dabei fällt mir ein«, sagte Carole, »wer bringt zum Erntedankfest den Wein mit? Und was soll es als Cocktail geben? Will jemand Glühwein oder so was? Ich möchte wirklich kein Bier zur Party trinken.«

»Hey, warum nicht? Ich komm' nicht, wenn wir kein Bier trinken dürfen«, brüllte Wade.

»Benimm dich doch nicht wie ein Bauer«, sagte Annie zu ihm. »Einen Abend im Jahr kannst du doch mal versuchen, ein bißchen Stil zu entwickeln.«

Die Unterhaltung floß wieder an Sara vorbei. Leide ich jetzt schon unter Verfolgungswahn, oder war Mary absichtlich grausam zu mir, fragte sie sich, und wenn sie absichtlich grausam war, warum bloß? Neben ihr war Steve in ein Gespräch über Bauvorschriften auf der Insel vertieft; sie wußte, daß er Marys Frage nicht mitbekommen hatte. Sie wünschte, daß Julia da wäre, sie konnte sich vorstellen, wie Julia ihre Augen zusammenkneifen und lautlos quer über den Tisch »Ist das eine Ziege!« zu Sara sagen würde.

Falsch. Was Sara sich mehr als alles wünschte, war, daß sie in ein paar Wochen lachend zu Mary sagen könnte: »Weißt du noch, wie du mich an dem Abend im Café Atlantik gefragt hast, ob ich schwanger wäre, und ich nein sagte? Soll ich dir etwas verraten? Es war so. Aber da wußte ich es noch nicht!«

Sara lächelte, vergaß sich einen Moment in diesem Traum ihres Triumphs, es den Frauen mit gedämpfter Stimme und einem belustigten, aber selbstzufriedenen Ausdruck im Gesicht erzählen zu können. Dann würde alles gut sein, dann würde sie auch mit Mary fertig werden, dann würde sie mit allem fertig werden.

Als die Clique schließlich auseinanderging, wanderten

Sara und Steve durch den dunklen Herbstabend, und nach all dem Lärm glänzte die Stille um sie herum, als wären sie in einer perlmuttschimmernden Muschel eingeschlossen. Steve legte seinen Arm um sie und zog sie an sich. Sie legte beim Gehen ihren Kopf auf seine Schulter. Sie betraten ihr Haus, und bald waren sie beide nackt und zusammen und tauchten noch tiefer in die vertrauten Wirbel ihrer Liebe ein. In Saras Adern pulsierte ein Gefühl von Dankbarkeit, süßer Zufriedenheit und Überschwang. Sie und Steve waren eins. Und die logische Folge ihrer Vereinigung, ihrer großen Liebe, ihrer wunderbar erfüllenden Ehe mußte ein Drittes sein. Ein Kind. Ihr Kind. Sie konnte beinahe seine milchweiße Haut, seine winzigen Glieder sehen. Sie konnte fast seinen zarten Atem spüren.

Aber als sie morgens aufstand, mußte sie wieder einmal feststellen, daß sie kein Kind bekam.

2

Der Morgen.

Sara wurde von dem Radio an ihrem Bett geweckt.

»... ein wunderschöner Morgen. Der Wetterbericht für Cape Cod und die Inseln. Aber zunächst eine Warnung an alle Puter, falls ihr es vergessen haben solltet, morgen ist Erntedankfest!«

Sie langte zum Nachttisch hinüber, versuchte, sich dabei sowenig wie möglich zu bewegen, und nahm die kleine blauweiße Plastikschachtel mit dem Basaltemperatur-Thermometer. Sie steckte es in den Mund, spürte den kurzen Biß des kalten Glases unter ihrer Zunge, sah dann auf die Digitaluhr des Radioweckers auf ihrem Nachttisch. 7:01. Auf der Gebrauchsanweisung des Thermometers stand, daß man es vor dem Aufstehen benutzen sollte, sogar noch ehe man ins Bad ging, weil jede Bewegung die Temperatur um ein paar entscheidende Grade hochtreiben und die Temperaturkurve verfälschen könnte. Also blieb sie folgsam liegen und bewegte sich nicht.

Neben ihr stöhnte Steve und zog sich das Kopfkissen über den Kopf. Ein paar Takte Musik schepperten aus dem Radio, unterbrochen von dem munteren Geplauder eines Discjockeys.

»Der erste Anrufer, der mir den Titel dieser Platte sagt, gewinnt zwei Freikarten für das Cape-Cod-Filmtheater! Also los, ihr Typen da draußen, das ist leicht.«

Den Mund um das Thermometer geschlossen, ließ Sara sich mit dem Klang der Musik treiben und lauschte entspannt einem Sänger und seiner komplizierten Vision von einem Mann, der zu gut für diese Welt war. Als das Lied zu Ende war, legte der DJ sofort fröhlich los. Der nimmt bestimmt Kokain oder wird mindestens achtzig Tassen Kaffee getrunken haben, um so früh am Morgen derart aufgekratzt sein zu können, dachte Sara.

»Hallo, meine Liebe!« begrüßte der DJ eine Anruferin. »Na, was meinst du?«

»›Starry Starry Night‹?« fragte ein junges Mädchen.

»Tut mir leid, Süße. Dicht daneben ist auch vorbei«, sagte der DJ.

»Warte«, rief das Mädchen. Gedämpfte Schreie waren durch das Telefon zu hören. »Ich meine ›Vincent‹!« sagte sie.

»Das ist richtig«, rief der DJ so aufgeregt, als hätte das Mädchen soeben die Tür zum ewigen Leben aufgeschlossen. »Du liegst vollkommen richtig! ›Vincent‹ von Don McLean. Süße, du hast zwei Kinokarten gewonnen. Und weißt du was? Wenn du mir sagen kannst, von wem der Song handelt, lege ich noch eine Karte hinzu.«

Sara lächelte und dachte an Sonnenblumen, Impressionismus und abgeschnittene Ohren.

»Vincent *Price*«, erwiderte das Mädchen triumphierend.

Sara nahm das Thermometer aus dem Mund und prustete los. Sie sah auf die Uhr – ja, das war in Ordnung, fünf Minuten waren vergangen. Sie drehte das Radio aus, nahm das Thermometer vom Laken und stand auf.

Während sie ihren rosa Morgenmantel zuband, schlüpfte sie in die schafwollgefütterten Pantoffeln und eilte nach unten. Inzwischen hatte sie ein kleines Ritual entwickelt (Rituale hatten etwas Tröstliches an sich). Sie drehte den Thermostat hoch, schaltete die Kaffeemaschine ein, ging schnell ins Bad, dann nahm sie ihre Tabelle aus der besonderen Schublade in der Küche und setzte sich damit an den Tisch. Sie hielt das Thermometer so gewissenhaft ins Licht wie ein Wissenschaftler ein Reagenzglas mit radioaktiven Partikeln, kniff die Augen zusammen, um klar sehen zu können, und las die morgendliche Meldung ab.

37,3. Nun, das war ja gut. Sie stand auf, um sich eine Tasse Kaffee zu nehmen, dann setzte sie sich wieder, um das Ritual zu beenden.

Es *war* ein schöner Morgen. Es war immer noch warm und neblig. Durch die Fenster schimmerte ein sanftes, silbriges Licht. Von Brant Point blökte das Nebelhorn langsam und lange, wie ein großes, dummes Tier, das sich im Nebel verirrt hatte. Sara lächelte, sie mochte das, sie mochte das Gefühl, daß irgend etwas da draußen in der unsichtbaren Welt wartete. Sie breitete die Tabelle vor sich auf dem Tisch aus, nahm einen Stift und machte genau dort, wo Tageslinie und Temperaturlinie sich trafen, einen Punkt. Sie zeichnete eine Verbindungslinie zwischen dem gestrigen und dem heutigen Punkt. Die Tabelle erinnerte sie an ein Malbuch für Kinder, das Spiel mit den Punkten, welches, wenn es fertig war, das Bild von einer Ente oder einem Tannenbaum ergab. Würde ihre fertige Tabelle die Anzeichen für einen kompletten Embryo enthüllen?

Bestimmt war das besser als Julias letzter verrückter Vorschlag, der vorige Woche mit der Post gekommen war.

Für eine erfolgreiche Vermehrung

Man gebe der betreffenden Person morgens und abends einen Teelöffel vom Sirup der stinkenden Melde. Alsdann wie folgt: Man nehme drei halbe Liter guten Bieres, koche darin das Mark dreier Ochsenwirbelknochen, eine halbe Handvoll Salbeiblätter, eine Handvoll Nepata, 126 Gramm entkernte und in Scheiben geschnittene Datteln, eine Handvoll in der Sonne gemahlene Rosinen, drei ganze Muskatnüsse, in die viele Löcher gebohrt wurden. Diese Zutaten kochen, bis die Hälfte verkocht ist. Seih es ab, und trinke allabendlich vor dem Zubettgehen ein Weinglas voll, bis es alle ist. Keine Beiwohnung des Ehemannes während oder vor dieser Zeit. Sei vorsichtig, und laß Dich durch nichts aus der Ruhe bringen. Nimm eine gute Handvoll Hirtentätschelkraut, und koch es mit einem halben Liter Milch bis auf die Hälfte ein, und trinke es in einem Zug.

»Ich habe all diese sonderbaren Zutaten in einem Lexikon nachgeschlagen«, hatte Julia auf einen angehefteten Zettel geschrieben. »Und weißt Du was? Du kannst sie kaufen – oder Du mußt improvisieren.«

Zuerst hatte Sara gelacht, dann nachdenklich die Stirn gerunzelt. Warum nicht? Wenn es in früheren Zeiten so gewirkt hatte, daß es niedergeschrieben wurde, vielleicht war dann wirklich etwas dran. Also hatte sie ihr eigenes Gebräu hergestellt aus gekochtem Bier, gekaufter Ochsenschwanzsuppe in Dosen, Salbei, Datteln, fertigem Rosinenmus für die feine Küche, Katzengras und Muskat und war sich dabei wie eine Hexe vorgekommen oder wie eine entsprungene Irre. Es schmeckte ausgesprochen widerlich. Sie konnte es nicht trinken, und der Geruch entmutigte sie vollends, nach einem Ersatz für die »stinkende Melde« zu suchen.

Das Thermometer war Ellies Vorschlag. Vor zwei Wochen, als »Die Jungfrau« so scheinheilig gefragt hatte, ob Sara schwanger wäre, und sie zu Hause feststellen mußte, daß sie es nicht war, hatte sie in ihrer Verzweiflung ihre Schwester angerufen.

»Kauf dir ein Basalthermometer«, hatte Ellie empfohlen. »Und benutze es regelmäßig mindestens drei Monate lang, damit du ein Gefühl für die Zeit deines Eisprungs bekommst!« Sara schrie erstaunt auf. Drei Monate, das kam ihr wie eine Ewigkeit vor. *Jetzt gleich* wollte sie schwanger sein.

»Schau, das Thermometer kann dir nicht sagen, wann du deinen Eisprung hast«, sagte Ellie. »Es kann dir nur sagen, *daß* du den Eisprung gehabt hast. Wenn deine Temperatur steigt, hast du einen Eisprung gehabt. Wenn du es ein paar Monate lang benutzt hast, wirst du ziemlich genau wissen, ob du regelmäßig einen Eisprung hast oder nicht und an welchem Tag genau. Dann mußt du aufpassen, daß du genau an dem Tag mit ihm schläfst, und dann – Bingo!«

»Oh«, hatte Sara gestöhnt, verkrampfte sich, wehrte die

Anteilnahme ihrer Schwester ab und badete sich gleichzeitig darin. »Ich wünschte, ich könnte ohne Lotto und den ganzen Kram gewinnen. Ich bin schon richtig besessen. Ich begreife nicht, warum ich nicht einfach und auf ganz natürliche Weise schwanger werde, so wie jede andere auch.«

»Nun mach mal eine Pause, was heißt ›so wie jede andere‹? Jede andere hat auch Probleme. Warum wohl, glaubst du, hat man denn Instrumente wie dieses Thermometer überhaupt erfunden? Das ist doch nun nicht gerade gestern und nur für dich ausgedacht worden.«

»Dem Himmel sei Dank, daß es dich gibt«, hatte Sara gesagt. »Ich weiß nicht, was ich ohne dich täte. Niemand scheint zu verstehen, wie ich mich fühle. Julia denkt, daß bei mir eine Schraube locker ist, weil ich überhaupt schwanger werden möchte, und Steve hat schon genug unter meinen prämenstruellen Spannungen zu leiden, ohne daß ich ihn noch zusätzlich belaste. Und Mutter – weißt du, was Mutter gesagt hat, als ich sie anrief und so fertig war, weil ich meine Periode bekommen hatte? Sie hat gesagt: ›Ist doch nicht schlimm, Kind, ich habe doch schon einen Enkel. Mach dir darüber keine Sorgen.‹«

»Ach, unsere Mutter!« hatte Ellie gesagt, und die Schwestern brachen in Gelächter aus. Monica, Saras und Ellies Mutter, hatte sich nie für den Kleinkram der Mutterschaft interessiert. Als Ellie Monica vor zwei Jahren erzählt hatte, daß sie im Januar ein Kind bekommen würde, hatte Monica nach dem Telefongespräch sofort eine dreimonatige Kreuzfahrt in die Karibik gebucht. Sara und Ellie nahmen ihr das nicht übel: Monica hatte das Ihre geleistet. Sie war eine gute Mutter und eine fürsorgliche Ehefrau gewesen, die ihren Mann während eines langen Siechtums bis zu seinem Tod gepflegt hatte. Sie hatte sich ihren Spaß redlich verdient.

Und für Sara war es tatsächlich ein Trost, daß es wenigstens einen Menschen auf der Welt gab, der nicht von ihr enttäuscht war, weil sie nicht schwanger wurde. Sara stellte sich oft vor, sie sei einer dieser verrückten Seevögel, die kreischten und flatterten und in das unermeßliche Meer der Zeugung eintauchten, während sich Steve faul wie ein Walroß auf dem Strand herumwälzte, zufrieden damit, wie das Meer sexueller Zufälligkeiten ihn benetzte, so wie es sich gerade ergab. Er lächelte sie unter seinem Schnurrbart an, fühlte sich fabelhaft, sah zu, wie Sara in ihrer Wut, daß sie wieder versagt hatte, herumflatterte. »Bist du nicht traurig darüber, daß ich nicht schwanger bin?« kreischte sie ihm zu, und er würde gelassen und ruhig antworten: »Nein, natürlich nicht. Wir versuchen es beim nächsten Mal wieder.« Aber sie traute ihm nicht. Sie wußte, daß er ein Kind wollte.

Sie wußte, daß ihre Schwiegereltern auch ein Kind wollten. Sie hatten zwar nie darüber gesprochen, aber das war auch nicht nötig, es gab Dinge, über die man nicht zu sprechen brauchte. Clark und Caroline Kendall, Steves Eltern, waren freundlich wie zum Leben erwachte Teddybären. Seit ihrer Pensionierung überwinterten sie in Florida und verbrachten die fünf warmen Monate des Jahres in ihrem Haus auf Nantucket. Sie würden Sara niemals unter Druck setzen. Aber Steve war ihr einziges Kind. Damit war schon alles gesagt.

Vielleicht war dies der Monat, in dem es ihr gelingen würde. Das Thermometer war ihr Zauberstab. Heute war der achtzehnte Tag ihres Zyklus, und laut Tabelle hatte sie ihren Eisprung am fünfzehnten Tag gehabt. An dem Tag war ihre Temperatur von 36,5 auf 37,2 Grad gestiegen, ein ordentlicher, sichtbarer Sprung von sieben Strichen.

An dem Morgen hatte Sara frohlockend gesagt: »Hallo, gut für dich, Körper!« Und ihr Herz hatte hoffnungsvoll geklopft. Sie hatte geradezu *gefühlt,* wie das mikroskopisch kleine Ei sich umsah und nach seinem Liebsten Ausschau hielt. Sie war vom Bad zurück ins Schlafzimmer gerast und hatte Steve aufgeweckt.

»Heute ist unser Tag!« hatte sie ihm zugeflüstert und sich eng an ihren Mann geschmiegt und ihn gestreichelt. »Jeder Tag mit dir ist unser Tag, Baby«, hatte Steve gegrinst und sich zu ihr umgedreht.

Danach war er aufgestanden, hatte sich angezogen und war gegangen, während sie dösend unter den Decken liegenblieb. Sie war träge und satt wie ein Bär, der gerade einen Honigtopf heruntergeschlungen hatte. Außerdem wollte sie sich nicht bewegen: Sie wollte nicht, daß die Schwerkraft den Samen abziehen konnte, weg von ihrem verlangenden Ei.

Heute war ihre Temperatur immer noch hoch, 37,3. Wenn die Periode einsetzte, fiel die Basaltemperatur. Aber am achtzehnten Tag war es wirklich noch viel zu früh für irgendwelche Prognosen. Wenn überhaupt, würde ihre Temperatur frühestens in einer Woche wieder fallen.

Sara blickte hinunter auf ihre Tabelle. Gehorsam hatte sie die Anweisungen befolgt und jeden Punkt auf der Tabelle mit einem Kreis versehen, an dem sie mit Steve geschlafen hatte. Jetzt starrten diese markierten Punkte sie an wie bebrillte Augen, wie viele Brüste mit Brustwarzen. Sie war verrückt. Sie war wie besessen. Sie war müde. Sie und Steve waren am Abend vorher spät zu Bett gegangen, sie hatten erst mit Freunden gefeiert, dann hatten sie sich noch einen alten Horrorfilm angesehen und sich amüsiert. Sie hatte nur sechs Stunden geschlafen. Sie mußte noch einmal ins Bett, sonst würde sie den ganzen Tag lang schlechte Laune haben.

Aber zunächst blieb sie noch ein bißchen länger in der silbrigen Stille der Küche sitzen, studierte ihre Tabelle, als ob die ihr bereits etwas sagen könnte, als könnte sie an dem Auf und Ab der Punkte, deren Konstellation ebenso geheimnisvoll und bedeutungsschwer war wie die Konstellation der Sterne, ihr Schicksal ablesen.

Mittwoch morgen, einen Tag vor dem Erntedankfest, hatte Sara immer noch eine Temperatur von 37,3. Sie verabschiedete Steve mit einem Kuß, goß sich noch eine Tasse Kaffee ein, dann machte sie es sich mit dem Seraphina-Manuskript auf dem Sofa gemütlich. Die arme alte Seraphina war in einem dunklen unterirdischen Verlies eingesperrt, nur mit einem durchsichtigen Nachthemd und dem obligatorischen Umhang bekleidet. Sara gähnte.

»Meine Mutter hat oft erzählt, daß sie schon sehr früh wußte, daß ich nicht auf eine Farm gehörte, schon als ich sechs Jahre alt war. Es war an einem Wintertag, der Schnee türmte sich wie eine Mauer um das Haus, und die Schule fiel aus, und die weiße Luft war erfüllt vom Muhen der hungrigen Kühe und dem antwortendem Tuckern der Traktoren, die die Wege zu den Ställen frei pflügten.

Ich war in meinem Zimmer und spielte Schule. Vier Puppen saßen nebeneinander auf dem Fußboden, und ich hatte mich vor ihnen aufgebaut. Ich trug ein geblümtes Flanellkleid, das meine Mutter genäht hatte, mit einem gesmokten Oberteil und hatte dazu passende Zopfschleifen im Haar und hochhackige Pumps über dicken weißen Wollsocken. Ich schrieb auf einer Schiefertafel und war die Lehrerin.

Mutter stand an der Tür und sah schweigend und unbemerkt zu, bis ich an die Tafel schrieb: 1 und 1 gleich 4.

›Jenny!‹ rief sie und griff ein. ›Warum schreibst du, daß eins und eins vier ist? Du weißt es doch besser! Oder?‹ Erschrocken drehte ich mich zu ihr um. ›Aber Mutter, natürlich weiß ich, daß eins und eins zwei ist. Das weiß jeder. Aber ich finde es so *langweilig*, immer die gleiche Antwort zu hören.‹

Daran erkannte Mutter, daß ich nicht auf eine Farm gehörte. Denn obwohl die Natur den Farmern andauernd einen Strich durch die Rechnung macht und sie in ständiger Angst und Ungewißheit leben müssen, ob ein früher Frost die Ernte vernichten wird oder eine Dürre oder eine Überschwemmung – so ist der Alltag eines Farmers doch von Wiederholungen bestimmt. Die Kühe, die Hühner, die Schweine, die Schafe müssen zweimal täglich zu festen Zeiten gefüttert werden, sonst gibt es keine Milch, keine Eier, keinen Schinken, kein Lammfleisch. Die Tiere sind die Hausgötter einer Farm, die Opfergaben müssen regelmäßig dargebracht werden, Opfer im Namen des Lebens. Es gibt Tage, an denen die Arbeit geheiligt zu sein scheint und die einfache Geste des Aussäens von Getreide von heidnischer und christlicher Gnade erfüllt ist, wenn der dampfende Atem der Kühe an einem kalten Schneetag geisterhaft aufsteigt wie der Heilige Geist. Aber es gibt auch Tage, wo dieselben Gesten nur Mühe und Plage sind und Verstand und Sinne abstumpfen lassen und die dummen Kühe sich gegenseitig gierig wegschubsen und auf das frische, goldene Stroh scheißen, das man ihnen gerade aus der Luke hinuntergeworfen hat. Dann fliegen die Tauben gurrend aus der lichterfüllten Luke, und ihr Schrei ist wie ein Messer im Herzen, wie das Echo einer Sehnsucht: *Es muß noch mehr geben. Aber wo? Aber wo?*«

Sara blätterte die Seite um. Nichts mehr von Jenny. Nur sexy Seraphina, die nach Errol rief.

»O nein!« rief Sara laut aus. Sie blätterte weiter, bis sie fand, was sie suchte: wieder einen Abschnitt über Jenny.

»Die Hitze schmerzt. Wenn du deine Hand auf die glühende Herdplatte eines elektrischen Ofens legst, ist die Hitze so schmerzhaft, daß du deine Hand instinktiv wegziehst. Als ich sechzehn war, hatten wir in Kansas einen heißen Sommer. So heiß wie die rotglühende Platte eines Herdes. Über uns brütete Tag für Tag eine rote Sonne und brannte gnadenlos auf uns hinunter. Es schmerzte, wenn man vor die Tür gehen mußte, und klimatisierte Traktoren gab es noch nicht, und wenn, hätten wir uns sowieso keinen leisten können. Unsere Äcker erstreckten sich um unser verwittertes Haus, endlose gepflügte und bebaute Felder, die sich in Staub verwandelten und in denen die verborgene Saat zerbröselte. Selbst die verwilderte Baumwolle, die an den Zäunen als Windschutz für die Felder angepflanzt worden war, begann welk und trocken zu werden, die Blätter wurden rissig und braun. Die Wiese am Haus raschelte, und wenn wir hindurchgingen, stoben Heuschrecken und Grillen hoch, und der Wasserspiegel sank, so daß das Wasser, das wir rationieren mußten, abgestanden und rostig schmeckte.

Der kühlste Ort des Hauses war der Keller, wo wir ein paar Feldbetten aufgestellt hatten und einen Tisch mit einem Kurzwellenradio und stapelweise Konserven, eine Schutzmaßnahme für den Fall eines plötzlichen Tornados oder eines russischen Bombenangriffs. Wir besaßen einen alten Laster und konnten es uns nicht leisten, zum Spaß herumzukutschieren, deshalb konnte ich nie Freundinnen besuchen – außerdem hatte ich keine Freundinnen, die ich hätte besuchen können. Mit Sechzehn war ich sowohl ›intellektuell‹ als auch sexuell auf eine Weise entwickelt, mit der meine Klassenkameraden nichts anfangen konnten. Ich wollte weder heiraten und Kinder haben noch meine eigene Farm, wie die anderen Mädchen meiner Schule, die vier Landgemeinden umfaßte – ich wollte weg und reisen und Champagner trinken und Romane schreiben. Ich lernte gern. Ich wollte ein College besuchen. Ich hatte mich in meiner Heimatstadt zu einer Außenseiterin entwickelt.

Wenn ich nicht auf dem Hof half, war ich allein in dem kühlen, dunklen Keller und las. Das ging so bis Mitte Juli, dann zog ich mein bestes Kleid an und packte den Pappkoffer meiner Mutter, weil ich in ein ›Feriencamp für begabte Jugendliche‹ fuhr, für das ich ein Stipendium bekommen hatte. Als der Direktor mich am Ende des Schuljahres in sein Büro gerufen hatte, um mir zu eröffnen, daß ich das Stipendium gewonnen hatte, hatte ich gedacht: Das ist der Beginn meines wahren Lebens.

Und das stimmte, wenn auch anders, als ich es mir vorgestellt hatte.

Ich war noch nie aus Kansas herausgekommen, ich war noch nicht einmal in Kansas City gewesen. Ich hatte mal ein Wochenende oder ein paar Sommertage in verschiedenen Camps der Pfadfinder verbracht, deshalb verband ich in meiner Vorstellung ein ›Camp‹ immer mit Schlafsäcken, gegrillten Würstchen und festem Schuhwerk gegen Schlangenbisse.

Das ›Lager‹ befand sich auf dem Campus eines Internats für Jungen, das während des Sommers geschlossen war. Die Gebäude waren schöner als alles, was ich bis dahin gesehen hatte. Sie sahen aus wie die Burgen, die in den Romanen beschrieben wurden. Ich bestaunte das weitläufige Gelände mit seinen Wäldchen und den in zarten Farben blühenden Hecken wie ein Wunderwerk. Auf meinem Weg zu dem Zimmer, für das ich eingeteilt worden war, versuchte ich, meine Erwartungen an diese Art von ›Camp‹ anzupassen, aber niemand hatte mir etwas erklärt, und ich war erst sechzehn – und meine Vorstellungskraft war begrenzt.

Zuerst teilte ich das Zimmer mit Olivia DeWitt aus Connecticut, dem langsamsten Mädchen, das ich je gesehen habe. Ihr Gesicht war völlig gleichmütig. Ihre Bewegungen träge, sie verteilte ihre Sachen überall im Zimmer und ließ sich schließlich selbst aufs Bett fallen.

›Deine Halskette gefällt mir‹, sagte ich freundlich in meinem mittelwestlichen Dialekt. ›Warum sagst du Haalskeete?‹ fragte sie derart gelangweilt, daß sie kaum die Worte herausbrachte.

Olivia hatte ihren Tennisschläger mitgebracht. Ich nicht. Ich hatte noch nie Tennis gespielt. Sie hatte ihre schwarzen Reitstiefel mitgebracht. Ich nicht. Ich konnte reiten, aber im Westernstil, auf schweren Cowboysätteln, auf Ackergäulen. Olivias Eltern wohnten in ihrem ›Sommerhaus‹ – wie meine auch, nur daß das Haus meiner Eltern auch ihr ›Winterhaus‹ war, sie hatten nur dieses eine Haus, für das sie wie die Sklaven schuften mußten, unter Schweiß und Dreck, der in den braunen Falten des sonnenverbrannten Nackens meines Vaters und auf den rissigen Händen meiner Mutter trocknete. Olivia segelte. Ich nicht.

Um mich nicht zu verlaufen, ging ich mit Olivia in die Aula, wir schwiegen. Ich hatte Angst, wieder wegen meines Dialekts ausgelacht zu werden. Ich weiß nicht, warum sie nicht redete. Sie schien zu müde zu sein, um irgend etwas zu sagen, aber sobald sie drin war, winkte sie einigen Mädchen zu, die sie kannte, und sie rannte los und setzte sich zu ihnen und ließ mich stehen.

Also ging ich, gefolgt von den Blicken der anderen, den Gang hinunter und sagte mir, daß sich am ersten Tag niemand wohl fühlen würde.

›Hallo‹, sagte jemand. ›Setz dich hierher.‹

Ich blickte auf und sah in die grüngoldenen Augen von

Jeremy Gardner, der mich anlächelte. Er war der größte, schönste, blondeste und bezauberndste Junge, den ich je gesehen hatte.

Ich setzte mich neben ihn, mein Herz klopfte so laut, daß ich fürchtete, er könnte es hören. Er erzählte mir, daß er in der Matheklasse sei, ich erzählte, daß ich in der Klasse für Literatur und kreatives Schreiben sei. Er sagte, er wäre aus Connecticut. Ich sagte, ich wäre aus Kansas. Er fragte, ob ich nach dem Abendessen mit ihm spazierengehen würde. Ich sagte, das würde ich. Dann fing der Direktor mit seiner Rede an, und wir mußten aufhören, uns zu unterhalten, aber wir hörten nicht auf, uns gegenseitig heimlich anzusehen und anzulächeln. Ich hatte mich zum erstenmal in meinem Leben verliebt. So viele neue Gefühle, so schnell.

An jenem Nachmittag wurde die ganze Gruppe zusammen vom Leiter der Leichtathletikklasse in das Camp eingeführt. Die Vormittage waren für die Arbeit in den Klassen unserer jeweiligen Wahlfächer bestimmt, die Nachmittage standen zur freien Verfügung, entweder zum Lernen oder für Sport. Es gab einen kleinen Teich, einen Reitstall, einen Tennisplatz, ein Fußballfeld. Nach etlichen Vorträgen über den fairen Sportgeist wurden wir auf unsere Zimmer geschickt, um uns für das Abendessen fertigzumachen.

Olivia bewegte sich langsam. Aber sie war aus dem Zimmer, ehe ich fertig war, und als ich die Mensa betrat, saß sie bereits an einem Tisch mit den Mädchen aus der Aula. Ich ging an ihren Tisch.

›Tut mir leid‹, sagte ein dunkelhaariges Mädchen und kippte den Stuhl schräg an den Tisch, ›der ist für meine Freundin.‹

Ich ging an das Ende des Tischs.

›Bedaure‹, sagte eine Blondine, ›der ist für meine Freundin.‹

Ich wandte mich ab, fühlte, wie ich rot wurde, und sah mich, so gut mir mit niedergeschlagenen Augen möglich war, in der Mensa um. Es gab noch zwei Tische. An einem saßen nur Jungen, unter ihnen Jeremy Gardner, die herumalberten. Und der andere Tisch war offensichtlich der, an den ich gehörte.

Offensichtlich, denn in diesem Moment berührte Mr. McGausland, der Direktor, meinen Arm.

›Warum setzen Sie sich nicht an diesen Tisch, Miss White?‹ fragte er. ›Dort sitzen die anderen aus dem Mittelwesten.‹

›Die anderen aus dem Mittelwesten‹ waren Trudy, ein schüchternes hübsches Mädchen aus Indiana; Allen, ein Junge aus Nebraska mit einem zum Flaschenöffnen geeigneten Gebiß; Larry, ein Junge, der hübsch gewesen wäre, wenn er nicht diese flammende, rot-schwarze Akne gehabt hätte; Odessa aus Mississippi, George aus Arizona und Hilda, eine eingeschüchterte, ein Meter achtzig große, maisgemästete Amazone aus Iowa.

Als ich mich an diesem ersten Tag zu ihnen setzte und mich vorstellte, bekam ich panische Angst und dachte: Mein Gott, wir sind alle Außenseiter. Das ist der Tisch der Außenseiter. Ich plauderte und lächelte und hoffte, daß wir gemeinsam irgendwie einen Weg finden würden, zu einer homogenen Gruppe zusammenzuwachsen, die genauso glücklich und überlegen sein würde wie die an den anderen beiden Tischen. Doch das sollte nicht sein, wir waren von Anfang an Verdammte. Wir wußten, daß wir Außenseiter waren. Hilda und Trudy saßen nebeneinander. Sie hatten sich bereits gegen die Welt verbündet und hatten schnell eine Partnerschaft geschlossen, an der sie niemanden mehr teilnehmen ließen. Odessa, neben der ich saß und mit der ich mich gern angefreundet hätte, war, wie ich bald merkte, eine echte Intellektuelle, sie war arm und dazu noch ehrgeizig, und sie hatte keine Zeit für Vergnügungen. Wir Außenseiter aßen immer zusammen, aber davon abgesehen, bildeten wir keine richtige Gruppe, was mir nur recht war. Ich wollte nur mit Jeremy zusammensein.

Mein Leben bekam schnell eine Struktur. Unterricht am Vormittag, Badengehen mit den Außenseitern am Nachmittag – wir konnten ja nicht Tennis spielen, und ich mochte nicht reiten, weil ich es nicht richtig konnte, in der englischen Art. Abendessen mit den Außenseitern, und dann die Abende, die manchmal mit Vorträgen über die Natur ausgefüllt waren oder mit sternkundlichen Wanderungen und manchmal frei waren. Dann trafen sich die Schüler in der freigeräumten Mensa, und man sah einen Film oder tanzte oder unterhielt sich einfach nur.

Dann konnte ich mit Jeremy zusammensein. Ich werde immer daran glauben, daß er mich wirklich gern hatte, *mich*. Er hörte mir gern zu, wenn ich von unserer Farm erzählte, von den Tieren, den Kühen, Pferden, Hunden, Katzen, Hühnern, Gänsen. Meinen zahmen Kaninchen. Seine Eltern besaßen eine Wohnung in New York City, doch er hatte die meiste Zeit seines Lebens in Internaten und Ferienlagern verbracht. Er liebte Tiere, aber er durfte nie ein Haustier haben. Die alte Geschichte von dem reichen Kind, dessen Eltern nie Zeit haben. Sie schoben ihn so oft wie möglich ab. Sehr viel später dachte ich an diese Zeit zurück und fragte mich, ob Jeremy sich zu mir hingezogen fühlte, weil ich in meiner Üppigkeit mütterlich wirkte, und bestimmt war ich auch entwickelter als die anderen Mädchen. Reifer. Er war ein hübscher reicher Junge, aber ich konnte ihm etwas geben. Und ich brauchte in den sechs Wochen, die ich zwischen diesen Fremden lebte, weiß Gott alles, was er mir geben konnte.

Ich habe gleich am allerersten Abend gewußt, daß ich mich dort immer wie unter Fremden fühlen würde. Während des peinlichen Abendessens versuchte ich, mit den anderen Außenseitern zu plaudern und zu scherzen, versuchte so zu tun, als ob wir nicht ausgesondert worden wären, nicht anders wären. Ich hörte, wie meine Stimme viel zu laut losträllerte und ungeschliffen durch die ganze Mensa dröhnte, und ich wußte, daß ich es überzog, aber ich konnte mich nicht bremsen. Die Mädchen am anderen Tisch lachten gedämpft, als ob sie summten. Der einzige Mensch, der versuchte, in meine klägliche List mit einzustimmen, war der picklige Larry, der sehr nett war. Dennoch hing über unserem Tisch ein derart schwerer Duft schwitzenden Elends, daß er selbst an den Speisen haftete, die wir aßen. Heute vermute ich, daß wir nur Opfer irgendeiner theoretischen Vorstellung von Erwachsenen über ›geographische Zuordnung‹ waren, so wie schwarze Kinder zwanzig Jahre später Opfer einer mit Schulbussen erzwungenen Integration wurden.

Jeremy Gardner ging aus der Mensa, knuffte einem anderen Jungen in die Schulter, vergaß aber nicht, zu mir herüberzusehen und lautlos die Worte zu formen: ›Bis später!‹

Ich lachte ihn an, tat so, als würde ich mich köstlich amüsieren. Nachdem ich schließlich so lange am Tisch gesessen hatte, wie ich dachte, daß es sich so gehörte, ließ ich mein unberührtes Essen und meinen Clan der Unberührbaren stehen und eilte zum Klo.

Die Zimmer der Mädchen waren im ersten Stock des Hauses, und dort lag auch der große Waschraum mit den vielen Kabinen, die von allen gemeinsam benutzt wurden. Ich rannte zu einer Kabine, ging hinein, verriegelte die Tür, erleichtert, allein zu sein. Ich wurde von einem heftigen Durchfall heimgesucht, der nichts mit meiner Ernährung zu tun hatte. Als ich dasaß und von Bauchkrämpfen geplagt wurde, hörte ich, wie die Türen aufgingen und die Mädchen aus dem Osten hereinkamen, ihre selbstsicheren Stimmen schwirrten ungehemmt herum.

›... Jeremy kann sie unmöglich mögen. Nur wegen ihrer großen Titten.‹

›Titten, meine Liebe, *Euter!*‹

Kreischendes Gelächter. ›Sie ist echt eine Kuh.‹

›Ich finde sie schön. Wie Elizabeth Taylor.‹

›O Gott, vielleicht, aber ihre ‚Schönheit' ist so vulgär.‹

›Meine Liebe, ich glaube, du wirst schon noch herausfinden, daß das, was du als vulgär bezeichnest, genau das ist, was Männern gefällt.‹

›Genau.‹

Noch mehr Gelächter.

Ich saß zusammengekrümmt in meiner Kabine und versuchte, jedes verräterische Geräusch zu vermeiden, das sie auf meine Gegenwart aufmerksam machen könnte. Überall um mich herum wurden Türen geknallt, Toiletten gespült. Mädchen lachten.

›Ich glaube nicht, daß Jean etwas zu befürchten hat, ich kann mir nicht vorstellen, daß er Jean jemals untreu werden könnte.‹

›Trotzdem, vielleicht sollten wir ihr schreiben?‹

Mit dieser Bemerkung gingen sie. Ich saß in meiner Kabine, war wie gelähmt und fühlte mich richtiggehend krank. Ich versuchte, mir selbst Trost zuzusprechen, das zu machen, was meine Mutter mir geraten hätte: ›vernünftig‹ zu sein. Es war nicht so, daß diese Mädchen mich nicht mochten, sondern daß sie zu ihrer Freundin hielten, sagte ich mir. Und niemand mag ein Mädchen, das einer anderen den Freund wegnimmt. Ich versuchte, es nicht persönlich zu nehmen.

Aber es war ein sehr zu Herzen gehender Sommer. Ich ließ alles nah an mich heran, zu nah. Die anderen Outsider waren alle in der Matheklasse oder bei den Naturwissenschaftlern, in der Literaturklasse war ich die einzige. Und so wanderte ich allein von meinem Zimmer oder von der Mensa zum Klassenzimmer und wieder zurück in mein Zimmer, und während die Gruppe der Mädchen aus dem Osten mit Abstand entweder hinter oder vor mir ging, lastete ihre Gegenwart auf mir wie die Hitze von Kansas.

Mein Gesicht brannte. Ich verkroch mich in mich selbst, wünschte, daß ich meine Ohren an den Kopf klappen könnte, um das leise Gesumm ihres Gelächters, ihr Flüstern nicht hören zu müssen, das, davon war ich überzeugt, nur mir galt. Ich hielt meine Bücher vor der Brust, verschränkte meine Arme fest über den Büchern, versuchte, meinen anstößigen Busen flachzupressen. Olivia DeWitt verbrachte jeden Abend, bis das Licht ausgemacht wurde, in den Zimmern der anderen Mädchen; wenn das Licht ausgedreht werden mußte, kam sie in unser Zimmer gerannt, sprang in ihr Bett und schlief ein, ohne ein Wort zu mir gesagt zu haben. Sie übersah mich völlig, und zwar so ungeniert und unverblümt, daß das wie eine Beleidigung war oder wie eine Ohrfeige. Ich lag zitternd in meinem Bett und verkrampfte mich, als ob man mich körperlich angriff.

Aber wer mir in jenem Sommer am nächsten kam, war Jeremy Gardner. In jenem Sommer schrieb ich in meinem Literaturkurs eine Kurzgeschichte über eine Frau, die um ihren Hals einen herzförmigen Anhänger trug, auf dem ein kompliziertes, verschnörkeltes Muster war. Wer genau hinsah, der konnte erkennen, daß es sich bei dem Muster in Wirklichkeit um ein Schlüsselloch handelte, der Anhänger war nämlich ihr Herz, und sie verbrachte ihr Leben in Erwartung des Mannes, der auf dem Revers seiner Jacke einen kleinen goldenen Schlüssel trug. Dieser Schlüssel würde ihr Herz öffnen, und der Mann und die Frau würden wissen, daß sie füreinander geschaffen waren, daß das Schicksal sie füreinander bestimmt hatte. Aber niemand kam in die Stadt, in der die Frau lebte, und niemand trug ein Jackett und schon gar nicht etwas Ungewöhnliches am Revers. So begann die Frau zu reisen, sparte Geld, arbeitete, damit sie reisen und Männer kennenlernen konnte, die Jacketts trugen. Trotzdem traf sie nicht den Mann mit dem Schlüssel zu ihrem Herzen. Und als sie älter wurde, fand sie es peinlich, mit dem herzförmigen Anhänger um den Hals herumzulaufen, der sie daran hinderte, andere Männer kennenzulernen. Als sie schließlich dreißig wurde (was mir mit Sechzehn in unendlich weiter Ferne zu liegen schien), gab sie verzweifelt auf und ging zu einem Juwelier, um das Schloß und die Kette knacken zu lassen, damit ihr Hals frei würde. Als sie sich zum Gehen anschickte, kam ein wundervoller, schöner Mann herein. Er trug einen goldenen Schlüssel an seinem Revers. ›Oh‹, schrie die Frau und lächelte ihn an. Sie hätte sich ihm fast in die Arme geworfen. Der Mann sah ihr ins Gesicht, dann auf ihren Hals, der nackt war, da wurde sein Gesicht ausdruckslos, und er ging wortlos an ihr vorbei.

Es war eine einfältige Geschichte, aber nicht ohne eine bescheidene Wahrheit, und niemand kann sagen, warum ein einziger Blick eines Jungen tief in das Herz eines Mädchens einzudringen vermag. Jeremy und ich hätten genausogut Schloß und Schlüssel tragen können, denn wir brauchten uns nur anzusehen, um uns zu verstehen, und wenn wir zusammen waren, waren wir glücklich und zufrieden. Trotz unserer unterschiedlichen Interessen waren wir intellektuelle Gefährten, ich erzählte ihm von der Symmetrie der Poesie, er erzählte mir von der Symmetrie der Mathematik. Wir fühlten uns beide einsam, getrennt von unseren Familien, den Altersgenossen, waren anders. Das konnten wir gut verstecken, aber meistens fühlten wir uns einsam, selbst wenn wir mit anderen zusammen waren. Zusammen waren wir selig und zufrieden.

Jeden Abend, nachdem die Lichter aus waren, schlichen wir uns aus unseren Zimmern und gingen zusammen an den kleinen Teich. Das war unsere einzige Gelegenheit, etwas länger ungestört zusammensein zu können. Wenn wir spazierengingen, hielten wir uns an den Händen, wir konnten über alles reden, und schließlich legten wir uns auf die

Wiese an dem kleinen See und umarmten und küßten uns. Das war alles.

Wir schliefen nicht miteinander. Jeremy drängte mich nicht, obwohl wir aufeinanderlagen, uns aneinanderpreßten und uns lieben wollten. Er sagte, daß er mich liebte und daß er versuchen wollte, einen Weg zu finden, daß wir uns auch nach Abschluß des Ferienlagers sehen könnten. Ich sagte ihm, daß ich ihn liebte. Jeremy Gardner war für mich in jenem Sommer der liebste Mensch auf der ganzen Welt, und weil es ihn gab, konnte ich die Tage ertragen, die ich entweder mit den Außenseitern oder für mich allein verbrachte, umgeben von dem Gezischel der Mädchen von der Ostküste.

In der dritten Ferienwoche im Camp freundete sich ein Mädchen von der Ostküste namens Dottie Collier mit mir an. Sie war auch in dem Literaturkurs, und sie war nicht dumm. Als ich meine Geschichte von der Frau mit dem Anhänger in der Klasse vorgetragen hatte, kam sie zu mir und lächelte: ›Das war wirklich eine gute Geschichte‹, sagte sie. Sie verließ mit mir zusammen das Klassenzimmer und lief neben mir und unterhielt sich weiter mit mir, als wir über den Flur zum Essen gingen. Sie bat mich, mich neben sie an den Tisch mit den Mädchen von der Ostküste zu setzen. Die anderen ignorierten mich, aber Dottie unterhielt sich weiter mit mir – wir sprachen über unsere Lieblingsromane, ein Thema, das uns beide fesselte.

Dottie wollte auch Schriftstellerin werden. Wann immer wir die Gelegenheit dazu hatten, erzählten wir uns unsere Ideen für die Romane, die wir schreiben wollten, aber wir hatten nie genug Zeit, im Camp war jede Minute eingeteilt und ausgefüllt: Unterricht am Vormittag, Sport und Hausaufgaben am Nachmittag. Ich war überrascht, aber begeistert, als Dottie vorschlug, mit Olivia das Zimmer zu tauschen, damit wir abends in unserer Freizeit, wenn wir das Licht löschen mußten, miteinander reden könnten. Olivia war froh, tauschen zu können, und von dem Moment an fand ich das Camp einfach nur noch wundervoll. Ich ging weiterhin mit den Außenseitern zum Schwimmen oder spielte linkisch Volleyball, meine Brüste schlugen an meinen Brustkorb, aber ich hatte die Abende, auf die ich mich freute, ich unterhielt mich in meinem Zimmer mit Dottie und schlich mich viel später hinaus, um mich mit Jeremy zu treffen.

›Jenny?‹ flüsterte sie, wenn ich wieder ins Zimmer geschlichen kam. ›Ist alles in Ordnung?‹

›O ja‹, wisperte ich. ›Habe ich dich aufgeweckt?‹

›Nein, nein, ich war wach. Ich mache mir Sorgen um dich. Du weißt doch, wie Jungen sind – du läßt ihn doch nicht alles machen, oder? Ich meine, ihr macht es doch nicht, oder?‹

Dotties Stimme war so warm und voller Fürsorge. Mein Glück machte mich blind.

›Natürlich machen wir es nicht‹, sagte ich, schlüpfte aus meinen Kleidern und kroch ins Bett.

›Na ja, Mädchen können so leicht schwanger werden, und die Jungen drücken sich‹, sagte Dottie.

›Das wird mir nicht passieren‹, versprach ich. ›Ich bin doch kein Idiot.‹

Doch genau das war ich. Ich lag wach und erzählte Dottie in meinem Überschwang alles, daß Jeremy mir helfen würde, Wege zu finden, mich an Colleges im Osten zu bewerben, Stipendien zu bekommen, daß er mir schreiben würde, daß er mich in den Herbstferien auf der Farm besuchen kommen würde. Am Abend nach diesem Gespräch, das ich Dottie wiedererzählt hatte, hatte ich mich, wie immer, mit Jeremy an dem kleinen See verabredet. Wir lagen zusammen, waren miteinander beschäftigt, gingen ineinander auf, und deshalb hörten wir Mr. McCausland, den Direktor der Schule, nicht kommen.

›Mr. Gardner‹, sagte er. *›Miss White.‹*

Wir erhoben uns beschämt, ordneten unsere Kleider, zitterten in der plötzlichen, betäubenden Kälte unserer Angst.

›Sie werden jetzt mit mir zum Haus zurückkommen‹, sagte er.

Wir folgten ihm schweigend, gingen zurück durch das Gras, das an meinen Beinen noch genauso leicht kitzelte wie vorhin, als wir Arm in Arm zum See hinuntergegangen waren.

›Mr. Gardner, Sie gehen auf Ihr Zimmer. Ich werde mich später mit Ihnen beschäftigen.‹

Jeremy gehorchte. Er war blaß, hielt den Blick gesenkt, so daß sich unsere Augen nicht trafen.

›Miss White, Sie gehen in Ihr Zimmer und packen. Morgen früh wird ein Wagen Sie zum Flughafen fahren. Betrachten Sie sich als relegiert. Sie kennen unsere Regeln. Wir dulden nicht, daß Mädchen, die sich unzüchtig benehmen, weiterhin in unserem Camp verbleiben. Natürlich muß ich Ihre Eltern und die Leitung Ihrer Schule schriftlich über Ihr Verhalten hier informieren.‹

In seiner Stimme lag kein Mitgefühl. Ich gab keine Widerworte. Immerhin gelang es mir, vor ihm nicht in Tränen auszubrechen. Steif ging ich in mein Zimmer. Wie sollte ich das bloß Dottie beibringen? Ich schämte mich so sehr. Aber als ich reinkam, war Dottie nicht im Zimmer. Keine Spur von ihr, alle ihre Sachen waren verschwunden, und sie hatte mir keine Nachricht hinterlassen.

In dieser Nacht legte ich mich nicht hin. Ich blieb die ganze Nacht lang wach, packte, rauchte alle Zigaretten der durchgeschmuggelten Packung, die ich unter meiner Matratze versteckt hatte und von der ich Dottie während unserer nächtlichen Unterhaltungen oft eine abgegeben hatte. Man mußte nicht groß ›akademisch befähigt‹ sein, um zu wissen, woher der Direktor wußte, daß und wo er nach Jeremy und mir suchen mußte.

Der Fahrer holte mich am nächsten Morgen ab. Er trug mein Gepäck, und ich folgte ihm, vorbei an den Schlafsälen, durch das Foyer. Eine riesige Doppeltür führte vom Foyer in die Mensa, und in dieser Tür stand dichtgedrängt eine gemischte Gruppe von Schülern. Ganz vorn, Arme verschränkt, aneinander- oder an den Türrahmen gelehnt, standen die eingebildeten Mädchen von der Ostküste und sahen zu Boden. Dottie stand bei ihnen und sah mich an, ein triumphierendes Grinsen im Gesicht. Jetzt war sie die Heldin ihrer Clique. Erst ihr Spitzel, dann ihr Instrument für meinen Verweis von der Schule, womit Jeremy für Jean gerettet war.

Hinter den Mädchen von der Ostküste standen die Außenseiter, sie winkten und hopsten hoch und schnitten Grimassen, um von mir gesehen zu werden. Sie schrien und winkten. Der lange Larry rief mir zu, daß er mir schreiben würde.

Ich winkte nicht zurück. Ich weinte nicht und lachte nicht, ich gestattete mir keinerlei sichtbare Gefühlsregungen. Im Camp hatte ich gelernt, wie das geht. Ich ging einfach durch das Foyer, das sich in seinen einsteinhaften Dimensionen endlos dahinzog und laut widerhallte. Aller Augen brannten sich in mich hinein, ich hatte ein Gefühl, als ginge ich durch ein Flammenmeer. Aber ich wurde nicht ohnmächtig. Und Jeremy war nirgendwo zu sehen.

Später sollte der Film ›The Wizard of Oz‹ mit bitterer Genauigkeit zeigen, was ich gefühlt habe, als ich nach dieser Zeit in einem Feriencamp an der Ostküste nach Kansas zurückkehrte: Es war wie ein Filmschnitt von brillanter Farbe und Technicolor auf Schwarzweiß und Grau. Staub und Hitze und Leere und Einsamkeit. Meine Eltern und der Direktor meiner Schule waren ungeheuer verständnisvoll. Sie gaben Jeremy Gardner genausoviel Schuld wie mir an unserer Eskapade und waren voller Mitgefühl für unser Vergehen – dabei hatten wir uns in Wirklichkeit sowenig zuschulden kommen lassen. Der Direktor der Schule trug diesen Skandal nicht in meine Schulakten ein und hielt den Mund, was in unserer kleinen klatschsüchtigen Gemeinde wie ein Wunder war.

Ich verbrachte den Rest des Sommers in unserem Keller, ich las und schrieb. Als das Feriencamp vorbei war, bekam ich Post von Jeremy Gardner. Er durfte im Camp bleiben, weil sein Vater den Direktor kannte. Anfangs waren seine Briefe leidenschaftlich und voller Versprechungen, und er versuchte, mir dabei zu helfen, wieder an die Ostküste zu kommen; er schickte mir viele Kataloge von den Colleges an der Ostküste und ihren Stipendien. Aber wir waren zu jung. Ich war zu arm. Die Entfernung zwischen uns war zu groß. Als die Schule wieder anfing, wurden unsere Briefe seltener, und unser Kontakt riß schließlich ab.

Mit einem ehrlichen Aufsatz über das, was ich in meinen Sommerferien lernte, hätte ich meine Englischlehrerin vor den Kopf gestoßen. Denn in diesen Sommerferien hatte ich gelernt, daß ich wegen meines Aussehens und meines Körpers einige Macht über Jungen besaß. Daß ich, wenn ich es im Leben zu etwas bringen wollte – weit weg vom Staub und der Leere unserer Farm in Kansas –, diese Macht einsetzen mußte, denn die Welt hielt wenige Wohltaten bereit und keine Chancengleichheit. Und letztendlich das Wichtigste: daß ich Männern trauen konnte, in einem gewissen Maß, wegen dieser Macht, aber niemals Frauen: Frauen waren falsch, sie lächelten und logen und schmeichelten dir und verrieten dich, schlimmer als jeder Mann. Ich wußte, daß ich mich niemals mehr in meinem Leben mit einer Frau befreunden würde.«

Sara stand auf und trug die Schachtel mit dem Manuskript zum Eßzimmertisch. Sie schaltete den Kronleuchter ein, so daß sein Licht zusammen mit dem Sonnenlicht die Seiten hell beleuchtete, und blätterte das Manuskript sorgfältig Seite für Seite durch. Zweihundertundfünf Seiten von Seraphina und Errol (Errol hatte sich schließlich doch als der Held entpuppt, und die Autorin ließ die beiden in einer leidenschaftlichen Umarmung und in Erwartung des Priesters, der kommen und sie trauen würde, zurück). Von Jenny gab es nur fünfzehn Seiten. Dennoch war es Jenny, die im Manuskript lebendig geworden war, nicht Seraphina. Wo war Jenny hergekommen? Wer hatte über Jenny geschrieben? Diese Seiten klangen authentisch und autobiographisch – aber das galt für jeden guten Roman, der in der Ichform, der ersten Person, geschrieben war.

Sara legte die fünfzehn Jenny-Manuskriptseiten zusammen und prüfte sie eingehend. Sie verglich sie mit der Seraphina-Geschichte – höchstwahrscheinlich kamen die beiden Geschichten von ein und demselben Schreibcomputer. Zumindest war die Type der Buchstaben dieselbe, der Rand und die Papierstärke auch. Es sah so aus, als ob ein und dieselbe Person beides geschrieben und die beiden Manuskripte versehentlich durcheinandergebracht hatte. Sara sah wieder auf die Titelseite. Konnte eine Person, die sich Aurora Dawn nannte, wirklich diese Jenny-Seiten geschrieben haben? Du lieber Himmel, Aurora Dawn.

Sara ging zum Telefon in der Küche und rief Linda Oldham, die Cheflektorin und Verlagsleiterin von Heartways House, an. Linda war eine ältere Frau, energisch und tüchtig, der man vor drei Jahren die Leitung des Verlags übertragen hatte und die einem ausgeklügelten und wirksamen, von ihr selbst entwickelten Schema folgte, das ihrer Meinung nach den finanziellen Erfolg der Firma garantierte. Im Grunde lautete ihr Motto: Gib den Lesern, was sie wollen. Die Leser von Heartways House waren Frauen. Frauen, die sich nach romantischer Liebe sehnten, und Linda hatte für die romantischen Liebesromane, die mit dem herzförmigen HH-Signet erschienen, feste Richtlinien ausgearbeitet. Sie achtete streng darauf, daß ihre Autoren sich daran hielten. In den zurückliegenden zwei Jahren, die Sara für Heartways House arbeitete, hatte Sara nie Veranlassung gehabt, mit ihrer Chefin über einen Querschläger wie diese Manuskriptseiten zu sprechen. Sara fühlte, wie ihr Herz klopfte, als sie anfing, zu sprechen, denn ihr Spürsinn als Lektorin sagte ihr, daß das Jenny-Buch gut sein könnte, sie mußte es vorsichtig angehen.

»Linda, ich habe eine Frage«, sagte Sara vorsichtig, als sie Lindas kurz angebundenes »Hallo« übers Telefon hörte.

»Schießen Sie los«, sagte Linda.

»Es geht um eine Ihrer Autorinnen. Ich redigiere gerade einen ihrer Liebesromane. ›Desperate Dangerous Desire.‹ Aurora Dawn.«

»Ach, Aurora Dawn«, sagte Linda. »Sie gehört zu unseren Oldtimern. Kommt alle sechs Monate mit einem dieser Babys nieder. Die Leute gieren danach wie nach Konfekt.«

»Haben Sie schon mal etwas anderes von ihr gelesen? Ich frage, weil ihr in das Romanmanuskript, das ich gerade bearbeite, ein paar andere Seiten gerutscht sind. Es sieht wie Material für ein anderes Buch aus, für Memoiren vielleicht oder einen zeitgenössischen Roman. Es ist gut, und ich würde gern mehr davon lesen.«

»Heartways interessiert sich nicht für Memoiren, meine Liebe«, sagte Linda. »Das wissen Sie doch. Verschwenden Sie nicht Ihre Zeit damit.«

»Oh, ich weiß, daß es nichts für Heartways ist«, sagte Sara hartnäckig. »Aber ich finde es so interessant, ich persönlich würde gern mehr davon lesen. Die Autorin vielleicht ermutigen, es zu Ende zu schreiben und damit dann zu einem anderen Verlag zu gehen.«

Linda schwieg einen Moment. »Worum geht es denn in dem anderen Buch?« fragte sie.

»Ich weiß es nicht genau«, hob Sara an. »Es geht um ein junges Mädchen, das auf einer Farm in Kansas aufwächst –«

Lindas Lachen explodierte im Telefonhörer. »Meine Liebe, sagte sie, »das Letzte, woran die Verlagsbranche interessiert ist, ist eine Farm in Kansas. Himmel. Sie wissen doch, was die Leute wollen. Sie wollen ›Fürstenhäuser‹. Sie wollen Schlösser und Juwelen und Yachten. Herr des Himmels, doch keine Farm in Kansas. Wahrscheinlich schreibt sie auch über Kühe?«

»Ja«, sagte Sara.

Wieder lachte Linda. Dann beruhigte sie sich und sagte: »Was wollten Sie noch mal wissen?«

Sara machte eine Pause. »Ich habe überlegt, ob Sie mir Aurora Dawns Adresse geben könnten oder ihre Telefonnummer. Ich würde mich gern mit ihr in Verbindung setzen. Ich würde gern den Rest ihres Buches über die Farm lesen und sie ermutigen, es zu veröffentlichen, wenn der Rest ebenso gut ist.«

»Gut«, sagte Linda. »Ich werde Maxine sagen, daß sie Ihnen die Telefonnummer der Autorin geben soll... Sie wohnt in Cambridge. Und bitte sagen Sie ihr, daß sie sich nicht so von ihren Kühen hinreißen lassen soll, daß sie darüber vergißt, ihre Schnulzen zu schreiben. Sie bringt uns viel Geld ein, müssen Sie wissen.« Linda lachte, dann sagte sie: »Bleiben Sie in der Leitung, ich verbinde Sie mit Maxine. Übrigens sind Sie fertig mit der Arbeit an

›Desperate Dangerous Desire?‹ Nach unserem Terminplan muß das Manuskript in dieser Woche von Ihnen zurückkommen.«

»Ja, ja. Ich werde es heute zur Post geben«, versprach Sara.

Einen Augenblick später war Maxine an der Strippe und gab Sara Aurora Dawns Namen und ihre Adresse und Telefonnummer in Cambridge. Der richtige Name der Autorin war Fanny Anderson. Fanny, dachte Sara, es ist kein großer Unterschied zwischen Fanny und Jenny. Fanny war ein altmodischer Name. Während sie die Nummer wählte, fragte Sara sich, wie alt Fanny Anderson sein mochte, wie sie aussah, ob sie diese schöne Jenny aus Kansas war oder nur ihre Schöpferin.

Eine Frau mit irischem Akzent antwortete. »Mrs. Anderson ist nicht zu Hause«, sagte sie zu Sara. »Kann ich ihr etwas ausrichten?«

»Ja, bitte.« Sara war enttäuscht. Sie war so dicht dran gewesen, mit der Autorin von Jenny zu sprechen, und nun wieder so weit davon entfernt. »Sagen Sie ihr bitte, daß Sara Kendall aus Nantucket angerufen hat. Sagen Sie ihr, daß ich als Lektorin an ihrem Buch gearbeitet habe und daß ich mit ihr über die Jenny-Seiten sprechen möchte. Sagen Sie ihr, daß ich früher für Donald James gearbeitet habe. Sagen Sie ihr – ach, vielleicht sollte ich einfach noch einmal anrufen. Wann kommt sie zurück?«

»Das weiß ich auch nicht genau«, sagte die Frau. »Ich werde Ihre Nummer notieren, und sie wird zurückrufen.« Ihre Stimme war unpersönlich.

Entmutigt gab Sara der Frau ihre Nummer und legte auf.

Sie ging zurück zum Eßzimmertisch und legte das Manuskript, bis auf die Jenny-Seiten, wieder sorgfältig zurück in die Schachtel. Sie streckte sich und sah auf die Uhr. Kurz nach eins – und sie war immer noch im Morgenrock. Ein wahrer Luxus, so arbeiten zu können. Doch jetzt war der nervige Zeitpunkt des Tages herangekommen, wo sie sich von den einlullenden Phantasien der

Bücher, die sie bearbeitete, losreißen und der chaotischen Wirklichkeit des Lebens widmen mußte. Sie ging durch die Küche und stellte den Backofen an.

Holländischer Apfelkuchen, lecker, dachte sie. Morgen war das Erntedankfest, und ihr war die Aufgabe zugefallen, den Nachtisch für die Party bei Carole Clark mitzubringen, wo die ganze Gruppe sein würde, einschließlich Mary.

Na, wenigstens hatte sie Mary eines zu verdanken: Die »unschuldige« Anfrage der Jungfrau wegen ihres Gewichts hatte sie aktiv werden lassen, seit zwei Wochen machte sie eine Diät und hatte wieder mit Gymnastik angefangen. Sie sah schon anders aus: besser, schlanker, straffer. Sie paßte wieder in ein paar ihrer Lieblingssachen hinein. Außerdem hatte sie für sich eine neue Frisur entdeckt. Sie bürstete den Pony nach vorn und die Seiten nach hinten, das stand ihr besser, war weniger punkig. Ihre Haare gefielen ihr jetzt, und ihre Temperaturkurve gefiel ihr, alles gefiel ihr. Alles schien möglich. Sara stellte sich klassische Musik im Radio an und schnitt die Äpfel und rollte den Teig zu den Klängen von Vivaldis ›Vier Jahreszeiten‹ aus. Während der Apfelkuchen im Ofen war und das Haus mit dem Duft nach Zucker und Zimt und Äpfeln erfüllte, duschte sie sich und zog sich an. Die Jeans, Größe 40, waren ihr jetzt zu weit. Hurra. Sie holte den Kuchen aus dem Ofen, bewunderte die perfekt hochgebogene Kruste. Dann folgte sie einem spontanen Impuls, nahm den Telefonhörer ab und wählte noch einmal Fanny Andersons Nummer. Es war kurz nach halb vier, eine gute Zeit für einen Anruf.

Wieder das unpersönliche »Hallo« der irischen Frau. Aber diesmal sagte sie: »Einen Moment bitte, ich hole Mrs. Anderson.«

Und dann ein leises »Hallo? Hier ist Fanny Anderson«.

»Oh, Mrs. Anderson«, sagte Sara. »Hier ist Sara Kendall, ich rufe aus Nantucket an. Ich arbeite freiberuflich als Lektorin für Heartways House. Ich habe Ihren Roman ›Desperate Dangerous Desire‹ redigiert. Aber ich habe mehrere Jahre als Donald James' Assistentin bei Walpole and James gearbeitet, ich habe ein klein wenig Erfahrung als Lektorin von thematisch ganz unterschiedlichen Büchern. Und ich habe Sie angerufen, weil ich zwischen den Seiten Ihres historischen Liebesromans ein paar Seiten gefunden habe, die nicht dazugehören. Diese Seiten handeln von einem Mädchen namens Jenny...« Sara sprach immer langsamer. Ehe sie unverblümt vorschlagen wollte, daß Fanny Anderson an dem Jenny-Buch weiterarbeitete, wollte sie mehr als nur die Begrüßungsworte von der Frau gehört haben.

»Ah ja«, sagte Fanny Anderson, ihre Stimme war weich und melodisch und eine Spur gedehnt, die letzten Anklänge an die Kindheit in Kansas, vermutete Sara. »Ich habe mich schon gewundert, wo die Seiten abgeblieben sind. Ich wußte nicht...«

Sie beendete den Satz nicht.

»Ja«, sagte Sara, »also, ich habe Sie angerufen, weil ich Ihnen sagen wollte, daß mir die Jenny-Seiten sehr gefallen haben. Ich fand, daß sie sehr gut geschrieben sind, und Jenny ist faszinierend. Ich bin sehr neugierig, wie es mit ihr weitergeht. Und deswegen habe ich gedacht, daß ich Sie einfach anrufe und frage, ob das vielleicht ein Roman werden soll und wenn ja, wie weit Sie damit sind und ob Sie eine Lektorin brauchen und – vielleicht, ja, also es wäre möglich, daß Donald James Interesse hätte, die Geschichte zu lesen. Obwohl ich darüber noch nicht mit ihm geredet habe.«

Eine lange Pause. Dann sagte Fanny Anderson, deren Stimme noch weicher als vorher klang: »Ich hatte nicht die Absicht, irgend jemandem die Jenny-Seiten bereits zu zeigen. Noch nicht. Das ist alles sehr verwirrend. Ich weiß nicht, was ich dazu sagen soll. Es war wirklich nicht meine Absicht, daß irgend jemand ausgerechnet diese Seiten liest.«

»Oh«, sagte Sara enttäuscht. Die Frau war so zurückhaltend, so zögernd. »Fünfzehn Seiten waren zwischen dem Liebesromanmanuskript«, sagte sie, »und ich konnte mich nicht bremsen, ich mußte sie einfach lesen – denn ich fand sie, wie gesagt, wundervoll.«

»Sie haben Ihnen wirklich gefallen?« fragte Fanny.

»Sehr gut. *Sehr gut.*«

»Meine Güte«, sagte Fanny. »Das kommt alles so – plötzlich. Ich weiß nicht, was ich sagen soll. Ich glaube, ich brauche etwas Zeit, um darüber nachzudenken. Wissen Sie, ich habe diese Seiten wirklich nur für mich geschrieben, obwohl ich natürlich nicht behaupten kann, daß ich nicht auch darüber nachdenke, einen Roman über Jenny zu schreiben. Aber ich war noch nicht darauf vorbereitet, daß jemand es lesen würde. Doch nun stellt sich heraus, daß Sie schon etwas davon gelesen haben und es mochten, das scheint fast ein bißchen wie eine Vorhersehung zu sein, nicht wahr?« Fanny lachte ein heiseres leises Lachen. »Wir Schriftsteller sind so abergläubisch, wissen Sie. Wir glauben so sehr an das Schicksal, daß es schon geradezu lächerlich ist. Aber mir scheint ... ich habe gerade darüber nachgedacht, was ich als nächstes schreiben soll. Ob ich einen neuen Liebesroman anfange oder mich wirklich an Jenny setze ... und jetzt rufen Sie an. Und Sie haben gesagt, daß Sie mit Donald James gearbeitet haben?«

»Ja.«

»Aha. Du meine Güte. Das ist ziemlich beeindruckend. Ach, meine Liebe, ich bin ratlos.«

Nach einer Pause fragte Sara: »Haben Sie noch mehr über Jenny geschrieben? Was ich vielleicht sehen könnte?«

Schweigen. Ein langes Schweigen. Dann, weich: »Ja. Ja, ich habe in der Tat noch sehr viel mehr geschrieben.«

»Das würde ich gern sehen«, drängte Sara.

»Ich weiß nicht«, antwortete Fanny. »Ich weiß es einfach nicht. Ich habe bis jetzt überhaupt nicht daran gedacht, es irgend jemandem zu zeigen. Mir liegt viel an diesem Roman, sehr viel.«

Da war Sara sich sicher, daß die Jenny-Seiten sowohl ein Roman waren als auch Fannys persönliche Memoiren.

Aber sie sagte: »Das verstehe ich. Ein Roman dieser Art ist sehr viel schwieriger zu schreiben als ein historischer Liebesroman, bei dem es leicht ist, sich an festgesetzten Spielregeln zu orientieren. Der Jenny-Roman ist viel riskanter.«

»Ja«, antwortete Fanny, in ihrer Stimme lag warme Zustimmung. »Ja, genau das ist das Problem.« Dann schwieg sie wieder.

»Ich frage mich«, sagte Sara, »ich frage mich, ob ich nicht nach Cambridge kommen und Sie kennenlernen könnte. Daß wir uns vielleicht auf einen Drink treffen könnten oder daß ich Sie zum Mittagessen einlade oder daß wir uns einfach nur irgendwo hinsetzen und darüber reden.«

Schweigen.

»Bitte, verstehen Sie mich«, sagte Sara. »Ich arbeite als freiberufliche Lektorin. Ich kann Ihnen nichts versprechen. Und ich habe keine Hintergedanken dabei, ich bin wirklich nur von Ihrer Jenny fasziniert. Ich fände es schön, wenn ein solches Buch veröffentlicht werden würde und – na ja, mein Instinkt als Lektorin ist geweckt worden. Ich glaube, daß das Jenny-Buch eine sehr aufregende Angelegenheit werden könnte.«

»Ich weiß nicht«, sagte Fanny. »Es ist lieb von Ihnen, daß sie das sagen, sehr freundlich –«

»Das hat mit *Freundlichkeit* nichts zu tun –«, unterbrach Sara sie.

»– aber ich weiß es einfach nicht«, beendete Fanny ihren Satz.

»Also, ich muß Anfang Dezember nach Boston, um Weihnachtseinkäufe zu machen«, sagte Sara, die sich sofort einen Grund einfallen ließ. »Wissen Sie, Nantucket ist so klein. Keine großen Kaufhäuser. Vielleicht könnte ich Sie, wenn ich dort bin, kurz treffen, damit wir das besprechen können.«

Schweigen. Dann: »Erzählen Sie mir etwas über sich«, sagte Fanny, ihre weiche Stimme klang bestimmt.

»Oh«, sagte Sara, überrumpelt von der Frage. »Also. Ich bin vierunddreißig Jahre alt. Ich bin mit einem Zimmermann verheiratet, seit zwei Jahren leben wir hier auf Nantucket, vorher haben wir in der Gegend von Boston gewohnt. Ich habe am Williams College studiert und habe dann fast acht Jahre bei Donald James gearbeitet... Ich habe keine Kinder. Ich arbeite gern als Lektorin, aber mein Mann ist auf Nantucket geboren und wollte hier leben, und so haben wir beschlossen, es zu riskieren. Ich redigiere gern diese historischen Liebesromane, aber ich würde auch gern an anspruchsvolleren Büchern arbeiten.«

»Sind Sie hübsch?«

Überrascht von der Frage, sagte Sara ehrlich: »Also, ich glaube ja. Vielleicht nicht sehr hübsch, aber bestimmt hübsch.«

»Schön?«

»O nein, schön nicht. Obwohl, ich glaube, mein Mann findet mich schön, zumindest hoffe ich das, jedenfalls sagt er das, und das ist es, was zählt...«

»Und wenn Sie aus dem Haus gehen, wenn Sie die Straße entlanggehen, wenn Sie Leute treffen?«

»Ja?« fragte Sara, sie wußte nicht, was die Frau wissen wollte.

»Finden Sie, daß Sie *Eindruck* machen?«

»Wieso? Nein, ich glaube nicht«, antwortete Sara. Sie war verwirrt. »Manchmal, vielleicht. Aber meistens sehe ich aus wie alle anderen. Hier unten geht es ziemlich lässig zu.«

»Unter Eitelkeit scheinen Sie nicht zu leiden«, sagte Fanny Anderson.

»Nein«, sagte Sara. »Ich glaube nicht.« Sie lachte. »Ich hatte wirklich keinen Grund, darunter zu ›leiden‹.« Dann kapierte sie plötzlich, was Fanny von ihr wissen wollte, und sie sagte: »Ich war zum Beispiel nie so schön wie Jenny. Ich mußte mir nie Mühe geben, das Geschenk der Schönheit zu erhalten. Aber ich bin schön genug, um ihre Gefühle zu verstehen, glaube ich.«

»Ja«, sagte Fanny. »Ich verstehe. Wie sehen Sie denn aus?«

»Also, ich bin eins siebzig groß. Ich habe blaue Augen und blonde Haare – die ich gerade ganz kurz schneiden ließ. Ich war nie niedlich, aber ich glaube, ich bin immer hübsch gewesen. Ich glaube, daß ich nicht dumm aussehe, obwohl ich blond bin. Ich meine, die Klischeevorstellung von Blondinen ist doch, daß sie niedlich und sexy und dumm sind. Und ich wiege im Moment etwas zuviel, mein Gewicht geht immer rauf und runter.«

»Ja, das Gewicht kann zum Problem werden, nicht wahr?« sagte Fanny.

Sara wartete. Sie fragte sich, ob sie diesen Test, dem die andere Frau sie gerade unterzogen hatte, bestanden hatte.

Aber Fanny sagte nur. »Mein Gott, Sie mögen also meine Jenny-Seiten. Ich muß sagen, ich freue mich, daß Sie meine Jenny mögen. Das ermutigt mich. Trotzdem –«

»Ich würde gern kommen und mit Ihnen darüber reden«, sagte Sara, entschlossen, diese schwer faßbare Frau festzunageln.

»Lassen Sie mich darüber nachdenken«, sagte Fanny Anderson. »Sagen Sie mir noch mal Ihre Telefonnummer und Ihren Namen, damit ich es aufschreiben kann, und dann werde ich darüber nachdenken und Sie wieder anrufen.«

Sara versuchte, ihrer Stimme die Enttäuschung nicht anmerken zu lassen, als sie ihr die gewünschten Informationen gab. Als sie schließlich den Hörer aufgelegt hatte, merkte sie, daß sie vor Erwartung lächelte. Sie hatte etwas entdeckt, etwas Gutes, sie war sich ganz sicher. Sie hatte eine wirklich außergewöhnliche Person entdeckt, die ein wirklich gutes Buch schrieb. Sie kam sich wie Sherlock Holmes vor, der einem Verbrecher auf der Spur war, wie Marie Curie in ihrem Labor – sie stand dicht vor einer großen Entdeckung, und das Warten war jetzt ein unerläßlicher Teil des Prozesses, der zu einem Erfolg in ihrem Leben führen würde. Davon war sie fest überzeugt, als ob ihr eine Vision zuteil geworden wäre.

3

In Saras Vorstellung war das Erntedankessen immer eine feierliche Sache, mit blankgeputztem Silber, dem besten Porzellan und einer blumengeschmückten Tafel. Als Kind wurde von ihr erwartet, daß sie sich, sobald sie alt genug gewesen war, eine Gabel zu halten, manierlich betrug und brav war. Das war langweilig, aber sie war stolz, denn die jüngeren oder wilderen Cousins wurden mit einem Babysitter ins Kinderzimmer abgeschoben.

Dieses Erntedankfest hatte die Feierlichkeit eines Footballstadions im Superbowl. Mick hatte seinen Beitrag mitgebracht: einen Kasten Michelob-Bier und seinen Farbfernseher, den er neben den Fernseher der Clarks stellte, so daß die Männer gleichzeitig Football sehen konnten. Während die Frauen dampfende Schüsseln und einen knusprigen Truthahn auf den Eßzimmertisch stellten, rannten Jeremy Clark und Blaise Bennett, beide drei, um den Tisch herum, spielten mit einem winzigen Football und versuchten, ihn sich gegenseitig abzujagen, während die zweijährige Heather Bennett lauthals brüllend hinter ihnen herwackelte, mit ihren dicken Ärmchen herumfuchtelte und über ihre eigenen Beine stolperte – schon jetzt ein großartiger kleiner Cheerleader. Das Dinner wurde als Buffet serviert, und während die Männer aßen, herrschte einen kurzen Moment lang so etwas wie Ruhe, doch jetzt waren sie mit dem Nachtisch fertig und schickten sich an, sich endgültig vor dem Fernseher niederzulassen, was offenbar Klatschen, Brüllen und Fluchen hieß. Die Frauen buhten die Männer aus, dann zogen sie sich hinter die geschlossene Küchentür zurück, vordergründig, um das Geschirr abzuwaschen, aber eigentlich, um gemütlich gut klatschen zu können.

Sara lehnte sich gegen die Küchentür. Annie Danforth hatte ihr einen Irish coffee in die Hand gedrückt, und

Sara fing an, sich in der Wärme, dem Gelächter und der Ungezwungenheit der Küche wohl zu fühlen.

»Ich weiß nicht, was ich machen soll. Alison Wellington hat jetzt schon seit vier Monaten nichts für die Betreuung ihrer Kinder bezahlt«, sagte Mary. Sie saß am Küchentisch und deckte die Schüsseln mit Folie ab.

»Dann nimm doch ihre Kinder nicht mehr, bis sie gezahlt hat«, sagte Carole Clark. Sie trocknete die Gläser ab, die Jamie Jones spülte.

»Wie denn? Soll ich die Tür abschließen, wenn sie kommt? Sie geht arbeiten, wie du weißt«, protestierte Mary.

»Sie war schon *immer* so, immer!« sagte Annie Danforth. »Erinnerst du dich, bei den Girl Scouts? Schon im ersten Jahr hat sie *nie* bezahlt. *Nie.«*

»Na ja, sie sagt, es sei nicht ihre Schuld«, sagte Mary. »Sie sagt, ihr Mann würde ihr Gehalt einziehen und ihr das Geld zuteilen.«

»Ja, und wenn du das glaubst, dann kann ich dir auch einen Gebrauchtwagen andrehen«, sagte Carole. »Mary, erinnerst du dich an unsere Klassenreise nach Washington D. C. im letzten Schuljahr? Als sie sagte, daß sie ihre Brieftasche verloren hätte, und wir ihr alle etwas abgeben mußten, damit sie ein bißchen Geld hatte?«

Sara lehnte an der Tür und sah zu und war fasziniert von dem Klatsch über den legendären Geizkragen Alison Wellington, beneidete die anderen Frauen um ihre gemeinsame Geschichte und die Leichtigkeit, mit der sie zusammenarbeiteten. Sie wünschte, daß sie auch etwas helfen könnte, sie wollte nicht, daß sie später sagen konnten: »Hast du gesehen, daß Sara Kendall nur rumstand und keinen Finger krumm machte, wie die Königin persönlich?« Aber sie wußte nicht, was sie tun sollte. Die Frauen waren so organisiert wie Bienen in einem Bienenkorb, sie konnte sich nirgendwo einklinken.

Dann ertönte aus dem Wohnzimmer das Geschrei eines weinenden Kindes.

Jamie Jones, die mit einer verkrusteten Bratkartoffelpfanne kämpfte, sah über ihre Schulter.

»Verdammt!« sagte Jamie. »Das macht sie immer. Immer wenn ich gerade nasse Hände habe. Ich muß sie füttern. Dieses Gebrüll kenne ich. Und es sind vier Stunden vorbei. Könnte jemand sie für mich holen gehen, damit ich die Pfanne fertigmachen kann?«

Für Sara war es ganz natürlich, daß sie, die einzige Frau, die nichts tat, sagte: »Ich hole sie, Jamie.« Niemand fiel schockiert in Ohnmacht, also ging sie aus der Küche, ihr Herz raste. Sie hatte bis jetzt wenig mit Babys zu tun gehabt. Sie wußte noch nicht mal, wie sie eins halten sollte.

Aber Sheldon übergab Sara sofort seine Tochter. »Sie ist durchgeweicht«, sagte er. »Du mußt sie wickeln.« Er nahm die Augen nicht vom Bildschirm – Freistoß.

»Äh«, sagte Sara, leicht beunruhigt.

»Die Windeltüte liegt oben im ersten Stock im Gästezimmer«, sagte Sheldon. Dann schrie er: *»Gut so«*, als seine Mannschaft wieder Punkte machte, und überließ sie ihrem Schicksal.

Mit dem Baby behutsam im Arm, verließ Sara das Wohnzimmer mit den johlenden, klatschenden und trampelnden Männern und bahnte sich ihren Weg durch die tobende Kinderschar hindurch die Treppen hinauf. Das kleine Mädchen schrie und wand sich und stieß wütend mit Armen und Beinen um sich, haute Sara unters Kinn und an die Brust. Sara war erstaunt, wieviel Kraft in diesem sechs Monate alten Kind steckte und wie schwer es ihr fiel, das strampelnde kleine Mädchen festzuhalten.

»Schsch«, flüsterte sie. »Aber, aber. Ist doch alles in Ordnung, Süße«, sagte sie und sah auf das Baby hinunter, das eine rosa Schleife in einem Büschel schwarzer Haare hatte. Sie lächelte das Baby an.

»Aaaaaaah!« kreischte das Baby mit verzerrtem Gesicht.

Im Schlafzimmer wurde die Lage noch kritischer. Sara

hatte noch nie zuvor ein Baby gewickelt, aber sie wäre eher gestorben, als es den anderen Frauen einzugestehen. Und sie würde es bestimmt können, sie war ja kein Idiot, so schwer würde es schon nicht sein.

Aber das Mädchen war jetzt wütend, weil sie Hunger hatte und naß war und weil sie diese Fremde nicht kannte, weil diese Frau sie ungeschickt anfaßte und nicht mit der schnellen Geschicklichkeit, die sie von ihrer Mutter gewohnt war. Sara legte das Baby vorsichtig auf das Bett und knöpfte den Frotteestrampler auf. Sie zog an dem Klebestreifen, mit dem die Windel zusammengehalten wurde, dann stand sie einen Moment da und überlegte, wohin mit der Windel. Sie konnte sie nicht auf das Bett legen, sie war so naß, daß sie die Decke beschmutzen würde, sie konnte das Baby nicht allein lassen und durch das ganze Zimmer gehen und die Windel in den Papierkorb werfen. Ihr Zögern machte das kleine Mädchen wütend. Das Baby strampelte mit seinen fetten nackten Beinchen wie bei einem Radrennen, und ihre Schreie steigerten sich zu einem wütenden Kreischen. Als ob Sara sie gekniffen hätte.

Sara beugte sich über das Baby, mit vor Scham und Frustration und – zu ihrem größten Entsetzen – vor Wut gerötetem Gesicht: Warum mußte dieses Baby sie so bloßstellen? Wo sie ihr Bestes gab.

»Schsch. Ist doch alles in Ordnung, kleine Rosemary. Ich weiß, daß du dein Abendessen haben willst. Ich will doch bloß deine Windel wechseln. Hab noch eine Minute Geduld mit mir, bitte«, flüsterte sie dem Baby zu.

Aber Klein Rosemary schlug mit Armen und Beinen um sich und wand ihren Körper und drehte sich um, so daß Sara nach dem pausbäckigen kleinen Geschöpf greifen und es wieder auf die trockene Windel drehen mußte. Das machte das Baby nur noch wütender, und ihr Kreischen hätte die Sirene einer Feuerwehr übertönt. Saras Herz klopfte, und ihre Hände bewegten sich hölzern und ungeschickt.

Plötzlich schwebte ein Engel der Barmherzigkeit durch das Zimmer, um das gequälte Kind zu retten. Die »Jungfrau Mary«. Sie griff sich das unglückliche Baby und hielt es an ihre Brust und flüsterte ihm ins Ohr. Sie streichelte seinen Hinterkopf. Der nackte Po des Babys hing über ihrem Arm.

Sara hoffte, das Baby würde auf Marys Pullover scheißen.

Natürlich machte Rosemary das nicht. Statt dessen beugte sie sich nach hinten, sah hoch und erblickte ein Gesicht, das sie kannte – Mary war Rosemarys Babysitter –, und ihr Geschrei ebbte ab.

»Armes Baby, armer kleiner Schreihals«, sagte Mary. »Bist du nicht ein dummer Schreihals?« Sie schüttelte das Baby leicht und lächelte es an. Als sich das Baby beruhigte, sah Mary Sara an. »Es hat sich angehört, als würdest du sie in den Hintern pieksen«, sagte sie grinsend zu Sara.

»Ich glaube, sie mag es nicht, wenn ihre Windeln gewechselt werden«, sagte Sara, obwohl das nicht das war, was sie dachte, sie dachte, daß sie etwas Widernatürliches an sich haben mußte, etwas *Unmütterliches,* auf das das Baby instinktiv mit Angst reagiert hatte. War das möglich? Die »Jungfrau« würde sie jedenfalls nicht fragen.

Mary beachtete Sara nicht mehr. »Aber wir müssen uns die Windel wechseln lassen, wenn wir unsere Flasche wollen«, sagte sie und legte das Baby wieder aufs Bett. Und es war ganz so, als ob Mary auch hinten Augen hätte, denn es gelang ihr, das Baby im Auge zu behalten und gleichzeitig nach einer Klapper zu greifen, die sie dem Baby schwungvoll reichte. »Du machst jetzt schön Spielie-Spielie, du kleiner Schreihals, und Mary wird Rosemary ganz hübsch machen, so daß sie Happa-Happa machen kann.«

Oje, werde ich auch so reden müssen, wenn ich ein Kind habe? fragte Sara sich. Ihr sank das Herz, sie dachte: Vielleicht bekomme ich kein Kind, weil ich nicht in der Lage bin, so zu reden. – Ich habe einfach nicht den richtigen Mutterinstinkt.

Schneller als der Wind hatte Mary das Kind gewickelt und eilte mit ihm aus dem Zimmer, ohne noch ein Wort an Sara zu richten.

Sara folgte Mary die Treppe hinunter und in die Küche, suchte nach den richtigen Worten, um zu erklären, was passiert war. Ihr fiel nichts ein. Ihr Gehirn war leer. Wie bin ich doch froh, daß ich Lektorin bin, dachte Sara trokken. Das ist wirklich eine große Hilfe für mich.

Jamie saß an dem runden Küchentisch aus Eichenholz. Sie nahm Rosemary, legte das Baby an ihre aufgeknöpfte Bluse und sah einen Moment lang zu, wie das Baby gierig zu trinken anfing. Dann blickte sie hoch zu Sara und lächelte. »Es tut mir leid, daß sie dir so viele Schwierigkeiten gemacht hat«, sagte sie. »Sie ist in dieser besonderen Phase, die man ›fremdeln‹ nennt. Sie sieht ein neues Gesicht, und schon flippt sie aus. Das ist so verdammt peinlich. Sheldons Eltern haben uns letzte Woche besucht, und sie brüllte jedesmal los, wenn sie sich ihr näherten. Ich wollte das kleine Biest umbringen. Ganz wunderbar, um eine gute Beziehung aufrechtzuerhalten.«

»Ich weiß noch, wie Jeremy so war«, sagte Carole, die am Kühlschrank lehnte. »Ich konnte mit ihm nicht durch einen Laden gehen. Sobald irgendeine kleine alte Dame ›Du-Du-Du‹ sagte, schrie er sich die Lunge aus dem Leib. Ich mußte ihn zu Hause lassen, wenn ich einkaufen gehen wollte. Und so ging das *wochenlang*«, fügte sie düster hinzu.

»Du bist schon ein fürchterlicher kleiner Störenfried«, sagte Jamie zu ihrer Tochter mit vor Liebe belegter Stimme und stolz glänzenden Augen. Das Baby nuckelte glücklich.

Sara ließ sich auf einen Stuhl sinken und hörte zu, wie die anderen Frauen sich über Babys unterhielten. Schließlich fing Annie Danforth an, über Weihnachten zu reden.

Sara entspannte sich, bis die Kinder, müde von dem Fest, anfingen, sich lautstark und unerbittlich zu zanken. Die Mütter strömten ins Eßzimmer, um ihre Brut einzusammeln. Es wurde Zeit zum Aufbruch.

Carole Clark schob sich zu Sara. »Würdet ihr Mick nach Hause fahren?« flüsterte sie. »Er hat ein bißchen zuviel getrunken.«

Mick war in der Tat sehr betrunken, aber er war ein fröhlicher, gutmütiger Betrunkener. Im Moment hatte er große Schwierigkeiten, seinen Mantel anzuziehen. »Die Patriots haben verloren, aber ist doch egal, richtig?« brüllte er.

»Richtig«, brüllte Steve zurück und knuffte seinen Freund. Er grinste Sara an. »Ich gehe nach oben und hole unsere Mäntel«, sagte er.

Sara lehnte sich an die Wand im Flur, während Mick das letzte Viertel des Spiels noch einmal spielte.

»Der Schiedsrichter hat einen Fehler gemacht, aber ist doch egal, richtig?« fragte Mick sie.

»Richtig«, sagte Sara. Die anderen Paare kamen vorbei, gingen die Treppe hoch und kamen wieder herunter, die Arme voller Kleidungsstücke, trugen ihre Kinder und mit Folie bedeckte Schüsseln aus der Tür, umarmten sich, riefen sich etwas hinterher.

»Die Patriots sind die Besten, richtig?« brüllte Mick.

»Richtig!« brüllte Sara, obwohl Mick jetzt im Flur auf und ab ging und sich an ein offenbar größeres Publikum zu wenden schien.

»Wir werden es schaffen, richtig?« brüllte Mick.

»Richtig«, brüllte Sara zurück. »Ich seh' mal nach, wo Steve bleibt, ich dachte, er wollte unsere Mäntel holen«, sagte Sara in normaler Lautstärke. »Ich bin gleich wieder zurück.« Sie eilte die teppichbedeckten Stufen der Treppe hoch. Steve stand im Gästeschlafzimmer und hatte ihre Mäntel über dem Arm.

Außer ihm war nur Mary Bennett im Zimmer. Sie saß auf dem Bett und lehnte sich an das Kopfende. Sie sah ernst aus. Steve auch. Als Sara das Zimmer betrat, empfand sie die Stille wie ein Zeichen für die Unterbrechung eines intimen Augenblicks. In Saras Phantasie explodierte eine Wahnvorstellung: Sie sah ihren Mann mit kühler Arroganz an, ging wortlos aus dem Zimmer, fuhr nach Hause, packte ihre Sachen und verließ ihn, für immer.

Statt dessen sagte sie so normal wie möglich: »Oh, ich dachte, du könntest die Mäntel nicht finden. Hast du alles? Wir müssen Mick nach Hause schaffen, ehe er einschläft.«

»Klar«, sagte Steve. »Ich bin soweit.«

Sara ging durch das Zimmer, stellte sich dicht vor ihren Mann und lächelte. »Hilfst du mir?« fragte sie, und er hielt ihr den Mantel, damit sie hineinschlüpfen konnte. Sie lächelte Mary zuckersüß an. »Tschüs«, sagte sie.

»Tschüs«, erwiderte Mary sauer.

Schweigend, immer lächelnd, bis zum Schafott, ging Sara hinter Steve die Treppe hinunter. Jamie Jones stand in der Tür und redete mit Carole. »... bis Dienstag nachmittag, wie immer?« sagte Jamie leise. Sie sah Sara schuldbewußt an. »Sicher. Ich ruf' dich an«, sagte Carole zu ihrer Freundin, und sie umarmten sich. Als Carole sich Sara zuwandte, schien eine aufgesetzte Fröhlichkeit in ihrem Lächeln zu liegen.

Was soll das? dachte Sara. Leide ich unter Verfolgungswahn, oder wollten die beiden nicht, daß ich über ihre Pläne Bescheid weiß? Aber die Peinlichkeit des Augenblicks verflog, als sie und Steve Mick aus der Haustür und in ihr Auto bugsierten.

Mick brabbelte die ganze Heimfahrt von seinen geliebten Patriots, was Sara genug Zeit ließ, über ihren Vermutungen zu brüten. Wenn ich wollte, könnte ich mich jetzt richtig gut selbst bemitleiden, dachte sie. Das Baby hatte sie nicht gemocht, Jamie und Carole hatten etwas vor, wovon sie sie auf jeden Fall, wenn auch schuldbewußt, ausschließen wollten – und ihr Mann, das wog am schwersten, hatte sich gerade mit seiner früheren Freundin ausgesprochen. Das scheint nicht Erntedank, sondern Halloween zu sein.

Steve zerrte Mick aus dem Auto und in sein Apartment, dann stieg er wieder ein, um nach Hause zu fahren.

»Mick ist diesmal wirklich voll. Morgen wird es ihm ziemlich schlechtgehen«, sagte Steve.

»Worum ging es denn auf deiner kleinen Konferenz mit Mary?« fragte Sara und versuchte, ihre Stimme so normal wie möglich klingen zu lassen.

»Welche kleine Konferenz?« fragte Steve unschuldig.

Sara musterte das Gesicht ihres Mannes, der ihr das Profil zuwandte und sich auf das Fahren konzentrierte, als steuerte er den Wagen durch einen tobenden Schneesturm.

»Na, hör mal, Steve«, sagte sie.

Steve schwieg eine Weile. Dann sagte er: »Es war nichts, Sara, wirklich, nichts.«

Sie wartete, ihre Augen bohrten sich wie Laserstrahlen in Steves störrischen Kopf. Schließlich wandte sie sich ab, und sein tödliches Schweigen und ihre Verärgerung breiteten sich im Auto aus wie Parfüm. Zu Hause angekommen, knallte sie wütend die Türen zu. In der Reihenfolge: Autotür, Haustür, Schlafzimmertür.

Ich will kein Baby, ich will nicht auf Nantucket bleiben, ich will nicht mehr verheiratet sein! dachte Sara, als sie sich die Seidenbluse und den Rock vom Leib riß. Ich werde wieder zu Walpole and James gehen. Ich werde jede Menge Freunde haben, und Julia und ich werden zusammenwohnen, und wir werden Salat essen und Chablis trinken, wir werden zusammen verreisen und Männer wie Spielzeug aufgabeln und wieder fallenlassen. Sie zog sich das Flanellnachthemd über den Kopf.

»Ja, du siehst genau wie ein Vamp aus«, sagte sie zu ihrem Spiegelbild. Traurig ließ sie sich aufs Bett sinken.

Die Tür ging auf, Steve kam herein. Er setzte sich neben Sara auf das Bett. »Gut«, sagte er. »Ich werde dir jedes Wort erzählen. Okay?«

Sara sah ihren Mann nicht an und sagte nichts.

»Mary hat mich gefragt, ob ich glücklich sei. Ich sagte ja. Sie sagte: ›Das ist schade, ich nicht.‹ Ich sagte, es täte mir leid, das zu hören. Sie sagte: ›Wie leid?‹ Ich sagte: ›*So* leid nicht‹, und grinste sie an. Ich meine, Sara, ich wollte sie nicht kränken.«

»Was hat sie daraufhin gesagt?« fragte Sara.

Steve zögerte. »Sie sagte: ›Jetzt bin ich noch unglücklicher.‹«

»Dieses Flittchen«, sagte Sara, »sie will dich zurück, nicht wahr?«

»Ich weiß nicht, was sie will, Sara. Ich weiß es wirklich nicht. Und es tut mir leid, daß sie nicht glücklich ist, aber es geht mich nichts an.«

Sara sah Steve an. »Du warst sehr lange oben.«

»Ja, viele Leute waren oben. Wir drängelten uns in dem Schlafzimmer und suchten unsere Mäntel und so weiter zusammen. Ich war mit Mary nur ein paar Minuten allein, das schwöre ich dir, Sara. Es ist nichts weiter passiert, und es wurde nichts weiter gesprochen.«

Sara sah Steve eindringlich an. »Steve, kannst du dir nicht denken, wie ich das hasse? Ich hasse es, die eifersüchtige Ehefrau zu spielen. Ich hasse es, den Inquisitor zu spielen. Das macht mich ganz krank.«

Steve zog sie an sich. Er sprach in ihr Haar. »He, Sara«, sagte er, »du weißt genau, daß du dir keine Sorgen zu machen brauchst. Du weißt doch, was wir an uns haben. Wir sind verheiratet. Ich liebe dich. Ich fühle überhaupt nichts für Mary – außer Mitleid vielleicht. Sie ist doch nicht nur hinter mir her, sie flirtet mit jedem. Ich weiß nicht, welche Probleme sie mit Bill hat, aber er ist so ein arroganter Typ, und es überrascht mich nicht, daß sie unglücklich ist. Ich glaube, es tut mir schon leid, daß sie unglücklich ist, aber mir würde jeder, der unglücklich ist und den ich kenne, leid tun. Das ist alles. Und das weißt du. Also, bitte.«

Während Steve redete, streichelte er Sara zärtlich, so

wie sie es gern mochte, was er genau wußte. Sara verbarg ihr Gesicht an Steves Hemd, lächelte froh, gestattete es sich, wieder auf den Boden der Tatsachen zurückgelockt zu werden. Steve war nah bei ihr, seine Hände auf ihrem Körper, sein Mund auf ihrem Mund. Sie liebten sich lange, redeten miteinander, sahen sich in die Augen, bewegten sich im Licht der Lampe. Sie schliefen ein, ihre Sachen lagen verstreut auf dem Fußboden, und das Licht brannte.

Am Ende der ersten Dezemberwoche erhielt Sara zwei Briefsendungen mit der Post.

Sie las zuerst den Brief von Julia. Es war eine Fotokopie aus einem Lehrbuch, die wichtigsten Stellen hatte Julia unterstrichen und mit einer Vielzahl von Pfeilen, Sternen und anzüglichen Zeichnungen verziert.

> Zukünftige Mütter, die sich ihrer Fähigkeit, empfangen zu können, vergewissern wollten, unterzogen sich verschiedenen Fruchtbarkeitstests. Eine Anzahl dieser Tests beruhten auf der Vermutung, daß bei fruchtbaren Frauen zwischen dem Genitalbereich und dem übrigen Körper eine Verbindung besteht, die es ausgesuchten, per vaginam eingeführten Substanzen ermöglicht, den Atem und andere Körperfunktionen zu erreichen. Wenn also die Probandin erbrechen mußte, nachdem sie auf mit Bier verrührtem Dattelmehl gesessen hatte, konnte sie empfangen. Die Häufigkeit des Erbrechens zeigte die Anzahl der Kinder an, die sie haben würde (K. 27). Ebenso konnte sie empfangen, wenn sie nach einer Desinfizierung ihrer Vagina durch Dämpfe Bauchgrimmen hatte (C., V.) oder schäumenden Urin oder Blähungen, wenn sie aber erbrach, dann nicht (C., V). Ein Test, der später durch Hippokrates (Aph., V, LIX) und die Araber (Demiry) Berühmtheit erlangte, bestand darin, daß der Atem nach Knoblauch oder Zwiebel roch, wenn diese per vaginam eingeführt

wurden, ein Prinzip, das kürzlich mit dem Speckschen Test wiederbelebt wurde, der Phenolphthalein in utero injizierte und anschließend im Urin nachwies.

Julia hatte eine kleine Knoblauchknolle an den Brief geklammert.

»Toll«, sagte Sara laut. »Vielen Dank.«

Es war ein regnerischer Sonnabend, kalt und ungemütlich, und Sara ging ausgesprochen schlecht gelaunt durchs Haus: Sie wußte, daß sie, trotz des Thermometers, morgen ihre Periode bekommen würde. Ihre Brüste schmerzten und waren geschwollen, ihr Bauch hatte ein Eigenleben entwickelt, wölbte sich in einer geschmacklosen kleinen Schwangerschaftsparodie, und im Rücken spürte sie bereits leise Krämpfe. Den größten Teil des Tages hatte sie sich zusammengerissen, geputzt, die Übungen gemacht, mit denen sie ihren Körper wieder in Form bringen wollte, aber jetzt war es halb vier, Dezemberdämmerung an einem trüben Tag, und Sara war versucht, sich in ihre Verzweiflung fallen zu lassen.

Sie war froh, daß sie Post bekommen hatte. Sie las noch einmal die Seite, die Julia ihr geschickt hatte, und betrachtete für einen Moment ernsthaft die Knoblauchknolle, sie überlegte. Wie kam man an Dattelmehl? Wenn sie es mit Bier verrührte und *sich darauf setzte*? Im Geist konnte sie beinahe Julias Gelächter hören. Sara lachte auch. Vielleicht war sie ja verrückt, aber sie würde sich nicht auf einen Bierteig setzen – oder auf diesen Knoblauch. Sie schob den Brief zu den Briefen für Steve und öffnete den Umschlag von Fanny Anderson.

Liebe Mrs. Kendall (stand in der beigelegten Notiz auf schwerem, cremefarbenem Büttenpapier),
ermutigt durch Ihre Freundlichkeit, erlaube ich mir, Ihnen noch einige Seiten meines Jenny-Manuskripts zu schicken. Bitte fühlen Sie sich nicht verpflichtet, sie zu mögen oder überhaupt zu lesen. Ich stecke mitten in

der Arbeit für einen weiteren Aurora-Dawn-Roman und habe wenig Zeit, über die Jenny-Seiten nachzudenken. Aber da Sie sich die Mühe gemacht haben, mich anzurufen...

Mit den besten Wünschen,

Fanny Anderson

Dreißig Seiten von Jenny. Sara sah auf den Umschlag wie auf eine Schachtel Konfekt. *Das* war die Kur, die sie brauchte. Ihre Arbeit, ein gutes Buch, auf das sie sich mit all ihrem Talent und ihren Fähigkeiten stürzen konnte. Sie kochte sich eine Tasse entkoffeinierten Kaffee (trotz ihrer prämenstruellen Schmerzen, Koffein verstärkte angeblich prämenstruelle Spannungen) und setzte sich an die Arbeit.

»Mit Siebzehn wirbelte ich in einem Mahlstrom meiner Bedürfnisse. *Ich wollte alles.* Was ich wollte, schien unbestimmt und namenlos zu sein. Ich liebte so viele Dinge mit großer Inbrunst; nachdem ich die Liebe erlebt hatte, hatte ich das Gefühl, als hätte ich jetzt für alle Ewigkeit genug Liebe gegeben und müßte mich jetzt anderen Dingen zuwenden oder vor Langeweile sterben.

Ich liebte meine Eltern und unsere Farm, den Himmel über Kansas, die uneingeschränkte, stürmische Weite des Landes, aber ich wollte *mehr.* Ich ging seit einem Jahr mit einem ›älteren‹ Mann aus, Will Hofnegle, einem Farmer vom anderen Ende unserer Gemeinde, der mit Zweiundzwanzig die große Farm seiner Eltern geerbt hatte. Er war ein guter und freundlicher Mann, der als Farmer hart arbeiten mußte und doch die Kraft und die Einfühlsamkeit hatte, mich so, wie ich war, gern zu haben. Er ritt mit mir aus, aber er hörte mir auch zu, wenn ich ihm meine Geschichten vorlas. Er schenkte mir Bildbände von Paris und Rom. Er verstand meine Sehnsucht. Ohne ihn wäre ich in Kansas verzweifelt einsam gewesen, denn ich hatte keine Freundinnen, keinen Menschen, der meine Liebe zur Literatur verstand oder meine Sehnsucht, in eine intellektuellere Welt entkommen zu können.

Wills Leben war voll greifbarer Schönheit, er hatte Pferde, Rinder, Hunde, Scheunen und Ställe, üppig wogende Kornfelder, die viel ertragreicher waren als unsere, und er war groß, sah gut aus und bewegte sich mit einer ruhigen, schwerelosen Anmut. Er trug mir sein Herz und seine Farm an, er wollte mich heiraten und faßte es nicht als Beleidigung auf, als ich ihm sagte, daß ich versuchen wollte, von hier wegzukommen.

Ich bekam ein Stipendium für die Kansas University. Ich wollte auf ein College im Osten – vielleicht träumte ich immer noch von einer dramatischen Wiedervereinigung mit Jeremy, vielleicht wollte ich einfach an die Ostküste, um rauszukommen. Aber meine Eltern konnten es sich nicht leisten, mich woanders hinzuschicken, und meinten, daß ich Glück hätte, überhaupt ein Stipendium zu haben. Alle sagten, ich müßte dankbar sein, daß ich aufs College geschickt wurde, aber noch ehe ich dort war, wollte ich bereits *mehr.*

So war es wahrscheinlich vorhersehbar, daß ich mich sofort auf Henry Cook stürzte, den Dozenten des Pflichtkurses Kunst für Erstsemestler. Er kam von der Ostküste. Das reichte schon. Er trug Kaschmirpullover, Tweedjacketts, elegante Slipper aus einem Leder, das aussah, als sei es aus Seide, und sich auch so anfühlte, und er hatte etwas – sein Akzent, sein Haarschnitt? –, das mich rein körperlich an Jeremy Gardner erinnerte.

Die anderen Collegestudentinnen erschienen mir überaus naiv, anspruchslos und dumm. Henry sah gut aus, wirkte nervös, fast gereizt, wie ein kraftvolles, schnelles, überzüchtetes Vollblut, das losrennen will. Und er war mein Rennpferd, ich sein Jockey. Ich war seine Meisterin, aber er nie mein Geliebter, obwohl sein Hoffen darauf die Peitsche in meinen Händen war.

Denn ich wurde immer schöner. Das wußte ich. Ich beutete mich selbst aus – was hatte ich sonst zu bieten? Ich hatte langes lockiges Haar bis zur Taille, das ich mit einem blauen Band zurückhielt, um das Blau meiner Augen hervorzuheben. Meine Haut war sehr hell und schimmerte rosig, wenn ich aufgeregt oder glücklich war, lange Beine, eine schmale Taille und, wie mir immer wieder versichert wurde, einen aufregenden Busen. Bevor ich aufs College ging, verbrachte ich Stunden vor dem Spiegel und bewunderte mich, kritisierte mich, wollte herausfinden, was sich an mir verbessern ließ, und ich deutete jeden bewundernden Blick, den ich auffing, als Bestätigung und als Aufforderung: Nimm es, und mach etwas daraus.

Trotzdem weiß ich immer noch nicht, woher ich den Mut nahm, die Tollkühnheit, Henry so nachzustellen, wie ich es damals tat: Es war Verzweiflung, die reine Verzweiflung. Ich war wild vor Gier. Henry stammte aus einer alten, begüterten Familie von der Ostküste. Daß er dunkelhaarig und gutaussehend und schlank war, zählte nicht. Er hätte auch ein fetter Zwerg aus einer begüterten Oststaatenfamilie sein können, und ich wäre verrückt nach ihm gewesen. Meine Bedürfnisse und seine Unsicherheit ergänzten sich perfekt.

Henry wollte Künstler werden. Seine Familie beharrte darauf, daß Kunst Sünde sei, und weigerte sich, ihn in seinem Streben, Maler zu werden, zu unterstützen. Sie behaupteten, mit siebenundzwanzig Jahren sei er noch zu jung, um zu wissen, was er mit seinem Leben machen wolle, und daß er sein Erbe erst ausbezahlt bekäme, wenn er einen ›ordentlichen Job‹ hätte. Das braungolden glühende Herbstsemester verbrachte ich mit Henry erst beim Kaffee in der Mensa, dann bei Wein in seinem Apartment. Niemals im Bett: Damit lockte ich ihn. Ich hatte herausgefunden, daß er, obwohl seine Familie ihm das große Geld vorenthielt, aus einem Fonds, den seine Großmutter für ihn angelegt hatte, ein Einkommen bezog, über das seine Eltern keine Verfügungsgewalt hatten. Nachdem ich mich von dem Schock erholt hatte, daß er mehr Geld bekam, als meine Familie mit all ihrer Arbeit je verdient hatte, und er dieses Geld als ein ›Nichts‹ betrachtete, verhärtete ich mich noch mehr und wurde noch anspruchsvoller. Warum hatte ein Narr wie Henry soviel Geld, während meine schwer arbeitenden Eltern so wenig hatten? Es gab keine Gerechtigkeit in der Welt – sie wurde einem nicht geschenkt –, und so mußte ich soviel Gerechtigkeit erzwingen und erringen, wie ich nur konnte.

Du mußt malen, sagte ich zu Henry. Du bist ein Künstler, du darfst dich hier nicht vergeuden. Du solltest nach

Paris gehen und dort malen, wir haben 1950, und dort sind all die Künstler. Ich glaube an dich, Henry, ich werde mit dir gehen, ich werde dich ermutigen, ich werde dir Kraft geben.

Also gingen wir. Was hat das für einen Wirbel verursacht. Wie viele Telegramme und Telefonanrufe, von seinen Eltern, seiner Schwester, seinem Bruder, seinen Onkeln, dem Dekan der Kunstfakultät! Wie ich das genoß. Meine Eltern und Will schienen nicht überrascht zu sein, als ich es ihnen sagte, und alle wünschten mir das Beste. Ich liebte Paris. Die Quadersteine, den Fluß, die Kathedralen und Cafés, die Liebenden, die sich öffentlich auf der Straße küßten, und daß mich jedermann unverhohlen bewunderte und mir Küsse zuwarf, wenn ich vorbeiging. Wir mieteten uns ein kleines Apartment in einem baufälligen Haus im Quartier Latin. Wir tranken Pernod bei Les Deux Magots, aßen im La Coupole, ich las Hemingway und Stein und Camus und Genet. Henry diskutierte mit anderen Malern über Kunst, die Maler lehrten mich, ein akzeptables Französisch zu sprechen, und versprachen, mich, wenn ich nur wollte – auch die Sprache der Liebe zu lehren; mir die Sprache der Liebe beizubringen. Ich blieb Jungfrau. Das war ein Teil meiner Macht, machte Henry verrückt nach mir. Aber ich liebte Henry nicht, ich war so jung, ich liebte nur mich, ich liebte es, daß ich geliebt wurde, ich wollte, daß mich jeder liebte. Ich war so jung, so eitel, so naiv: Ich hielt die Lust der Männer für Liebe.«

Das Klingeln des Telefons riß Sara in die Gegenwart zurück. Sears hatte die bestellten Staubsaugertüten bekommen. Sie legte den Hörer auf, blieb einen Moment stehen und starrte auf das Telefon. Wie mutig Jenny war, wie zielstrebig – sie ging einfach los und nahm sich, was sie wollte! Mit Siebzehn hatte sie die Courage und das Feuer, bis nach Paris zu kommen. Sie hatte nicht passiv auf das Schicksal gehofft, sie hatte das Schicksal in ihre Hände genommen. Jenny betrachtete das Leben als weiche Masse, als einen Klumpen Ton, den man formen und zurechtkneten konnte. Sara hatte das Leben zu lange wie einen wilden Wirbel betrachtet, von dem sie sich hilflos in jede Richtung treiben ließ. Sie konnte diese Sicht ändern; sie würde sich ändern. Sie würde die Füße feststemmen, Halt finden, mutig werden. Es gab Dinge, die sie unternehmen konnte, um zu bekommen, was sie haben wollte, und das wollte sie nun angehen. Sobald sie mit dem Lesen der Jenny-Seiten fertig war.

»Sie können jetzt hineingehen«, sagte die Schwester. Sara ging in das Sprechzimmer des Gynäkologen, und als sie Dr. Hiram Crochett sah, war ihr erster Gedanke: Gott sei Dank ist er nicht jung und gutaussehend. Julia hatte ihn empfohlen; sie hatte ihr versichert, daß er großväterlich sei, freundlich, aber brillant, der Beste seines Fachs. »Ein Gynäkologe, der Crochett, Häkelnadel, heißt?« Julia wollte sich vor Lachen ausschütten. »Er muß einfach gut sein, um diesen Namen wettzumachen!«

Sara mochte Dr. Crochett auf Anhieb. Er war klein, ein bißchen häßlich, mit einem freundlichen, schlaffen, faltigen Gesicht und weitsichtigen, großen Augen hinter einer Brille. Er hatte lockiges graumeliertes Haar, einen struppigen Schnurrbart und ein freundliches Lächeln. Er war ein bißchen zu dick – ah, gut, dachte Sara und entspannte sich. Er hat auch mit den kleinen Begierden und Unvollkommenheiten seines Körpers zu kämpfen. Er wird mich verstehen.

Er trug einen weißen Ärztekittel über seiner Straßenkleidung und ein Stethoskop um den Hals. Sein Sprechzimmer war mit Eichenholz getäfelt, und an den Wänden hingen Bilder von neugeborenen Babys. Zur Begrüßung reichte er ihr die Hand – eine höfliche Geste, die Sara zu schätzen wußte – und deutete auf einen Stuhl. Dann setzte er sich ihr gegenüber an seinen Schreibtisch und las das Formular, das sie gerade ausgefüllt hatte und das die Schwester ihm auf einem Klammerbrett gereicht hatte.

Dieses Formular gab ihr Mut. Sie fühlte sich in ihre Schulzeit zurückversetzt. Als hätte sie gerade einen Test abgegeben, dessen Fragen sie alle richtig angekreuzt hatte. Sie war gesund, Steve war gesund, beider Eltern waren gesund. Saras Vater war an einer Krebsart gestorben, die nur bei Männern auftrat. Sara und Steve hatten keine Allergien, kein Asthma, keine Herzkrankheiten, Magengeschwüre, Nierensteine, Geschlechtskrankheiten, keine Arthritis, Blutarmut, Hepatitis, Tuberkulose oder Geisteskrankheiten in ihrer Krankengeschichte. Sie waren krankenversichert. Sollte eine außerirdische Intelligenz auf die verfügbaren Genpools der Erde hinunterblicken, würde dieses Wesen zweifellos erkennen, wie herausragend ihr Genpool war. Dieser Test war eine glatte Eins.

Falls das irgend etwas zu bedeuten hatte.

Dr. Crochett hob den Kopf und sah Sara an. »Sie haben in die Spalte ›Grund für die Konsultation‹ ›Kinderwunsch‹ geschrieben.«

Sara räusperte sich mühsam. »Nun, vielleicht hätte ich ›Unfruchtbarkeit‹ schreiben sollen. Aber das konnte ich nicht schwarz auf weiß hinschreiben. Das hätte so bestimmt ausgesehen. So – *endgültig.*«

Dr. Crochett lächelte und lehnte sich in seinem Stuhl zurück. »Wie lange versuchen sie schon, schwanger zu werden?«

»Seit etwas mehr als einem Jahr. Seit dreizehn Monaten.«

»Ihre Periode ist regelmäßig?«

»Ja, sehr. Alle neunundzwanzig Tage.«

»Sind Sie schon einmal schwanger gewesen?«

»Nein.«

»Sie hatten also noch keine Abtreibung?«

»Nein.«

»Hat Ihr Mann Ihres Wissens nach schon einmal eine Frau geschwängert?«

»Nein.«

»Wie haben Sie früher verhütet?«

»Diaphragma und Kondome.«

»Haben Sie je die Pille genommen?«

»Nein. Nie. Meine Schwester hat mir abgeraten. Sie ist Krankenschwester.«

»Ah, wie ich sehe, kommen Sie aus Nantucket. Schöne Gegend zum Leben. Ich verbrachte da als Kind die Sommer.«

»Ja«, stimmte Sara zu. Dann, als ihr klar wurde, daß er auf etwas wartete, sagte sie: »Es gibt keine Gynäkologen auf der Insel. Nur praktische Ärzte. Und ... die Insel ist so klein im Winter. Und ich bin ein sehr zurückhaltender Mensch, nicht gerade neurotisch, aber doch sehr auf die Privatsphäre bedacht. Wenn ich mit diesem ... Problem ... zu einem Arzt auf der Insel ginge ... nun, ich kenne einige der Sprechstundenhilfen ... dann wüße es gleich die ganze Insel. Kleinstadtleben. Das würde für mich alles nur noch schlimmer machen.«

»Natürlich, das würde es«, sagte Dr. Crochett. »Das kann eine sehr emotionale Sache werden, nicht wahr? Es war schon richtig, zu mir zu kommen. Die praktischen Ärzte hätten Sie sowieso an einen Facharzt überwiesen. Wie ist Ihre Menstruation?«

»Reichlich. Ich meine, es fließt reichlich. Die ersten paar Tage. Dann läßt es nach und wird weniger. Sie dauert sieben Tage, aber die ersten drei Tage sind wirklich schlimm. Und bevor sie beginnt, habe ich Krämpfe, ich friere, bin deprimiert und verfressen und schlecht drauf. Nicht ganz zurechnungsfähig.«

Dr. Crochett lächelte. »Das gute alte prämenstruelle Syndrom«, sagte er. »Wir fangen gerade erst an, mehr darüber zu wissen. Nun, Sie scheinen gesund zu sein, normal.«

»Glauben Sie, daß ich zu alt bin?« fragte Sara.

Dr. Crochett lachte. Sein Lachen war aufrichtig und herzhaft, er lachte mit zurückgeworfenem Kopf. »Nein, meine Liebe, das glaube ich nun wirklich nicht! Sie sind« – er konsultierte das Formular – »vierunddreißig. Das ist ein gutes Alter für eine Schwangerschaft. Ich habe Patientinnen, die mit Anfang Vierzig schwanger geworden sind ... Nein, Sie sind nicht zu alt.«

»Ich habe das hier mitgebracht«, sagte Sara, griff in ihre Handtasche und reichte ihm ihre Temperaturkurve.

Der Arzt nahm sie, studierte sie und gab sie dann zurück. »So weit, so gut«, sagte er. »Ein Monat sagt uns nicht viel, wissen Sie. Sie müssen das mehrere Monate weitermachen, wenn Sie Genauigkeit wollen. Wie häufig ist der Beischlaf zwischen Ihnen und Ihrem Mann?«

So häufig wie möglich, dachte Sara und unterdrückte ein Lächeln. »Vielleicht viermal in der Woche.«

»Gut«, sagte Dr. Crochett. Er erhob sich. »Nun wollen wir Sie mal ansehen, ja? Ich habe gesehen, daß Sie vor sieben Monaten einen Krebsabstrich hatten. Den brauchen Sie nach so kurzer Zeit also nicht. Aber ich möchte Ihren Unterleib untersuchen, um zu sehen, ob alles an der richtigen Stelle ist.«

Das Untersuchungszimmer war freundlich, mit einer geblümten Tapete und noch mehr Babybildern an den Wänden. Nachdem Sie sich in der Kabine ausgezogen und das Papierhemd angezogen hatte, legte Sara sich auf den gynäkologischen Stuhl, die Füße in den metallenen Bügeln, die Knie angezogen. Das hatte sie immer gehaßt, dieses Gefühl der Wehrlosigkeit, der Entblößung. Sie hatte es so gewollt, aber ihr Körper informierte ihr Bewußtsein, daß ihm Gewalt angetan wurde. Ihre Muskeln verkrampften sich.

Dr. Crochett zog sich die Gummihandschuhe über und drang mit der Hand in sie ein. »Ich hatte mal eine Patientin«, sagte er, »die drei Jahre lang versuchte, schwanger zu werden. Schließlich hatte sie es geschafft. Sie wollte dieses Baby wirklich. Als sie entbinden sollte, fuhr ich zu ihr ins Krankenhaus, und als ich ihr Nachthemd hochhob, sah ich, daß sie ihr Schamhaar herzförmig rasiert hatte.« Er lachte sein dröhnendes Lachen.

Sara lachte höflich mit, dachte, daß sich das doch ziemlich merkwürdig anhörte, und dann deckte der Arzt das Papierlaken zwischen ihre Beine. So schnell war die Untersuchung vorüber.

»In Ordnung. Sie können sich jetzt aufsetzen. Ziehen Sie sich doch an, und kommen Sie in mein Sprechzimmer. Wir werden einen Schlachtplan ausarbeiten.«

Im Sprechzimmer sagte Dr. Crochett: »Bei Ihnen ist alles in Ordnung. Alles da und an der richtigen Stelle. Vielleicht ein kleiner Fall von Endometritis. Das kann ich noch nicht genau sagen.«

»Was heißt das?« fragte Sara beunruhigt.

»Endometritis – das ist, kurz gesagt, Gewebe, das sich am Gebärmutterhals bildet und zu schmerzhaftem Beischlaf führen kann, wenn es schlimm ist. Das gibt es häufig bei Frauen, die älter sind und keine Kinder haben. Interessant dabei ist, daß die Therapie dafür eine Schwangerschaft ist. Aber damit werden wir uns später beschäftigen, wenn es nötig sein sollte. Es gibt andere Dinge, die wir vorher machen können, ein paar Tests, die sehr aufschlußreich sein werden, können wir gleich machen. Wie weit sind sie mit Ihrem Zyklus?«

»Am zehnten Tag«, sagte Sara.

»Das ist toll!« rief Dr. Crochett dermaßen begeistert, daß Sara fast zusammengezuckt wäre. »Nun wollen wir mal sehen«, fuhr er fort und überlegte laut: »Vielleicht haben Sie am fünfzehnten Tag Ihren Eisprung, übrigens, messen Sie weiterhin Ihre Temperatur. Die Kurve kann uns in ein paar Monaten sehr nützlich sein.«

In ein paar Monaten, dachte Sara. Geht das schon wieder los.

Wie schön wäre es gewesen, hierherzukommen, und der Gynäkologe hätte mit einem Zauberstab herumgewedelt, und sie hätte nach Hause gehen und sofort schwanger werden können. Der Gedanke, daß sie noch *ein paar Monate* mehr würde warten und hoffen müssen, mit all den Enttäuschungen, machte sie mutlos.

»Also«, fuhr Dr. Crochett fröhlich fort, »ich möchte eine postkoitale Untersuchung bei Ihnen machen. Daraus kann ich viel ersehen. Ein paar Schritte abkürzen. Und zwar kurz vor Ihrem Eisprung. Können Sie am fünfzehnten Tag wieder herkommen? Warten Sie, das würde heißen am 23. Dezember. Ziemlich dicht an Weihnachten, hm? Mein letzter Tag in der Praxis. Sie und ihr Mann müssen am 22. Dezember Beischlaf haben. Dann muß ich Sie gleich morgens untersuchen. Können Sie das einrichten?«

»Brauchen Sie dazu auch meinen Mann hier?« fragte Sara.

»Nein, das wird nicht nötig sein. Entweder Sie beide kommen für die Nacht nach Boston, und dann können Sie am Morgen zu mir kommen, oder Sie können, wenn Sie wollen, am zweiundzwanzigsten auf Nantucket Beischlaf haben und frühmorgens am dreiundzwanzigsten herfliegen. Wie Sie möchten. Wichtig ist, daß Sie Beischlaf haben und dann so schnell wie möglich hierherkommen.«

Sara überlegte einen Moment. Am Abend des zweiundzwanzigsten war die Weihnachtsfeier bei Jamie und Sheldon. Und Steve mußte am dreiundzwanzigsten arbeiten. Aber sie könnte das Flugzeug nehmen.

»Ja«, sagte sie. »Das kann ich einrichten.«

»Gut«, sagte Dr. Crochett. »Wir werden mit meiner Sekretärin einen Termin für den Morgen ausmachen – und beten Sie für gutes Wetter. Ich weiß, wie neblig es in Nantucket sein kann.«

»Ja«, sagte Sara, auf einmal besorgt. Daran hatte sie nicht gedacht, daß das Wetter nicht mitspielen könnte.

»Machen Sie nicht so ein besorgtes Gesicht«, sagte Dr. Crochett. »Sie sind eine gesunde, junge Frau. Ihr Körper macht einen gesunden Eindruck. Sie werden schwanger werden.«

»Ich hoffe es«, sagte Sara. Sie erhob sich und folgte dem Arzt aus dem Sprechzimmer ins Vorzimmer und ließ den Termin für den Morgen des dreiundzwanzigsten eintragen.

»Oh, und dies noch«, sagte Dr. Crochett. Er kritzelte etwas auf einen Block und reichte es ihr. »Ich möchte, daß Sie dieses Rezept abholen. Es ist ein Multivitaminpräparat. Wir haben herausgefunden, daß bei Frauen, die das, wenige Monate bevor sie schwanger wurden, eingenommen haben, weniger Fälle von Babys mit Spina bifida auftreten. Bis bald!«

Damit verschwand er wieder in seinem Sprechzimmer. Sara sah auf das Stück Papier in ihrer Hand, das unleserliche, schwarze, dicke Gekritzel auf einem Blatt. Wunderpillen, dachte sie. Genau das, was ich wollte. Ein Rezept mit einer Wunderpille.

Als sie die Praxis verließ und in den Tag hineinging und ihren Mantel zuknöpfte, um sich vor der Kälte zu schützen, fühlte Sara sich beschwingt. Sie hatte das Gefühl, absolut das Richtige getan zu haben. Sie hatte etwas in Bewegung gesetzt, den Anstoß zu einer Kettenreaktion gegeben, die zu ihrer Schwangerschaft führen würde. Dr. Crochetts Optimismus war ansteckend. Er hatte ihren Körper mit einem Gütesiegel versehen, vielleicht war das alles, was sie brauchte, vielleicht gelang es ihr mit diesem kleinen bißchen von professionellem Zuspruch, schwanger zu werden. Auf jeden Fall kam sie sich jetzt fruchtbar vor. Sie fühlte sich wunderbar.

Dr. Crochetts Praxis befand sich in einem Sandsteinhaus in Brookline. Sara fuhr von dort mit einem Taxi nach Cambridge, zu Fanny Anderson.

Sie war im Begriff, etwas zu tun, was sie noch nie in ihrem Leben gemacht hatte, etwas Aggressives und Aufdringliches – aber was blieb ihr anderes übrig? Sie war so frustriert.

In der vergangenen Woche hatte Sara, nachdem sie das Jenny-Material gelesen hatte, das Fanny Anderson ihr schickte, mindestens fünfzehnmal versucht, Fanny Anderson zu erreichen. Jedesmal war sie von derselben Person abgefertigt worden, von Fannys Haushälterin oder Hausmädchen, das immer mit kühler, abweisender Stimme sagte: »Mrs. Anderson ist im Moment nicht zu erreichen.«

»Könnten Sie sie bitten, mich zurückzurufen?« hatte Sara gefragt, zuerst höflich und dann, als die Tage verstrichen und ihre Anrufe nicht erwidert wurden, mit wachsendem Ärger.

»Ich werde es Mrs. Anderson ausrichten«, sagte die Frau und legte auf, bevor Sara noch etwas sagen konnte.

Sara begann, sich die Haushälterin als eine Art schrecklichen Tyrannen vorzustellen, als eifersüchtige Gefängniswärterin, die in Sara einen Feind sah, einen Eindringling, den es abzuwehren galt. Jedenfalls klang sie am Telefon so. Vielleicht war sie die Geliebte der Autorin? Eine neurotische Lesbe, die Angst hatte, daß irgendeine andere Frau mit Fanny Anderson Kontakt aufnehmen könnte? Allerdings war es merkwürdig und ärgerlich, wie die Frau mit der kalten, dünnen Stimme sich weigerte, Sara mit Fanny zu verbinden. Sara erinnerte sich an Fannys Stimme, die im Gegensatz dazu so warm und weich und offen, so persönlich war. Und Fanny *hatte* weitere Manuskriptseiten von Jenny geschickt, also wollte sie weiterhin mit Sara in Verbindung bleiben. Da ging irgend etwas Merkwürdiges vor, und Sara wollte wissen, was das war. Außerdem wollte sie versuchen, Fanny dazu zu bringen, das Buch zu Ende zu schreiben. Sie wollte ihr helfen, es in eine passende Form zu bringen, sie wollte richtig als Lektorin arbeiten, wozu sie bis jetzt selten Gelegenheit gehabt hatte.

Als sie den Termin mit dem Gynäkologen in Boston ausmachte, hatte sie noch einmal versucht, Fanny Anderson zu erreichen, und nachdem sie wieder einmal die gleiche Antwort bekam, dieses kalte, feindselige »Mrs. Anderson ist im Moment nicht zu sprechen; ich werde Ihren Anruf ausrichten«, hatte Sara ihr einen Brief geschrieben.

Liebe Fanny Anderson,
ich habe in der letzten Woche oft versucht, Sie zu erreichen, Tag und Nacht, aber die Person, die am Telefon ist, scheint nicht willens zu sein, mich mit Ihnen sprechen zu lassen. Und da Sie meine Anrufe nicht

erwidert haben, fürchte ich, daß Sie meine Nachrichten nicht erhalten haben.

Ich möchte gern mit Ihnen über das Jenny-Buch sprechen. Ich habe die Seiten gelesen, die Sie mir geschickt haben, und sie sind wunderbar. Jenny ist eine faszinierende Person, und Ihr Stil ist flüssig und gleichzeitig direkt. Ich möchte noch mehr lesen! Und ich bin überzeugt davon, daß auch viele andere dieses Buch lesen wollen und begeistert sein werden.

Ich muß am 19. Dezember aus gesundheitlichen Gründen nach Boston zum Arzt, das ist ein Donnerstag. Ich würde gern bei Ihnen am frühen Nachmittag, gegen zwei Uhr dreißig, vorbeikommen, um Sie kennenzulernen und das Material zurückzugeben, das Sie mir geschickt haben, und ich hoffe, weiteres mitnehmen zu können. Und wenn es möglich ist, würde ich mich gern mit Ihnen zusammensetzen und über Ihre Arbeit sprechen. Ich weiß nicht, ob Sie an Termine gebunden sind, aber ich verspreche Ihnen, nicht allzuviel von Ihrer Zeit in Anspruch zu nehmen. Vielleicht können wir uns am Donnerstag kurz sehen und dann einen anderen Termin ausmachen, um uns dann länger über Ihr Buch zu unterhalten. Ich wäre Ihnen sehr dankbar, wenn Sie wenigstens ein paar Minuten Ihres Tages für mich erübrigen könnten.

Mit allen guten Wünschen,
Sara Kendall

Also, hatte Sara gedacht, das müßte es bringen. Sie hatte das Buch gelobt. Sie hatte angeboten, von Nantucket nach Cambridge zu kommen, sich geradezu im Staub gewälzt. Wenn sie nur an der gräßlichen Haushälterin oder Geliebten oder mißgünstigen unverheirateten Tante oder was immer sie war vorbeikommen könnte.

Fanny Andersons Haus war ein hohes, altes viktorianisches Gebäude, das hinter einem schmiedeeisernen Zaun lag und von hohen, alten Ahornbäumen verschönert wurde, die ihre kahlen Winterzweige wie riesige Girlanden um das Haus legten. Die Fenster waren lang und schmal und zugezogen. An beiden Seiten der massiven Eichentür glitzerte Bleiglas.

Die Frau, die auf Saras Klopfen öffnete, entsprach derart der Vorstellung, die sie sich von ihr gemacht hatte, daß Sara fast aufgeschrien hätte. Eine Frau um die Fünfzig vielleicht, mit dunklem Haar, das hinten zu einem Knoten zusammengefaßt war, und abweisenden braunen Augen in einem zerknitterten, freudlosen Gesicht. Sie trug ein düsteres braunes Wollkleid und die klobigen braunen Schnürschuhe einer Frau, die absolut uneitel ist.

Himmel, dachte Sara, schenkte ihr aber ihr gewinnendstes Lächeln. »Hallo«, sagte sie selbstbewußt. »Ich bin Sara Kendall. Ich habe mit Mrs. Anderson korrespondiert –« Sie hielt einen Moment inne, wartete. Diese Frau konnte doch nicht Fanny Anderson sein? Als die Frau keine Miene verzog, fuhr Sara eindringlich fort: »Und ich habe hier Material, das ich ihr zurückgeben möchte.« Sie sah auf den Umschlag, den sie unter dem Arm hatte. »Ich habe Mrs. Anderson letzte Woche einen Brief geschrieben und ihr mitgeteilt, daß ich in der Stadt wäre und sie gern kennenlernen würde – ist sie zu Hause?«

»Mrs. Anderson ist nicht zu sprechen«, sagte die Frau.

O nein, dachte Sara und brach beinahe in Tränen aus. »Ich kann gerne warten«, sagte sie. »Wenn Sie weggegangen sein sollte. Oder arbeitet sie und ist später zu sprechen? Ich könnte warten oder später wiederkommen.«

»Mrs. Anderson ist heute nicht zu sprechen«, sagte die Frau kalt.

Verärgert runzelte Sara die Stirn. »Oh, *wirklich*«, sagte sie. »Sie meinen, daß sie heute für mich nicht zu sprechen ist, nicht mal für einen Moment?«

»Mrs. Anderson ist indisponiert«, sagte die Frau.

Nun gut, dachte Sara. Dagegen läßt sich nichts sagen.

Ich kann schlecht widersprechen und behaupten, daß sie nicht krank ist. Indisponiert. Was für ein altmodisches Wort.

»Na schön«, sagte Sara und akzeptierte ihre Niederlage. »Würden Sie ihr bitte diesen Umschlag geben? Er enthält ihr Manuskript, das ich mit ein paar Anmerkungen versehen habe. Und würden Sie ihr bitte ausrichten, daß ich da war? Und daß ich gern so schnell wie möglich von ihr etwas hören möchte?«

»Selbstverständlich«, sagte die Frau und nahm den dikken Umschlag entgegen. »Guten Tag«, sagte sie und schloß die dicke Eichentür vor Saras Nase.

»Du alte Vettel«, sagte Sara laut mit unterdrückter Wut.

Sie drehte sich um, mußte wieder den gleichen geschlängelten Weg mit den Steinplatten zurück, ging wieder durch das schmiedeeiserne Gartentor und trat auf die Straße. Sie hatte das Taxi weggeschickt. Das machte nichts. Sie konnte bequem zum Harvard Square zurücklaufen und dann ein Taxi zum Flughafen nehmen.

Spontan drehte sie sich um und blickte zum Haus zurück. Im ersten Stock bemerkte sie eine Frau, die zwischen den beiseite geschobenen schweren Vorhängen auf sie hinunterblickte. Es war nicht die Frau, die die Tür aufgemacht hatte – das Gesicht dieser Frau war voller –, doch mehr konnte Sara nicht erkennen, weil die Frau Saras Blick sah und zurückwich und sich ihren Blicken entzog.

Meine Güte, dachte Sara, was mag da vor sich gehen? Sie blieb noch ein paar Minuten länger beobachtend stehen, aber die Frau zeigte sich nicht mehr. Dann kehrte sie Fanny Andersons Haus den Rücken zu, sie fror, denn es war ein kalter Tag, und ging zum Harvard Square.

4

Der Morgen.

Ein erstaunlicher Morgen, wirklich. Es war gerade halb zehn, und Sara hatte es sich nicht, noch im Morgenmantel und mit einem Manuskript auf dem Schoß, gemütlich gemacht, sondern lag in einem weißen Papierhemd auf einem gynäkologischen Stuhl, Beine hoch, Knie gespreizt.

Gestern abend, auf der Weihnachtsfeier mit der Clique, hatte sie unter Hochspannung gestanden, war kaum imstande gewesen, einer Unterhaltung zu folgen, weil sie dauernd daran denken mußte, was später am Abend und dann am darauffolgenden Morgen unbedingt klappen mußte. Was, wenn das Wetter umschlug, wenn es schneite oder wenn es neblig würde? Oder wenn das Flugzeug abstürzte? Oder der Taxifahrer einen Unfall hätte? Je mehr sie gestern abend darüber nachgedacht hatte, desto unmöglicher schien es ihr, daß sie es tatsächlich schaffen könnte, von dieser fünfzig Kilometer vor Boston im Meer liegenden Insel in die freundliche Praxis von Dr. Crochett zu kommen.

Aber jetzt war sie da. Alles war glattgegangen. Sie hatten sich heute nacht geliebt, und Steve hatte sie heute morgen zum Flughafen gefahren, und das Flugzeug war nicht abgestürzt, und das Taxi hatte keinen Unfall, und es war weder neblig, noch schneite es. Tatsächlich war es sehr mild für den dreiundzwanzigsten Dezember.

Sara schloß die Augen und entspannte sich auf dem Stuhl. Sie war müde. Heute morgen war sie sehr früh aufgewacht, gegen vier Uhr, sie hatte Angst, daß der Wecker, der vorher noch nie versagt hatte, aus irgendeinem Grund nicht pünktlich klingeln würde. Als er klingelte, lag sie steif im Bett, starrte ihn an, wartete auf das

Klingeln und war sich so sicher, daß er nicht losgehen würde, daß sie erschrocken hochfuhr, als es summte.

Sie hatte ihre Temperatur genau zum richtigen Zeitpunkt gemessen und aufgeschrieben, heute abend würde sie es dann in der Tabelle eintragen. Sie würde die Höhe der Temperatur nicht vergessen, die um acht Striche in die Höhe geschossen war.

»Sara! Stehen Sie auf. Kommen Sie her. *Schnell!*«

Verwirrt hob sie den Kopf. Hatte Dr. Crochett sie gerufen? Er hatte irgend etwas zwischen ihren Beinen gemacht, es hatte nur Sekunden gedauert, und war dann aus dem Raum geeilt. Sie blieb liegen und wartete, daß er zurückkam. Statt dessen hörte sie schon seine drängende, aufgeregte Stimme.

Sie stieg vom Stuhl, zog sich ihren Slip an und zog das Hemd fester um sich und sah aus derTür des Untersuchungszimmers. Dr. Crochett stand im Flur und winkte sie zu sich heran. »Schnell!« sagte er. »Ich muß Ihnen etwas zeigen.«

Heute morgen sah er ein bißchen wie der verrückte Wissenschaftler aus, sein weißer Ärztekittel stand offen und hing schief, sein Haar war leicht verstrubbelt. Sara ging durch den Flur in ein kleines Labor.

Dr. Crochett nahm ihren Arm und führte sie zu einem Tresen. »Sehen Sie!« sagte er triumphierend und zeigte auf ein kleines Mikroskop. »Sehen Sie sich das bloß an!«

Sara beugte sich über das Mikroskop. Einen Augenblick lang konnte sie gar nichts sehen. Dann sah sie sie, einen Schwarm kleiner Spermien, die wie verrückt umherschwammen, mit ihren kleinen Schwänzen wackelten.

»Oh«, sagte Sara. »Die sehen genauso aus, wie es in den Lehrbüchern beschrieben wird. Das ist ja erstaunlich.« Und in diesem Augenblick wuchs ihr Vertrauen in die ganze moderne Welt mit ihrem technischen Schnickschnack. Denn sie konnte sie tatsächlich sehen, die Spermien, Steves Spermien, wie winzig kleine Kaulquappen, fette runde Köpfe, zappelnde Schwänze, die auf dem Objektträger wild entschlossen herumschwirrten.

»Na bitte!« sagte Dr. Crochett. »Das ist doch großartig, nicht wahr? Das sollte Sie glücklich machen. Ihr Mann hat ausreichend viel Sperma – sehen Sie, all die kleinen Racker. Und Ihr Schleim verträgt sich mit seinem Sperma. Ein weiterer Pluspunkt für Sie.«

Sara sah zu Dr. Crochett auf, der so stolz strahlte, als hätte er just in diesem Moment das Sperma selbst erschaffen. Sie konnte nicht umhin, ihn gern zu haben. »Wollen Sie damit sagen, daß die Möglichkeit bestand, daß dem nicht so sein könnte?« fragte sie.

»O ja, o ja, in der Tat«, sagte Dr. Crochett. »Das passiert recht häufig. Manchmal tötet der Schleim der Frau das Sperma ab! Ziemliches Problem, wie Sie sich vorstellen können. Aber das ist bei Ihnen nicht der Fall. Und jetzt – *Achtung.* «

Er nahm den Objektträger mit der Probe hoch und hielt ihn über die Flamme eines Feuerzeuges. *»Aha«*, sagte er. »Sehen Sie sich das mal an!«

Sara mußte lächeln. Er war so aufgeregt. Sie sah hin, war sich nicht sicher, was sie sehen sollte. Aber sie sah es, ganz deutlich, wie ihr körpereigener Schleim trocknete und auf dem Glasträger ein zartes, farnähnliches Muster bildete.

»Sehen Sie das? Dieses Farnmuster? Das ist ein Anzeichen dafür, daß Sie heute ovulieren! Gehen Sie jetzt schnell nach Hause und haben Sie Beischlaf – Sie ovulieren heute. Das ist der Beweis. Und ihr Mann hat ausreichend Sperma, und Ihr Schleim verträgt sich damit. Alles spricht zu Ihren Gunsten.«

Sara lächelte beschwingt. Heute würde sie schwanger werden, sie fühlte es, sie war so selig wie eine Sünderin nach der Bekehrung; der Evangelist hatte sie gerade errettet. »Ja, ja, gut. Vielen Dank«, sagte sie.

»Nun passen Sie mal auf«, sagte Dr. Crochett, der sich etwas beruhigt hatte. »Sollten Sie diesen Monat nicht schwanger werden, rufen Sie mich sofort an. Dann möchte ich ein Uterotubalgramm, eine Röntgendarstellung der Eileiter, ansetzen. Kein Grund zur Besorgnis, das ist nur ein kleiner Test, um zu sehen, ob Ihre Eileiter verklebt sind.«

»Verklebt? Aber wieso?« fragte Sara.

»Oh, das passiert leicht, aus allerlei Gründen. Passiert ständig. Manchmal setzt sich etwas menstruelle Substanz an der falschen Stelle im Eileiter fest, und dann kann das Ei nicht aus dem Eileiter in den Uterus wandern. Und wenn das der Fall sein könnte, gibt es eine einfache Lösung, denn der Farbstoff, den wir einspritzen, säubert den Eileiter. Diese Methode kann ebenso therapeutisch wie diagnostisch sein.«

»Na ja«, sagte Sara. »Hmmm.« Sie versuchte, sich bildlich vorzustellen, was er gesagt hatte, ihre Eileiter und die Prozedur, die sie reinigen würde.

»Das braucht Sie nicht zu beunruhigen, denken Sie noch nicht mal daran, das Uterotubalgramm ist nur ein weiterer Schritt, den wir aber möglicherweise gar nicht machen müssen. Denken Sie nur daran, daß Sie jetzt nach Hause gehen und Beischlaf haben müssen. Heute. Und noch etwas«, sagte er, beugte sich vor und lächelte sie an und übergab ihr sein letztes Geschenk. »Wissen Sie, wenn ich den Schleim vom Körper einer Frau entnehme, passiert es ziemlich oft, daß schon allein diese Prozedur die Befruchtung etwas erleichtern kann. Weil ich den Muttermund ganz leicht weite, was es den kleinen Teufeln ermöglicht, geradewegs da hochzuschwimmen und – *Wham!* Sie könnten genau in diesem Moment schwanger werden!«

Sara bekam sofort eine Gänsehaut. Sie könnte genau in diesem Moment schwanger werden. O Gott, wäre das nicht wundervoll?

»Vielen Dank«, sagte sie. Sollte sie schwanger werden, würde sie in seine Praxis zurückgehen und auf die Knie fallen und seine Füße küssen. Sie würde ihm Geschenke bringen. Sie würde ihr Kind nach ihm benennen. Wie war sein Vorname? Hiram. Na ja, vielleicht sollte sie das doch nicht machen. »Danke«, wiederholte sie.

»Gut, gut, wir werden sehen. Sie werden mich auf jeden Fall anrufen, so oder so. Klar?«

»Klar«, stimmte Sara zu.

Jetzt haßte sie es, sich von dem Arzt zu verabschieden, sie haßte es, aus dem Labor in das Wartezimmer zu gehen, wo die anderen Patientinnen warteten. Sie fühlte, wenn sie nur an seiner Seite bleiben könnte, seinen Enthusiasmus aufsaugen könnte, seinen Optimismus, dann würde sie mühelos schwanger werden können. Sie setzte sich einen Moment ins Wartezimmer und zog die Kniestrümpfe in den Stiefeln hoch, blieb dann noch einen Moment nachdenklich sitzen. Ihr waren am frühen Morgen so viele Begriffe um die Ohren geschwirrt, und Dr. Crochett sprach mit ihr so vertraut über die geheimnisvollen Bewegungen mikroskopisch kleiner Dinge: Sperma, Tuben, Eier. All diese Reproduktionsträger, über die sie gelesen hatte, aber denen sie früher nicht viel Aufmerksamkeit geschenkt hatte; weil sie für sie nicht wichtiger waren als die Existenz anderer Galaxien.

Aber jetzt. Jetzt. Sie könnte sogar gerade jetzt schwanger werden.

Sie wollte den ganzen Tag hier in diesem Zimmer sitzen bleiben und warten, einen ganzen Monat lang warten, sich nicht bewegen, ihren Willen einsetzen, als ob die Kombination seiner Energie und ihrer Sehnsucht ihren Wunsch in Erfüllung gehen lassen würde.

Sie hatte beabsichtigt, noch letzte Weihnachtseinkäufe in Boston zu erledigen, aber eigentlich hatte sie schon alles, und sie wollte zurück nach Nantucket, nach Hause, wie ein Vogel, der sich auf die Eier im Nest setzen will. Sie würde heute nicht versuchen, Fanny Anderson zu sehen, sie hatte von ihr nichts gehört und war etwas verärgert. Und sie wollte nicht wieder dem Drachen begegnen, sie wollte heute keine einzige negative Erfahrung machen müssen. Sie wollte in diesem glücklichen, hoffnungsfrohen Zustand bleiben.

Steve holte sie am Flughafen ab, wo die alte schwere DC-3 von PBA um halb zwölf schwerfällig gelandet war. Erst halb zwölf, und so vieles war geschehen. Als sie auf ihn zuging – er wartete am Flugsteig und sah in seiner verschlissenen Arbeitskleidung urig sexy aus , schwoll ihr das Herz vor Liebe. Was für ein Mann. Er ist so schön, so gut. Er sollte einen Sohn haben. Sie rannte zu ihm, schlang ihre Arme um ihn und küßte ihn so leidenschaftlich, als ob sie Monate getrennt gewesen wären, nicht nur einen Vormittag.

»Hey«, lachte Steve und befreite sich. Ihre Ungeniertheit machte ihn etwas verlegen. »Geht's dir gut?«

»Sehr gut«, sagte sie. »Mir geht es sehr gut. Laß uns gehen, ich werde dir alles im Auto erzählen.«

Als sie Richtung Innenstadt fuhren, schilderte Sara die Methode des Arztes. Steve hörte aufmerksam zu.

»Also«, sagte er sehr leise, »also scheint bei mir alles in Ordnung zu sein. Das ... ich habe genug ...« Er beendete den Satz nicht.

Sara betrachtete aufmerksam das Gesicht ihres Mannes. Er fuhr konzentriert, sah sie nicht an. Oh, natürlich, dachte sie. Natürlich hat er sich deswegen Sorgen gemacht. Obwohl sie eigentlich nie auf die Idee gekommen war, daß mit seinem Körper etwas nicht in Ordnung sein könnte.

»Ach, Steve«, sagte sie lachend und imitierte Carl Sagan, wenn er über die Sterne redete: »Du hast Milliarden und Milliarden und Milliarden Spermien. Ich habe sie herumschwimmen sehen, wirklich, hab' ich. Es ist wirklich erstaunlich«, fuhr sie fort, »was die Technik vermag. Ich meine, in den Lehrbüchern steht ja, daß diese klitzekleinen Dinger im Körper hochschwimmen, aber es ist so schwer vorstellbar.«

»Klitzeklein«, sagte Steve, »ist ein richtiger Fachausdruck.«

Sie lachte vor Erleichterung, weil er sie aufzog; er war wieder normal, wieder entspannt. Es ging ihm gut.

Jetzt also, dachte sie ernüchtert, mußten sie mal sehen, ob mit ihr alles in Ordnung war.

Steve hielt vor ihrem Haus, ließ aber den Motor laufen.

»Ich muß gleich wieder zur Arbeit, Baby«, sagte er und fuhr mit der Hand über ihren Nacken, streichelte sie sanft. »Alles in Ordnung mit dir?«

»Sicher«, sagte Sara lächelnd. »Ich habe mich nie besser gefühlt.«

»Es tut mir leid, daß du diese Rennereien auf dich nehmen mußtest. Ich hoffe, du weißt, daß ich dir das hoch anrechne. Alles, was du auf dich nimmst. Die Fliegerei und die Untersuchungen und alles.«

»O Steve.« Sara lehnte sich über den Sitz, um ihn zu umarmen. Sie wußte, wie schwer es ihm fiel, so etwas zu sagen.

»Ich liebe dich. Ich sehe dich dann heute abend.«

»Ja. Du wirst mich heute abend sehen, darauf kannst du wetten«, grinste sie.

Als sie im Haus war, hängte Sara ihren Mantel auf und ließ sich dann aufs Sofa sinken, um nachzudenken. Da merkte sie, wie müde sie war, sie lehnte sich an die Kissen und schlief sofort ein.

Sie wachte durch das Geräusch der Post auf, die durch den Briefschlitz geschoben wurde und auf den Boden plumpste. Sie sah auf die Uhr. Es war kurz nach zwei. Sie räkelte sich. Sie sah auf ihren Bauch. Vielleicht war sie so müde gewesen, war einfach so eingeschlafen, weil sie bereits schwanger war?

Nachdem sie eine Weile ihren Tagträumen nachgehangen hatte, stand sie auf, ging durch das Wohnzimmer in den Flur, um zu sehen, was die Post gebracht hatte. Ein paar Weihnachtsgrüße, ein paar Rechnungen und wieder ein Kuvert von Fanny Anderson.

Liebe Sara Kendall
(wieder diese dunkelblaue elegante runde Handschrift auf dickem cremefarbenem Papier),
ich weiß, daß Sie versucht haben, mich zu erreichen, und ich bedaure es sehr, wenn ich Ihnen irgendwelche Ungelegenheiten bereitet haben sollte. Mir geht es seit einiger Zeit nicht sehr gut, und ich mußte mich in einen Kokon einspinnen, um Frieden und Ruhe zu finden. Ich hoffe, Sie können mir verzeihen, daß ich Sie nicht begrüßen konnte, als Sie neulich bei mir waren, und auch keinen Ihrer Telefonanrufe beantwortet habe. Es ist nur so, daß ich krank bin und in diesen Tagen meine Gesundheit an erster Stelle steht.

Aber bitte glauben Sie mir auch, daß ich sehr dankbar bin, daß Sie das Jenny-Manuskript schätzen, Ihre Ermutigung bedeutet mir sehr viel. Mehr, als Sie je verstehen werden, mehr, als ich es je ausdrücken kann. Und die Anmerkungen, die Sie mir mit meinen letzten Seiten geschickt haben – wundervoll! Sie haben mir sehr geholfen. Sie sind eine begabte Lektorin. Sie sind möglicherweise die richtige Lektorin für mich.

Bitte haben Sie Geduld mit mir, wenn Sie können. Ich möchte Sie gern persönlich kennenlernen, wenn es mir besser geht. Bis dann habe ich Ihnen weitere Jenny-Seiten geschickt. Lassen Sie mich noch einmal sagen, daß Sie sich nicht verpflichtet fühlen müssen, sie zu lesen oder zu mögen. Doch Ihre Kritik ist eine große Hilfe, die ich sehr schätze.
Frohe Feiertage Ihnen und Ihrer Familie. Vielleicht können wir nach Neujahr miteinander sprechen.
Mit herzlichen Grüßen,
Fanny Anderson

Sara sah sich den Umschlag an. Er war umfangreicher als die anderen. Sie las die ersten Seiten. Es war die Fortsetzung der Jenny-Geschichte, die an die letzte Seite anknüpfte, wo Jenny in einem Café am Montmartre saß und beschloß, Henry Cook zu verlassen, dessen Liebe oder was er dafür hielt, eine Belastung für sie geworden war.

Sara war hungrig. Sie machte sich ein dickes Sandwich und einen großen Becher Tee mit viel Zucker und Milch und setzte sich damit gemütlich hin und las.

»Ich fand eine kleine *Pension,* in der ich bleiben konnte. Das Zimmer lag im fünften Stock und war klein und kahl, mit einem Bettgestell aus Metall und einer billigen Kommode und einem einzigen wackligen Stuhl, aber es war sauber. Die Toilette war im dritten Stock. Ich zog mit all meinen Habseligkeiten ein – den Kleidern, die ich mitgebracht hatte, als ich mit Henry Cook ausgerissen war – und begann ein Leben als Künstlermodell. Aber das war schwer. Die Künstler bedrängten mich, mit ihnen zu schlafen. Sie beleidigten mich, wenn ich mich weigerte. Ich dachte, ich wäre so frei und aufgeschlossen – warum konnte ich nicht mit Henry schlafen? Ich habe es oft versucht, mit dem Ergebnis, daß ich kämpfte, kratzte, weinte und wegrannte, um schließlich um zwei Uhr morgens in einer unbekannten Straße zu landen, nur in ein Laken gehüllt und vor Angst zitternd. Erst sagte Henry, ich sei empfindlich. Als er von meinen Ausflüchten genug hatte, sagte er, ich sei verrückt. Vielleicht war ich das. So eine einfache Sache, der Verlust der Jungfräulichkeit, und ich hatte mich für so erwachsen, so abgebrüht gehalten. Aber ich hatte Angst, und, was schlimmer war, ich liebte Henry nicht. Während der Monate, die wir in Paris zusammenlebten, hatte ich ihn zu gut kennengelernt, um ihn lieben zu können. Er war ein verwöhnter, reicher Junge. Er war kein guter Künstler. Aber ich wollte Paris nicht verlassen – einige der Maler waren gute Freunde geworden. Ich wollte in Paris bleiben, aber nicht bei Henry.

Als ich schließlich nur noch sehr wenig Geld hatte, es würde gerade noch für eine Woche reichen, entdeckte Henry Cook mein Versteck. Er hatte ein Ölgemälde von mir gesehen, einen Akt, und daraus geschlossen, daß ich mit dem Maler geschlafen hatte, obwohl ich mich monatelang geweigert hatte, mit ihm zu schlafen. Er drang in mein winziges Zimmer ein, er beschimpfte mich, er tobte, dann verprügelte er mich. Nicht furchtbar schlimm, aber es reichte, um mir weh zu tun und mir Angst einzujagen.

Ich schickte Will Hofnegle ein Telegramm: Bitte schick mir Geld für die Rückfahrt. Ich muß dich sehen. Bitte sage meinen Eltern nichts.

Will schickte mir das Geld sofort. Ich flog mit der Air France nach New York und dann mit Braniff weiter nach Kansas City. Als Will mich am Flughafen abholte, war mein linkes Auge immer noch blau und mein Körper voller Blutergüsse. Will sah attraktiv aus, er war groß, stark und freundlich, mir kamen die Tränen, und ich begriff nicht mehr, wie ich ihn je hatte verlassen können.

Er brachte mich zu den Flint Hills in Kansas, wo seine Farm inmitten seiner tausend Morgen Land lag. Die braunweißen Herfordkühe standen auf den grünen Wiesen, es war April. Die Sonne schickte ihre Strahlen schräg über das Land, und der Wind strich über die welligen Hügel und ließ das Gras wogen wie ein smaragdfarbenes Meer. Wills Spanielhündin und ihre Welpen kamen herausgerannt, um mich zu begrüßen.

Ich blieb bei Will. Er wurde mein Liebhaber. Das war es, was ich gewollt hatte, was ich schon immer gewollt hatte. Wie einfach das Richtige sein kann. Will war ein wunderbarer Liebhaber, alles, was ich mir je erträumt hatte.

Ich rief meine Eltern an und besuchte sie, weigerte mich aber, nach Hause zu kommen, bestand darauf, mit Will zusammenzuleben, auch wenn wir nicht verheiratet waren. Das regte meine Eltern fürchterlich auf und führte zu einem Bruch zwischen uns. Es war vollkommen in Ordnung, daß ich nach Paris weglief, aber sie schämten sich für mich, daß ich unverheiratet mit einem Mann in unserer Heimatgemeinde lebte. Ich konnte ihnen meinen Standpunkt nicht erklären. Will mußte ich nichts erklären; er machte mir keinen Heiratsantrag. Er fragte nicht einmal, wie lange ich bleiben wollte.

Ich blieb nicht lange. Ich ging im Januar des nächsten Jahres. Ich liebte Will, aber der Winter in Kansas, mit seinen Schneemassen, den heulenden Winden und der vereisten Landschaft, tot wie eine Mondlandschaft, machte mich rasend, ich fühlte mich wie in einer Falle. Ich mußte da raus.

Will gab mir etwas Geld. Er hatte viel Geld. Er versuchte nicht, mir das Gefühl zu geben, in seiner Schuld zu stehen. Er versuchte nicht, mich zum Bleiben zu bewegen. Er kritisierte mich nicht. Er fragte nicht: ›Wonach suchst du?‹

Ich war neunzehn. Ich flog nach Paris zurück. Auch dort war es Winter, aber der Frühling war greifbarer, das Klima war nicht so hart und machte mir in der Stadt nicht soviel aus. Die Straßen von Paris, der Lärm, die Mode, die Kunst, die Künstler, die Brückenbögen. Jetzt war ich in jeder Hinsicht reif für die Vielschichtigkeit dieser Stadt. Binnen weniger Tage wurde ich die Geliebte eines jungen französischen Malers, der sich einfach den Namen Lalo gegeben hatte. Ich lebte mit Lalo, stand ihm Modell, saß mit ihm in den Cafés, sah zu, wie der Frühling in Paris Einzug hielt. Und wieder die Leute, die mich anstarrten, was ich genoß. Ich brauchte es, daß die Männer hinter mir herpfiffen und winkten und mich ansprachen. Ich brauchte die neidischen Blicke der Frauen. Die Kühe in Kansas hatten mit meiner Schönheit nichts anfangen können, aber die Männer in Paris.

Mit Lalo lebte ich fast ein Jahr zusammen, dann verließ ich ihn wegen Jean-Paul, einem anderen Maler. Er war intellektueller, interessanter, er sah nicht nur gut aus, und nach einem Jahr ging ich mit ihm und einer Gruppe befreundeter Maler nach Mexiko. Wir mieteten eine alte, heruntergekommene Hacienda außerhalb der kleinen Stadt Guanajuato. Wir waren sieben. Sieben Künstler.

Denn auch ich war ›Künstlerin‹ geworden. Ich hatte beschlossen, Gedichte zu schreiben. Manchmal las ich meine Gedichte laut vor, und Philippe, ein Künstler, der homosexuell war, begleitete mich auf seiner Flöte. Künstler aus anderen Künstlerkolonien in Mexiko besuchten uns, und wir sieben kauften einen schrottreifen Bus und fuhren durch die felsige, urwüchsige, steinerne mexikanische Landschaft und besuchten andere Künstlerkolonien. Die Leute hörten allmählich von uns, wollten unsere Lebensweise kennenlernen! Journalisten kamen zu uns runter, schwitzten in ihren zerknitterten Geschäftsanzügen und bewunderten unsere weiten, leuchtenden Baumwollsachen, unsere nackte Haut, unsere Sandalen. Der Tag kam, an dem ich in einer renommierten amerikanischen Zeitschrift etwas über mich lesen konnte. In einem Artikel über Künstler in Mexiko, und ich wurde als Mitglied einer Gruppe erwähnt, die als ›Die Sieben‹ bekannt wurde. Ich war sehr glücklich. Genau das hatte ich aus meinem Leben machen wollen. Ich wünschte nur, sie hätten auch fotografiert.

Das Leben in Mexiko kostete nicht viel, aber umsonst war es auch nicht. Ein Mitglied unserer Gruppe hatte etwas Geld, genug, um unsere Minimalbedürfnisse zu erfüllen. Doch irgendwann wollte ich mehr haben, ein paar schöne Kleider, ein paar Armreifen. Es war damals schick, bohemehaft abgerissen auszusehen, aber ich sehnte mich nach schönen Kleidern. Nach dekorativen Kämmen, um mein Haar zurückzustecken. Nach den billigen, glitzernden Ringen vom Markt in Guanajuato. Ich fing nun ernsthaft an, Gedichte zu schreiben und kleinere Sachen, Artikel, Kurzgeschichten, Märchen, und schickte sie an verschiedene Zeitschriften. Meine Gedichte wurden lange Zeit abgelehnt, wie auch alles andere, aber schließlich wurde ein kurzer Artikel gekauft, eine Mischung aus Tatsachen und Phantasie über eine Künstlerkolonie in Mexiko. Ich war begeistert. Jetzt stimmte mein Leben.

Ich bestand darauf, in der alten Hacienda ein eigenes Zimmer zu bekommen, damit ich schreiben konnte, wann immer mir danach zumute war. Mein bescheidener Erfolg hatte Jean-Paul wütend und eifersüchtig gemacht. Und uns wurde beiden klar, daß ich ihn nicht liebte, obwohl ich seine Geliebte war. Unruhige Zeiten kamen auf ›Die Sieben‹ zu, jeder wechselte die Partner, jeder schlief mit jedem oder versuchte es zumindest – selbst das schwule Pärchen versuchte sein Bestes. Eine Periode der Unzufriedenheit brach an. Wenn wir uns stritten, wurde mit Flaschen geworfen, laut geschrien, Geschirr zerschlagen, Kleider zerrissen. Keiner meiner Artikel wurde zur Veröffentlichung angenommen.

Fünf Jahre meines Lebens waren vergangen. Ich hatte gedacht, ich hätte einen Kometen erwischt, der mich in den Himmel tragen würde, aber er verglühte zu schnell. Ich war nicht so glücklich mit François, meinem neuen Freund, wie ich es mit Jean-Paul gewesen war. Meine Schönheit wurde von den fünf Männern, mit denen ich zusammenlebte, als selbstverständlich angesehen.

Als wir wieder mit unserem Bus losfuhren, um eine andere Künstlerkolonie zu besuchen, nahm ich meine wenigen Habseligkeiten mit. Und blieb bei den Leuten, bei denen wir zu Besuch waren. Das war nicht schwer für mich. Ich war so schön, und dort gab es viele Männer. Es war eine britische Gruppe. Sie tranken auch bei größter Hitze Tee, aus Porzellantassen. Diese Leute versuchten sich ebenfalls als Künstler und Bohemiens, und sie waren auch künstlerisch tätig, aber sie waren so ordentlich und intellektuell und reserviert und spröde, daß sie nie echte Bohemiens sein würden. Aber weil es Briten waren, kamen sie mir exotisch vor, und ich blieb vier Jahre bei ihnen, ging von einem Mann zum anderen.

Aber dann kam das Jahr 1960, und die Zeiten hatten sich verändert. Jetzt war England der Ort, wo man zu sein hatte. Vielleicht war das der Grund, daß ich mich unsterblich in Cecil Randolph verliebte. Vielleicht hätte ich ihn aber immer geliebt. Er war neu in der britischen Künstlerkolonie, und ich lernte ihn zu einem Zeitpunkt kennen, als ich mich glücklicherweise gerade mit meinem derzeitigen Liebhaber gestritten hatte und in ein eigenes Zimmer gezogen war. Cecil war weniger ein Künstler als ein Connaisseur. Er war gekommen, um seinen jüngeren Bruder George zu besuchen. In dem Moment, als er in den Raum trat, war ich bezaubert. Sehr viel später wurde mir klar, daß Cecil eine schlankere, höhergewachsene, geschliffenere, hochmütigere Version von Will Hofnegle war. Aber damals sah ich diese Ähnlichkeit nicht. Ich sah nur seine lange, schmale Nase, die kühlen, hellblauen Augen, die aristokratische Schlankheit dieses hochgewachsenen Mannes. Vielleicht liebt man in seinem Leben eigentlich nur die unterschiedlichen Variationen ein und desselben Typs. Vielleicht auch nicht. Die Wahrheit war, daß ich seit Will keinen Mann von Herzen geliebt hatte, aber ich verliebte mich in Cecil, ich verliebte mich ohne Vorbehalte, ich war hilflos, meine Flügel schmolzen, absolut alles veränderte sich, ich war wie Ikarus, der zu nahe an die Sonne geflogen war.

Aber auch wenn es mich so erwischt hatte, so war ich doch auch schon achtundzwanzig und hatte ein paar Dinge gelernt. Ich ließ Cecil nicht merken, wie sehr er mich fesselte. Im Gegenteil, ich war zurückhaltend und kühl, gab vor, mit meiner Schriftstellerei beschäftigt zu sein. Cecil fühlte sich zu mir hingezogen, und schließlich wurden wir ein Liebespaar. Wir waren so gegensätzlich – ich so heiß, er so kalt –, daß wir uns magnetisch anzogen. Bis auf Will war er die einzige wirklich leidenschaftlich erfüllte Liebesbeziehung, die ich je erlebt habe, und bei Cecil war ich diejenige, die mehr liebte, die mehr brauchte, deswegen war meine Liebe schmerzlicher und schien tiefer zu sein als seine Liebe zu mir.

Cecil machte sich nicht viel aus Mexiko. Er wollte nach England zurück und fragte mich, ob ich mitkommen würde. Er lebte in einem riesigen Herrenhaus in Sussex und in einem Apartment in der Nähe der Bayswater Road in London. Er besuchte oft seine Eltern, die in einem noch riesigeren Herrenhaus in Cotswolds lebten (er fuhr einmal mit mir daran vorbei, um es mir zu zeigen) und auch eine Wohnung in London hatten. Ich habe seine Eltern nie kennengelernt, obwohl ich fünf Jahre lang mit Cecil zusammenlebte. Die ganze Zeit war mir bewußt, daß Cecil fand, daß ich eigentlich nicht standesgemäß für ihn war, auch wenn er mich wirklich geliebt hat. Ich, das amerikanische Mädchen, das er in Mexiko aufgegabelt hatte, wo es ein flatterhaftes Leben in einer Künstlerkolonie geführt hatte. Ich verstand mich nicht mit seinen Freunden, die mich nicht mochten. Sie waren so reservierte, blutleere Menschen, und jedesmal, wenn Cecil in seinem Haus eine Party gab, spürte ich die unausgesprochene Verachtung der Frauen und die freundliche Herablassung der Männer. Damals lebten ›anständige‹ Frauen noch nicht offen in wilder Ehe mit einem Mann zusammen. Wenn ich in einem Satinkleid bei einer von Cecils Partys durch den strahlend hell erleuchteten Ballsaal ging, schien mich der Geist meines eigenen sechzehnjährigen Ichs zu begleiten, des Mädchens, das unwissend und ohne Arg die Glut Jeremy Gardners und die eiskalte Verachtung der Mädchen von der Ostküste entfacht hatte. Jetzt hatte ich mit den echten, original ›Ostküsten‹- Mädchen zu tun, und wieder schritt ich durch Flammen.

Ich hatte keine Freundinnen. Ich hatte nie eine Freundin haben wollen. Ich hatte mir geschworen, keiner Frau zu trauen. Zweifellos hatte ich mir einen Schutzpanzer zugelegt, der mich aber in dem Maß isolierte, wie er andere ausschloß. Ich hatte niemanden, mit dem ich reden konnte, und niemanden, der mir hätte helfen können, diese Dinge zu verstehen. Zu der Zeit konnte ich nichts als meine Schönheit einsetzen. Was ich auch tat. Wenn Künstler mich baten, für sie Modell zu stehen, tat ich es. Das brachte mir wenigstens soziale Kontakte.

Und schließlich ließ ich einen Akt von mir malen, weil ich verzweifelt war und Angst davor hatte, Cecils Liebe zu verlieren. Ich lag mit geröteten Wangen auf einem Sofa, um mich herum lagen glänzende Seidenkissen, auf einem Tisch stand eine Schale mit üppigen Trauben, und meine zerzausten Haare flossen über meine Schultern und die Kissen. Eine Botschaft an Cecil: ›Vergiß nicht, wie schön ich bin!‹ Aber als er das Gemälde sah, erkannte ich sofort an seinem Gesicht, daß ich einen Fehler gemacht hatte. Das Bild war zu sinnlich, zu aufreizend. So etwas schickte sich nicht. Das war gewöhnlich, und gemessen an Cecil war ich gewöhnlich, zumindest nach den strengen Maßstäben der britischen Oberklasse.

Hatte ich wirklich geglaubt, daß ich das Bauernmädchen aus Kansas mit Hilfe meines üppigen Körpers vergessen machen könnte? Ich versuchte es. Und wenn Cecil und ich allein waren, war auch alles vollkommen. Dann gehörten wir beide zusammen. Cecil interessierte sich für die Farmer, die große Teile seines Landes gepachtet hatten oder die angrenzenden Ländereien besaßen, und das war etwas, worüber ich Bescheid wußte, was ich mit ihm teilen und wobei ich ihm manchmal sogar gute Ratschläge geben konnte. Wir ritten zusammen über brachliegende Felder und besprachen, wie sie zukünftig am besten zu nutzen seien, oder besuchten die örtlichen Versammlungen der Farmer, um für die sinnvollsten Umweltschutzmaßnahmen für die Flüsse zu kämpfen, oder wir blieben die ganze Nacht auf, um zuzusehen, wie Cecils preisgekrönte Hündin gesunde Welpen warf. Dann vergaß ich, daß wir nicht verheiratet waren. Ich fühlte, daß wir eins waren, ich war glücklich und wußte, daß auch Cecil glücklich war. Wir lasen beide gern. Er liebte Sachbücher und Geschichte, ich liebte Romane und Gedichte. Wenn wir nicht draußen auf den Feldern waren, dann saßen wir drinnen am Kamin, lasen und unterbrachen unsere Lektüre nur, um uns gegenseitig besonders gelungene Stellen vorzulesen. Ohne die anderen war unsere Einheit vollkommen, aber wir konnten nicht immer in unserer isolierten Welt leben.

Nachdem wir fast fünf Jahre zusammen waren, kam Cecil eines Tages und sagte: ›Meine Eltern wollen, daß ich heirate.‹

Einen kurzen Moment lang schlug mein Herz schneller. Ich dachte, er machte mir einen Heiratsantrag. Aber dann las ich in seinem Gesicht, wie ungeheuer peinlich ihm das alles war, wie mies er sich fühlte. Ich sagte nichts. Jedenfalls konnte ich mir später stolz sagen: Wenigstens bin ich nicht impulsiv aufgesprungen, um mich in die Arme meines Liebsten zu werfen und ›Liebling‹ zu rufen. Ich blieb steif sitzen und sah ihn an. Das hatte ich immerhin von den Briten gelernt.

Denn natürlich wollten Cecils Eltern nicht nur, daß er heiratete, sie wollten, daß er eine bestimmte Frau heiratete, eine Cousine zweiten Grades. Eine Verbindung, die ihren Grundbesitz vereinen und vergrößern würde. Wie in der Feudalzeit.

›Nun‹, sagte ich, ›dann muß ich packen und gehen. Heute noch.‹

Äußerst gefaßt und zurückhaltend stand ich von meinem Stuhl auf und ging durch den Raum. Mein ganzes Leben hatte sich immer auf diesen einen Augenblick zugespitzt, auf diesen Akt angestrengter Würde. Wenigstens hoffte ich, daß ich diesen Eindruck machte, denn eigentlich war es nur der Schock, der es mir ermöglichte, so gefaßt zu bleiben...

Als ich mich umdrehte, sah ich etwas, was ich nicht für möglich gehalten hätte: Cecil saß da und schluchzte hinter vorgehaltenen Händen, seine Schultern bebten vor Verzweiflung. Das berührte mich unsäglich. Aber ich war klug genug, nicht zurückzugehen, ihn nicht zu umarmen, ihn nicht zu trösten. Ich wußte, daß er bald aufstehen, sich die Augen trocknen und mit seinem Leben fortfahren würde. Cecil würde heiraten. Und ich? Was würde ich machen?

Wie betäubt ging ich nach London. Durch Cecil hatte ich viele interessante Leute kennengelernt, und es gelang mir, einen Job als Redaktionsassistentin bei einer renommierten

Frauenzeitschrift zu bekommen. Wieder einmal war es hilfreich, daß ich schön war. Ich war zu üppig, um als Mannequin zu arbeiten. Twiggy war gerade der letzte Schrei – aber auch ich wurde überall fotografiert, auf Partys, in Nachtclubs und im Theater. Ich war wie betäubt, daß Cecil mich verlassen konnte. Ich empfand das nach wie vor als grausam und gemein; was kümmerte es mich, wie angesehen seine Eltern waren, wie wichtig seine gesellschaftliche Position, seine Zugehörigkeit zur Oberklasse sein mochten, und deshalb stürzte ich mich ganz bewußt in eine Affäre nach der anderen. Die Gründe dafür hatten nichts mit Liebe zu tun oder mit Verliebtheit, noch nicht mal mit Vergnügen, sondern mit unverhohlen materiellen Dingen, mit Macht, Ehrgeiz und mit Geld.

Vielleicht spielte dabei auch eine Rolle, daß ich, als ich wußte, daß Cecil eine andere heiraten würde, Will Hofnegle angerufen hatte. Ich sagte, ich wolle wissen, wie es ihm ginge, was er mache, und ich dachte: Vielleicht fliegt er zu mir oder bittet mich, zu ihm zu kommen, für eine Zeit, um mich zu trösten. Aber Will war verheiratet. Er hatte zwei Kinder. Er sei sehr glücklich, und wie es mir denn ginge? ›Oh, ich bin auch sehr glücklich‹. sagte ich. Und dachte: Was hast du erwartet? Daß er sein Leben lang auf dich warten würde? Daß er dir nach vierzehn Jahren immer noch treu sein und sich nach dir verzehren würde?

Denn es waren tatsächlich vierzehn Jahre vergangen.

Ich war älter geworden.

Ich war allein.

Ich war aus einem Traum erwacht.

So stürzte ich mich in hektische Aktivität.

Täglich schlief ich mit mehreren Männern. Ich besaß so viele Kleider und zog mich so oft um, daß ich ein Mädchen einstellen mußte, um meine Garderobe in Ordnung zu halten (als wir uns trennten, hatte Cecil mir eine beträchtliche Summe Geld gegeben, ich war nicht zu stolz, sie anzunehmen; ich mußte überleben). Ich hatte jetzt ›Freundinnen‹, mit denen ich zum Lunch ging und klatschte, Frauen, mit denen ich bei der Frauenzeitschrift arbeitete, Frauen, mit denen ich mich über Mode unterhielt. Wir fanden uns alle ›schön‹ und ›göttlich‹. Was uns an Tiefe fehlte, machten wir durch Betriebsamkeit wett: Ich verabredete mich zum Lunch, ich ging zum Dinner, ich tanzte, ich flirtete, ich ging einkaufen, ich ging Shopping, ich ging mit irgendwelchen Männern ins Bett, machte mich mit meinen ›Freundinnen‹ über meine Liebhaber lustig. Es ging mir wunderbar, London war damals das ›Swinging London‹, und ich tanzte mit.

Carnaby Street, die Beatles, die Rolling Stones, ab und an ein Champagnerfrühstück auf dem Rasen des Glyndebourne, eine durchzechte Nacht im Playhouse, mein Bild in den Gesellschaftsspalten der besten Zeitungen und gelegentlich in Literaturzeitschriften und billigen Boulevardblättern. Die Männer wurden immer jünger und jünger und reicher und reicher.

Dann kam das Jahr 1972, und ich war neununddreißig.«

Hier endete Jennys Geschichte.

»Ach«, rief Sara enttäuscht. Sie wollte mehr erfahren, wollte wissen, wie es weiterging. Wenn sie Jenny in Wirklichkeit gekannt hätte, hätte sie sie wahrscheinlich nicht gemocht und für eingebildet und oberflächlich gehalten. Aber bei der Lektüre der Seiten hatte sie das Gefühl, durch ein Kaleidoskop zu blicken, das schillernde Muster aufblitzen ließ und ab und an aufleuchtete, um ein klares und ergreifendes Körnchen Wahrheit zu enthüllen. Was würde mit Jenny geschehen, wenn sie sich nicht länger vor den anderen durch ihre wirbelnden Farben schützen konnte? Was für eine Frau versteckte sich wirklich hinter der lebensnotwendigen Maskerade?

Sara verbrachte den Nachmittag am Eßtisch über dem Jenny-Manuskript, machte Anmerkungen, schrieb dann an Fanny Anderson einen langen Brief. Was könnte das für ein Buch werden, dachte sie. Mit etwas Schliff, etwas Lektorenarbeit, was für ein erfolgreiches Buch könnte das werden.

Julia flog am Nachmittag des dreiundzwanzigsten von Boston ab, um die Weihnachtsfeiertage mit ihnen zu verbringen. Die beiden Freundinnen saßen im Wohnzimmer, tranken Champagner und warteten darauf, daß Steve von der Arbeit kam. Die Fenster rahmten einen Himmel ein, der sich indigoblau färbte. Sara machte kein Licht, damit sie die zuckenden Flammen des riesigen Kaminfeuers, das Sara aufgeschichtet hatte, genießen konnten und die strahlend hellen Lichter des Weihnachtsbaumes, die wie Edelsteine glitzerten.

»Hier«, sagte Julia und gab Sara ein kleines silbernes Schächtelchen. »Mach es auf.«

»Ich dachte, wir warten mit dem Auspacken der Geschenke bis später«, sagte Sara überrascht.

»Das ist kein Weihnachtsgeschenk. Und es ist nur für dich. Ich könnte mir vorstellen, daß es Steve peinlich ist.«

Sara öffnete die kleine Schachtel und entnahm ihr einen winzigen Sichelmond, der an einem durchsichtigen Nylonfaden hing, der so dünn war, daß er fast unsichtbar war. Der Mond war aus Glas, und als Sara ihn von ihrer Hand herunterhängen ließ, fing er alle Lichter des Raumes ein, drehte sich, glitzerte und warf Fünkchen an die Wände.

»Ist der schön«, sagte Sara. »Wir hängen ihn an den Weihnachtsbaum.«

»Nein, du Dummchen«, sagte Julia. »Lies den Zettel.«

Sara entfaltete den Zettel, den Julia auf den Boden der Schachtel gelegt hatte. Sie las:

»›Wenn jedoch eine kinderlose Frau ein Kind will, so setzt sie sich dem Licht des neuen Mondes aus oder bringt dem Mond Opfergaben und beschwört seine Hilfe.‹«

»Ich habe mir gedacht, daß du nicht immer die Gelegenheit hast, dich dem Licht des neuen Mondes ›auszusetzen‹«, sagte Julia, »und ich habe mir gedacht, daß es das vielleicht auch bringt.«

»Oh, das ist wunderschön, Julia, geradezu magisch, es muß einfach magisch sein. Sieh dir das an!« Sara drehte den dünnen Faden, und der Mond wirbelte herum und reflektierte das Licht. »Ich werde ihn über unser Bett hängen!«

Sie beugte sich vor und küßte Julia und umarmte sie. Ich habe Glück, dachte sie. Ich habe Steve. Arme Julia.

Julia bezeichnete die Zeit zwischen Weihnachten und Silvester als »Selbstmordsaison«, weil ihr Freund jede Minute dieser Zeit im Schoß seiner Familie verbrachte. Danach, nach Neujahr, den Familienfesten und der zweiwöchigen Familienreise zum Familiensitz auf Sankt Martin, kehrte ihr Freund dann zu ihr zurück, wie ein Ertrinkender, der hochkommt und mit verzweifelter, aber schmeichelhafter Gier nach Luft schnappt. Aber diese Weihnachtstage waren heilig, in dieser Zeit war er der gute Vater, der gute Sohn und Schwiegersohn und – der gute Ehemann. Seine Geschenke – Diamanten, Blumen, Schokolade, noch mehr Diamanten, mit denen er Julia am dreiundzwanzigsten überschüttete, konnten die zwei Wochen Schmerz, die sich daran anschlossen, nicht wettmachen.

»Warum bleibst du bei ihm?« fragte Sara Julia am Nachmittag des ersten Weihnachtsfeiertags. Steve war zu Hause und las am Kamin, genoß den Luxus eines faulen Tages, die beiden Frauen gingen am Surfside Beach spazieren. Der Tag war erstaunlich mild und windstill, die Wellen schlugen spielerisch an den Strand, benetzten ihre Knöchel.

»Warum willst du schwanger werden?« konterte Julia und machte einen Schlenker, um trockene Füße zu behalten. Sie trug den Silberfuchsmantel, den ihr Freund ihr geschenkt hatte, und einen grünen Schal über ihren zerzausten, dicken roten Haaren.

»Mein Wunsch ist vernünftig«, sagte Sara. »Frauen werden schwanger. Männer und Frauen bekommen Kinder. Das ist eben so.«

»Nun, Männer lassen sich scheiden und heiraten die Frau, die sie wirklich lieben«, sagte Julia. »Mein Wunsch ist genauso vernünftig wie deiner!« Sie trat eine Muschel aus dem Weg.

Sara betrachtete das Gesicht der Freundin, das wenige, was sie davon sehen konnte, denn Julia starrte abweisend vor sich hin, als ob sie in die Zukunft blickte. Seit drei Jahren versuchte Sara, Julia diese Affäre auszureden, die Sara selbstzerstörerisch und zum Scheitern verdammt vorkam. Aber Julia war wie besessen.

»Weißt du«, sagte sie, »wir sind beide wie besessen«, sagte sie zu Julia.

»Ich weiß«, sagte Julia. »Glaub mir, und wie ich das weiß.«

»Was mich fertigmacht, ist das Warten«, sagte Sara. »Es ist kaum zu glauben, wie langsam ein Tag vergeht. Ich scheine mein Leben mit Warten zu verbringen. Ich warte auf den Eisprung, warte, ob ich schwanger bin, warte, daß die verdammte Periode vorbei ist, damit ich wieder auf den Eisprung warten kann, und die Tage schleichen nur so dahin.«

»Das kenne ich«, sagte Julia. »Auch das kenne ich. Wenn Perry bei seiner Frau ist, gibt es nichts, was die Zeit schneller vergehen läßt, und ich habe alles versucht.«

»Wie konnte uns das nur passieren?« fragte Sara. »Wir sind intelligente, kluge, dynamische Frauen. Wie ist es uns gelungen, an einen Punkt zu kommen, wo uns nichts anderes übrigbleibt, als zu warten?«

»Das weiß ich nicht, mein Schatz. Das habe ich mich selber millionenfach gefragt. Du hast wenigstens deine Arbeit.«

»Ha«, schrie Sara. »Da kann ich auch immer nur warten. Diese verdammte Fanny Anderson macht mich noch ganz krank! Ich würde so gern an ihrem Buch arbeiten, aber ich kann nicht an sie rankommen, sie will weder mit mir telefonieren noch mich sehen!«

»Vielleicht ist sie verrückt«, sagte Julia.

»Oh, wir sind alle verrückt«, stöhnte Sara. Sie rannte vor Julia her, tanzte fort von dem gezackten Ansturm der

Wellen. Sie rannte zurück und packte Julias Schultern. »Du verstehst mich nicht«, sagte sie. »Ich werde wirklich verrückt. Ich verwandle mich in eine manisch Besessene. Nach dem Eisprung mache ich doch tatsächlich nichts anderes mehr, als in meinen Körper hineinzuhorchen, um ein Zeichen zu erkennen. Jede Minute frage ich mich: Schmerzen meine Brüste, verspüre ich Krämpfe, ist mir übel? Ich analysiere alles und jedes! Erst war es nicht so schlimm, aber jeder Monat, in dem ich nicht schwanger geworden bin, macht es noch schlimmer.«

»So wirst du nie schwanger werden«, sagte Julia und sah Sara in die Augen.

Sara riß sich von der Freundin los. »Toll«, sagte sie. »Vielen Dank. Das ist genau das, was ich hören wollte!«

»Das stimmt aber«, sagte Julia. »Sara, du mußt dich entspannen.«

»Julia, du mußt dir einen Mann suchen, der nicht verheiratet ist«, sagte Sara.

Die beiden starrten sich mit gesträubtem Gefieder wütend an. Dann grinste Julia.

»Das werde ich machen, wenn du es auch machst«, sagte sie, und sie umarmten sich, lachten trocken, machten kehrt und liefen am Strand zurück; zwei hoffnungslose Fälle am Rand der gleichgültigen Wellen.

Der dritte Januar war ein kalter, klarer Tag, ein Tag emsiger Geschäftigkeit. Julia war wieder zurück in Boston und bei ihrem Freund, Steve ging wieder arbeiten, und Sara hatte beschlossen, ihr Leben in die Hand zu nehmen. Sie mußte *weiterkommen.* Sie würde diese unsichere Jenny-Angelegenheit fallenlassen und sich an ein anderes Buch setzen.

Ein letztes Mal wählte sie Fanny Andersons Nummer. Diesmal würde sie der alten Ziege am anderen Ende sagen, sie solle Fanny Anderson ausrichten, daß sie das Buch überhaupt nicht mehr machen würde, wenn sie weiterhin so auf Distanz gehalten würde. Sie war eine *professionelle* Lektorin und hatte es nicht nötig, ihr derart hinterherzulaufen. Wenn Fanny Anderson sich so wenig für ihre eigene Arbeit interessierte, daß sie mit Sara noch nicht einmal darüber reden wollte...

»Hallo«, meldete sich eine weiche, unsichere Stimme am Telefon.

»Hallo? Ist dort Anderson?« stammelte Sara erschrokken, war sich plötzlich nicht sicher, ob sie die richtige Nummer gewählt hatte.

»Ja. Hier spricht Anderson.« Was für eine sanfte Stimme.

»Oh! O ja. Mrs. Anderson, hier spricht Sara Kendall. Ich rufe an, weil – nun, ich hoffe, Sie haben Ihr Material mit meinen Anmerkungen zurückbekommen?« Sie konnte es nicht lassen. Sie mußte es noch ein letztes Mal versuchen.

»Ja, ja. Das habe ich, danke.«

»Nun, ich hoffe, daß Sie an meinem Brief gemerkt haben, wie fasziniert ich von dem Buch bin. Ich würde es gern Donald James zeigen. Und ich würde Sie so gern besuchen und mich mit Ihnen hinsetzen und über das Buch im einzelnen reden. Oder, wenn Ihnen das lieber wäre, könnten Sie hierherkommen. Nantucket ist schön, sogar im Winter.«

Ein langes Schweigen folgte.

»Mrs. Anderson?« fragte Sara schließlich, denn das Schweigen war so total, daß sie noch nicht einmal den Atem der anderen Frau hören konnte.

»Ich glaube nicht, daß ich kommen kann. Ich reise nicht mehr viel, wissen Sie.«

»Dann würde ich sehr gern zu Ihnen kommen«, sagte Sara.

»Da ist noch etwas«, sagte Fanny Anderson. Sie machte eine Pause. »Ich weiß nicht, wie ich es ausdrücken soll. Aber – nun, wissen Sie, normalerweise *kenne* ich die Leute nicht, mit denen ich arbeite. Schließlich ist das auch wirklich nicht notwendig, nicht wahr? Ich meine, es gibt ein Telefon, es gibt Briefe, die Post. Für Heartways House, zum Beispiel, du meine Güte, für die muß ich jetzt zehn oder zwölf Bücher geschrieben haben, und ich kenne dort keine Menschenseele. Miss Oldham scheint das nichts auszumachen. Ich glaube, daß sie mich ganz zu Anfang ein paar Mal zum Essen oder zu einem Drink eingeladen hat, aber es war mir nie möglich, diese Einladungen wahrzunehmen, und wir haben nun seit Jahren eine sehr zufriedenstellende Geschäftsbeziehung, ohne uns je gesehen zu haben.«

Jetzt schwieg Sara. Schließlich sagte sie: »Ihr Jenny-Roman ist ganz anders als die Bücher, die Sie für Heartways House geschrieben haben. Die haben ein Schema, ein Muster, wenn sich die Autorin daran hält, braucht eine Lektorin nicht mehr viel daran zu tun, sie muß nur darauf achten, daß es keine Zeitsprünge gibt, zum Beispiel, oder aufpassen, daß der Held von vorn bis hinten hellblaue Augen hat. Aber der Jenny-Roman ist vollkommen anders. Er läßt sich nicht in ein Schema einordnen. Es ist in gewisser Weise auch ein Liebesroman, aber der Stil ist anders, es ist kein historischer Liebesroman. Es wäre –«

»Ja, ja, meine Liebe. Das ist mir schon bewußt. Ich kenne den Unterschied zwischen diesem Roman und meinen kleinen Liebesromanen.« Jetzt konnte Sara ihr Lächeln geradezu hören.

»Dann wissen Sie auch, daß das Jenny-Buch ganz anders bearbeitet werden muß. Ich denke schon, daß ich in der Lage wäre, Ihnen einen langen Brief mit meinen Vorschlägen zu schreiben, aber meiner Erfahrung nach ist ein Dialog, ein Austausch von Ideen, sehr viel nützlicher, für die Autorin ebenso wie für die Lektorin. Und es spart sehr viel Zeit.«

»Was die Zeit angeht«, sagte Fanny Anderson weich, »so habe ich es nicht besonders eilig damit, dieses kleine Buch zu veröffentlichen. Ich habe es schon so lange in meinem Kopf.«

Wieder schwieg Sara. »Unabhängig von der Zeit«, sagte Sara erneut, »wäre es wirklich sehr nützlich, wenn wir uns zusammensetzen könnten. Ich würde dieses Buch sehr gern redigieren. Und um ehrlich zu sein, ich würde mich wirklich gern damit schmücken können. Es wäre gut, wenn wir uns darüber unterhalten könnten, was für ein Buch Sie schreiben wollen und wie ich Ihnen dabei helfen könnte. Es würde nicht lange dauern. Vielleicht ein oder zwei Stunden.«

»Ja«, sagte Fanny Anderson. »Ja, ich verstehe.«

Sara wartete.

Schweigen.

»Ja. Sehr gut«, sagte Fanny. »Dann machen wir das.«

»Wunderbar!« sagte Sara. »Wollen wir jetzt einen Termin ausmachen?«

»Oh, also, ich habe meinen Kalender gerade nicht zur Hand. Vielleicht geben Sie mir Ihre Nummer, und ich rufe zurück«, sagte Fanny Anderson.

»Ich würde gern morgen kommen«, bot Sara an.

»Ja, aber ich glaube, ich habe morgen zu viel zu tun«, sagte Fanny. »Es ist wirklich besser, wenn ich Sie zurückrufe.«

Sara gab der Frau ihre Nummer und unterließ es, sie darauf hinzuweisen, daß sie sie ihr bereits sowohl telefonisch als auch schriftlich gegeben hatte. Sie blieb höflich. Sie versuchte, sie nicht zu bedrängen. Aber sie hatte Angst, daß sie, wenn sie jetzt auflegte, von Fanny lange, lange Zeit nichts mehr hören würde, wenn überhaupt.

In dieser Nacht konnte Sara sich nicht darüber hinwegtäuschen, daß ihre Brüste wieder sehr empfindlich waren.

Am nächsten Tag rief Fanny Anderson nicht an. Und als Sara sich von der Seite im Spiegel betrachtete, konnte sie die wohlbekannte Wölbung ihres Bauches sehen. Ihre Brüste schmerzten heftig, und nach dem Aufstehen ging sie mit kaum zu zügelnder Wut durch den Tag. Sie war außer sich – in der doppelten Bedeutung des Wortes, sie war wütend und nicht ganz bei sich, sie war so wütend auf das Schicksal, daß sie das Bedürfnis hatte, um sich zu schlagen, zurückzuschlagen, zu zerstören. Zum Lunch trank sie ein Glas Wein, aber das half nichts. Sie ging lange spazieren, obwohl das Wetter umgeschlagen und es sehr kalt geworden war, auch das half ihr nicht weiter, nur daß sie davon so müde wurde, daß ihre Wut in einen auf kleiner Flamme siedenden Selbsthaß herunterkochte.

Als Steve abends nach Hause kam, brachte sie kaum ein Wort heraus. Sie war nicht wütend auf ihn, es war nicht seine Schuld, daß sie nicht schwanger war – er hatte Milliarden und aber Milliarden gesunder Spermien, nein, es lag an ihr. Sie verkroch sich vor ihm mit der Würde eines verletzten Tieres, sie würde nach jeder Hand schnappen, die nach ihr greifen wollte.

Nach dem Abendessen sagte sie: »Steve? Ich bekomme morgen meine Periode. Ich merke es deutlich.«

»Oh, Liebling, das tut mir leid«, sagte er. Er stand vom Tisch auf, kam herum, beugte sich zu ihr herunter und umarmte sie. »Ich weiß, wie enttäuscht du bist. Das bin ich auch. Aber, weißt du, wir sind beide jung und gesund. Wir haben keine Eile. Wenn es in diesem Monat nicht geklappt hat, dann klappt es im nächsten Monat oder im übernächsten. Und ich liebe dich, ganz gleich, was du machst oder was geschieht. Das weißt du, nicht wahr?«

Er drehte ihr Gesicht zu sich, so daß er ihr in die Augen sehen konnte.

»Du weißt doch, daß ich dich liebe, nicht wahr, Sara?« fragte er noch einmal und lächelte sie an.

Sara traute sich fast nicht zu sprechen. Sie konnte sehen, daß er sie liebte. Sie wußte, daß er mit ihr litt, so ihm das als Mann möglich war. Daß er alles tat, um ihr zu helfen.

Sara ging ins Badezimmer und ließ heißes Wasser in die Wanne ein. Sie setzte sich hinein und weinte vor Wut. Oh, Steve war ja so nett. So verständnisvoll. Oh, er sagte, daß er sie liebte. Oh, was für ein Optimist er doch war. Berührte ihn das denn alles nicht? Warum weinte er nicht und war krank vor Trauer, daß sie es wieder nicht geschafft hatten, daß sie kein Baby bekommen würden? Warum war er so fröhlich, so ruhig? Hatte er denn überhaupt kein Gefühl?

Da war er, der vollkommene Ehemann, und hier in der Badewanne saß sie, die unvollkommene Ehefrau. Die Ehefrau, die versagt hatte, die minderwertige Ehefrau. Die Ehefrau, deren geistige Gesundheit rapide abnahm.

Am liebsten würde sie ihm sämtliches Geschirr an seinem vollkommenen, verständnisvollen, optimistischen und liebevollen Schädel zerschmettern.

Statt dessen blieb sie eine ganze Stunde lang in der Badewanne sitzen, bis sie völlig erschöpft war und keine Tränen mehr hatte. Dann zog sie ihr wärmstes Nachthemd an und ihren Bademantel und trank eine warme Milch mit zwei Aspirin und sah fern, bis es Zeit war, ins Bett zu gehen.

Dann war es auf einmal morgens. Und sie spürte schon an der Art, wie das Hemd an ihren Beinen klebte, daß sie wieder ihre Tage bekommen hatte.

5

Der Morgen.

Die Wintersonne schien auf das alte gelbe Backsteingebäude in Boston und erfüllte das Foyer mit so heller Wärme, daß Sara das Gefühl hatte, in einen Lichtwürfel einzutreten. Der Teppich war blau. An einer Wand des Foyers hing eine große schwarze verglaste Tafel, auf der in alphabetischer Reihenfolge die verschiedenen Büros des Gebäudes aufgeführt waren.

Sie sah auf den Zettel, den Dr. Crochetts Büro ihr geschickt hatte: Sie mußte zu Foster, Larch, Wang und Sikes. Eine Gemeinschaftspraxis von Röntgenärzten.

Sara lächelte. Sie konnte sich selbst schwach im Glas der Tafel sehen: eine junge Frau, die den Kragen ihres roten Capes gegen die Januarkälte hochgeschlagen hatte und deren Wangen gerötet waren, allerdings nicht vor Kälte, sondern vor hoffnungsvoller, aufgeregter Erwartung.

Ihre Eierstöcke würden »durchgepustet« werden. Schrecklicher Ausdruck. Aber Dr. Crochett hatte ihr gesagt, daß diese Prozedur sowohl diagnostisch als auch therapeutisch sei. Zum richtigen Zeitpunkt durchgeführt, nach der Periode, aber noch vor dem Eisprung, könnte mit dieser Methode jegliches Zellmaterial entfernt werden, das dem Ei den Weg aus den Eileitern in die Gebärmutter versperren könnte. Ein Verfahren, welches die Eileiter durchlässig machen könnte. Zwanzig Prozent der Frauen, die den Eingriff machen ließen, waren noch im selben Monat schwanger geworden.

Also!

Sara war nach Boston geflogen (und wieder stürzte das Flugzeug nicht ab!) und war mit dem Taxi in das Ärztehaus gefahren, das direkt neben den großen Bostoner Krankenhäusern lag. Ihr Termin war um zehn Uhr dreißig. Es war erst zehn Uhr fünfzehn, aber sie wollte sich nicht verspäten.

Sie fand die richtige Tür und betrat das Wartezimmer der Röntgenpraxis. Ein junge Frau hinter einem Schreibtisch lächelte ihr zu. Sara ging durch das Zimmer, sprach mit ihr, nahm die Formulare, die ihr gereicht wurden, hängte ihren Mantel an den Kleiderständer.

Sie setzte sich auf einen der blau bezogenen Stühle, die in kleinen Gruppen im Raum verteilt waren, holte tief Luft und sah sich um. Außer ihr warteten noch fünf Frauen unterschiedlichen Alters in dem Wartezimmer. Sie hoben nicht den Blick, sahen sich nicht an.

Sara blickte auf das Blatt, das die Frau ihr mit der Bitte gegeben hatte, es der Sprechstundenhilfe weiterzureichen. Auf dem Blatt stand lediglich:

Uterotubalgramm
Ultraschall
Mammographie

Auf ihrem Blatt war um »Uterotubalgramm« ein Kringel aus blauer Tinte.

Scheiße, dachte Sara, und ihr Herz klopfte heftig. Sie blickte wieder hoch und betrachtete die Frauen um sich herum. Sie hatte vergessen, daß es schlimmere Dinge auf der Welt gab, als nicht schwanger zu werden, daß im eigenen Körper Gefahren lauerten, grausame Hinterhältigkeiten, Krebs und Zysten und Tumore, ein ganzer Katalog von Krankheiten, die niemand haben wollte und jeder fürchtete. Plötzlich kam es ihr oberflächlich und dumm vor, daß sie hier war. Warum sollte sie irgend jemanden an ihrem vollkommen gesunden Körper herumfummeln lassen? Warum mußte sie einer anderen Frau, die wirklich schwer krank war und darauf wartete, die Ergebnisse einer viel wichtigeren Untersuchung zu erfahren, diese Zeit und diesen Sitzplatz wegnehmen?

Sie wäre am liebsten gegangen, aber sie ging nicht, sie

blieb sitzen, ihre Gedanken überschlugen sich förmlich, und jetzt fielen ihr die vielen beängstigend ablehnenden Kommentare wieder ein, die kleinen angsteinflößenden Bomben, die andere Frauen unwissentlich in ihr Bewußtsein geworfen hatten.

Als sie ihrer Mutter erzählte, daß sie sich die Eileiter durchpusten lassen würde, hatte sie gesagt: »Oh, meine Liebe, hat man dir gesagt, wie weh das tut? Ich hatte mal eine Freundin ...« Und dann erzählte sie eine so grauenvolle Geschichte von Schmerz und Inkompetenz, daß Sara ihre Mutter bitten mußte, nicht weiterzureden. »Oh, wie dumm von mir«, hatte ihre Mutter gesagt. »Ich wollte dir keine Angst einjagen. Ich bin sicher, daß sich die Dinge inzwischen positiv entwickelt haben.«

Als sie ihrer Schwester davon erzählte, sagte Ellie: »Sehr gut. Ich freue mich, daß du es machen läßt. Und es tut weniger weh, als alle behaupten.«

»Wieso«, entfuhr es Sara. »Dr. Crochett hat gesagt, es würde etwas unangenehm sein, aber es wäre kein richtiger Schmerz, wenigstens keiner, der lange anhält, höchstens ein paar Sekunden.«

»Oh, das stimmt«, hatte Ellie gesagt und so glaubhaft gelogen, daß es nur die eigene Schwester merken konnte. »Ich muß es mit einer anderen Untersuchung verwechselt haben.«

Als sie es Julia erzählte, sagte Julia nur: »Ich komme mit. Wann mußt du dasein?«

»Was weißt du denn darüber?« wollte Sara mißtrauisch wissen.

»Gar nichts«, sagte Julia aalglatt. »Ich bin einfach gerne in deiner Gesellschaft.«

Nun war Julia da, stürmte in das Wartezimmer, gab Sara einen flüchtigen Kuß, setzte sich neben sie. »Du siehst großartig aus!« sagte sie. »Wenn es überstanden ist, gehen wir zum Essen, und dann bringe ich dich zum Flughafen. Hör mal zu, ich kenne einen neuen Witz. Eine superreiche Frau spendet einen Haufen Geld für die Entbindungsstation eines Krankenhauses. Und eines Tages kommt sie, um die Station zu besichtigen, und die Ärzte und die Schwestern überschlagen sich, weil sie Frau Geldsack ist. Sie zeigen ihr die Neugeborenen und legen ihr eins in den Arm, und sie sieht es an und gurrt und schnalzt, und sie reichen ihr noch eins, und sie gurrt und schnalzt, und wieder eins. Sie betrachtet dieses Baby, dreht es nach allen Seiten und sagt schließlich: ›Meine Damen und Herren Ärzte, mit diesem Baby stimmt etwas nicht. Es sieht irgendwie krank aus.‹ Die Ärzte sagen: ›O nein, auf dieses Baby sind wir richtig stolz, es ist ein Retortenbaby!‹ Und sie gibt ihnen das Baby zurück und sagt: ›Das ist der Beweis. Ich habe immer gesagt, spar die Rute, und das Kind ist verdorben.‹«

»Oooh.« Sara lachte, fühlte die Blicke der anderen Patientinnen. »Gräßlich, Julia, wirklich.«

»Mrs. Kendall?« Eine Schwester mit einer dünnen hellblauen Strickjacke über der weißen Tracht stand auf der Türschwelle und hielt ein Stück Papier in der Hand. »Würden Sie bitte mit mir kommen?«

Sara folgte brav. Die Krankenschwester war jung, hatte blondes, zu stark gefärbtes und geföhntes Haar, das steif wie Seegras von ihrem Kopf abstand. Aber sie war freundlich und lächelte, als sie Sara eine Kabine mit Vorhang zuwies und sagte: »Ziehen Sie alles unterhalb der Gürtellinie aus. Ziehen Sie das Papierhemd an. Die Bluse und den Pullover können Sie anbehalten. Ich bin in einer Minute zurück.«

In der Umkleidekabine, die wie in einem Kaufhaus aussah, nur daß der Spiegel an der Wand kleiner war und lediglich Saras Gesicht zeigte, stieg Sara aus der unteren Hälfte ihrer Kleider. Sie blickte in den fremden Spiegel, betrachtete ihr Gesicht. Der radikale Haarschnitt verwuchs sich langsam und sah nun gefälliger aus. In diesem Licht wirkte sie ziemlich jung und hübsch und – gesund. Absolut in der Lage, ein Baby zu bekommen.

Sie hatte sich gerade auf die kleine hölzerne Bank in der Umkleidekabine gesetzt, als die Schwester zurückkam.

»Würden Sie mir bitte folgen?« sagte sie und ging mit Sara schnell aus der Umkleidekabine über den Flur zu einem kleinen Untersuchungszimmer.

»Nun legen Sie sich einfach hierhin«, sagte sie geschäftig, »legen Sie Ihre Füße dorthin, die Beine müssen angewinkelt sein. Gut. Jetzt rutschen Sie bitte hinunter. Ganz hinunter. Ihr Unterleib sollte hier liegen. So ist es richtig. Bei Ihnen werden die Eileiter durchgepustet, nicht wahr?«

»Ja«, sagte Sara. »Tut das weh?«

»Oh, das kommt darauf an«, sagte die Schwester und zog das Papierhemd über Saras nacktem Unterleib zurecht. »... Manchmal ja. Aber nur kurz. Meistens ist es nicht schlimmer als ein heftiger Menstruationsschmerz. Es hängt von der Person ab.«

Sara hatte plötzlich Angst, was sie überraschte. Sie hatte bis jetzt in ihrem Leben so wenig Schmerzen gehabt, sie hatte sich sogar noch nie etwas gebrochen, und sie war nur einmal als ganz kleines Kind im Krankenhaus gewesen, als ihr die Mandeln herausgenommen wurden. Bis jetzt hatte sie wirklich Glück im Leben gehabt!

Dann kam der Arzt, eilte durch die Tür wie jemand, der eilig zum Flugzeug muß. Er ging an Sara vorbei, ohne sie auch nur einmal anzusehen, zog sich einen Stuhl heran und setzte sich an das Ende des Tisches, zwischen ihre gespreizten Beine. Sara konnte kurz ein schwarzes Brillengestell erkennen. Der Mann sah schlecht gelaunt aus.

Begrüßt der mich noch nicht einmal? fragte Sara sich. Für diesen Eingriff wird es doch wohl so etwas wie einen protokollarischen Rahmen geben.

Selbst wenn er sie nie wiedersehen sollte – was wahrscheinlich war –, machte er doch immerhin etwas sehr Intimes mit ihrem Körper, was sie noch nie vorher hatte machen lassen. Selbst Steve hatte sie noch nie so würdelos und hilflos gespreizt liegen gesehen.

Die Schwester sagte etwas zu dem Arzt, was Sara nicht verstand. Ihr Herz klopfte plötzlich so laut, daß es jedes andere Geräusch zu übertönen schien.

»Ich bin ein bißchen nervös«, sagte sie leise.

»Ich führe jetzt das Spekulum bei Ihnen ein«, sagte der Arzt auf einmal. »Das tut nicht weh.«

Er beugte sich vor. Sara fühlte vage, wie das Metall in ihre Vagina eingeführt wurde. Sie bewegte sich unbehaglich. Sie konnte auf den Kopf des Arztes sehen. Er hatte weißes Haar und trug einen blauen Kittel mit kurzen Armen. Das muß er den ganzen Tag lang machen, dachte Sara erstaunt. Dieser Mann muß den ganzen Tag lang in die Vagina von Frauen gucken. Was für eine ungewöhnliche Art, das Leben zu verbringen.

Sie hatte sich fast entspannt, als der Arzt plötzlich mit einem angeekelten Grunzen seine Instrumente aus Saras Körper zog und sich von ihr wegschob. Er sah mißgelaunt aus, verächtlich, sogar angewidert.

O meine Güte, dachte Sara. Was stimmte nicht? Stimmte irgend etwas mit ihr nicht? Stank sie? Hatte er etwas unerwartet Ekliges in ihrem Innern gesehen? War irgend etwas wirklich Schreckliches mit ihrem Körper?

Der Arzt sagte ein paar schroffe Worte zu der Schwester und ging aus dem Zimmer.

Sara richtete sich auf dem Tisch auf. »Mein Gott«, sagte sie. »Stimmt irgend etwas nicht?«

Die Schwester klopfte ihr auf die Schulter und lächelte. »Alles in Ordnung«, lächelte sie. »Ihre Menstruation ist nur noch nicht richtig vorbei. Wir können den Eingriff heute nicht machen. Sie müssen morgen wiederkommen.«

»Aber – das verstehe ich nicht«, sagte Sara.

»Bitte«, sagte die Schwester und half Sara vom Tisch. »Ich werde Sie jetzt zurück zu den Umkleidekabinen bringen. Und dann machen wir für morgen einen neuen Termin aus.«

»Aber, bitte«, sagte Sara. »Eine Minute noch. Ich verstehe immer noch nicht –«

Leicht ungeduldig wandte sich die Schwester Sara zu. »Er wollte Ihnen das Kontrastmittel einspritzen«, sagte sie. »Aber bei Ihnen ist noch ein bißchen Blut zu sehen. Das bedeutet, daß möglicherweise noch ein paar Gefäße in ihrem Uterus nicht geschlossen sind, so daß die Gefahr besteht, daß Blut eindringen könnte, was wiederum zu Schwierigkeiten führen könnte.«

Sara war entsetzt. »Schwierigkeiten?« sagte sie. »Aber, man hat mir versichert, daß der Eingriff ungefährlich ist.«

»Das stimmt«, sagte die Schwester. »Wenn er am richtigen Tag durchgeführt wird. Heute ist nicht der richtige Tag. Aber Sie können morgen wiederkommen, und dann ist alles in Ordnung. Sie haben angegeben, daß Sie sich am neunten Tag Ihres Zyklus befinden. Das stimmt doch, oder?«

Sara, die mehr Zeit mit dem Zählen ihrer Tage verbracht hatte als ein Buchhalter, der sich mit seinen Zahlen auf eine Steuerprüfung durch das Finanzamt vorbereitet, wußte plötzlich nichts mehr. »Ich ... ich glaube ja.« Als sie den ungeduldigen Gesichtsausdruck der Schwester sah, sagte sie etwas bestimmter: »Ich bin mir ganz sicher. Absolut sicher.«

»Gut, dann kommen Sie morgen wieder. Wir werden es morgen machen.«

»Ist irgend etwas mit mir nicht in Ordnung, daß ich immer noch blute? Daß die Blutgefäße sich noch nicht geschlossen haben?« fragte Sara. Alle möglichen Befürchtungen und Ängste überschlugen sich in ihrem Kopf.

Plötzlich wurde ihr bewußt, daß sie die Feinheiten ihres Körpers nicht richtig bedacht hatte, daß sie nicht daran gedacht hatte, welche winzigen Teile in ihrem Innern verletzt werden könnten, wenn irgendein Fehler gemacht würde. Auf einmal fing sie an zu zittern.

»Nein, nein, bei Ihnen ist alles in Ordnung«, sagte die Schwester, die jetzt abgelenkt war, weil sie sich um die nächste Patientin kümmern mußte. Sie führte Sara zur Umkleidekabine und verschwand.

Sara zog sich mit zitternden Händen an, ihre Gedanken rasten.

Das war alles so neu, so fremd für sie. Dieses Geschäft mit der Reproduktivität. Sie war davon ausgegangen – jetzt wußte sie nicht mehr, wieso überhaupt –, daß Dr. Crochett den Eingriff bei ihr vornehmen würde und dann alles in Ordnung käme. Ihm vertraute sie, mit ihm hatte sie geredet, er hatte sie untersucht und *wahrgenommen.* Er war ein Mensch, der in ihr einen Menschen sah, der ein spezielles Problem hatte, zu dessen Lösung er beitragen konnte. Dieses Problem hatte er mit ihrer vollen Anteilnahme und sogar mit Enthusiasmus diskutiert.

Das konnte sie schließlich nicht bei jedem voraussetzen. Die anderen Ärzte hatten keine Zeit, menschlich zu sein, bei diesen vielen Frauen, die nervös auf die Untersuchungen warteten, denen sie sich unterziehen mußten. Als sie ihre Kabine mit dem Vorhang verließ, ging sie an einer anderen Frau vorbei, einer älteren Frau, die fast so aussah, als stünde sie unter Schock, so weiß war ihr Gesicht, so groß waren ihre angstgeweiteten Augen. Die andere Frau sah Sara an, dann blickte sie schnell wieder weg, und in dieser kurzen Sekunde sah Sara in den Augen der anderen Frau Tränen glänzen. Oh, das war ein Fall, bei dem es um Leben oder Tod ging, hier war Eile geboten, kein Wunder, daß ihr Körper den Arzt verstimmt hatte, ihr gesunder Körper, der zur unpassenden Zeit seine Zeit beansprucht hatte.

Trotzdem, dachte Sara, trotzdem hätte der Arzt sie ruhig begrüßen können.

Sie ging durch den Flur zurück ins Wartezimmer.

Julia las in einer alten Nummer von ›People‹. Als sie Sara sah, stand sie auf, legte die Zeitschrift weg und kam wie der Blitz durch das Zimmer und nahm Sara in die Arme.

»Alles in Ordnung? Wie fühlst du dich, meine Süße? Möchtest du dich hinsetzen? Ich wollte es dir nicht vorher sagen, aber es ist höllisch, nicht wahr?«

Sara befreite sich aus Julias Umarmung. »Sie haben es nicht gemacht«, sagte sie.

Julia ließ die Arme fallen. »Warum nicht?«

Sara erklärte es. »Ich soll morgen wiederkommen«, fügte sie hinzu.

»Wunderbar. Du kannst bei mir übernachten«, sagte Julia. »Heute machen wir es uns gemütlich, und dann bringe ich dich morgen her und fahre dich anschließend zum Flughafen.«

Sara sah, wie die Empfangsdame Julia musterte, und lächelte in sich hinein. Wenn die üppige Julia auf dem Untersuchungstisch gelegen hätte, mit *ihr* hätte der Arzt geredet! Sie machte einen Termin für den nächsten Tag aus und verließ dann die Praxis und das gelbe Gebäude.

Julia fuhr sie zu ihrer Wohnung in der Marlborough Street, wo sie miteinander redeten, bis Sara Steve, der über Mittag zu Hause war, anrufen konnte, um ihm zu erzählen, was passiert war. Dann wählte sie spontan Fanny Andersons Nummer. Der Hausdrache nahm ab und sagte, wie Sara schon erwartet hatte, daß die Schriftstellerin nicht zu sprechen sei. Sie notierte die Nummer, die Sara ihr gab, machte ihr aber keine Hoffnung, daß die Autorin zurückrufen würde.

Nachdem Julia wieder arbeiten gegangen war, saß Sara in Julias Wohnzimmer und überdachte den Vormittag in der Praxis des Arztes.

Sie dachte daran, wie Julia auf sie zugestürzt war, als sie ins Wartezimmer kam, um sie zu trösten, fing an sich zu fragen, ob dieses Durchpusten der Eileiter sehr schmerzhaft sein würde. Sie legte die Hände auf ihren Unterleib. Was würde passieren, wenn der Arzt versehentlich oder aus Unachtsamkeit einen Fehler machte? So etwas gab es. Ständig wurden Fehler gemacht. Und unter den weichen Polstern ihrer Haut lagen die vielen winzig kleinen wichtigen Teile, jedes mit einer eigenen unglaublich ausgefeilten Funktion: Verbindungswege, Tuben, Arterien, Blutgefäße, unendlich klein, aber von unendlich großer Bedeutung.

Wie leicht konnte dieses feine mikroskopische Gewebe beschädigt werden.

Ein millimetergroßer Ausrutscher mit dem Messer – oder Kontrastmittel oder Luft mit zuviel Druck eingepumpt –, und die Eileiter würden in Stücke gerissen werden.

Sara sprang auf. Sie mußte sich diese Gedanken verbieten, sie waren töricht und selbstquälerisch.

Sie rief Donald James an. Er war entzückt, ihre Stimme zu hören, und lud sie gegen Abend zu einem Drink ein. Er war ein eingefleischter Junggeselle und so anspruchsvoll, daß er noch nicht mal homosexuell war und mit Sicherheit kein Mensch, der sich auf eine Unterhaltung über Sexualität, Babys und den Körper einlassen würde. Das würde ihr guttun.

Den Rest des Nachmittags verbrachte sie damit, sich Fernsehshows anzusehen, die sie zu Hause nie sah, und darauf zu warten, daß Fanny Anderson anrief.

Fanny Anderson rief nicht an.

Um fünf nahm sie ein Taxi zum Ritz und traf sich mit Donald James. Es war wunderschön, wieder mit ihrem alten Chef zusammenzusitzen, sich den ganzen Literaturklatsch anzuhören und über Bücher zu reden. Und es war ein großer Trost zu wissen, daß er sie jederzeit wieder nehmen würde, weil sie ihm fehlte, *sie*, Sara, nicht die Frau, die gebärfähig war oder nicht, sondern die Frau, die eine gute Lektorin und eine kluge Freundin war.

Später, beim Dinner mit Julia im Harvard Club, gelang es ihr weiterhin, ihre Befürchtungen und Phantasien zu vergessen. Als sie ein einziges Mal versuchte, ihre Unterhaltung auf dieses besonders rührselige Gleis zu schieben, das sie inzwischen so schätzte, hatte Julia schnell abgebogen.

»Weißt du eigentlich«, vertraute Sara der Freundin ein bißchen beschwipst von den zwei Wodka Tonic und der halben Flasche Wein an, »daß Dr. Crochett mir gesagt hat, daß die Strecke, die all diese kleinen Spermien von der Vagina durch die Eileiter zurücklegen müssen, um bis zum Ei zu gelangen, vergleichbar ist mit der Strecke, die ein Mann zurücklegen müßte, wenn er von Boston bis nach Detroit joggen würde?«

»Ach du lieber Gott«, sagte Julia, scheinbar entsprechend beeindruckt. »Das muß man sich mal vorstellen. Diese ganze Anstrengung, und dann bist du nur in Detroit.«

Da mußte Sara natürlich lachen, und Julia ergriff die Gelegenheit und fing an, Sara mit jedem dreckigen Witz zu traktieren, den sie im letzten halben Jahr gehört hatte. Es war grotesk, in dem ehrwürdigen, gediegenen Speisesaal des Harvard Clubs zu sitzen, wo der Pianist zu der dezenten Begleitung von Silberbesteck auf Porzellan Mozart spielte, und den vulgären Witzen zuzuhören, die Julia zu erzählen wußte. Aber es lenkte Sara von ihren Sorgen ab, und ehe es ihr richtig bewußt wurde, war sie wieder zurück in Julias Apartment und auf Julias Ausziehsofa eingeschlafen.

Und dann war es Morgen.

Ihr Termin war um neun Uhr dreißig. Sara trank zwei Tassen Kaffee und drei Gläser Wasser – der Alkohol des vergangenen Abends hatte ihr zwar geholfen einzuschlafen, sie aber auch ausgetrocknet. Sie zog ihre Sachen vom Vortag an. Julia, in edles, superweiches schwarzes Wildleder gehüllt und perlengeschmückt, fuhr sie wieder in den gelben Klinkerbau.

»Soll ich dir noch mehr dreckige Witze erzählen?« fragte Julia, als sie im Wartezimmer warteten.

»Mein Gott, ist es möglich, daß du noch mehr kennst?« fragte Sara lachend. Aber ihr Herz klopfte heftig. Heute war sie nervöser als gestern. Als die Krankenschwester ihren Namen aufrief und sie in den Umkleideraum führte, fing sie an zu zittern. Sie hatte zu viel Zeit zum Nachdenken gehabt. Heute wußte sie zu viel – und zu wenig.

Eine andere Krankenschwester, eine ältere Frau, führte

sie in das schmale Zimmer, wo der Untersuchungstisch und die Geräte unberührt standen und warteten. Sara fuhr sich mit der Zunge über die Lippen. Wie ein braves Kind hievte sie sich auf den Tisch und legte sich mit gespreizten Beinen hin, rutschte mit dem Po nach unten, ans Ende des Untersuchungstisches, und ihr war bewußt, daß sie aus einem bestimmten Blickwinkel ein großes »M« darstellte, bei dem die Spalte in ihrem Schoß, die in die Höhle ihres Körpers führte, in der Mitte dieser »M«-Gabel lag.

Diese Stelle, dieser empfindliche Punkt, den so wenige je berührt hatten, den Steve nur mit Zärtlichkeit und Verehrung und Lust und Liebe berührte..., war jetzt dem grellen Licht und dem kritischen Blick eines Fremden ausgesetzt, dieser Punkt, behaart und pelzig, wie ein scheues Nachttier, das sich nicht mehr bewegen kann, weil es gefangen im Tageslicht liegt.

Für sie war die Ehe mit Steve noch immer so frisch, daß sie viel von ihrer Liebe an diesem Punkt ansiedelte, an dieser geheimen Stelle zwischen ihren Beinen, unter ihrer Haut. Sie liebte es, wenn Steve bei ihr lag, mit seinem Penis in ihrem feuchten, perlmuttrosa schimmernden Eingang, wo die wesentlichsten Freuden ihres Lebens pulsierten. Dort schlug das wahre Herz ihres Körpers und ihres Lebens.

Aber jetzt wußte sie, daß der pelzige Eingang zu noch tieferen Geheimnissen führte, zu Geheimnissen, die sie sich nur vorstellen konnte und die wichtiger waren als die Freuden der Liebe. Dahinter lag etwas, was noch wärmer, noch fürstlicher war: Tief in ihrem Innern ruhte die violettrote Gebärmutter, die Wiege des Lebens.

Und was noch? Sie war so ungebildet. Die Eierstöcke, die Eileiter, diese stummen Teile, die sie ihr ganzes Leben gedankenlos mit sich herumgetragen hatte. Auch sie befanden sich in ihr drin, in ihrem einfachen freundlichen Bauch. Waren sie defekt? Stimmte etwas mit ihnen nicht? Konnten sie geheilt werden? Oder hatten sie nur einen langsameren Rhythmus als Sara – wurden sie von ihr bedrängt? Würde das Kontrastmittel sie beschädigen, sie beleidigen, sie veranlassen, sich tiefer in ihre sprachlose, dunkle Welt zurückzuziehen?

Die Tür öffnete sich. Ein Mann kam herein. Es war nicht der Arzt vom Vortag. Er war größer und jünger. Er trug einen blauen Kittel, graue Flanellhosen.

Genau wie sein Kollege gestern ging er am Untersuchungstisch vorbei, ohne Sara anzusehen, ohne mit ihr zu sprechen, und er zog den Stuhl heran, setzte sich zwischen Saras nackte, gespreizte Beine. Er grunzte der Krankenschwester Anweisungen zu.

»Ich bin nervös«, sagte Sara. »Ich hoffe, es wird nicht weh tun.«

Niemand antwortete. Das fand Sara unglaublich. Niemand antwortete ihr. Wütend starrte sie die Schwester an, die Sara kurz zulächelte.

»Ich werde Kontrastmittel in ihre Eileiter injizieren, damit ich sehen kann, ob sie durchlässig sind«, sagte der Arzt unvermittelt und fing ohne Vorwarnung an, seine Instrumente in Saras Vagina einzuführen. »Das geht schnell und wird uns sagen, ob Ihre Eileiter frei sind und die Eier in den Uterus hinunterwandern können.« Er leierte die Worte müde hinunter, auswendig gelernt, wie ein Automat, der diese Prozedur schon so oft gemacht hat, daß er sie rein mechanisch durchführt. »Okay, fangen wir an«, sagte er zu der Schwester.

Die Schwester näherte sich Sara und sagte: »Wir werden jetzt eine Röntgenaufnahme machen. Halten Sie den Atem an. Atmen Sie erst wieder, wenn ich es sage.«

Gehorsam hielt Sara den Atem an. Sie spürte eine geräuschlose, stumpfe Bewegung von kaltem Metall in ihrem Innern, und dann schoß ein heißer Schmerz durch ihren Unterleib.

»Sie können jetzt atmen«, rief die Schwester, die sie nicht sehen konnte. Sie ging weg, kam wieder. »Hier«, sagte sie zum Arzt.

»Hmmmm«, grunzte der Arzt zur Schwester. Zu Sara sagte er: »Das Kontrastmittel ist durch die rechte Seite gegangen, aber nicht durch die linke. Wir machen es noch einmal.«

Was heißt das? fragte Sara sich. Würden sie mit mehr Druck arbeiten müssen? Beim erstenmal hatte es nur kurz weh getan – würde es diesmal länger weh tun? Und warum war nur ein Eileiter durchlässig, stimmte etwas bei ihr nicht? Sie zitterte.

»Ich bin wirklich sehr nervös«, sagte sie. »Meine Freundin sitzt draußen, dürfte sie hereinkommen und meine Hand halten?«

»Wird nicht nötig sein, wir sind in einer Minute fertig«, sagte der Arzt.

»Mir ist etwas schwindlig«, sagte Sara. »Und – komisch – meine Hände kribbeln. Und mein Kopf auch.«

»Ach du meine Güte, sie hyperventiliert«, sagte der Arzt zur Schwester. »Geben Sie ihr Riechsalz.«

»Riechsalz?« fragte Sara laut. Sie kam sich vor wie Alice im Wunderland, wo alles merkwürdiger und merkwürdiger wurde. Sie dachte, daß nur alte Damen mit »Wallungen« Riechsalz benutzten; sie hatte nicht gewußt, daß es überhaupt noch in Gebrauch war. »Was bewirkt das Riechsalz?« fragte sie.

»Es hat eine leichte Schockwirkung«, sagte die Schwester.

Sara fuhr hoch. *Schock.* Sie dachte an Elektroschock. Sie wollte nicht *geschockt* werden.

»Ich will kein Riechsalz«, sagte Sara bestimmt.

»Sie werden es bekommen, ob Sie es wollen oder nicht«, sagte der Arzt barsch.

Sara wäre fast vom Tisch gesprungen. Nur das Wissen, daß ihr Unterleib voller Metallinstrumente und weiß Gott was noch – sie jedenfalls wußte es nicht – steckte, hielt sie davon ab, aufzustehen und wegzugehen. Wie konnte er es wagen, so mit ihr zu sprechen! Was war los mit ihm? Welcher Arzt würde so zu einer Patientin sprechen? Sie war freiwillig zu ihm gekommen und hatte sich auf seinen Untersuchungstisch gelegt, hatte ihn befugt, eine bestimmte Untersuchung an ihr auszuführen – sie hatte nicht gedacht, daß sie ihm auch die Befugnis gegeben hatte, sie zu tyrannisieren.

In ihrer Wut brach sie in Tränen aus.

Die Schwester kam zu Sara und sagte ruhig: »Ich werde es nur schnell über sie hinwegfächeln, Sie werden einfach nur einen leichten Geruch von Ammoniak merken, es wird einfach ein kleiner Schock sein, nichts, was Ihnen weh tun könnte, nur so viel, daß ihr Kopf klar wird.«

Die Schwester wedelte das Salz aus großer Entfernung über Saras Gesicht, so daß der stechende und nicht unangenehme Geruch eher lästig als schockierend war. Sara atmete tief ein.

»Es geht mir wieder besser«, sagte sie, aber sie zitterte immer noch vor Wut.

»Dann bringen wir es hinter uns«, sagte der Arzt.

Sara funkelte ihn an, aber natürlich konnte er ihren wütenden Blick nicht sehen mit seinem zwischen ihre Beine gebeugten Kopf.

»Wir machen eine weitere Röntgenaufnahme«, sagte die Schwester. »Halten Sie den Atem an. Atmen Sie erst, wenn ich es Ihnen sage.«

Sara hielt den Atem an. Wieder biß ein scharfer Schmerz in ihren Unterleib, stärker diesmal, sie merkte, wie sich ihr Körper instinktiv krümmte und vor Schmerz zusammenzuckte. Aber es dauerte nicht lange, es war wirklich nicht schlimmer als ein menstrueller Krampf – sie hatte schon schlimmere Krämpfe als diesen erlebt.

»Sie können jetzt atmen«, sagte die Schwester. Sie verschwand von Saras Seite, kam wieder und hielt dem Arzt einige Diapositive hin.

Der Arzt entfernte die Instrumente aus Saras Körper und erhob sich.

»Ihr linker Eileiter ist blockiert«, sagte er und ging an ihr vorbei zur Tür.

»Warten Sie!« rief Sara. Sie verdrehte sich auf dem Untersuchungstisch, um den Mann sehen zu können. »Können Sie... können Sie diese Prozedur nicht wiederholen, um den Eileiter frei zu machen? Ich bin davon ausgegangen, daß ich deswegen hergekommen bin, daß die Eileiter durchlässig gemacht werden, wenn sie blockiert sein sollten. Ich möchte schwanger werden«, gestand sie.

»Sie können schwanger werden. Sie haben einen funktionierenden Eierstock. Besprechen Sie das mit Ihrem Gynäkologen«, sagte der Arzt und verließ den Raum.

»Geht es Ihnen gut?« sagte die Schwester, eilte zu Sara, als diese sich in eine sitzende Haltung aufrichtete und ihre Beine an eine Seite des Tischs schwang. »Versuchen Sie nicht, jetzt schon zu laufen, erst, wenn Sie sicher sind, daß Ihnen nicht mehr schwindlig ist.«

»Mir ist nicht schwindlig. Ich bin verwirrt«, sagte Sara. »Warum konnte er nicht – er ging hier so schnell rein und raus. Er hat nichts erklärt, ich hatte keine Zeit, ihn zu verstehen. Ich verstehe gar nichts. Wenn einer meiner Eileiter verklebt ist, dann heißt das doch, daß ich nur sechs Monate im Jahr schwanger werden kann. Nicht wahr? Wechseln sich die Eierstöcke nicht mit der Produktion des Eis monatlich ab?«

»Nun, das haben wir früher geglaubt«, sagte die Schwester. »Soweit ich weiß, haben wir jetzt die Theorie, daß wir es nicht wissen. Manchmal ist es der rechte Eierstock, der monatelang die Eier produziert, manchmal der linke. Sie wechseln sich nicht automatisch jeden Monat ab.«

»Demnach – demnach könnte das bedeuten, daß mein linker Eierstock ein Ei produziert, das nie hinunterwandern kann, weil mein linker Eileiter verklebt ist«, sagte Sara. »Oh, kann der Arzt nicht zurückkommen und meinen linken Eileiter öffnen?«

»Nein, meine Liebe, das wäre zu unangenehm für Sie«, sagte die Schwester. »Er hat soviel getan, wie er heute konnte. Nun müssen wir aber in Gang kommen. Können Sie stehen?«

Sara war wieder den Tränen nahe. Sie war sich ganz sicher, daß der Arzt sie mit dem verklebten Eileiter im Stich gelassen hatte, weil sie so eine feige Patientin gewesen war.

Irgendwie wußte sie, daß sie versagt hatte. Irgendwie hatte sie wieder einmal versagt, das Richtige zu tun, um schwanger zu werden. Wäre sie doch nur ruhiger und tapferer gewesen. Sie konnte diesen Befund nicht ertragen, diesen Befund, der einen Schatten über ihr ganzes weiteres Leben warf.

»Bitte, könnte ich mit dem Arzt sprechen?« fragte Sara.

»Er hat keine Zeit«, sagte die Schwester. »Ihr Gynäkologe wird Ihnen den Sachverhalt erklären.« Ihr verschlossenes Gesicht sagte unmißverständlich, daß sie nicht die Absicht hatte, mit Sara irgend etwas zu besprechen. Sie nahm Saras Arm und führte sie in den Umkleideraum zurück. »Bevor Sie gehen, können Sie die Rechnung am Schalter begleichen«, sagte sie.

Sara zog sich wieder ihre Straßenkleidung an und ging ohne Hilfe ins Wartezimmer zurück. Sie lächelte Julia zu, plauderte mit der Dame am Empfang, verließ gefaßt die Praxis. Erst als sie in Julias rotem Cabrio saß, brach sie wieder in Tränen aus.

»Es war derart demütigend«, weinte sie. »Es war richtig schrecklich. *Ich* war schrecklich. Ein echter Feigling.«

»Was ist denn passiert, Schatz?« fragte Julia. Sie saßen im Auto, und Julia startete und ließ den Motor warmlaufen. Sara erklärte, was passiert war.

»Ärzte können sehr gefühllose Arschlöcher sein«, sagte Julia. »Es müßte ein Gesetz geben: Kein Mann darf seinen Kopf zwischen die Beine einer Frau stecken, ohne sich zuerst vorgestellt zu haben.«

Sara lachte. »Wie wahr. Aber ich fühle mich immer noch schuldig. Ich weiß nicht warum, aber ich bekam Angst. Plötzlich hatte ich Angst, fing an zu zittern, wurde total nervös.«

»Ich würde dem Typ liebend gern Metall in den Penis

einführen und dann sehen, wie gelassen er dabei bleibt«, sagte Julia.

Sara lächelte. »Das würde ich wirklich auch gern«, sagte sie. Sie saß einen Moment lang da und malte sich das Machtgefühl aus, in das empfindliche Organ der Fortpflanzung eines Menschen einzudringen. »Julia«, fuhr sie fort, »glaubst du, daß ich eine echte Frau bin?«

Julia brach in Lachen aus. »Nein«, sagte sie. »Ich glaube, du bist aus Plastik.«

»Nein, im Ernst«, drängte Sara. »Ich werde nicht einfach so schwanger, ich kann noch nicht mal eine Untersuchung mühelos über mich ergehen lassen. Vielleicht bin ich insgeheim frigide. Ist dir bekannt, daß sogar Königin Elisabeth in weniger als einem Jahr nach ihrer Heirat Zwillinge geboren hat?«

»Was hat denn Königin Elisabeth damit zu tun?« fragte Julia.

»Ich meine – sie wirkt so steif, aber ...«

»Ach, Schatz, sexuelle Leidenschaft und Liebe hat überhaupt nichts mit Fortpflanzung zu tun. Frauen werden schwanger, wenn sie von irgendwelchen Irren vergewaltigt werden. Der Körper ist einfach so pervers. Jeder Körper. Du bist eine echte Frau, zum Donnerwetter. Ich sage dir, was du bist, auch wenn dich das verletzen wird, du verrennst dich in eine Neurose. Was soll dieser Eiertanz bei den Ärzten? Warum entspannst du dich nicht einfach und genießt das Leben? Du bist jung. Irgendwann wirst du schon schwanger werden. Warum fährst du nicht jetzt, im Winter, mit deinem schnuckeligen Mann auf eine einsame Insel und vögelst dir die Seele aus dem Leib? Ich meine, ich habe mal gehört, je mehr du dich anstrengst, schwanger zu werden, um so weniger passiert es.«

»Das habe ich auch gehört«, sagte Sara. »Vielleicht hast du recht. Ich weiß nicht. Ich weiß, daß ich in der nächsten Zeit nicht scharf darauf bin, zu einem Arzt zu gehen. Auch wenn Dr. Crochett ganz nett ist.«

»Nun, du solltest ihm deine Erfahrung mit dieser Röntgenklinik mitteilen«, sagte Julia. »Diese Idioten sollten nicht ungestraft Frauen mißhandeln dürfen.«

»Du hast recht, ich werde mit Dr. Crochett sprechen«, sagte Sara.

Aber sie wußte, daß sie dazu nicht fähig sein würde. Was, wenn Dr. Crochett und der Röntgenarzt die besten Freunde wären? Bestimmt kannten sie sich. Dr. Crochett hatte sie ja dahin geschickt. Was, wenn sie sich beschwerte und Dr. Crochett mit dem Laborarzt redete und dieser sagte, Sara sei eine widerspenstige Patientin? Was, wenn Dr. Crochett beschloß, sie nicht weiter zu behandeln, weil sie beim kleinsten Eingriff ausflippte?

Sara lehnte den Kopf an das Fenster des Wagens und schloß die Augen. Plötzlich war sie sehr erschöpft. Alles war so kompliziert, diese Anstrengungen, schwanger zu werden – alles so unnötig kompliziert. Die Wut machte sie traurig, die Situation hilflos. Sie wollte schlafen.

»Ich bringe dich zum Flughafen«, sagte Julia jetzt. »Wir werden einen Kaffee trinken, während wir auf dein Flugzeug warten.« Ohne eine Antwort abzuwarten, legte sie den Gang ein und fuhr los.

Steve holte sie vom Nantucket Airport ab. Während des Fluges hatte Sara sich überlegt, wieviel – oder wie wenig – sie Steve von ihrer schlechten Erfahrung erzählen würde. Sie wünschte sich so verzweifelt, daß sie in einem glückseligen Moment schwanger würde, einem Moment voller Liebe und Überschwang. Sie wollte das nicht mit düsteren Geschichten belasten. Sie wollte bei ihrem Mann keinen niedergeschlagenen Eindruck machen, das wäre für jeden Mann unerträglich, mit einer Frau verheiratet zu sein, die nicht nur unfruchtbar ist, sondern auch mutlos und trübsinnig.

Und beim Anblick ihres Mannes hoben sich ihre Lebensgeister. Oh, wie sehr sie ihn liebte! Und es war ein solches Glück, daß sie einander in dieser Welt gefunden hatten, so ein Glück, Tag für Tag zusammensein zu können. Steve durchquerte die kleine Wartehalle des Flughafens mit drei großen Schritten und umfing sie mit einer Bärenumarmung. Er roch nach frischer Luft und Sägemehl und Schweiß. Er war appetitlich, er war wunderbar, in seinen Armen fühlte sie sich zu Hause und sicher und geborgen, alles war möglich. Steve fuhr sie nach Hause, und sie erzählte von Julia und ihren Eskapaden und dem Klatsch von Donald James und gab ihm nur eine oberflächliche und optimistische Version der Untersuchung in der Röntgenklinik.

»Und was passiert als nächstes?« fragte Steve. »Ich meine, wenn nun ein Eileiter verklebt ist?«

»Ich weiß nicht«, antwortete Sara. »Ich muß mit Dr. Crochett reden. Er hat mir gesagt, daß zwanzig Prozent aller Frauen, die diese Untersuchung machen lassen, im selben Monat schwanger werden. Es soll therapeutisch und diagnostisch zugleich sein.«

»Nun«, sagte Steve und nahm Saras Hand, »das sind ja gute Neuigkeiten.« Er sah sie an und lächelte. »Danke, daß du diesen ganzen Kram machst«, sagte er.

»Ist doch klar«, lächelte sie zurück.

Steve hatte Mittagspause, und als sie zu Hause waren, wärmten sie sich eine Büchse Chili auf, streuten geriebenen Käse darüber und machten es sich in der Küche gemütlich. Sie sprachen über den vergangenen Tag, den sie getrennt voneinander verbracht hatten, und Sara war in zwei Welten gleichzeitig. Ein Teil von ihr war sich der dicken Binde zwischen ihren Beinen zu dieser ungewöhnlichen Zeit des Monats bewußt. Sie blutete leicht nach dem Eingriff vom Vormittag. Beim Essen wollte sie nicht mit ihm darüber reden, er sollte sie nicht bemitleiden müssen. Aber sie mußte immer daran denken, sie spürte ihren Unterleib und mußte daran denken, was sie am Vormittag alles durchgemacht und ihm nicht erzählt hatte. Steve lehnte sich in seinem Stuhl zurück. Er sah Sara an. Sie wußte, daß er ihr etwas sagen wollte.

»Jaaa?« fragte sie. Vielleicht dachte er daran, mit ihr jetzt sofort ins Bett zu gehen. Himmel, hoffentlich nicht, sie würde das momentan wirklich nicht genießen können. Aber sie wußte, daß wenigstens ein Eileiter offen war...

Steve grinste. »Was würdest du davon halten, wenn wir nach New Orleans zum Endspiel fahren würden? Das wäre zwar teuer, aber wie oft hat man schon die Gelegenheit, die Patriots im Endspiel zu erleben? Einige der Jungs haben erzählt, daß sie hinfahren wollten – ich glaube, das würde viel Spaß machen. Wie findest du das?«

Sara blickte über den Tisch hinweg auf ihren Mann, der mit hinter dem Kopf verschränkten Armen zurückgelehnt auf seinem Stuhl saß. Er trug verdreckte alte Arbeitsjeans, die jetzt eher braun als blau aussahen, und unter einem zerlöcherten Wollpullover mehrere karierte Flanellhemden übereinander. Unter diesen Kleiderschichten zeichneten sich seine gesunden Muskeln, sein kräftiger Körperbau ab. Sein Körper wirkte fest und hart und unverletzlich wie Stahl. Wie Superwoman konnte sie durch seine Kleidung seinen flachen Bauch sehen, die festen Muskeln, die unter seiner behaarten Brust und seinem Bauch lagen.

»O ja, das Endspiel!« sagte Sara und war auf einmal zu ihrer eigenen wie auch Steves Überraschung wütend. »Gut, warum nicht? Warum nicht Zeit und Geld verschwenden, um einem Haufen Männer zuzusehen, die sich gegenseitig anrempeln. *Männern* kann man ja nicht wirklich weh tun, nicht wahr? Nicht dort, wo es darauf ankommt. Ihre intimsten Stellen sind geschützt, darauf ist Verlaß. Egal, wie heftig sie aufeinanderprallen, sie werden immer noch in der Lage sein, Babys zu zeugen. Niemand wird Hand an ihren Penis legen.«

Steve starrte Sara an, als hätte sie gerade den Verstand verloren.

»Sara«, sagte er besorgt, »wovon redest du?«

Verzweifelt sah Sara ihren Mann an. Wovon hatte sie denn gesprochen? Sie senkte den Kopf in ihre Hände, versteckte ihr Gesicht, das sich jetzt verzerrte, als sie zu weinen begann. Steve stand auf und stellte sich hinter ihren Stuhl und legte die Hände auf ihre Schultern.

»Sara?« fragte er.

»O Steve«, schluchzte sie, es war so furchtbar. »Es war beängstigend und demütigend und unerfreulich, und du redest über das Endspiel.«

Steve versuchte, sie zu umarmen, aber sie blieb steif und weinte in ihre Hände.

»Das wußte ich nicht«, sagte er. »Das habe ich nicht gewußt. Das hast du mir nicht gesagt. Dir schien es gutzugehen.«

»Ja, es geht mir gut«, sagte Sara. »Und es war nichts Drastisches, es war nicht so schlimm. Aber es war schlimm. Und ich mußte es ganz allein durchstehen, ich mußte mich dort hinlegen, und dieser fremde Mann hat etwas mit meiner ... und du hast noch nicht einmal an mich gedacht, du warst draußen, an der frischen Luft, hast an deinen Häusern gebaut, mit deinen Freunden über das verfluchte Endspiel geredet!«

»Aber natürlich habe ich an dich gedacht«, sagte Steve. »Sara, natürlich habe ich heute vormittag an dich gedacht. Das weißt du. Aber du hast dich gut angehört, als ich gestern mit dir gesprochen habe, und ehe du hochgefahren bist, hast du mir gesagt, daß es eine Lappalie sein würde. Genau mit diesen Worten, erinnerst du dich, ›eine Lappalie‹.«

»Nun, ich habe mich geirrt«, sagte Sara. »Und wenn du einen Funken Phantasie hättest, einen Funken Einfühlungsvermögen – ich meine, ich habe dir gesagt, was sie vorhatten, daß sie ein Kontrastmittel durch meine Eileiter jagen wollen. Du hättest ein bißchen darüber nachdenken können, daß es für mich unangenehm sein könnte, daß es mir weh tun könnte.«

»Das tut mir leid«, sagte Steve und massierte ihr den Rücken und die Schultern. »Ich wollte nicht unsensibel sein.«

»Oh, ich weiß«, seufzte Sara und wischte sich mit der Hand die Tränen weg. »Ich weiß, daß du das nicht willst. Und es tut mir leid, daß ich explodiert bin. Ich glaube, ich bin wütend auf dich geworden, weil ich von den beiden Ärzten so mies behandelt worden bin. Sie waren so brüsk und gefühllos. Ich kam mir wie ein Stück Fleisch vor.«

»Es tut mir leid« wiederholte Steve. »Ich wünschte, ich hätte dabeisein können, um dir zu helfen.«

»Und ich wünschte, ich wünschte wirklich, daß du nur einen Bruchteil dieser Unannehmlichkeiten gehabt hättest!« sagte Sara. »Ich glaube, wenn dir, na, sagen wir mal, irgendeine fremde Frau am Penis rumfummeln würde, ihn ansehen und irgendwelche Dinge in ihn einführen würde, um zu beurteilen, ob das ein *guter* Penis ist oder nicht, dann würdest du mich ein bißchen besser verstehen können.«

Steves Hand hatte aufgehört, ihren Rücken zu streicheln. Sara konnte spüren, wie ihre Worte ihn überraschten, wie er sich zurückzog, wie ihre Wut ihn verwirrte.

»Also, Sara, es ist nicht meine Schuld, daß das Fortpflanzungssystem des Menschen so ist, wie es ist«, sagte Steve. Er ging wieder zu seinem Stuhl und setzte sich. Sein Gesichtsausdruck war leer.

Er findet mich unmöglich, dachte Sara. Sie spürte, daß sie eine Grenze in ihrer Ehe überschritten hatte. Sie spürte, daß kein Mann je verstehen würde, wie es den Frauen ging. Da saß er mit seinem unversehrten und gesunden Körper und war allein schon bei dem Gedanken beleidigt, daß jemand mit *seinem* kostbaren Organ der Fortpflanzung etwas anstellen könnte.

Sie hatte das Gefühl, daß der Abgrund zwischen Frauen und Männern so groß war, daß sie nie wieder die Energie aufbringen würde, sich auch nur vorzustellen, daß sie ihn überwinden könnte. Oft hatte sie sich und Steve als eine Einheit gesehen. Aber jetzt wußte sie, daß das nur eine törichte Illusion war.

»Ich muß wieder zur Arbeit«, sagte Steve und unterbrach ihre Gedanken.

»Gut«, sagte Sara. »Bis heute abend.«

Sie saß am Tisch, den Kopf in die Hände gestützt, während er sich Mantel, Mütze und Handschuhe anzog. Sie hob nicht den Kopf, um ihm einen Abschiedskuß zu geben, und er kam nicht zu ihr hin, um sie zu küssen, sondern ging grußlos aus der Tür, die er fest hinter sich schloß.

»O Liebes«, sagte Ellie, »ach, Süße.«

Denn Sara hatte, obwohl es mitten am Tag war und die höchste Gebührenstufe galt, ihre Schwester angerufen, sobald sie hörte, daß Steve mit dem Jeep wegfuhr. Sie mußte unbedingt mit jemandem reden. Sie berichtete Jenny von dem Eingriff und dann über ihr merkwürdiges Verhalten, daß sie erst versucht hatte, Steve einzureden, wie fabelhaft und einfach alles gewesen sei, und wie sie ihn dann, zu ihrer eigenen Überraschung, für etwas geißelte, für das er gar nichts konnte.

»Ich glaube, ich werde verrückt«, sagte Sara. »Jedenfalls verhalte ich mich so. Aber manchmal habe ich das Gefühl, daß ich gleich explodiere, Ellie. Ich scheine überhaupt nichts in den Griff bekommen zu können. In meinem Leben scheint alles festgefahren zu sein. Es gelingt mir nicht, schwanger zu werden, und es gelingt mir nicht, diese mich zur Weißglut treibende Fanny Anderson zu sprechen, noch nicht mal am Telefon. Es gelingt mir nicht, irgend etwas auf die Beine zu stellen, das Leben widersetzt sich mir einfach.«

»Paß mal auf«, sagte Ellie, »du bringst alles durcheinander. Diese Angelegenheit hat nichts mit deiner Schwangerschaft zu tun. Beide Probleme sind frustrierend, haben aber nichts miteinander zu tun. Du machst dich selbst verrückt, wenn du beides auf diese Weise verknüpfst.«

»Ich weiß«, sagte Sara. »Ich weiß.«

»Hör zu«, sagte Ellie, »würdest du mir bitte mal zuhören? Ich bin zwar nur eine Krankenschwester, aber ich verstehe einiges davon. Sara, wir wissen überhaupt gar nichts darüber, inwieweit Fruchtbarkeit oder Unfruchtbarkeit streßabhängig sind. Und du hast dich in einen unerbittlichen Streß gebracht. Besonders dadurch, daß du deine Arbeit und deinen Körper miteinander vergleichst und dich durch diese Verallgemeinerung in eine Falle hineinmanövrierst. Du mußt dich wirklich entspannen.«

»Ach, Ellie«, sagte Sara, »das weiß ich. Das habe ich gelesen, und das habe ich gehört. Aber wie soll ich mich entspannen? Alle meine Gedanken kreisen darum, schwanger zu werden.«

»Gut, dann laß uns über deine Chancen nachdenken. Erstens, du bist erst vierunddreißig Jahre alt. Du hast noch gute acht Jahre, um schwanger zu werden. Du bist gesund, Steve ist gesund. Ihr beide habt einfach spät angefangen, und wenn man älter ist, dauert es ein bißchen länger mit dem Schwangerwerden. Ich weiß, daß du im Moment nur daran denken kannst, weil du ein Kind willst. Aber vielleicht fallen dir Möglichkeiten ein, dich nicht ganz so stark darauf zu konzentrieren. Als du in den Zwanzigern warst, gab es so viel, was du machen und genießen wolltest. Du bist gern gereist, du bist geschwommen, Ski gefahren, geritten ... warum macht ihr, du und Steve, nicht mal Urlaub? Nicht einen Urlaub, um schwanger zu werden, sondern einfach so, zur Erholung? Um Spaß zu haben, etwas, was euch beiden Spaß macht?«

»Wir haben nicht viel Geld«, fing Sara an.

»Meine Liebe, glaub mir, ihr habt jetzt mehr Geld als später, wenn ihr Kinder haben werdet«, sagte Ellie. »Sei sicher, du wirst schwanger werden, und der Tag wird kommen, an dem du dich nach der Freiheit sehnst, die du jetzt hast. Wenn du nämlich zu Hause mit einem kranken Kind angebunden bist und dir wünschtest, du und Steve, ihr hättet beide gemeinsam eine Spur außergewöhnlichere und aufregendere Dinge unternommen.«

»Na ja«, räumte Sara ein, »wir könnten einen Urlaub brauchen. Wir könnten die Zeit nutzen, um einmal *nicht* an ein Baby zu denken. Und ich könnte die Zeit nutzen, einmal *nicht* darauf zu warten, daß Fanny Anderson anruft.«

»Na also«, sagte Ellie. »Warum nicht? Unternehmt irgend etwas Wunderschönes zusammen, etwas, was euch beiden Spaß macht. Und vielleicht wirst du zu deiner eigenen Überraschung schwanger.«

»Ach, Ellie, was würde ich bloß ohne dich machen?« sagte Sara.

»Keine Ahnung«, sagte Ellie. »Wahrscheinlich würden sie dich irgendwo einsperren müssen.«

Die Schwestern lachten. Ellie wechselte das Thema und erzählte Sara etwas über die Schwierigkeiten, die sie mit einer Vorgesetzten hatte. Sara zwang sich, sich zu konzentrieren. Ich muß aufhören, mich mit meinen Problemen zu beschäftigen, befahl sie sich. Ich muß mich entspannen.

Als Steve abends nach Hause kam, hatte Sara das Haus mit dem Duft von Knoblauch und Petersilie angereichert, weil sie Linguine mit Krabbensauce zubereitete, ein Lieblingsgericht von Steve. Sie war verlegen, als ihr Mann zur Tür hereinkam, und an seiner steifen, leicht verdrossenen Haltung sah sie, daß er auch verlegen war. Für einen langen Augenblick war sie unsicher. Dann sagte sie: »Hallo, Liebling«, genau in dem Moment, als Steve »Hallo, Liebling« sagte, sie grinsten sich an, amüsierten sich über sich selbst und lagen sich blitzschnell in den Armen. Alle Wut, alle Verlegenheit war verschwunden, statt dessen ein Strom von Behagen und Zufriedenheit zwischen ihnen, der sehr schnell zu Lust wurde. Sie gingen noch vor dem Essen ins Bett.

Als sie später am Abend wieder im Bett waren, lagen sie lange wach, hielten sich in den Armen und redeten.

»Baby, Baby, ich wollte dich nicht aufregen, ich wollte nicht unsensibel sein«, sagte Steve. Er drückte Sara an sich und massierte sanft ihren Nacken, ihren Hinterkopf, er machte das wunderbar und beruhigend. Sara dachte, daß sie genausogut schnurren könnte.

»Von vielen Sachen habe ich doch überhaupt keine Ahnung«, sagte er, »und du scheinst so locker damit umzugehen.«

Sara lag an der Brust ihres Mannes und lächelte. *Jetzt* in diesem dunklen Zimmer, die Worte ihres Mannes wärmten und trösteten sie, und ihre Besessenheit lockerte sich, verflog, und sie wußte, daß das, was in ihrem Leben wirklich wichtig und gut war und zählte, hier geschah, in diesem Moment, in diesem Zimmer, in diesem Bett. Steves Berührung und seine Worte, die sie körperlich spürte, sein warmer Atem, der ihr Haar bewegte. Sie wurde geliebt.

Sara schlang ihre Arme um Steve und schmiegte sich eng an ihn, ihre Brust an seiner Brust, ihr Becken an seinem Becken, ihr gesenkter Kopf bohrte sich in seine Schulter. Oh, *darum* ging es, darum drehte sich alles in der Welt, darum ging es, das wurde zwischen Frauen und Männern gespielt. Nicht nur die sexuelle Liebe, die auch, natürlich, aber um diese Liebe, die alles einschloß: Eltern und Kind, Schwester und Bruder, Frau und Mann, Begehren und Befriedigung. Er war alles für sie, und sie war alles für ihn. Das hatte sie vergessen, und es war sehr kostbar, sich wieder daran zu erinnern.

Am nächsten Tag buchten sie einen Supersparpreis-Flug nach Jamaika. Sie würden in zwei Wochen fliegen und zehn Tage dort bleiben. Steve konnte sich problemlos freinehmen, weil der Januar und der Februar leichte Arbeitsmonate für Zimmerleute waren und Sara noch kein neues Buch lektorierte. Sie beschloß, die nächsten zwei Wochen ihrem Körper zu widmen, damit er in einen Bikini paßte.

Fünf Tage vor der Abreise, als Sara sich gerade kritisch im Schlafzimmerspiegel betrachtete und sich zu entscheiden versuchte, ob sie wirklich vor fremden Menschen so viel Haut zur Schau stellen sollte, klingelte das Telefon.

»Hallo, Sara, hier spricht Fanny Anderson«, sagte die weiche, melodische Stimme. Sara ließ sich überrascht auf das Bett plumpsen. Sie hatte seit Wochen nicht versucht, die Autorin zu erreichen. Sie hatte die Hoffnung wirklich aufgegeben.

»O ja, wie geht es Ihnen?« fragte Sara.

»Danke, gut«, antwortete Fanny. »Ich habe geschrieben, und ich glaube, ich bin mit dem Jenny-Buch fast fertig. Aber ich sehe bereits, daß es eine große Hilfe für mich wäre, in diesem Stadium eine Lektorin zu haben. Und Ihre Briefe waren so freundlich, Sie scheinen zu verstehen, was ich hier gerade versuchen will. Und ich habe mich gefragt, ob Sie mich nicht vielleicht bald besuchen kommen wollen, so wie Sie es vorgeschlagen haben.«

Saras Herz machte einen Sprung. Sie konnte fast nicht glauben, was sie hörte. »O ja, natürlich«, sagte sie. »Ich komme gern, jederzeit. Ich freue mich sehr.«

»Also, dann«, sagte Fanny, »für wann sollen wir einen Termin ausmachen?«

»Na, ich könnte morgen kommen«, sagte Sara, »oder übermorgen, oder überübermorgen.«

Es folgte eine Pause, die so lang und nachhaltig war, daß Sara schon dachte, daß die Verbindung vielleicht unterbrochen worden war.

»Hallo?« sagte Sara. »Hallo?«

»Ich bin noch dran«, sagte Fanny mit schwacher Stimme. »Ja. Gut. Kommen Sie morgen.«

Seit Monaten hatte sie dieses einfach geschnittene, teure, elegante und richtig aufregende Kostüm aus schokoladenbraunem Tweed nicht mehr getragen. Dazu trug sie eine elfenbeinfarbene Seidenbluse mit Spitzenjabot und Spitzenmanschetten und ihre umwerfenden Stiefel aus dunklem, weichem Leder, die so hohe Absätze hatten, daß sie sie auf dem Kopfsteinpflaster von Nantucket nie anziehen konnte. Aber jetzt war sie in Boston, in einem Taxi, auf dem Weg zu Fanny Andersons Haus nach Cambridge, hatte ihre lederne Aktentasche in der Hand und fühlte sich so gut wie seit Wochen nicht. Das war der Moment, auf den sie so lange gewartet hatte. Das Taxi hielt vor dem Haus. Da waren die schmiedeeisernen Tore, der verschlungene Steinplattenweg, die abweisende Tür aus Eichenholz.

Sollte die Haushälterin sie diesmal nicht einlassen, würde sie das Haus anstecken.

Sie hatte kaum den Türklopfer aus Messing angehoben, als die Tür auch schon von der Vampir-Haushälterin geöffnet wurde.

»Mrs. Kendall?« sagte die Frau. »Kommen Sie herein. Darf ich Ihnen den Mantel abnehmen? Mrs. Anderson erwartet Sie.«

Sara erhaschte nur einen kurzen Blick auf das riesige, unpersönliche Foyer – eine große Venusstatue auf einem Sockel, eine hohe chinesische Vase mit Schilf und Gräsern, eine prächtige Treppe aus Mahagoni, die in den ersten Stock ging, ehe die Haushälterin sie in ein anderes Zimmer führte. Wortlos zog die Haushälterin die Tür hinter Sara zu und verschwand.

Einen Augenblick lang dachte Sara, daß sie allein in dem Zimmer war. Ihre Augen brauchten ein paar Sekunden, um sich an das Licht zu gewöhnen. Draußen war wieder ein atemberaubender Wintertag, kalt und strahlend, aber in dem Zimmer war es dunkel und so heiß wie in einem tropischen Urwald. Durch ein mit Bleiglas verglastes Fenster fielen rhomben- und diamantförmige Muster in Blau und Rot auf Perserbrücken, die auf einem schweren, dunkeltürkisblauen Auslegeteppich lagen. Vor den anderen Fenstern hingen pfauenblaue Samtvorhänge, die von den hohen Fenstern bis zum Boden wellenförmig drapiert waren und es mit ihren anmutig drapierten Stoffmengen schafften, mehr Licht abzublenden als hindurchzulassen. In einem riesigen Kamin aus bläulich geädertem Marmor, der die eine Wand des Zimmers einnahm, flackerte und knisterte ein Holzfeuer. Über dem Kamin hing das Ölgemälde einer nackten Frau, einer atemberaubend schönen nackten Frau. Das Bild wurde von einer kleinen, genau darüber angebrachten Gemäldelampe beleuchtet. Die getäfelten Wände waren türkisblau gestrichen und mit Ölgemälden schöner Frauen behangen, ein und derselben schönen Frau, wie Sara bemerkte. Das mußten Porträts von Fanny Anderson sein, von verschiedenen Künstlern in den verschiedenen Abschnitten ihres Lebens gemalt. Oh, Fanny Anderson mußte Jenny sein.

Sara ging einen Schritt tiefer in den Raum hinein. »Hallo«, sagte sie. Das Zimmer war sehr groß, und die vielen Blautöne in dem dämmrigen Licht machten es düster, schummrig, geheimnisvoll. Das flackernde Kaminfeuer half ihr, Umrisse der Einrichtung zu erkennen, tiefe Sofas, wuchtige weiche Sessel, das leuchtende Messing des Kaminbestecks, Tische voller Bücher und Figuren aus Porzellan.

»Hallo«, wiederholte sie, und diesmal kam ein tiefes, tierisches Geräusch zurück, ein »Wuff«.

Da sah sie, daß Sofas und Sessel von mehreren großen schönen Spaniels in Beschlag genommen waren. Eine dicke Langhaarkatze beobachtete Sara träge von einem breiten Fensterbrett aus, auf dem ein Samtkissen lag.

Zwei weitere Katzen dösten am Kamin. In dem Zimmer waren mindestens sechs Tiere.

Aber wo war Fanny Anderson?

Sara ging vorsichtig weiter. Ihre Augen hatten sich an das schwache, flackernde Licht gewöhnt, und sie tappte nicht mehr völlig im Dunkeln. Eine Hündin, die fast so groß war wie ein Reh, nur weiß, mit drei riesigen schwarzen Flecken, riß ihr Maul weit auf und gähnte und sank dann wieder in sich zusammen und döste auf ihrem blauen Schaukelstuhl weiter.

Die Haushälterin hatte gesagt: »Mrs. Anderson erwartet Sie.« Aber wo? Dann wurde am anderen Ende des Zimmers eine Tür geöffnet und eine Frau trat ein.

»Mrs. Kendall?« sagte sie, und der Singsang in ihrer Stimme sagte Sara, daß sie nun endlich Fanny Anderson kennenlernte.

»Ja, ich bin Sara Kendall. Hallo«, sagte Sara und ging durch das Zimmer und streckte die Hand aus.

Die Einrichtung des Zimmers soll ihre Augen unterstreichen, war Saras erster Gedanke, denn Fanny Andersons Augen waren strahlend türkisblau. Saras zweiter Gedanke war: Mein Gott, wie schön sie ist.

Fanny Anderson war etwa ein Meter vierundsiebzig groß, etwas größer als Sara. Sie trug ein tiefblaues Mohairkleid mit einem Rollkragen, die langen Ärmel waren an den Schultern elegant gebauscht, der Schnitt war einfach und schlicht, so daß der weiche Stoff sich glatt an ihren üppigen Körper schmiegte. Ihr dickes dunkles Haar, das von weißen Strähnen durchzogen war, wie Kakao mit Schlagsahne, war in einer großen Welle seitlich über die Stirn frisiert und am Hinterkopf zu einem komplizierten Knoten verschlungen. Sie hatte Perlen in den Ohren und um den Hals eine lange Perlenkette. Ihr Parfüm, das Sara nicht kannte, schwebte kaum wahrnehmbar in der blauen Luft des Zimmers.

Sie mußte Mitte Fünfzig sein, dachte Sara, denn sie sah die verräterischen Zeichen, die Fältchen an den Augen, den Wangenknochen, das schlaffe Kinn. Nein, sie sah nicht jung aus. Aber sie sah trotzdem überwältigend aus.

»Ich freue mich *sehr,* Sie kennenzulernen«, sagte Fanny Anderson. »Sie sehen genau wie Prinzessin Di aus.«

»Ach du meine Güte«, sagte Sara lachend. »Das hat mir noch nie jemand gesagt. Das muß meine Frisur sein.«

»Nein, wirklich«, sagte Fanny mit ihrer verführerischen Stimme und leicht seitlich geneigtem Kopf und sah Sara prüfend an. »Wirklich, Sie sehen ihr ähnlich. Das gleiche goldene Haar und die aristokratische Haltung und die zauberhafte Überraschung eines lieben Lächelns. Wirklich, genau wie Prinzessin Di.«

»Na ja«, sagte Sara verwirrt und wußte nicht, wie sie mit dieser Kanonade von Komplimenten umgehen sollte. »Ich glaube, ich bin ein bißchen dicker als Prinzessin Di.«

»Ah ja, sie ist ziemlich dürr geworden, nicht?« sagte Fanny Anderson. »Das ist schade. So unweiblich. Es ist gut, daß Sie nicht so dünn sind. Sie sehen viel sinnlicher aus.«

»Danke«, sagte Sara und lächelte völlig verwirrt. Sie hatte noch niemals so viele unglaubliche Komplimente auf einmal erhalten. Warum machte die Frau das? Schlagartig wurde Sara klar, daß die Frau ebenso viele Komplimente hören wollte. Zweifellos war sie daran gewöhnt und hatte wohl gedacht, daß sie ihrerseits, falls ihr Gast kein Gefühl dafür haben sollte, ihre Bekanntschaft auf diese erfreuliche Weise einzuleiten, damit beginnen würde.

»Aus Ihrem Mund ist das ein wirkliches Lob«, sagte Sara ernsthaft, »weil Sie selber so bemerkenswert schön sind. Es muß wunderbar sein, so schön zu sein.« Sie machte eine Pause, dann sagte sie, wobei sie sich immer noch von ihrer Intuition leiten ließ: »Wissen Sie, ich muß das einfach sagen: Jetzt, wo ich Sie kennengelernt habe, weiß ich, daß Sie Jenny sein müssen.«

Zu ihrer Überraschung zog ein Schatten von Unmut über das Gesicht der Frau. »Nein, ich bin nicht Jenny.

Wie kommen Sie darauf? Jenny ist jung, wie Sie wissen, ich bin alt.«

»Aber Jenny muß schließlich doch auch älter werden. Ich meine, was hat sie denn für eine Wahl? Entweder wird man älter, oder man stirbt«, sagte Sara, sie lächelte, versuchte verwirrt, einen leichten unverfänglichen Ton anzuschlagen.

Fanny Anderson sah Sara lange an. »Vielleicht ist das in ihrem Fall das gleiche«, sagte sie.

»Wie bitte?« fragte Sara überrascht.

Fanny streckte eine Hand aus und korrigierte den Winkel einer Porzellanschale, wobei sie Sara den Rücken zuwandte. »Das ist doch genau das Problem, nicht wahr?« sagte sie so leise, daß Sara sie kaum verstehen konnte. Sie schwebte langsam zurück zur Tür im hinteren Ende des Zimmers, berührte die Rücklehne eines Sessels, richtete sich auf wie eine Statue. »Jennys letzte Jahre«, sagte sie mehr zu sich als zu Sara. »Ich kriege es nicht richtig hin.«

Sie entzieht sich mir, dachte Sara voller Angst. Sie wird gleich aus dem Zimmer schweben!

»Aber das ist doch das Schöne an der Belletristik«, sagte Sara. »Sie können es so lange umschreiben, bis sie endlich zufrieden sind. *Sie* haben es in der Hand.«

Als die Frau sich nicht umwandte, fuhr Sara fort: »Anders als im wirklichen Leben, das so hartnäckig unkooperativ sein kann.«

Sie hatte das Richtige gesagt. Fanny drehte sich zu Sara um, sah sie schweigend an, kam ein paar Zentimeter auf sie zu.

»Jemand so Junges und Hübsches wie Sie kann unmöglich wissen, wie ›hartnäckig unkooperativ‹ das Leben sein kann«, sagte sie, ihre Stimme klang herausfordernd.

»O doch«, sagte Sara. Sie senkte die Augen. Wieviel sollte sie dieser Frau erzählen? Ihre eigene Verzweiflung überkam sie kurz, und sie schüttelte sich. Sie mußte professionell bleiben. »Doch«, wiederholte sie.

»Wir wollen Tee trinken«, sagte Fanny. Ihre Stimme

klang jetzt warm, und sie ging schnell durch das Zimmer. »Bitte«, sagte sie und deutete auf ein Sofa. »Setzen Sie sich.«

Sara ließ sich auf eins der beiden ausladend gebogenen, weichen Sofas nieder, die zu beiden Seiten des Kamins standen. Zwischen den beiden Sofas stand ein niedriger Tisch mit Stiften und Kugelschreibern, unbeschriebenem linierten Papier und einem Manuskript. *Sie hatte also geplant, heute zu arbeiten,* dachte Sara. Trotzdem blieb sie auf der Hut, hatte das Gefühl, verhört zu werden. Sie war in einem Labyrinth, und die Schriftstellerin wollte, daß sie den richtigen Weg fand, um ihr den Zugang zu ihrem Vertrauen erlauben zu können. Sara blieb regungslos sitzen und wartete, obwohl sie eigentlich nach dem Manuskript greifen und lesen wollte, was in den restlichen Jenny-Seiten stand.

Fanny läutete eine kleine silberne Glocke, und sofort öffnete die braungekleidete Frau die Tür des Wohnzimmers.

»Ja, Madam?« fragte sie mit ausdruckslosem Gesicht.

Sie ist also die Haushälterin, dachte Sara. Sie ist nur die Haushälterin, nicht die Geliebte oder die Gefängniswärterin.

»Wir werden den Tee hier trinken, Eloise«, sagte Fanny. »Danke, meine Liebe.«

Sara lächelte. Gut, vielleicht war die Frau die Haushälterin und die Geliebte oder die Freundin. Alles war möglich.

Eloise kam augenblicklich mit einem Teewagen zurück, auf dem ein Teeservice aus Sterlingsilber stand und eine silberne Platte mit köstlichem Gebäck mit Käse, Schokolade und Früchten. Sie schob den Wagen vor den Kamin zwischen die beiden Kanapees und ging dann schnell aus dem Zimmer und schloß die Tür hinter sich. Das Zimmer erwachte zum Leben durch die neugierigen Tiere, die sich streckten und durch das Zimmer angesprungen oder angestrichen kamen und sich um ihre Herrin versammelten und sie bettelnd ansahen.

»Sie haben so schöne Tiere«, sagte Sara.

»O ja, ich weiß«, bestätigte Fanny. »Sie machen soviel Freude. Sie sind eine zuverlässige Quelle des Vergnügens. Und sie kritisieren einen nicht.« Sie beugte sich vor, um die dicke weiße Katze zu streicheln, die einen Buckel machte, um die Liebkosung zu genießen. Fanny blickte zu Sara hoch. »Ist sie nicht schön? Und sie ist dreizehn Jahre alt. Das ist erstaunlich, nicht wahr? Wirklich, ich habe schon so oft gedacht, daß es für uns Menschen sehr viel glücklicher wäre, wenn wir ein Fell hätten.«

Sara starrte ihre Gastgeberin an, lächelte höflich und dachte: Was soll ich darauf bloß sagen? Allein schon die Temperatur des Zimmers verriet deutlich, daß Fanny die Wärme liebte. Das Fell würde einen warm halten.

»Denn dann«, fuhr Fanny fort, »würde man unser Alter nicht sehen können. Unsere Runzeln und die schlaffe Haut wären versteckt. Erst wenn wir *wirklich* alt sind, würde man die physischen Anzeichen des Alters bemerken. Wir wären schön, bis wir einfach zu hinfällig sind, um uns zu bewegen, zu essen oder zu sehen. Wir würden nicht alle die demütigenden, verkrüppelnden Metamorphosen durchmachen müssen, denen wir ausgesetzt sind. Wir müßten unsere Zeit nicht damit verschwenden, das Alter abzuwehren, es zurückzudrängen. Wir könnten *Jahre* für die Liebe und die Lust gewinnen.«

»Hmm, ja, ich verstehe«, sagte Sara. »Dann müßten wir uns nicht mit Make-up herumärgern. Wenn ich an die Zeit denke, die ich damit verbringe, Schatten oder Fältchen zu verdecken –« Sie wußte, daß sie nur die Gedanken ihrer Gastgeberin wiedergab, aber sie wußte nicht genau, worauf dieses Gespräch eigentlich hinauslaufen sollte. Ihre Gewißheit wurde immer größer, daß es einen Zusammenhang zwischen Fanny und Jenny gab und daß sie Fannys Vertrauen gewinnen mußte, wenn sie das Jenny-Buch herausbringen wollte.

Während ihrer Unterhaltung hatte Fanny Tee eingeschenkt und Gebäck auf Saras Teller gelegt. Leise unterhielten sie sich über die Psychologie und die Schwierigkeiten mit der Schönheit. Fanny erzählte mit ihrer singenden, einschmeichelnden Stimme von Schönheitssalons und Behandlungen und Mitteln aus Europa. Sie war wie eine Hexe, die über Zauberformeln sprach. Sara trank ihren Tee, hörte zu und streichelte gedankenverloren den seidigen Rücken eines Hundes, der zu ihr gekommen war und seinen Kopf auf ihr Knie gelegt hatte. Das Zimmer war so warm, die Beleuchtung schwach und flackernd.

»Ich habe gerade Probleme mit meinem Gewicht gehabt«, sagte Sara. Und dann erzählte sie ihr plötzlich alles – mit einem Gefühl der Erleichterung. »Ich esse aus lauter Enttäuschung, glaube ich. Wissen Sie, ich versuche nun schon seit geraumer Zeit, schwanger zu werden, und es klappt einfach nicht.«

»Ah«, sagte Fanny. »Deshalb also kennen Sie die hartnäckig unkooperative Seite des Lebens.«

»Ja«, sagte Sara. »Diese Lektion lerne ich sehr gründlich.«

»Sind Sie deswegen schon beim Arzt gewesen?« fragte Fanny.

Sara spürte, daß sie sich Fanny anvertrauen wollte. Während sie sprach, beobachtete Fanny sie aufmerksam und voller Mitgefühl. Von Zeit zu Zeit schob sie einem der vielen Tiere ein Stückchen Käse oder Gebäck zu, bis sie schließlich alle zufrieden waren und sich wieder auf die Sofas legten oder auf die Erde, neben die beiden Frauen, und die Luft war erfüllt von den Geräuschen der knisternden, brennenden Holzscheite und dem Schnurren oder Schnarchen der Tiere.

Sara ließ sich von ihren Problemen überwältigen, sie erzählte alles, und sie weinte. Als sie die Tränen auf ihrer Wange spürte, riß sie sich mit einem kleinen Schauer der Verlegenheit zusammen: Was machte sie bloß? Auf diese Weise würde sie weder das Buch herausbringen noch die Schriftstellerin von ihrer Klugheit überzeugen können!

»Entschuldigen Sie mich«, sagte sie, »aber ich muß ins Bad. Ich muß mir das Gesicht waschen.«

»Selbstverständlich, meine Liebe«, sagte Fanny. Sie läutete mit der Silberglocke, und augenblicklich erschien Eloise. »Würden Sie bitte Sara das Bad zeigen?« sagte sie.

Sara folgte der Haushälterin aus dem blauen Zimmer in das Vestibül, das vergleichsweise strahlend hell erleuchtet war. Unter der geschwungenen Treppe war ein kleines Bad versteckt, das ganz in Gold und Rosa gehalten und sehr sauber war. Sara spritzte sich kaltes Wasser über Gesicht und Hände. Sie sah auf die Uhr, sie war seit fast zwei Stunden hier. Was für ein außergewöhnlicher Vormittag. Sie wußte nicht genau, was in dem warmen blauen Zimmer eigentlich geschehen war. Sie spritzte sich noch mehr kaltes Wasser ins Gesicht, dann betrachtete sie ihr Gesicht im Spiegel. »Du läßt zu, daß deine Besessenheit, schwanger zu werden, dein Leben zerstört«, sagte sie zu sich und zwinkerte ihrem Spiegelbild säuerlich zu. Sie holte tief Luft, war fest entschlossen, mit der Schriftstellerin wieder zur Sache zu kommen und über ihren Roman zu reden.

Doch als sie in das warme, große Wohnzimmer zurückkehrte, sah sie, daß ihre Gastgeberin wieder an der Tür am anderen Ende des Zimmers stand.

»Ich bin müde«, sagte Fanny. »Das ist unangenehm, aber ich werde so schnell müde. Ich sehe so selten Leute.«

»Oh«, rief Sara enttäuscht.

»Bitte«, sagte Fanny und streckte die Hand aus. »Ich möchte, daß Sie mich verstehen. Unsere Begegnung war sehr wichtig für mich, und ich möchte, daß Sie wissen, daß ich jetzt überzeugt davon bin, daß Sie und ich gemeinsam an dem Jenny-Buch arbeiten können. Um es ohne Umschweife zu sagen, Sara, Sie gefallen mir. Ich glaube, daß wir miteinander auskommen werden. Ich wäre Ihnen dankbar, wenn Sie das Manuskript – das dort auf dem Tisch liegt – mit nach Nantucket nehmen könnten und es lesen und dann wieder herkämen, um mit mir darüber zu reden. Ausführlich.«

Sara starrte sie immer noch verunsichert an. Sie freute sich über das, was sie von Fanny gehört hatte, aber sie haßte es, so schnell weggeschickt zu werden.

»Bitte«, sagte Fanny. »Nehmen Sie das Manuskript. Und egal wann, sobald Sie es gelesen haben, kommen Sie wieder her. Ich verspreche Ihnen, daß ich Sie immer empfangen werde, wann immer Sie wollen. Ich werde mit Ihnen arbeiten, das verspreche ich Ihnen. Aber jetzt bin ich sehr müde. Ich muß mich ausruhen.«

Sara blieb nichts weiter übrig, als durch das Zimmer zu gehen und sich das Manuskript zu holen, das sie so vorsichtig wie ein neugeborenes Kind in den Arm nahm. Sie verabschiedete sich von Fanny Anderson und verließ das Zimmer.

Auf dem Rückflug von Kingston nach Boston lächelte Sara die meiste Zeit über. Es waren schöne Ferien gewesen, eine Zeit der Zweisamkeit, die sie gebraucht hatten. Sie mußten keine Termine einhalten, bekamen keine Telefonanrufe von Vorgesetzten oder Freunden und keine Post, die Sonne schien, es war heiß, kein Streß; und sie gingen ins Bett, fuhren Fahrrad, gingen ins Bett, gingen tauchen und schwimmen, gingen ins Bett, tranken technicolorbunte Drinks. Und sie hatten miteinander geredet, was sie vom Leben erwarteten, was sie sich von der Zukunft erhofften, und dann, als ob sie sich das nicht schon längst alles erzählt hätten, redeten sie über ihre Vergangenheit, über Familienstreitigkeiten, Niederlagen in der High-School, Triumphe im College. Alles Worte, die sich wie Schlaufen und Spitzen in das unsichtbare Gewebe ihrer Ehe flochten und es stärker und tragfähiger machten.

Und außerdem machte Sara die Bekanntschaft von Morris Newhouse.

Gott sei Dank, daß sie Morris Newhouse kennengelernt hatte. Jetzt kam sie sich nicht mehr verkrüppelt und allein vor.

Das Ehepaar war ihr gleich am ersten Morgen im Hotel aufgefallen. Die Frau jedenfalls. Der Mann sah eher belanglos aus, unauffällig und ordentlich, makellos gepflegt und teuer gekleidet. Genau der Typ, den Sara und Steve in die Kategorie »braune Männer« steckten, Männer mit braunen Haaren, Augen und Anzügen und mit Attaché-Koffern, die in New York wichtige, aber langweilige Jobs hatten.

Doch seine Frau war ganz anders. Sie war fast ein Meter neunzig groß und auf eine edle Weise schlank und zart und feingliedrig. Sie hatte ihr dichtes schwarzes Haar zu einem Pferdeschwanz gebunden, und diese Teenager-Frisur sah bei ihr extravagant aus. Ihre olivenfarbene Haut brauchte kein Make-up, und sie wurde wunderbar braun. Und ihre Augen waren groß und mandelförmig und von auffallendem Dunkelbraun. Sie sah unbeschreiblich exotisch und elegant aus. Die Köpfe drehten sich nach ihr um, wenn sie vorbeiging. Später, als Sara die Frau in einem weißen winzigen Bikini zum Strand gehen sah, sagte Sara zu Steve: »Das ist unfair.« Denn diese Frau hatte einen Körper, neben dem eine Barbiepuppe wie eine russische Bäuerin aussah.

Sara hatte kein Bedürfnis, diese atemberaubende Kreatur kennenzulernen, und redete sich uneingestanden ein, daß die Frau dumm sein müsse oder böse oder irgend etwas. Aber die beiden Ehepaare begegneten sich ständig, am Strand, in der Hotellobby, auf dem Markt, und aus Höflichkeit lächelten sie sich jedesmal zu und grüßten sich. Der dritte Abend, als die vier zur selben Zeit die Bar des Hotels betraten, endete damit, daß sie zusammensaßen.

Kip und Morris Newhouse. Kip war Teilhaber einer großen Investment- und Börsenmaklergesellschaft in New York. Er war genauso steif, wie er aussah, aber als sie ihn besser kennenlernten, merkten sie, daß er auch klug und freundlich war. Morris war Töpferin – manchmal. Sie hatte die letzten fünf Jahre nicht mehr gearbeitet, seit den Kindern nicht mehr. Sie zeigte Sara und Steve Bilder ihres fünfjährigen Sohns und der dreijährigen Tochter, niedliche Bilderbuchkinder. Es war das erstemal, daß das Paar allein, ohne ihre Kinder verreiste. Sie hatten Sehnsucht nach ihnen.

O Gott, dachte Sara, o Gott, natürlich mußte diese vollkommene Frau auch noch vollkommene Kinder haben. An dem Abend hatte sie noch gehofft, daß ihre Periode ausbliebe, aber ihr Bauch war aufgebläht, ihre Brüste empfindlich, und sie war schnell gereizt: Sie wollte diese schöne Frau anschreien, sie wollte ihr ihren Drink in das wunderbare Gesicht schütten.

Für den Rest ihres Aufenthalts versuchte Sara, dem Paar aus dem Weg zu gehen, besonders nachdem sie ihre Periode bekommen hatte. Sie hatte einfach das Gefühl, das alles nicht ertragen zu können.

Aber am siebten Tag ihres Aufenthalts wollte Steve Tiefseeangeln ausprobieren, und Sara, die sich unwohl und schlapp fühlte, weil sie ihre Periode hatte, wollte nicht mitfahren. Irgendwann, so wie im Urlaub schnell mal Dinge unkompliziert arrangiert werden, wurde beschlossen, daß Steve und Kip die Angeltour unternehmen würden, während Sara und Morris zum Strand gehen und sich sonnen wollten.

Und am Strand fingen Morris und Sara an, sich zu unterhalten. Sara vertraute Morris an, daß sie ihre Periode hatte, was sie immer schlecht gelaunt machte, und Morris sagte: »O Gott, das kenne ich, ich bin immer zur Furie geworden, wenn ich meine Periode bekam. Und als ich meine Kinder noch nicht hatte, löste meine Periode bei mir fast Selbstmordabsichten aus. Weißt du, es hat fünf Jahre gedauert, bis ich schwanger wurde.«

»Tatsächlich?« fragte Sara. Sie drehte sich auf die Seite und starrte Morris an, die sich plötzlich durch ihre Freimütigkeit von einer schönen in eine faszinierende Frau verwandelt hatte. *»Tatsächlich?«*

Sara vertraute sich Morris dankbar und eifrig an – denn

Morris war eine Fremde, vor der sie sich nicht zu schämen brauchte und die sie wahrscheinlich nie wiedersehen würde. Morris ihrerseits schien froh zu sein, ihre eigenen Schwierigkeiten einem begierigen Publikum erzählen zu können, so wie ein Reisender gern von den Abenteuern berichtet, die er zwangsläufig überstehen mußte und denen er mit Kratzern, aber lebendigen Leibes entronnen war.

Sie aßen spät zu Mittag und verbrachten den Nachmittag unter einem gestreiften Sonnenschirm am hoteleigenen Swimmingpool und tranken Mai Tais und redeten und lachten.

Morris hatte ihre Temperatur gemessen und vierzehn Monate lang eine Tabelle geführt. In dieser Zeit mußten sie und ihr Mann am elften, am dreizehnten, am fünfzehnten und am siebzehnten Tag miteinander schlafen. Jeden Monat. Das hatte zur Folge, daß sie sich schon fast davor fürchteten, miteinander zu schlafen. Jedenfalls wurde es zu einer Pflichtübung. Außerdem mußte Morris gleich anschließend ihren Unterleib anheben und ihren Körper in eine Position bringen, die dem Pflug beim Yoga sehr ähnlich war, wobei die Hüften nach oben gestreckt und die Beine so weit zum Boden gesenkt wurden, daß die Füße an beiden Seiten des Kopfes ruhten. So mußte sie zwanzig Minuten lang bleiben. Sie versuchte, Kip dazu zu bringen, mit ihr dabei zu reden, aber fast immer schlief er ein. Schließlich stellten sie einen Fernseher ins Zimmer, so daß sie etwas Ablenkung hatte, um die zwanzig Minuten zu überstehen. Im Winter liebten sie es, daß es im Schlafzimmer kühl war, aber wenn sie ihren Hintern in die Luft streckte, konnte sie sich nicht zudecken, und ihr wurde kalt. Kip legte ihr zwar eine Bettdecke über, unter der sie aber kaum Luft bekam, weil ihr Po so dicht an ihrem Kopf war. Die beiden Frauen lachten sich tot, und Sara lachte im Flugzeug laut auf, nur weil sie sich diese elegante Frau in dieser Stellung vorstellte.

Morris mußte noch etwas äußerst Entwürdigendes und Merkwürdiges machen. Ihr Arzt war einer von der altmodischen Sorte, der im Zweiten Weltkrieg angefangen hatte zu praktizieren. Er schwor auf die alten Methoden, hatte aber eine hohe Erfolgsquote. Sie mußte also tun, was er befahl. Sie erlaubte ihm, eine Kolposkopie zu machen. Mit Schmerzmitteln in einen zombieähnlichen Zustand versetzt, mußte sie sich dazu auf den Untersuchungstisch knien, mit dem Kopf auf dem Tisch, Beine gespreizt, den Hintern hoch in der Luft, damit der Arzt das Kolposkop in ihre Vagina einführen konnte und mit Vergrößerungsspiegeln in die Höhle ihres Unterleibs sehen konnte, um herauszufinden, ob sie Endometritis hatte. Danach schien es eine Ewigkeit zu dauern, bis die Wirkung der Schmerzmittel nachließ. Sie mußte sich übergeben und kippte um.

Keiner der Eingriffe hatte einen erhellenden Befund ergeben. Es schien keine Ursache für ihre Unfruchtbarkeit zu geben. Sie hatte eine Ausschabung, nahm verschiedene Medikamente, und sie wurde nicht schwanger. Statt dessen, erzählte sie, »wurde sie komisch«. Sie haßte jede Frau, die ein Kind hatte. Wenn sie im Kaufhaus oder im Supermarkt eine Frau mit einem Baby im Kinderwagen oder auf dem Arm sah, bekam sie eine solche Wut, solche Haßgefühle, daß sie aus dem Geschäft gehen, ihren mit Lebensmitteln beladenen Einkaufswagen stehenlassen mußte, um nicht der Versuchung zu erliegen, die Frau zu schlagen – es war so schlimm, daß sich ihre Fäuste ballten und zuschlagen wollten, sie wollte jeder Frau, die ein Baby hatte, weh tun.

Ständig gaben ihr Leute den guten Rat, sich zu »entspannen«. Das machte sie nur noch wütender. Schließlich machten sie und Kip eine sechsmonatige Weltreise, die sie sich nur leisten konnten, weil er in seiner Firma kündigte. Aber sie gingen das Risiko ein. Geld war nicht ihr Problem. Sie wurde nicht schwanger.

Sie kehrten nach New York zurück, Kip stieg in einer

neuen Firma ein und arbeitete viel, und sie arbeitete viel als Töpferin. Medizinisch gesehen hatten sie alles ausgeschöpft. Eine Erklärung gab es nicht. Sie gab nicht auf, sie war immer noch wütend und traurig und sehnte sich nach einem Kind. Und dann kam ein Monat, in dem ihre Periode ausblieb, sie hatte keine Ahnung, warum ihre Periode ausgerechnet in diesem Monat ausblieb. Nach fünf Jahren war sie schwanger geworden.

Sara war von der Geschichte begeistert, und abends, im Bett, erzählte sie sie Steve. Morris' Geschichte machte sie richtig stark, es tat gut, zu wissen, was sie alles durchgemacht hatte und wie die Medizin versagt hatte und daß sie schließlich doch schwanger geworden war. Das erfüllte Sara mit Hoffnung. Und brachte sie zum Lachen, was ein echtes Geschenk war. Der Gedanke an Morris, die elegante, exklusive Morris, die Abend für Abend in einer bestimmten Stellung mit dem Po über dem Kopf liegen mußte, machte ihr die eigene Zukunft erträglich. Die Lage schien doch nicht so düster und aussichtslos zu sein.

Für Sara war schon die Tatsache ein Trost, daß sie nicht allein war. Sie war, in der Tat, in guter Gesellschaft.

Sie dachte an Morris, als sie am ersten Nachmittag nach ihrer Rückkehr Dr. Crochett anrief, der sich inzwischen mit ihren Untersuchungsergebnissen befaßt hatte.

»Sie haben einen verklebten Eileiter, Sara«, sagte er. »Ich habe die Röntgenbilder gesehen. Das Kontrastmittel ist rechts durchgegangen, aber nicht links.«

»Ich – äh, der Arzt hat mich enttäuscht«, sagte sie und kam sich tapfer vor. »Er nahm sich nicht die Zeit, mir irgend etwas zu erklären. Und ich wünschte, er hätte weitergemacht und den Eingriff ein drittes Mal wiederholt. Vielleicht hätte das den Eileiter frei machen können. Mir hätte der kleine Schmerz nichts ausgemacht.«

»Meine liebe Sara«, sagte Dr. Crochett, »wenn der Arzt ein drittes Mal das Kontrastmittel injiziert hätte, hätte er mit mehr Druck arbeiten müssen, und Sie würden sehr viel mehr als einen kleinen Schmerz gespürt haben. Nein, er hat getan, was er tun konnte. Jetzt ist es an der Zeit, einen Termin für eine Bauchspiegelung, eine Laparoskopie, zu machen. Ein Eingriff, der einen Tag in der ambulanten Chirurgie des Krankenhauses erfordert. Ich werde einen kleinen Einschnitt in ihre Bauchdecke machen, ein Laparoskop einführen, um erkennen zu können, ob Sie einen schweren Fall von Endometritis haben. Ich möchte herausfinden, was den einen Eileiter blockiert. Sollten Sie eine Endometritis haben, möchte ich eine Laparotomie durchführen. Ich würde einen chirurgischen Bauchschnitt machen und Sie ausschaben. Das erfordert natürlich einen längeren Krankenhausaufenthalt, etwa fünf Tage.«

»Du meine Güte«, sagte Sara. »Wird das unter Vollnarkose gemacht?«

»Ja«, sagte der Arzt. »Das ist etwas unangenehm, und wenn Sie die Laparotomie machen lassen, wird der Eingriff natürlich eine Narbe hinterlassen. Aber keine, die Sie nicht unter einem Bikini verstecken könnten.«

»Oh«, sagte Sara, »das scheint ein schwerer Eingriff zu sein.«

»Na ja, Sie müssen es ja nicht gleich machen lassen«, sagte Dr. Crochett. »Niemand ist auf eine Vollnarkose erpicht. Sie können sich so lange Zeit lassen, wie Sie wollen. Vielleicht haben Sie gar keine Endometritis. Aber wir haben festgestellt, daß bei Ihrem Mann alles in Ordnung ist, daß Ihr Schleim und sein Sperma sich vertragen, daß Sie einen Eisprung haben, daß bei Ihnen ein Eileiter verklebt ist. Dies scheint also der nächste logische Schritt zu sein. Den wir aber unternehmen können, wann immer Sie wollen. Warum denken Sie nicht erst mal darüber nach? Reden Sie mit Ihrem Mann. Es hat Zeit, solange Sie wollen.«

»Schön«, sagte Sara. »Ich rufe Sie wieder an.«

Steve war arbeiten. Das Haus war still und von der Wintersonne hell erleuchtet, die der Schnee reflektierte, der auf den Wiesen, den langen Ästen der Bäume, den Hausdächern glitzerte. Sara saß da und dachte nach.

Sie machte sich nichts vor: Vor einer Vollnarkose hatte sie Angst. Sie hatte zu viele Horrorstorys darüber gehört. Sie hatte Angst, daran zu sterben. Nicht mehr aufzuwachen. Oder einen Hirnschaden davonzutragen. Je mehr sie nachdachte, um so ängstlicher wurde sie.

Sie wußte, daß sie es nicht machen lassen würde, noch nicht. Und warum sollte sie überhaupt. Wenn sie daran dachte, was Morris alles mitgemacht hatte und schließlich viel später aus unerfindlichen Gründen doch noch schwanger geworden war. Und sie wollte Fanny Andersons Buch redigieren, das wollte sie ja auch noch. Sie wollte verantwortlich sein dafür, daß es das Licht der Welt erblickte. Wenn sie ins Krankenhaus ging, konnte sie nicht arbeiten. Wenn sie ins Krankenhaus ging und starb – nein. Sie konnte einfach noch keinen Termin ausmachen, noch nicht. Sie würde sich noch einen oder zwei Monate Zeit geben. Warum nicht? Wenn sie sich richtig in das Jenny-Buch versenkte und nicht dauernd daran dachte, daß sie schwanger werden wollte, würde sie vielleicht schwanger werden. Und finanziell gesehen, wäre es wirklich besser, wenn sie noch ein oder zwei weitere Bücher redigieren würde, damit sie etwas mehr Geld für die Kosten der Operation und den Krankenhausaufenthalt sparen konnte.

Als Steve nach Hause kam, erzählte sie ihm, was der Arzt gesagt hatte und was sie davon hielt, einschließlich ihrer Ängste.

»Na, dann laß uns doch warten, Sara«, sagte er. »Ich möchte nicht, daß du etwas machst, was du nicht machen willst. Und ich muß dir gestehen, daß ich auch zögern würde, wenn es mein Körper wäre, der unters Messer sollte. Lassen wir uns doch noch etwas Zeit. Schließlich haben wir noch Jahre vor uns.«

»O Steve, ich liebe dich«, sagte sie und drückte ihn. Sie kam sich vor, als ob ihr gerade eine Gnadenfrist gewährt worden wäre.

»Gut, du Körper«, sagte sie leise zu sich selbst, »ich werde dir noch keine Operation zumuten. Warum strengst du dich nicht an und verhältst dich kooperativ und wirst schwanger, so daß wir überhaupt keine Operation brauchen?«

Sie fragte sich, ob andere Frauen auch so mit ihrem Körper redeten, nämlich wie mit einem störrischen, bokkigen, verstockten Kind.

An der Küste war es nun wirklich Winter geworden. Die heftigen Stürme, der dichte Nebel und die schneeschweren Wolken waren für die winzigen Flugzeuge, die Nantucket anflogen, zu gefährlich. Sara hatte keine andere Wahl, als die Sechs-Uhr-dreißig-Fähre nach Hyannis zu nehmen, wo sie ein Auto mietete, um nach Cambridge zu fahren.

Sara saß auf der Fähre, hatte Fannys Manuskript auf dem Schoß und lehnte den Kopf an das Fenster. Das Meer schimmerte wieder traumhaft schön, der Schnee fiel spiralförmig auf die Spitzen der eisblauen Wellen, und der Wind peitschte die Flocken gegen das Fenster, dann riß er sie wieder wirbelnd mit sich fort. Genauso war Sara zumute: Sie war voller Ideen und Energie, wirbelte voller glühender Begeisterung durch den Tag. Sie war voller Kraft.

Sie hatte eingewilligt, noch einen historischen Liebesroman für Heartways House zu redigieren, und konnte so das nötige Geld für die Operation verdienen. Sie hatte sich aktiv bemüht, sich mehr in Steves Clique auf Nantucket einzufügen, gerade in dieser Woche hatte sie alle, einschließlich der »Jungfrau« und ihres mürrischen Mannes, zu einem Lasagne-Essen eingeladen, gefolgt von einer turbulenten Trivial-Pursuit-Runde. Sie hatte sich von Donald James einen Termin geben lassen, um mit ihm über Fanny Andersons Buch zu reden.

Und jetzt war sie auf dem Weg zu Fanny. Fanny hatte ihr Versprechen eingehalten. Und gleich nachdem Sara von Jamaika zurückgekommen war und die notwendige Arbeit an den Jenny-Seiten beendet hatte, hatte sie Fanny angerufen, und Fanny hatte augenblicklich gesagt: »Ja, meine Liebe, selbstverständlich, kommen Sie morgen.«

Der letzte Teil des Jenny-Romans begann im London der frühen siebziger Jahre, wieder in einer Welt voller Männer und Champagner und gewagter Partys. Die ersten paar Seiten waren gut, obwohl Sara etwas bemerkte, was ihr auf den vorherigen Seiten nicht aufgefallen war: Jedesmal wenn Fanny von einem neuen Mann erzählte, mit dem Jenny etwas hatte, erwähnte sie das Alter des Mannes, und die Männer waren alle zwischen zwanzig und dreißig. Sara nahm sich vor, Fanny darauf anzusprechen. Zweifellos wollte sie damit etwas beweisen, nämlich daß Jenny so schön und aufregend war, daß sie auf Männer wirkte, die zehn bis zwanzig Jahre jünger als sie waren. Aber dadurch klang ihr Stil gespreizt: »Jasper Kitteredge, der erst zweiundzwanzig Jahre alt war, ging mit der Selbstsicherheit und Entschlossenheit eines sehr viel älteren Mannes durch den ganzen Ballsaal auf Jenny zu.« Oder: »Jenny kam von ihrem Ritt genau in dem Augenblick zurück, als ein neuer Gast der Whartons eintraf. Sie saß hoch oben auf ihrem schwarzen Vollbluthengst und sah auf Stephen Matte hinunter, der vierundzwanzig Jahre alt war und gerade aus seinem eleganten flachen Aston-Martin stieg.« Da werden wir etwas machen müssen, dachte Sara. Wenn möglich.

Der Schluß des Romans war erstaunlich blaß.

»Eines Abends, anläßlich eines festlichen Abendessens, sah ich mich an der feierlich gedeckten Tafel um und stellte fest, daß ich mit jedem der anwesenden Männer geschlafen hatte. Ich entschuldigte mich, sagte, daß ich plötzlich Kopfschmerzen bekommen hätte, und verließ den Raum und die Party. Ich wußte, daß ich mein Leben ändern mußte, und tat es bei der ersten sich mir bietenden Gelegenheit. Ein amerikanischer Banker, fünfzehn Jahre älter als ich, der in London auf

Besuch war und von meiner Vergangenheit keine Ahnung hatte, verliebte sich in mich und bat mich, ihn zu heiraten. Ich liebte ihn nicht, aber ich war mir meiner Fähigkeit, lieben zu können, nicht mehr sicher. Und er bot mir die Sicherheit, die ich brauchte. Also kehrte ich mit ihm in die Vereinigten Staaten zurück, wo er mich in ein schönes, altes Haus in einer schönen, alten Stadt brachte. Er las mir jeden Wunsch von den Augen ab, und wir harmonierten miteinander. Er war mir nicht unangenehm. Mein Mann betete mich an, aber seine Liebe machte mich nicht glücklich, weil sie, wie ich wußte, auf meinem Aussehen beruhte, auf meiner schwindenden, nachlassenden Schönheit. Ich war erleichtert, als er mit sechzig Jahren nach einem Herzanfall starb. Ich war erleichtert, daß ich allein zurückblieb und so viel Geld hatte, daß ich mir ein sicheres Versteck leisten konnte, einen Ort, an dem ich gemütlich allein sein konnte, wo niemand sehen konnte, wie ich alterte.

Ich hatte einen weiten Weg von der Farm in Kansas zurückgelegt, wo meine Eltern im Dreck gekniet hatten, sich abgemüht und abgeplagt hatten, in der nie endenden Anstrengung, das Land und seine Tiere zu zähmen. Ein ständig wiederkehrendes Ritual, wie die endlose Wiederholung eines Tanzes. Ich sitze oft da und denke an die Farm, an die Arbeit, die Menschen, die ich geliebt habe (und die jetzt tot sind), und ich denke auch daran, daß der einzige anerkennende Applaus für ihre Arbeit das seelenlose Krachen des Donners bei einem Gewitter war. Und ich weiß, das einzige Gold, das diesen tanzenden Sklaven zugeworfen wurde, war das goldene Licht der Sonne, welches wie glitzernde Münzen durch das Dach der Scheune fiel, wo es zwischen dem verdreckten Stroh verschwand und weder angefaßt noch aufgehoben, noch eingesteckt werden konnte, um sich damit die Freiheit zu erkaufen. Ich hatte früh im Leben erkannt, daß das Gold an diesem Ort nur eine Illusion war.

Eins hatte ich erreicht: Ich konnte fliehen. Ich konnte mich aus dieser ewigen Tretmühle befreien. Ich habe Orte auf dieser Welt gesehen, wo die Teller einen echten Goldrand hatten, wo Gold die Bilder einrahmte und die Körper der Frauen. Ich habe selber echtes Gold besessen. Viele Menschen haben mich angebetet und bewundert – und ich habe viele glücklich gemacht. Ich habe geliebt, und ich bin geliebt worden. Ich finde, daß ich ein sehr erfülltes Leben gehabt habe. Ich habe noch Jahre vor mir, in denen ich in der Lage sein werde, hier allein zu sitzen, mich an die Freiheit zu erinnern, das Gold, die fernen Länder, die Liebhaber und ihre Geschenke.

Doch manchmal stiehlt sich ein Sonnenstrahl in mein Zimmer und läßt die Kristallprismen des Kronleuchters auffunkeln. Und dann vibriert die Luft und zeigt mir, daß es noch strahlendere Dinge auf der Welt gibt, als ich dachte. Dann bin ich wieder das junge Mädchen, das die Tauben gurren hört und sieht, wie die Sonne mit ihren goldenen Strahlen den Alltag durchbricht:

Es mußte mehr geben. Aber wo?

Aber wo?«

Sara gefiel der Schluß des Romans nicht. Als sie wieder in dem blauen überheizten Wohnzimmer saß, um sie herum die edlen Tiere, deren Namen sie langsam auswendig lernte und die neben ihr schnieften und schnurrten, und Fanny, die ihr gegenüber auf dem gemütlich weichen Sofa Platz genommen hatte, sprach sie erst mal andere Dinge an und versuchte, den richtigen Moment abzuwarten, um Fanny ihre Kritik zu unterbreiten – in der Hoffnung, daß die rätselhafte und launische Fanny nicht beleidigt sein würde. Wieder kam Eloise mit steinernem Gesicht und dem Servierwagen, der mit vielen Köstlichkeiten beladen war und der Teekanne aus Sterlingsilber mit rauchigem Lapsang-Souchong-Tee. Wieder erzählte Sara zuerst von sich selbst: von ihrer Begegnung mit Morris, dem Vorschlag ihres Arztes, ihrer Angst vor der Operation.

»Manche Frauen genießen es geradezu, im Krankenhaus zu liegen, sich verwöhnen, liften, vergrößern, verkleinern, ummodellieren zu lassen, aber andere, wie Sie oder ich, hassen das«, sagte Fanny. »Ich glaube, weil wir Angst haben, keine Kontrolle mehr über uns zu haben.«

»Ich glaube, daß ich vor dem *Tod* Angst habe«, lachte Sara. »Es gibt noch so vieles, was ich im Leben machen möchte, und der Gedanke, daß ein unbedachter Ausrutscher –« Sie konnte nicht weitersprechen.

»Das kenne ich«, sagte Fanny. »Wirklich. Und es geht mir genauso. Wenn die Angst nicht wäre, daß der Chirurg einen für mich tödlichen Moment der Unzurechnungsfähigkeit haben könnte, dann hätte ich mir inzwischen mehr als einmal das Gesicht liften lassen. Ganz zu schweigen davon, daß ich mir alles andere auch hätte liften lassen.

Aber um zur Sache zu kommen, Sara, Sie wissen doch, daß Operationen wie diese sicher sind. Und es hört sich so an, als ob der Eingriff bei Ihnen wirklich notwendig ist. Besonders, weil der eine Eileiter verklebt ist. Ich glaube, Sie sollten es machen lassen. Bald, wirklich.«

Sara lächelte, nahm ihre Tasse hoch, prostete Fanny leicht zu und trank ihren Tee. »Gut«, dachte sie. »Wenn du mir sagen darfst, was ich mit meinem Körper tun soll, dann darf ich dir natürlich auch sagen, was du mit deinem Buch machen sollst!«

»Gut«, sagte sie, »sobald ich wieder zu Hause bin, lasse ich mir einen Termin geben. Ich möchte dadurch nicht allzulange von der Arbeit abgehalten werden. Wissen Sie, ich möchte das Buch gern Donald James zeigen, und er brennt darauf, es zu sehen.« Sie schlug ihr Notizheft auf. Es war schwer, in dem dämmrigen bläulichen Licht des Zimmers die Schrift lesen zu können. »Könnten wir etwas mehr Licht anmachen?« fragte sie.

»Oh, also, ich finde, elektrisches Licht ist so grell«, antwortete Fanny, »wir haben das Tageslicht, und ich denke, es ist hell genug, um lesen zu können.«

Diesmal schwang unüberhörbar ein stahlharter Wille in dem weichen Singsang ihrer Stimme. Meine Güte, dachte Sara ungeduldig, diese Eitelkeit. Wir werden beide noch blind werden, nur weil sie in der Dunkelheit ihre Runzeln verstecken will. Aber sie lächelte und sagte: »Ja, Sie haben recht. So geht es.«

Einen Moment lang tat Sara so, als würde sie ihre Notizen durchsehen. In Wirklichkeit suchte sie nach den richtigen Worten. Wenn Fanny schon vor dem Licht auf ihrem Gesicht zurückschreckte, wie würde sie auf das strenge Licht der Kritik an ihrem Buch reagieren? Schließlich sah Sara der Schriftstellerin in die Augen. Sie holte tief Luft.

»Handelt es sich um einen Roman?« fragte sie.

Fanny, die gerade die dicke Katze auf dem Arm hatte und streichelte, blickte überrascht zu Sara auf. »Was meinen Sie damit?«

»Ich meine, handelt es sich um etwas Ausgedachtes?«

»Aber ja, meine Liebe, ich dachte, daß Sie das völlig verstanden hätten«, sagte Fanny. »Selbstverständlich handelt es sich um eine Fiktion.«

»Dann müssen Sie sie umändern«, sagte Sara. »Das können Sie ihren Leserinnen nicht antun. Sie legen uns Jenny so ans Herz, Sie machen uns neugierig, Sie weihen uns in ihr ausgefülltes, ereignisreiches Leben ein, so daß wir nur einen sehnlichen Wunsch haben, nämlich den, daß sie glücklich werden möge. Daß sie geliebt wird und selber echte Liebe empfindet. Sie dürfen sie so nicht enden lassen. Sie dürfen ihr als letzte Liebesbeziehung ihres Lebens nicht diese Konstruktion von Ehe zuweisen, wie Sie sie beschreiben. Gefolgt von dieser bitteren Einsamkeit.«

Lange Zeit sagte Fanny gar nichts. Sara schwieg ebenfalls, biß sich auf die Zunge, weil sie ihre Worte nicht zurücknehmen wollte.

»Das obligatorische gute Ende«, sagte Fanny endlich und seufzte.

»Das zu diesem Roman passen würde«, sagte Sara.

»Es entspräche nicht der Wahrheit.«

»Welche Wahrheit ist wichtig für Sie, Fanny?« fragte Sara. »Ein Roman ist etwas Ausgedachtes, in dem aber Wahrheit enthalten sein muß. Er muß glaubhaft sein. Bis zu einem gewissen Grad glaube ich Jennys Geschichte. Sie war eine Gefangene ihrer Unsicherheit und ihrer Schönheit, aber sie hatte den Mut, von der Farm in fremde Länder zu fliehen, sie hatte den Mut, ein interessantes

Leben zu leben. Es ist nicht glaubwürdig, daß sie am Ende ihres Lebens in eine Ehe ohne Liebe und dann in die Einsamkeit flüchtet. Merken Sie das nicht? Das ist nicht glaubwürdig.«

»Aber es stimmt trotzdem«, beharrte Fanny. »Am Ende hat Jenny keine Wahl. Sie ist alt geworden.«

»Aber wie alt ist sie denn am Ende des Romans? Erst um die Fünfzig!« protestierte Sara. »Wollen Sie behaupten, daß das Leben vorbei ist, wenn eine Frau erst mal fünfzig ist? Daß Männer sie nicht mehr lieben werden? Das ist doch lächerlich! Steve wird mich auch noch lieben, wenn ich fünfzig bin. Das weiß ich ganz sicher. Und ich werde ihn lieben, auch wenn er wahrscheinlich eine Glatze und einen Bauch haben wird. Es kann sein, daß Menschen sich zunächst wegen ihres Aussehens anziehend finden, aber in Wirklichkeit ist die Liebe nicht so oberflächlich.«

Fanny lächelte. »Sie gehen sehr leidenschaftlich an die Sache ran«, sagte sie.

»Und noch etwas«, fuhr Sara unerbittlich fort. »Was ist mit Jennys Schriftstellerei? Ihr ganzes Leben lang schreibt sie. In Mexiko wollte sie Schriftstellerin werden, sie hat es sogar geschafft, etwas zu veröffentlichen. In England arbeitete sie als Redakteurin bei einer angesehenen Zeitschrift. Sie schrieb ernsthaft, sie war nicht nur ein schönes Gesicht, ein schöner Körper. Was ist aus dieser Seite von Jenny geworden? Ich kann mir bei ihr nicht vorstellen, daß sie, egal wieviel Geld sie auch hat, für immer und ewig die Hände in den Schoß legt. Sie würde sich zu sehr langweilen.«

Fanny strich sich mit einer leichten Geste, die ihr Gesicht verdeckte, über die Stirn. »Ja«, sagte sie leise. »Das sehe ich ein. Das kann ich für Jenny tun.«

»Und Freundinnen!« fuhr Sara fort. »Fanny, nach diesen langen Jahren müßte Jenny doch ein paar Freundinnen haben.«

»Dann haben Sie das Ganze völlig mißverstanden«,

sagte Fanny, ihr Gesichtsausdruck veränderte sich, ihre Stimme wurde hart. »Jenny hat niemals richtige Freundinnen gehabt. Sie wußte nicht, wie man Freundschaften anknüpft –«

»Könnte sie nicht Freunde kennenlernen? *Eine Freundin?«*

Fanny erhob sich, nahm den Feuerhaken und stocherte damit im Feuer herum; Sara kam es so vor, als versuchte sie, ihre Erregung zu verbergen. Schließlich drehte sie sich wieder um. »Ich hatte sowieso Schwierigkeiten mit dem Schluß dieses Romans«, sagte sie. »Ich habe mich wie eine Wahrsagerin gefühlt, die plötzlich die Fähigkeit verloren hat, durch die Kristallkugel sehen zu können. Ich hatte deswegen schlaflose Nächte, das kann ich Ihnen versichern. Sara, ich möchte Ihrem Instinkt vertrauen, aber ich kann nicht gegen meinen eigenen verstoßen.«

Sara ließ der Schriftstellerin Zeit, sich wieder zu fangen. Fannys Hände zitterten leicht, ihr Mund bebte.

»Einen Roman kann man umschreiben«, sagte Sara ruhig. »Selbst das Leben kann sich plötzlich, in letzter Minute, ändern.«

Fanny sah Sara an. »Ja«, sagte sie schließlich. »Ja, das stimmt.« Sie setzte sich und nahm ihr Notizheft und den Stift zur Hand. »Sehr gut. Jenny kann ihre Arbeit haben, und das wiederum wird ihr zu Freundinnen verhelfen. Das ist doch plausibel, oder? *Oder?«* Jetzt lächelte sie fast.

»Ja«, antwortete Sara und erwiderte ihr Lächeln.

Fanny kritzelte etwas in ihr Heft. Sie blickte zu Sara hoch und sagte: »Das ist der Unterschied zwischen dem Leben und einem Roman, nicht wahr? Jenny hat das Leben, das ich ihr gebe.«

Nach ihrer Besprechung mit Fanny beeilte sich Sara, zur CVS-Apotheke am Harvard Square zu kommen. Sie trug ihren Einkauf, der in einer braunen Papiertüte steckte, so behutsam zurück nach Nantucket, als ob er ein Juwel wäre.

Die Arbeit mit Fanny hatte ihr Mut gemacht, diesen Einkauf zu tätigen. Sie verstand Fannys Unbehagen, sich in etwas einzumischen, was eigentlich auf natürliche Weise geschehen sollte. Bei Fanny war es das Schreiben, bei Sara die Schwangerschaft. Ein Teil von Sara glaubte immer noch, sie würde auf unkomplizierte Weise und geradezu naturgesetzlich schwanger werden, weil sie und Steve sich so sehr liebten. Aber vielleicht brauchte die Natur ein kleines bißchen Nachhilfe – und die hatte sie, wie sie dachte, in der braunen Papiertüte.

Hilfreich war, daß sie heute in Cambridge war, so daß sie den Artikel in einer Apotheke kaufen konnte, wo niemand sie kannte. Als sie im Dezember auf Nantucket den Zettel mit der Bestellung für pränatale Vitaminpillen ausgefüllt hatte, hatte die kleine weißhaarige alte Dame hinter dem Tresen, die Frau des Apothekers, Sara so schrecklich in Verlegenheit gebracht, daß sie fast aus dem Laden gerannt wäre.

»Wie weit sind Sie, meine Liebe?« hatte sie gefragt, als sie mit Saras Rezept und den Vitaminpillen von hinten wieder nach vorne geschlurft kam.

Sara hatte die Frau angestarrt und nach einer Antwort gesucht. Im gleichen Moment hörte sie, wie die Tür der Apotheke geöffnet wurde. Sie hörte Frauenstimmen. Sie drehte sich nicht um. Wenn das eine aus der Clique war, würde sie auf der Stelle tot umfallen!

»Wann kommt Ihr Baby?« wiederholte die alte Dame mit der lauten Stimme leicht schwerhöriger Menschen.

»Oh, ich bin nicht schwanger«, sagte Sara. Sie warf der alten Dame ein falsches Lächeln zu, als ob eine Schwangerschaft das letzte wäre, was ihr einfiele.

»Aber das sind Vitamine für *Schwangere«*, brüllte die alte Dame. »Sie sind sehr teuer. Wenn Sie nicht schwanger sind, brauchen Sie diese teuren Vitamine nicht.«

»Würden Sie sie mir bitte verkaufen?« sagte Sara ruhig und ohne zu lächeln.

»Selbstverständlich«, sagte die alte Dame und nahm Saras Geld und gab ihr die Packung. Sara beeilte sich, aus dem Laden zu kommen, und warf einen schnellen Blick auf die beiden Frauen, die sie nicht kannte und noch nie gesehen hatte – Gott sei Dank.

Aber von diesem Artikel, den sie in der segensreichen Anonymität von Harvard Square gekauft hatte, wußte niemand etwas, noch nicht einmal Steve. Na ja, Ellie wußte es, sie hatte es vorgeschlagen. Und Sara hatte ein gutes Gefühl dabei, sie kam sich sehr schlau vor. Genau die Kombination von Wissenschaft und Zauberei, die sie haben wollte.

7

Sieben Uhr morgens.

Schon wieder.

Sara kam es so vor, als würde sie seit hundert Jahren jeden Tag um sieben Uhr geweckt werden.

Steve stöhnte und drehte sich auf die Seite und zog ihr fast die ganze Decke weg. Sara griff nach dem Thermometer und steckte es in den Mund. Es dauerte ewig, bis die fünf Minuten vorbei waren. Sie mußte etwas Wichtiges erledigen.

Endlich stand sie auf, steckte das Thermometer in die blaue Hülle, zog sich den Bademantel über, eilte ins Bad und legte das Thermometer neben die Tabelle und den Stift auf den Acrylglastisch.

Normalerweise standen auf diesem Tisch Kristallflakons mit pastellfarbenen Badezusätzen, »Royal Dalton«-Porzellanschalen mit muschelförmigen Seifenstücken, Parfüme, Körperpuder, Flaschen mit Bodylotion. Das hatte sie alles in einer Ecke zusammengeschoben, um für ihren neuen Schatz Platz zu schaffen: das Thermometer – und jetzt dieses Teil.

Es war ein Eisprungindikator. Ellie hatte angerufen und ihr davon erzählt. Das Thermometer, hatte Ellie gesagt, zeigt einer Frau nur an, daß sie ihren Eisprung *hatte.* Dieser Indikator verriet einer Frau direkt vor dem Eisprung, daß sie ovulieren würde, so daß man den Tag genauer bestimmen konnte als mit der Temperaturmethode.

Sie hatte den Indikator jetzt schon seit einigen Tagen benutzt. Sie hatte inzwischen Routine. Sie nahm die kleine Plastiktasse und hockte sich darüber, pinkelte, grinste dabei und dachte: Ich bin verrückt, ich bin verrückt. Ich bin eine verrückte Wissenschaftlerin. Sie stellte die Tasse auf den Tisch und wusch sich schnell die Hände.

Mit einer sauberen Pipette entnahm sie der Tasse ein paar Tropfen Urin und tröpfelte sie in ein winziges Reagenzglas, das eine klare Flüssigkeit enthielt. Dann mußte sie fünfzehn Minuten warten. Sie sah auf ihre Uhr. Es war zehn Minuten nach sieben. Dieser Teil des Tests mußte sehr genau gemacht werden.

Während sie wartete, notierte sie ihre Temperatur – die gleiche wie gestern – und markierte den Punkt auf der Temperaturkurve. Sie fing an, die schwarze Linie, die ihre Temperatur anzeigte, wie eine ewig gleiche Straße zu sehen, die nirgendwohin führte. Seit fünf Monaten gingen die Zacken rauf und runter, stiegen nach dem Eisprung an und fielen wieder ab, wenn ihre Periode einsetzte. Wenn sie schwanger geworden war, würde die Temperatur oben bleiben und nicht so schrecklich abfallen – genau wie ihre Stimmung. Ellie versicherte Sara, daß diese Tabelle sehr beruhigend war, weil sie bewies, daß sie regelmäßig einen Eisprung hatte, daß das gut funktionierte.

»Aber nicht gut genug«, hatte Sara geantwortet.

Heute war der fünfzehnte Tag ihres Zyklus. Heute hätte ihre Temperatur ansteigen müssen, was sie aber nicht tat. Was bedeutete das? Sara setzte sich auf den ausgelegten Fußboden, lehnte sich an die gekachelte Wand und schloß für einen Moment die Augen. Laut Eisprungindikator würde ihre Urinprobe am Tag des Eisprungs leuchtend blau werden, und diese Farbe würde sich von der Farbe der anderen Tage sehr deutlich unterscheiden. Sie notierte ihre Testfarben, die von eins bis sechs gingen, auf einer weiteren Tabelle. Bis jetzt – seit vier Tagen – war die Farbe ihres Urins enttäuschend hell geblieben, kaum mehr als eine Eins auf der Skala.

»Ach, Körper«, sagte Sara laut, »nun mach schon!«

Sie sah auf die Uhr. Noch zehn Minuten. Sie ging schnell hinaus, um den Brief von Julia zu holen, den sie gestern bekommen hatte, und nahm ihn mit ins Bad. Noch acht Minuten. Sie setzte sich auf den Fußboden und lehnte sich an die Wand.

Julia schrieb: »Endlich habe ich es gefunden. Das Rezept, auf das Du gewartet hast! Oh, was würdest Du bloß ohne mich machen. Das weiß ich wirklich nicht. Jetzt bist Du an der Reihe, für mich die Zauberformel zu entdekken, mit der ich Perry aus den Fängen seiner Frau befreien kann!«

An dieser Notiz klebte die Fotokopie einer Seite aus einem Buch, in dem es ausschließlich um alte Fruchtbarkeitsrituale ging. Sara sah auf ihre Uhr. Noch fünf Minuten. Sie las.

> Ob eine Frau fruchtbar war, konnte festgestellt werden, indem beispielsweise Getreide mit ihrem Urin bewässert wurde. Wuchs es, war sie nicht unfruchtbar. Wuchs es nicht, standen eine Anzahl von Mitteln zur Verfügung, die ihre Fruchtbarkeit stärken sollten. Elizabeth Okeover empfahl Stranddisteln, Miss Springatt schrieb der Muskatnuß »empfängnisunterstützende und kräftigende Eigenschaften« zu, gleich mehrere Autorinnen empfahlen das Sitzen über heißen Katzenminzedämpfen. Empfohlen wurde alles Wärmende und Kräftigende, wie Brandy und heiße Bäder. Nicholas Culpeper, ein selbsternannter Student der Physik und Astrologie, führte in seinem ›Handbuch für Hebammen‹ (1656) die typisch aufwendigen empfängnisbegünstigenden Methoden auf. Neben einer guten Ernährung und Leibesübungen empfahl er das Tragen eines Amuletts, eines Magneten etwa, oder eines Wachtelherzens; das Trinken dosierter Mengen des Gifts von Männertreu, Pfingstrose und Orchidee, den Genuß von Meeresfrüchten wie Krabben, Hummern und Krebsen, den Gebrauch eines Gebräus aus der getrockneten und pulverisierten Gebärmutter einer Häsin, dem Hirn eines Spatzen und der Rute eines Wolfs.

»Liebling, ich durchkämme die Bostoner Läden, um für Dich die Rute eines Wolfs und eine Hasengebärmutter zu finden!« hatte Julia an den Rand des Briefes gekritzelt.

Wenn sie was findet, werde ich es nehmen! dachte Sara. Warum nicht. Hier saß sie nun im Bademantel auf dem Badezimmerfußboden. Sie hatte sich weder die Haare gekämmt noch die Zähne gebürstet. Sie hatte ihre Temperatur gemessen und in eine Plastiktasse gepinkelt. Sie kam sich wie eine abergläubische Eingeborene vor, die darauf wartet, daß eine Wolke über den Berg zieht und ihr ein Zeichen gibt. Sie wünschte sich so sehnlichst ein Baby, daß sie zu einem Hexendoktor gehen oder Wolfsrutensuppe essen würde – sie würde alles tun!

Die Zeit war um. Sara stand auf und nahm ein kleines Plastikröhrchen und tunkte es in das Reagenzglas mit dem Urin und der Lösung. Jetzt mußte sie noch einmal fünf Minuten warten. Sie putzte sich die Zähne und kämmte sich. Jetzt sah sie zivilisiert aus, auch wenn sie sich wie eine heidnische Wilde benahm.

Laut Gebrauchsanweisung mußte sie das Röhrchen unter kaltes Wasser halten, bis zehn zählen und es dann sofort in ein anderes kleines Reagenzglas geben und schütteln. Das machte sie und hielt vor lauter Konzentration fast den Atem an.

Als sie den Inhalt des Röhrchens in das Reagenzglas goß und schüttelte, verwandelte sich die Lösung in ein schönes strahlendes Türkisblau. Von einem Tag auf den anderen war die Farbe drastisch von eins auf sechs gesprungen. Heute hatte sie ihren Eisprung!

Sie eilte ins Schlafzimmer. Steve war aufgestanden und stand neben dem Kleiderschrank. Er hatte seine Jeans angezogen und streifte sich gerade ein T-Shirt über den Kopf. Sara ging zu ihm und legte die Arme um ihn.

»Guten Morgen«, sagte er, als sein Kopf durch den Halsausschnitt des Hemdes kam.

»Zieh das Hemd aus«, sagte Sara. »Zieh deine Sachen aus. Komm zurück ins Bett.«

Im März hatte sich das Wetter beruhigt. Es war sehr milde. Die flirrende weiße Kraft des Winters zog sich in den Himmel zurück und versteckte sich hinter einer dichten, grauen Wolke, die tagelang über der Insel und der Küste hing, die Sonne verdunkelte und der Luft einen grauen Mantel der Monotonie überwarf, der ebenso schwermütig und lustlos machte wie der schmutzige Schneematsch, der noch die Straßen säumte.

Sara war nie glücklicher gewesen. Ihr Instinkt hatte sie nicht getäuscht: Donald James hatte die erste Hälfte des Jenny-Romans gelesen und sie gleich nach dem letzten Wort angerufen. Er wollte den Roman. Er wollte ihn im Januar veröffentlichen, mit allen erdenklichen Pressemaßnahmen, um die die Autoren normalerweise betteln mußten. Dies hatte eine Lawine von Arbeit für Sara zur Folge – genau die Arbeit, die sie liebte. Sie fuhr nach Boston, um sich mit Clayton Hughes, Fanny Andersons Agenten, zu treffen, und sie war nicht erstaunt, als sie erfuhr, daß Clayton Fanny niemals persönlich kennengelernt, sondern immer nur am Telefon mit ihr geredet hatte. Donald James hatte Fanny einen guten Vorschuß für ihr Buch geboten und Sara ein gutes Honorar als Lektorin. Jetzt konnte sie sich die Laparoskopie leisten, aber sie wußte nicht, wo sie die Zeit dafür hernehmen sollte, weder für drei Tage noch für drei Wochen. Sie war in ihrem Element.

Täglich telefonierte sie mit Fanny, und zweimal wöchentlich fuhr sie nach Boston, um mit ihr zu arbeiten.

Um Zeit zu sparen, übernachtete sie bei Julia. Abends gingen sie essen und saßen bis spät in die Nacht und redeten bei Brandy oder Baileys über die Ecken und Kanten des Lebens. Telefonisch übermittelte Clayton Hughes Sara die Nachricht, daß die britischen Rechte an Fannys Buch für eine wunderbare Summe verkauft wurden. Sara versuchte, mit Fanny essen zu gehen, um mit ihr zu feiern, aber Fanny weigerte sich störrisch, aus dem Haus zu gehen. Deshalb kaufte Sara Champagner, den sie in dem überheizten blauen schummrigen Wohnzimmer aus platingeränderten Kristallgläsern tranken.

Der Roman sollte schlicht ›Jennys Buch‹ heißen. Fanny konnte sich nicht überwinden, Jenny am Ende ein glückliches Leben mit einem Mann, den sie liebte, zu gönnen, aber sie gestand Jenny einen Job als Literaturkritikerin in Boston zu, der ihr wiederum zu Anerkennung und Kolleginnen und Freundinnen verhalf. Am Schluß des Romans lebte Jenny allein, führte aber ein gesellschaftlich aktives Leben in der Welt der Bostoner Intellektuellen, besuchte literarische Empfänge, Ausstellungseröffnungen, Konzerte und Ballettaufführungen. Zu ihren Freunden zählte sie Dichter und Kritiker, Künstler und Professoren. Das war das Leben, für das sie Kansas vor so langer Zeit verlassen hatte.

Sara freute sich über diesen Schluß des Romans. Sie saß mit dem Manuskript in der Hand da und war stolz, daß sie Fanny dabei geholfen hatte. Sie hatte ihre Tage bekommen und klammerte sich an das Manuskript und starrte ins Leere und wünschte sich, daß sich das Leben genauso einfach umschreiben ließe wie ein Buch.

Steves Eltern kamen Ende April aus Florida nach Nantucket zurück und waren einen Tag nach ihrer Ankunft bei Sara und Steve zum Abendessen eingeladen.

Es war bereits so warm, daß sie die Fenster öffnen konnten, und die würzige Frühlingsluft wehte durch das Haus, bewegte die Vorhänge und ließ die Flammen der Kerzen flackern. Sara hatte Lammkeule mit Knoblauch und Spargel serviert, und zum Nachtisch gab es frische Himbeeren, und anschließend saßen die vier zufrieden um den Eßtisch und unterhielten sich entspannt bei einem Gläschen. Caroline bewunderte das gestickte Kissen, das Sara endlich fertig hatte, und bot sich an, ihr bei den Bezügen für die Eßzimmerstühle zu helfen, wenn sie das nicht als aufdringlich empfand. Sie unterhielten sich über Muster, Farben und Stoffe, und Sara schmiegte das

Kinn in die Hand, stützte den Ellbogen auf den Tisch und wünschte sich, daß sie mit ihrer Mutter genauso gemütlich zusammensitzen könnte. Dann wechselte Caroline das Thema, und für Sara war das, als hätte die ältere Frau plötzlich eine Pistole gezogen und ihr in den Bauch geschossen.

»Was rede ich da?« sagte Caroline. »Sofakissen! Ich habe in den kommenden Monaten so viel zu nähen. Erica Evans' Tochter ist schwanger, und ich habe versprochen, eine Decke und eine Garnitur für das Baby zu stricken. Und, Steve, weißt du was? Die Anderson-Tochter ist schwanger!«

»Donna Anderson?« fragte Steve. »Wirklich? Sie hat doch erst vor einem Monat geheiratet.«

Caroline lachte. »Na ja, die frisch Verheirateten«, sagte sie. »Doch, ich habe sie heute auf der Main Street getroffen. Das Baby kommt genau neun Monate nach der Hochzeit.« Jetzt drehte sie sich wieder zu Sara: »Donna Anderson war Steves erste Freundin. Oder zumindest die erste, von der ich wußte. Da war er dreizehn. Ein niedliches Mädchen.«

»Ja, niedlich und rund wie eine Tonne.«

»Sie wird eine gute Mutter sein, sie macht einen so ausgeglichenen Eindruck«, fuhr Caroline fort. »Und über die Hälfte unserer Freunde in Florida sind in diesem Jahr Großeltern geworden.«

»Caroline, meine Liebe, du benimmst dich wie ein Elefant im Porzellanladen«, sagte Clark und lehnte sich lachend in seinen Stuhl zurück.

»Wieso, warum denn?« fragte Caroline mit großen Augen und ganz ahnungsloser Unschuld.

Steve mußte auch lachen. »Das ist Mutters Stärke«, sagte er zu Sara. »Die indirekte Anrede. Das hat sie wahrscheinlich von chinesischen Folterexperten gelernt.«

»O Stevie, wie kannst du so etwas sagen?« sagte Caroline und tat so, als ob sie beleidigt sei, genoß aber die Stichelei des Sohnes.

»Schau, Mom«, sagte Steve. »Sara und ich wollen Kinder. Später. Aber im Moment haben wir andere Pläne, Sara kümmert sich um ein sehr gutes neues Buch, und ich muß noch sehr viel Arbeit in das Haus stecken, ehe wir überhaupt an ein Kind denken können.«

»Na, das ist doch gut zu wissen«, sagte Clark mit dröhnender Stimme. »Ich muß gestehen, daß ich ganz wild auf ein Enkelkind bin.«

»Ja, meine Liebe, und wie du weißt, ist es nicht gut, es allzulange aufzuschieben«, sagte Caroline. »Du weißt ja, je älter eine Frau wird, desto komplizierter wird das mit der Schwangerschaft und der Geburt, und behinderte Kinder sind auch wahrscheinlicher. Stell dir vor, die Tochter einer Freundin von uns in Florida wollte erst mit fünfunddreißig ein Kind, und dann hatte sie eine Fehlgeburt nach der anderen, und dann hatte sie eine Totgeburt. Und so viele ältere Mütter bekommen Kinder mit Down-Syndrom.«

Sara sah Steve an. »Lies meine Gedanken«, flehte sie innerlich. »Wenn du deine Mutter nicht zum Schweigen bringst, werde ich wie der Leibhaftige vom Tisch aufstehen und Feuer speien.«

»Okay, Mom, okay«, lachte Steve und nahm die Hände hoch. »Wechseln wir doch das Thema und reden über etwas Erfreuliches, zum Beispiel über eine Europareise.«

»Eine Europareise! Du lieber Himmel! Wer möchte denn heutzutage schon nach Europa? Mit den ganzen Bomben und Terroristen!« sagte Caroline.

Steve und Clark brachen in Gelächter aus.

Sara stand auf und räumte den Tisch ab. Sie ließ sich viel Zeit in der Küche, spülte die Teller ab, stellte sie in die Spülmaschine. Versuchte, ihre Fassung wiederzufinden.

Oh, das habe ich nicht geahnt, dachte sie. Ich hätte es mir denken können, aber ich war mir nicht sicher, daß sie sich Enkelkinder wünschen, wie wichtig das für sie ist.

Sie war Steve sehr dankbar, daß er nicht erzählt hatte,

daß sie Schwierigkeiten hatten, ein Kind zu bekommen. Sie wußte, daß sie ihre mitleidige Fürsorge, ihre forschenden Blicke nicht ertragen könnte. Ein unerträglicher Gedanke, daß seine Eltern denken könnten, sie sei ein Blindgänger, keine richtige Frau, und wünschten, daß Steve eine andere geheiratet hätte, die dumme fruchtbare Donna zum Beispiel. Mein Gott, warum mußten Steves alte Freundinnen sich alle so schnell vermehren können wie die Karnickel?

»Sara?« rief Steve. »Sollen wir dir helfen?«

Sie merkte, daß sie sich zu lange in der Küche versteckt hatte. »Nein, nein. Ich komme gleich«, rief sie.

Es kostete sie große Anstrengung, die vor Verzweiflung nach unten gezogene Linie ihrer Lippen wieder in Form zu bringen. Sie merkte, daß sie sich immer leichter aus der Fassung bringen ließ. Manchmal hatte sie Angst, daß sie gewalttätig werden und irgend etwas Schreckliches anrichten könnte.

Sie wußte, daß sie morgen wieder ihre Tage bekommen würde. Trotz des Eisprungindikators. Ihre Brüste waren schwer, und sie hatte schon eine leichte Schmierblutung und Krämpfe. Und sie war wütend. Das prämenstruelle Syndrom. Und jetzt, jetzt war der Wunsch ihrer Schwiegereltern wie ein Gas in sie eingedrungen, das sich jetzt unter ihrer Haut, in ihrer Brust und in ihrem Kopf ausdehnte und so heftige Schmerzen verursachte, daß sie am liebsten laut aufgeschrien hätte. Das halte ich nicht mehr aus! schrie sie lautlos.

Aber sie schloß die Tür der Geschirrspülmaschine, drehte den Heißwasserhahn an, trocknete sich die Hände ab und ging ins Eßzimmer zurück und unterhielt sich mit ihrer Familie.

Als sie dann später mit Steve im Bett lag, schmiegte sie sich an ihn und streichelte seinen Arm. »Danke«, sagte sie. »Vielen Dank, daß du mich heute abend beschützt hast.«

»Was?« fragte Steve. »Wovon redest du?«

Sie sahen sich an.

»Von deinen Eltern. Daß du mich in Schutz genommen hast, daß du ihnen nicht gesagt hast, daß ich Schwierigkeiten habe, schwanger zu werden. Ich glaube nicht, daß ich es ertragen könnte, wenn sie es wüßten.«

»Aber Sara«, seufzte Steve, und sie merkte, daß er fast sauer wurde. »Ich habe dich nicht *in Schutz* genommen. Daran habe ich noch nicht einmal gedacht. Ich habe einfach nur gesagt, was ich denke und daß wir Kinder wollen und irgendwann auch welche haben werden. So ist es.«

»Vielleicht«, sagte Sara. »Ach, Steve, ich weiß, daß ich morgen wieder meine Tage bekommen werde. Ich weiß, daß ich wieder nicht schwanger bin.«

»Na und?« sagte Steve. »Wir haben doch noch viel Zeit zum Üben.«

»Steve«, sagte Sara und rückte von ihm ab, um ihm besser ins Gesicht sehen zu können. »Sei ehrlich. Regt dich das nicht auf, ich meine, daß ich nach all den Monaten immer noch nicht schwanger bin? Bist du nicht insgeheim wütend darüber?«

»Nein«, sagte Steve. »Bin ich nicht.«

»Na hör mal«, sagte Sara und stützte sich auf den Ellbogen und war fast ungehalten. »Komm mir nicht mit der Macho-Masche. Das macht mich traurig, Steve, weil ich dann das Gefühl habe, daß ich dir meine Ängste nicht erzählen kann, weil du dich dann gezwungen fühlst, den Optimisten zu spielen und deine Ängste zu verstecken.«

»Sara, Himmelherrgott noch mal!« sagte Steve. »Ich bin nicht traurig!« Er preßte die Zähne zusammen und sah wütend an die Decke.

»Überhaupt nicht?« bohrte Sara weiter. »Kein bißchen?«

»Kein bißchen. Ich habe dir schon hundertmal gesagt, daß ich dich liebe. Ich liebe unser Leben, und wenn wir Kinder haben, ist es gut, und wenn wir keine haben, ist es auch gut. Ich bin sicher, daß wir irgendwann Kinder haben werden, ich begreife deine Ungeduld nicht. Ich begreife nicht, warum du dich so aufregst und alles dramatisieren mußt.«

Sara lag auf dem Rücken und starrte ebenfalls die Dekke an.

»Frauen und Männer sind eben verschieden«, sagte sie und seufzte.

»Ja, und das ist gut so«, sagte Steve und drehte sich zu ihr um und grinste sie an. Er fing an, ihr Nachthemd aufzuknöpfen.

Sara schlang die Arme um ihn und küßte ihn. Aber sie dachte: Wie ist das nur möglich. Wie ist es möglich, daß ihn das alles so kalt läßt? Wie kann er von Wut so schnell auf Sexualität umschalten? Ich habe immer gedacht, daß wir uns nahe sind, daß wir eigentlich eins sind. Oh, ich habe oft gehört, daß Paare sich von Krisen auseinanderbringen lassen. O Gott, ich möchte nicht verlieren, was wir zusammen haben –

Da wurde sie von ihrem Körper unterbrochen. Sei still, befahl er. Hör auf nachzudenken. Genieße, was ihr jetzt haben könnt. Jetzt und hier... Und sie gehorchte.

Bei Walpole and James hatte man jetzt die genauen Termine für ›Jennys Buch‹ festgelegt, das im Juni in Druck gehen sollte. Sara mußte also nicht aus beruflichen Gründen zu Fanny nach Boston, aber sie hatte sich mit ihr sehr angefreundet und rief sie fast jeden Tag an, um sich mit ihr zu unterhalten, und sie fuhr fast alle zwei Wochen zu ihr und besuchte sie. Das blaue Wohnzimmer mit den schnurrenden Katzen, den im Schlaf gähnenden Hunden und der mürrischen Eloise, die den mit köstlichen Genüssen beladenen Teewagen hereinschob und dann wieder wie ein Geist entschwand, hatte etwas Tröstliches an sich. Auch als es draußen wärmer wurde und Sara sah, daß überall Vasen mit Stiefmütterchen, Iris und Tulpen im Zimmer verteilt waren, blieben die schweren pfauenblauen Vorhänge weiterhin zugezogen, um sowenig wie möglich von dem hellen Frühlingslicht hereinzulassen. Im Mai wurde ein riesiger, mit Blumen bestickter Wandschirm vor den Kamin gestellt, zum Zeichen, daß sich die Jahreszeit geändert hatte und nun kein Feuer mehr benötigt wurde. Die Blumensträuße und der Wandschirm verliehen dem Zimmer, das für Sara von der rauhen Außenwelt losgelöst war, einen Hauch von Realität. In diesem Zimmer hatte sie ein Gefühl der Geborgenheit, hier konnte sie sich ausruhen, sich gehenlassen und ihre Hoffnungen und Ängste für eine Weile vergessen.

Sie konnten über alles miteinander sprechen. Ohne es wirklich auszusprechen, hatte Fanny zu verstehen gegeben, daß Jennys Leben auch ihr Leben war. Und so konnten sie über ihre enttäuschten Hoffnungen und unerfüllten Sehnsüchte sprechen, über alte Liebhaber, über Momente des Glücks und der Verzweiflung.

Ende Mai hatte Sara wieder ihre Tage. Sie hatte es geahnt, weil sie wieder alle Anzeichen gespürt hatte. Trotzdem war sie außer sich vor Kummer, als sie am Morgen des neunundzwanzigsten Tages aufwachte und wieder alles voller Blut war. Sie mußte dringend aus dem Haus, weil sie sonst nur den ganzen Tag geweint hätte, und rief Fanny an und fragte, ob sie sie heute besuchen kommen könnte. Fanny bejahte, und Sara hatte noch Zeit genug, das Flugzeug zu erreichen, so daß sie um elf bei der Schriftstellerin sein konnte.

Als sie ankam, hatte Fanny Eloise schon gebeten, einen kleinen, besonderen Brunch zurechtzumachen, um Sara aufzuheitern. Es gab warme leichte Croissants mit Schokolade, Himbeermarmelade oder Käse, die auf einer silbernen Platte lagen, Schälchen mit frischem Obst und abgedeckte warme Gerichte mit Speck und Würstchen und Schinken. Und Fanny hatte Eloise um ein Getränk mit Eis gebeten, das die Haushälterin in hohen Kristallgläsern und langstieligen Silberlöffeln zum Umrühren servierte.

Es waren Bloody Marys.

Sara ließ sich auf das Sofa sinken und starrte auf den Drink in ihrer Hand. Fragend sah sie zu Fanny hoch.

»Stimmt etwas nicht?« fragte Fanny. Dann rief sie. »O du Liebe! Wie dumm von mir. Du lieber Gott. O Sara, das tut mir leid. Das war unüberlegt. Das heißt, ich habe überlegt, ich habe mich bemüht, dir zu helfen. Als du mich heute morgen angerufen hast und so traurig warst, habe ich mich gefragt, was dich aufmuntern würde, etwas Köstliches, Alkoholisches, zum Trost. Und ich finde immer, daß eine Bloody Mary der Drink ist, den man auch vor zwölf anbieten kann. Oh, ach du lieber Gott, Sara, Eloise soll dir etwas anderes bringen – ein Glas Champagner? Was kann man denn sonst noch morgens trinken? Sara, bitte, verzeih mir.«

Sara schüttelte den Kopf und lächelte Fanny an. »Nein, ist doch in Ordnung, reg dich nicht auf«, sagte sie. Sie besah sich ihren Drink, der so wäßrig und orangerot aussah, überhaupt nicht zu vergleichen mit dem dickflüssigen tiefroten Blut, das aus ihr gerade herausfloß. »Es ist sehr aufmerksam von dir, mich damit zu begrüßen. Wenn ich meine Tage habe, bin ich sowieso immer hungrig, und wenn ich je einen Drink nötig hatte, dann jetzt.« Sie nahm einen Schluck von ihrer Bloody Mary und lächelte Fanny wieder an. »Köstlich«, sagte sie.

»Ich bin dumm, ein richtiger Idiot«, sagte Fanny.

»Nein, es ist gut, wirklich«, protestierte Sara. »Meine Freundin Julia – ich habe dir von ihr erzählt – würde sich jetzt vor Lachen ausschütteln.« Um ihre Gastgeberin zu beruhigen, nahm sie wieder einen Schluck und noch einen und äußerte kleine Geräusche des Wohlbehagens. Und der Drink war ausgezeichnet, würzig und leicht bitter und gut. Sie hatte ihn schnell ausgetrunken und trank noch einen. Fanny drängte sie, auch etwas zu essen, und Sara aß, aber der Alkohol wirkte trotzdem und lockerte ihre Hemmungen, und sie überließ sich ihren Gefühlen.

»Es ist geradezu unglaublich, wie ich mich verändert

habe«, sagte Sara. »Früher war ich ein optimistischer Mensch, ein rationaler Mensch, ich war ausgeglichen und freundlich. Jetzt bin ich absolut egozentrisch. Ich kann nur noch daran denken, daß ich schwanger werden will und daß ich versage. Die winzigste Kleinigkeit macht mich entweder wütend oder traurig – Reklame für Windeln im Fernsehen oder eine Frau mit einem Kinderwagen. Mein Gott, Fanny, vor einer Woche, als ich schon sicher war, daß ich wieder meine Tage kriegen würde, da kam ich aus einem Geschäft, und ich wußte genau, daß hinter mir eine Frau war, die mit der einen Hand einen Kinderwagen schob und in der anderen eine Einkaufstüte hielt und Schwierigkeiten hatte, den Kinderwagen zu manövrieren, und ich ging aus der Tür und schlug sie hinter mir zu. Ich habe ihr die Tür nicht aufgehalten, und ich habe ihr nicht geholfen, mit dem Kinderwagen durch die Tür zu kommen. Vielleicht wollte ich sogar der Frau oder dem Baby weh tun, weil ich die Tür so hinter mir zuknallte. Du siehst, ich bin schon richtig verrückt, wirklich!«

»Ach, meine Liebe«, sagte Fanny.

»Und jetzt sind meine Schwiegereltern wieder auf der Insel, und ich kann es kaum ertragen, mit ihnen zu reden!« sagte Sara. »Immer wenn wir uns sehen, machen sie eine erwartungsvolle Pause, sie sitzen und warten und halten fast die Luft an, als ob sie dächten: *Heute* sagen Steve und Sara uns, daß Sara schwanger ist. Und jeden Tag ruft Caroline mich an und erzählt mir die letzten Neuigkeiten, welche Tochter oder Schwiegertochter von welcher Freundin schwanger ist, und manchmal muß ich mich einfach hinsetzen und vor lauter Verzweiflung losheulen, wenn ich aufgelegt habe. Ich bin eine richtige Enttäuschung für alle!«

»Mich hast du nicht enttäuscht«, sagte Fanny. »Und mir ist es verflucht egal, ob du schwanger bist oder nicht. Oh, das hört sich wahrscheinlich gemein an, denke ich. Ich möchte, daß sich dein Wunsch erfüllt, ich hoffe, daß du schwanger wirst, weil es dir offenbar so viel bedeutet. Ich möchte, daß du glücklich bist. Aber für mich bist du nicht als Mutter wichtig, sondern als fabelhafte Lektorin und als meine liebe Freundin.«

»Das weiß ich«, sagte Sara. »Das weiß ich, und das hilft mir wirklich sehr. Deshalb wollte ich heute kommen, deshalb mußte ich heute kommen. Hier bin ich, Sara, die Redakteurin, die Freundin, und nicht die defekte Muttermaschine. Immer häufiger, Fanny, träume ich davon, alle, die mir lieb und teuer sind, zu verlassen, weil ich es so satt habe, sie zu enttäuschen, und weil sie mit einer anderen Frau viel besser bedient wären. Ich träume davon, irgendwohin zu gehen, nach England vielleicht, vielleicht könnte ich dort Arbeit finden und bräuchte niemandem zu sagen, wo ich bin, mich von Steve scheiden zu lassen, ihn nie wiederzusehen, niemanden wiederzusehen, ich träume davon, mit meinem unfruchtbaren Körper niemandem mehr zur Last zu fallen.«

Fanny sah Sara an. Heute trug sie ihr weißmeliertes schokoladenbraunes Haar in der Mitte geteilt, das nach hinten gebundene Haar rahmte ihr Gesicht wie Flügel ein. Sie trug ein hochgeschlossenes langärmeliges Kleid aus geblümter blauer Seide und eine Perlenkette. Sie war elegant, aber jetzt zitterte ihr kleines Kinn mit dem Grübchen. »Ja«, sagte sie mit ihrer melodischen Stimme. »Ich weiß genau, wie dir zumute ist. Darauf kannst du dich verlassen. Aber, Sara, du bezahlst einen hohen Preis, wenn du dich von denen, die dir nahestehen und dich lieben, isolierst. Das weiß ich.«

»Woher willst du das wissen?« sagte Sara verbittert, vom Alkohol enthemmt. »Woher willst du das wissen? Du hast gesagt, daß du nie Kinder wolltest.«

Fanny lächelte und schlug ihre riesengroßen blauen Augen nieder. »Es gibt nicht nur diese Art, um Menschen zu enttäuschen. Es gibt auch andere Arten.«

»Inwiefern hast du denn Menschen enttäuscht?« fragte Sara aggressiv. Es schien, als wollte sie sich den ersten Platz in Selbstmitleid nicht streitig machen lassen.

»Weil ich nicht schön geblieben bin. Weil ich alt geworden bin«, sagte Fanny jetzt leise, und sie sah auf ihre Hände mit den juwelenbesetzten Ringen, die zwischen den Runzeln funkelten.

»Wieso das denn?« fragte Sara. »Was redest du da? Erstens bist du schön. Zweitens ist es nicht deine Schuld, daß du älter wirst. Jeder Mensch wird älter. Das ist doch nicht deine Schuld.«

»Doch«, sagte Fanny. »Das ist genauso meine Schuld, wie es deine Schuld ist, daß du nicht schwanger wirst.«

»Aber da irrst du dich!« schrie Sara. »Begreifst du das denn nicht? Daß du älter wirst, ist natürlich, daß ich nicht schwanger werde, ist nicht natürlich.«

»Ich bin noch nie davon überzeugt gewesen, daß das, was natürlich ist, in der Gesellschaft des zwanzigsten Jahrhunderts eine große Rolle spielt«, sagte Fanny.

»Ach, Fanny«, sagte Sara ungeduldig. »Es wird dir doch niemand vorwerfen wollen, daß du älter wirst. Niemand hört auf, dich zu lieben, weil du älter geworden bist.«

»Wirklich nicht?« fragte Fanny und sah Sara in die Augen. »Glaubst du denn wirklich, daß die jungen Männer, wenn ich heute nach Paris ginge, von mir einen Akt malen wollten? Glaubst du denn wirklich, daß meine alten Freunde mich nicht mit mitleidigen Augen betrachten würden, wenn sie mich heute sähen? Kannst du dir denn wirklich diese Gemälde, die an der Wand hängen, ansehen und dann mich ansehen und behaupten, daß ich mich nicht sehr verändert hätte und daß dieser Unterschied bewirkt, daß ich von *allen* ganz anders behandelt werde als in meiner Jugend?«

»Aber die Liebe beruht nicht nur auf dem Äußeren«, beharrte Sara. »Die Leute lieben dich immer noch, auch wenn du älter geworden bist.«

»Wenn das stimmt, dann werden sie dich auch dann lieben, wenn du unfruchtbar bist«, erwiderte Fanny.

Sara sah Fanny an. »Ja«, sagte sie, »aber anders.«

»Ja«, echote Fanny. »Aber anders.«

Sie saßen schweigend und leicht beschwipst da und hörten die Autos in der Brattle Street vorbeifahren, das fröhliche, endlose Gezwitscher der Vögel. Einer der Hunde gähnte und machte ein schmatzendes Geräusch.

Fanny unterbrach die Stille, indem sie sagte: »Ich bin seit vier Jahren nicht vor der Tür gewesen.«

»Um Gottes willen.«

»Ich kann es nicht ertragen, auszugehen. Ich kann es nicht ertragen, nicht beachtet zu werden, anonym zu sein.«

»Du wirst immer Beachtung finden, nie anonym sein!« widersprach Sara.

»Denkst du denn, daß die jungen Männer mich ansehen?« sagte Fanny. »Ach, ich weiß, für eine Frau, die Mitte Fünfzig ist, bin ich noch recht attraktiv, wie ein altes Auto, das frisch poliert ist und weder Beulen noch Roststellen hat. Die Leute sind immer sehr höflich. Aber glaubst du denn, daß ich noch genauso angelächelt werde, die gleichen Blicke und Reaktionen bekomme wie noch vor zehn Jahren? Sara, vor zehn Jahren konnte ich immer noch einen jungen Mann von Mitte bis Ende Zwanzig dazu bringen, zu stottern, wenn er mit mir redete.«

»Aber das sind doch fremde Menschen!« sagte Sara. »Was ist denn mit den Menschen, die du kennst. Die dich gern haben, die Frau hinter dieser Schönheit?«

»Du wirst erstaunt sein – es gibt nur sehr wenige solcher Menschen«, sagte Fanny. »Und ich weiß, daß das meine Schuld ist. Ich habe meiner Eitelkeit viele Freundschaften geopfert.« Sie schwieg, blickte in eine geheimnisvolle Welt, die nur sie kannte. Dann lachte sie und machte eine Handbewegung, als wollte sie einen Vorhang wegschieben, und sagte: »Kannst du dir vorstellen, was ich für eine schlechte Freundin war? Kannst du dir vorstellen, daß ich je hätte mit ansehen können, daß eine Freundin mit einem neuen hübschen, reichen jungen Mann ankäme und ich nicht versucht hätte – auf meine eigene sehr subtile Art und Weise, diesen Mann für mich zu gewinnen? Und dann natürlich, wenn ich diesen Mann in mich verliebt gemacht hätte, würde er für mich langweilig werden. Die alte Geschichte. Ich bin nicht die einzige Frau, die ihr Leben auf diese Weise gelebt hat. Aber am Ende bist du allein. Weißt du, Sara, ich hatte eigentlich noch nie eine Freundin, die mir so viel bedeutet hat wie du. Mit der ich so viele schöne und vertraute Stunden verbracht habe.«

»Du hast Eloise«, sagte Sara, Fannys Beichte rührte sie, machte sie aber auch traurig.

»Eloise«, antwortete Fanny, »das kannst du nicht vergleichen. Eloise *arbeitet* für mich. Sie arbeitet schon jahrelang für mich. Sie tut ihre Pflicht. Sie sorgt für mich. Sie wird für ihre Arbeit ziemlich gut bezahlt. Ich bin ihr sicher auch nicht gleichgültig, hoffe ich jedenfalls. Oder vielleicht doch. Weißt du, Eloise kennt mich auch, wenn es mir nicht sehr gutgeht. Sie schirmt mich ab. Dafür bezahle ich sie. Und sie weiß, daß sie keine Ausnahmen machen darf.«

Sara schwieg. Sie wartete und hoffte, daß Fanny noch mehr enthüllen würde.

»Wenn du wüßtest, wie du mich ansiehst!« lachte Fanny. »Keine Angst. Ich bin weder verrückt noch nymphomanisch. Ich schicke Eloise nicht los, mir junge Männer zu beschaffen, aber denke ja nicht, daß ich mir *das* nicht ab und an ausgemalt hätte. Nein, es ist einfach so, daß ich mich, wenn ich meine Depression habe und wenn ich allein sein will, in mein Schlafzimmer oder mein Arbeitszimmer verkrieche, und dann habe ich Eloise, die jeden Besuch fernhält. Sie erledigt die Einkäufe, geht an die Tür und ans Telefon, führt den Haushalt, und wenn es mir besonders schlechtgeht, öffnet sie sogar meine Post. Und so weiter.«

»Was meinst du mit ›besonders schlecht‹?« fragte Sara.

Fanny lächelte. »Manchmal«, fing sie an, dann verstummte sie. Und setzte wieder an: »Wir Frauen weinen manchmal und können nicht wieder aufhören, oder wir wachen morgens auf und haben keine Kraft, aufzustehen – oder keinen Grund. Oder wir finden, daß wir den endgültigen Schritt machen müssen, um unserem Leben ein Ende zu setzen. Dinge wie diese dauern bei mir einfach ein bißchen länger als bei den meisten Menschen, mehr nicht.« Sie sah weg. »Ach, weißt du, Sara«, sagte sie, ihre Stimme war plötzlich sehr ernst, »manchmal weiß ich lange, lange Tage hintereinander nicht, wie ich weiterleben soll. Wenn ich mich so einsam fühle und mich nach der Gesellschaft anderer Menschen sehne und weiß, daß ich meine Einsamkeit nicht länger ertragen kann. Dann brauche ich Eloise. Sie paßt auf, daß ich weiterlebe. Das ist kein leichter Job.«

»Aber du müßtest nicht so einsam sein«, sagte Sara schwach. »Ein Mensch wie du.«

Fanny wurde wütend: »Willst du mir den Rat geben, in einen Bridgeclub einzutreten? In die Kirche zu gehen, gute Taten zu tun? Vielleicht einem Seniorenclub beizutreten?«

»Himmel, Fanny. Das käme mir überhaupt nicht in den Sinn. Aber du könntest dich mit Linda Oldham im Heartways House zum Lunch verabreden. Sie schätzt deine Arbeit sehr, sie würde liebend gern mit dir ausgehen. Und Donald James brennt darauf, dich kennenzulernen. Möglicherweise könntest du hier an der Universität unterrichten. Kreatives Schreiben. Die Studenten würden dich verehren, du könntest zu Lesungen gehen, du könntest selber Lesungen halten.«

»Begreifst du denn nicht, daß ich es nicht ertragen kann, daß Leute sehen, wie ich jetzt aussehe?« sagte Fanny. Sie strich sich mit der Hand über die Stirn. »O nein, das begreifst du nicht, natürlich kannst du das nicht begreifen. Du hast keine Ahnung davon, wieviel ich hatte und wieviel ich verloren habe.«

»Ich glaube, daß du viel zuviel Wert auf dein Äußeres legst«, schimpfte Sara. »Das ist wahnsinnig. Im Leben geht es nicht nur um äußerliche Schönheit.«

Fanny hob den Kopf und lächelte Sara an. Offenbar hatte sie ihren Humor plötzlich wiedergefunden, aber als sie sprach, war ihre Stimme schneidend: »Nun, wir haben alle unsere Besessenheiten, unsere Zwangsvorstellungen, nicht wahr?«

Sara nickte traurig. Sollte es möglich sein, daß ihre Begierde genauso selbstquälerisch und irrational war wie Fannys? Darauf hatte sie keine Antwort, sie wußte es nicht, nicht mit zwei Bloody Marys am Vormittag. Wie schrecklich, daß diese wunderbare, begabte Frau sich selbst derart haßte, daß sie daran dachte, sich umzubringen, und nicht ertragen konnte, unter Leute zu gehen. Was konnte sie dagegen machen? Wie konnte sie ihr helfen?

»Aber wir sind ja tödlich langweilig geworden!« rief Fanny. »Weißt du, Alkohol am Vormittag macht depressiv. Wir müssen uns gegenseitig aufmuntern. Du mußt mir die Geschichte zu Ende erzählen, die von neulich, als du so schnell weg mußtest. Von dem Sommer, als du mit Julian nach dem College in Europa warst.«

Sara holte tief Luft. »Gut«, fing sie an, »wir hatten Interrail-Tickets –« Aber in ihrem tiefsten Innern brauten sich brodelnd düstere Sorgen um Fanny zusammen, so wie das dicke Blut, das aus ihrem Körper floß. Aber sie wußte, daß Fanny recht hatte, es gab Zeiten, in denen die dunklen Dinge rücksichtslos weggeschoben und das Licht unbedingt hereingelassen werden mußten, damit der Funke des Lebens nicht erstickt wird.

Im Juni und Juli hatten Sara und Steve Logierbesuch. Alte Freunde vom College mit ihren Familien. Und Ellie mit ihrem Mann Jeff und ihrem zweijährigen Sohn. Insgeheim hatte sie gehofft, daß das zweiwöchige Zusammensein mit ihrem Neffen einen Hormonschuß auslösen und sie schwanger werden würde. Joey war ein lebhaftes Kind, das immer in Bewegung war. Seine Zuneigung zu Sara und Steve war nicht zu übersehen, und zum Schluß hatte er sich angewöhnt, frühmorgens in ihr Zimmer zu kommen und mit ihnen im Bett herumtzutoben wie ein junger Hund. Sara atmete seinen Duft ein – den süßen Duft seines nach Shampoo riechenden Haares, dem Babypuder auf seiner Haut, die nassen Windeln. Er schmiegte sich an sie und quietschte vor Vergnügen, wenn sie mit ihren Fingern über seinen Rücken spazierte – und sie spürte, wie ihr Körper warm und weich wurde bei dieser besonderen Art von Liebe, die auch etwas mit Lust zu tun hatte.

Glücklicherweise war Julia der nächste Logierbesuch, denn es war Ende Juli, und Sara bekam wieder ihre Periode. Ellie hatte versucht, Sara die Angst vor einer Bauchspiegelung auszureden. Aber Sara haßte den Gedanken an Krankenhäuser und Nadeln, Narkose und Hilflosigkeit. Sie sah zu viele Risiken und keine garantierten Sicherheiten. Sie hatte Angst, dabei sterben zu können.

»Gerade vor einem Monat habe ich in den Nachrichten von einem Mann gehört, der beim Zahnarzt war, wegen einer Kieferoperation. Er hatte große Angst, aber der Zahnarzt beruhigte ihn, daß schon alles gutgehen würde. Und der Mann reagierte auf die Narkose allergisch und starb auf dem Zahnarztstuhl. Er hat das Bewußtsein verloren und war erledigt.«

»Aber das ist ein ganz dummer Unfall gewesen«, beharrte Ellie. »Das passiert unter Millionen Fällen ein einziges Mal.«

»Trotzdem«, protestierte Sara, »trotzdem«, und blieb bei ihrer ablehnenden Haltung. Und was war mit den Luftblasen in den Injektionsnadeln? Sie hatte im Kino gesehen, daß Menschen auf diese sadistische Weise umgebracht wurden. Und dann die nicht sterilen Instrumente. Und die vielen inkompetenten Ärzte, die sich wegen ärztlicher Fehler vor Gericht verantworten mußten?

Julia pflichtete Sara bei. Sie als Feministin war davon überzeugt, daß die Tests und die Operationen gegen Unfruchtbarkeit an den Frauen ausgeführt wurden, weil die

Ärzte meistens Männer waren. So wie auch die Last der Verhütung ausschließlich den Frauen aufgebürdet wurde.

»Wie sehen denn die Statistiken bei der Operation aus?« fragte Julia. »Nur zwanzig Prozent der Frauen, die den Eingriff machen ließen, sind gleich darauf schwanger geworden; was sie vielleicht ohnehin geworden wären. Diese Quacksalber haben keinerlei Beweise, daß die Operation wirklich hilft. Die alte ›Götter in Weiß‹-Masche, Sara, die alte ›Handauflegen‹-Geschichte.«

»Ach, Julia«, seufzte Sara. »Ich schätze, daß du recht hast. Aber vielleicht auch nicht. Verdammt, ich wünschte, ich wüßte, was ich machen soll!«

Wenn Sara mit Ellie oder Julia zusammensaß und über Blutungen und Risiken diskutierte, hörte sie auf zu reden, sobald Steve dazukam. Sie wechselte das Thema. In diesem Sommer hatten sie und Steve keine Zeit, um sich als Frau und Mann, als Ehepaar, das sich einig ist, zusammenzusetzen, um dieses Problem und Saras Angst zu besprechen. Sara war sich bewußt, daß sie über ihren Kinderwunsch und ihre Ängste und ihre Trauer hundertmal ausführlicher mit Ellie und Julia geredet hatte als mit Steve. Und das bedrückte sie, aber sie wußte nicht, wie sie das ändern konnte. Steve war ein sehr umgänglicher Mann, aber wenn es um bestimmte Themen ging, wurde er schweigsam und steif, war sogar peinlich berührt. Sie wollte nicht den Anschein erwecken, daß sie sich mit den anderen Frauen gegen ihn verbündete.

Und Steve hatte sehr viel zu tun. Im Sommer mußten die Zimmerleute immer lange arbeiten, weil sie versuchten, mit ihren Aufträgen fertig zu werden, ehe das schlechte Wetter einsetzte. Wenn er nach Hause kam, war er müde und verschwitzt und wollte sich ausruhen. Und Sara merkte, daß ihre Umarmungen, wenn sie ihren Eisprung hatte, für sie zumindest einen leichten Geschmack von fast eintöniger Pflichterfüllung angenommen hatten, und nach dem Eisprung waren ihre Gefühle vor allem von der Angst geprägt, daß sie eine möglicherweise bestehende Schwangerschaft durch den Beischlaf gefährden könnte.

Auf der Frisierkommode im Schlafzimmer stand ein Silberrahmen mit einer zehn mal dreizehn Zentimeter großen Fotografie, die JuliaWeihnachten vor drei Jahren um Mitternacht gemacht hatte. Steve saß in der Sofaecke, und Sara lag auf dem Sofa und hatte den Kopf in seinem Schoß. Steve hatte die eine Hand auf ihrem Haar, die andere lag auf ihrem Brustkorb, direkt unter ihrer Brust. Sara, die dachte, daß sie allein wären, hatte die Hand gehoben, um das Gesicht ihres Mannes zu streicheln. Zwischen ihnen war so viel Liebe, so viel Lust und Zuneigung und Begehren und Vertrauen.

Das alles kam in dem Schnappschuß zum Ausdruck. Wenn Sara ihn betrachtete, blutete ihr in Erinnerung daran das Herz. Denn auch wenn sie nicht ständig und in jeder Sekunde diese Lust füreinander empfinden konnten – das konnte niemand –, war das doch die Basis ihres Zusammenseins gewesen. Befriedigung, Lust, Liebe, Harmonie.

Gab es das jetzt nicht mehr? Sie erinnerte sich daran wie an eine Melodie, die sie schon lange nicht mehr gehört hatte. Zum Teil war das ihre Schuld, sogar zum überwiegenden Teil; sie hatte sich wegen ihrer Unfruchtbarkeit in einen Zustand der Besessenheit hineingesteigert und war oft traurig, wütend oder verbittert. Aber Steve hatte auch ein kleines bißchen schuld. Wenn Sara ihre Ängste und ihre Trauer nach außen gekehrt und die Stimmung im Haus mit ihren Spannungen und Befürchtungen beeinflußt hätte, dann hätte Steve sich in sich verkrochen. Das lief alles sehr unterschwellig ab. Er schien unverändert. Aber er verschloß sich Sara gegenüber, das merkte sie. Sie konnte ihn nicht dazu bewegen, daß er ein einziges Mal zugab, daß ihre Kinderlosigkeit ihn auch traurig, wütend oder ängstlich machte. Wenn sie versuchte, mit ihm darüber zu reden, reagierte er jetzt sehr schnell ungeduldig und reserviert. Manchmal hatte Sara das Gefühl, daß sie mit jedem Wort, das sie sagte, kleiner und kleiner und zu einem törichten Kind wurde, während Steve größer und größer, schweigsamer und schweigsamer wurde, bis er sich über ihr auftürmte, bleich, kritisch und gelangweilt und sie wie ein zitternder Zwerg zu seinen Füßen kauerte. Sie konnte diesen gefühllosen, wuchtigen Berg weder besteigen noch sich darin verkriechen, noch nicht einmal berühren.

Sie wußte, daß sie etwas unternehmen mußte, besser gesagt, etwas mußte geschehen, oder sie würden verlieren, was sie miteinander verband. Im Bett lachten sie nicht mehr soviel. Wenn sie ihren Eisprung hatte, bestand sie darauf, das Licht auszuknipsen, wenn sie zusammen schliefen, weil sie ihm nicht zeigen wollte, daß sie fast *nichts* dabei empfand, daß ihr Körper abstumpfte. Dann wieder, wenn sie ihre Periode hatte oder direkt danach und sie nicht schwanger werden konnte, begehrte sie ihn so stark, daß sie im Haus auf und ab ging, sich danach sehnte, daß er nach Hause käme und sie ihn schon an der Tür anfallen und auf dem Wohnzimmerboden verführen würde, und danach würde sie dann erschöpft und zufrieden liegenbleiben und heimlich denken: Dem Himmel sei Dank, daß es immer noch klappt. Daß ich die sexuelle Begierde noch nicht ganz verloren habe.

Wenn sie manchmal abends zusammensaßen und fernsahen oder lasen, sah Sara Steve an und spürte, wie sehr sie ihn liebte. Sie liebte ihn ohne Vorbehalte, voll und ganz und unwiderruflich. Sie liebte ihn mit einer Leidenschaft, die das Leben zwar auf die Probe stellen, aber niemals zerstören können würde. Sie hatte große Angst, daß sein Schweigen, seine Unabhängigkeit und die leichte Kluft zwischen ihnen bedeutete, daß er nicht dasselbe fühlte wie sie.

Sie hatte Angst, daß er sich veränderte. Sie wußte nicht, was sie machen sollte.

Im Sommer machte Mick die ganze Clique verrückt. Er kam zu jedem ihrer Treffen mit einem anderen Mädchen. Mit irgendwelchen reichen Collegemädchen, mit tiefbraun gebrannter Haut und dickem Taschengeld, die in den Sommerferien ihren Spaß haben und gevögelt werden wollten. Wenn Mick mit einem seiner Mädchen dabei war, kamen sich alle anderen plötzlich vertrocknet und alt und spießig vor, hatten das Gefühl, in der Falle zu sitzen und faul und fett zu sein. Was sie auch waren, im Vergleich zu diesen herrlichen Mädchen, die ihn manchmal in ihrem Porsche zu den Partys fuhren, aus dem Süden kamen und erzählten, daß »Daddy« jetzt gerade, ach ja, nach Italien gefahren sei oder daß Daddy mit Mummy eine Kreuzfahrt unternahm. Mit der eigenen Yacht.

Im August lud eine von Micks Freundinnen die ganze Clique auf die Yacht ihrer Eltern ein, die im Hafen von Nantucket vor Anker lag. Die Yacht war so lang wie ein Kriegsschiff, mit einem Kapitän, einem Butler und einem Dienstmädchen. Und in den Schlafzimmern unter Deck, die größer und luxuriöser ausgestattet waren als die der Gruppe zu Hause, konnte man sich nach Wunsch mit Musik berieseln lassen. Den Gästen wurden versilberte Mandeln zum Knabbern angeboten, und Micks Freundin hatte einen dicken Zopf aus goldglänzenden Haaren, der ihr bis zur Taille ging. Sie trug ein Goldkettchen um ihren goldbraunen, schlanken Knöchel. Wenn sie lächelte, zeigte sie ihre weißen Zähne, die jeden Zahnarzt geblendet hätten. Ihr Bauch war straff, und sie konnte ihre Hände nicht von Mick lassen. Als die Gruppe an einem Sonntag nachmittag zusammen am Strand zum Schwimmen war und Kühltaschen mit Bier und Limo mitgebracht hatte, schwamm sie unerschrocken weit ins Meer hinaus und verlor das Oberteil ihres Bikinis, was ihr nichts ausmachte, sie kam völlig natürlich und ohne Scheu aus dem Wasser, und das Wasser tropfte in glitzernden Tropfen von ihren nach oben zeigenden Brüsten.

Männer und Frauen seufzten aus unterschiedlichen Gründen vor Neid.

Später, als Mick mit seiner Venus woanders hingegangen war, spielten die Männer Volleyball, und die Frauen saßen in einer Gruppe zusammen, beobachteten, wie die Kinder Sandburgen bauten oder im seichten Wasser planschten. Die kleinsten Kinder lagen nackend auf ihrer Stranddecke unter einem Sonnenschirm, nuckelten an ihren Flaschen, hatten die Augen geschlossen und dösten in der heißen Sonne vor sich hin.

»Ich kann mich noch an die Zeit erinnern, als mein Bauch auch so straff war wie der von Micks Freundin«, sagte Jamie seufzend. »So wird er nie wieder sein.«

»Vielleicht schwängert Mick sie ja«, sagte Carole mit einem boshaften Grinsen. »Wir können ja mal nachts in sein Haus schleichen und seine Kondome anbohren.«

»Das sind ja schöne Reden«, sagte Annie Danforth und lachte. »Wißt ihr was, mein Bauch ist nicht so straff, und ich habe keine Kinder. Mein Gott, mein Bauch war noch nicht mal, als ich acht Jahre alt war, so straff und so flach!«

»Wir sind die Pizzageneration«, sagte Carole. »Meine Eltern haben mir erzählt, daß in ihrer Jugend kein Mensch Pizza gegessen hat. Das kannte überhaupt niemand. Ich bin überzeugt davon, daß das mit ein Grund dafür ist, warum ich ständig Übergewicht habe.«

Mary hatte die bloße Haut ihrer zweijährigen Tochter gerade mit einer dünnen Baumwolldecke zugedeckt, um sie vor den Sonnenstrahlen zu schützen. Mary trug einen Bikini, für ihre schwellenden Brüste war das Oberteil deutlich mehrere Nummern zu klein. »Also«, sagte sie lächelnd, »ich werde meinen Diätplan erst mal vergessen. Die nächsten Monate werde ich es mir erlauben können, dick zu sein – ich bin wieder schwanger.« Triumphierend grinste sie die Gruppe an.

Schreie der Überraschung und der Freude wurden laut.

»Mary! Toll! Wann ist es soweit?« fragte Jamie.

»Im März«, sagte Mary. »Ein hübsches kleines Frühlingsbaby. Das wurde auch Zeit, die ersten beiden sind im Winter geboren. Aber ich werde ein paar Umstandskleider für den Winter brauchen.«

Nun redeten alle auf einmal, boten Kleider an, stellten Fragen, alle bis auf Sara, die mit einem aufgesetzten Lächeln dabeisaß und wie vor den Kopf geschlagen und so neidisch war, daß sie kaum an sich halten konnte. Sie mußte ihre ganze Energie zusammennehmen, um sich selbst, ihr Gesicht und ihre Stimme unter Kontrolle zu halten und ihr Zittern zu verbergen.

Ungerecht! Ungerecht! Ungerecht! schrie etwas in ihrem Innern. Warum bekommt sie drei Babys und ich bekomme keins?

»Hast du es geplant?« fragte Jamie Mary.

Mary lachte. »Jamie, ich bitte dich. Machst du dich über mich lustig? Ich habe noch nie ein Baby geplant. Es handelt sich in der Tat bei *allen* um Unfälle. Ich brauch' nur an Sex zu *denken*, und schon bin ich schwanger.«

»Willst du damit sagen, daß du schwanger wirst, obwohl du verhütest?« fragte Annie Danforth.

»Beim erstenmal hatte ich ein Diaphragma, wenn ihr mir das abnehmt. Ich glaube, es war einfach ausgeleiert. Es war superalt. Und ich habe es nach vier Stunden herausgenommen, man soll es aber sechs Stunden drin lassen. Aber ich hatte viel von diesem spermientötenden Gel drin. Und bei Heather habe ich noch Blaise gestillt. Es wird ja gesagt, daß du nicht schwanger wirst, während du stillst, aber, glaubt mir, das stimmt nicht. Und bei diesem hier habe ich Schaum genommen. Ich weiß immer noch nicht, wie es passiert ist. Wahrscheinlich weil ich so bin, wie ich bin, nämlich eine alte fruchtbare Muttersau.« Mary lehnte sich zurück, stützte sich auf ihre Ellenbogen und sah auf ihren Bauch hinunter, der sich noch als kleine glatte Kugel zwischen den winzigen Bikiniteilen wölbte. Sie lächelte. Ein Lächeln, das Sara schon oft bei Frauen gesehen hatte, ein Lächeln, das insgeheim Lust und Überlegenheit ausdrückte.

Sara saß in der Sonne und hörte zu, wie die anderen redeten. Sie konnte nicht aufstehen und sich an der Unterhaltung beteiligen. Sie wollte sich nicht darauf verlassen, daß ihre Stimme nicht zitterte und ihre Gefühle verriet. Und was hätte sie fragen, was hätte sie sagen können?

Wie schaffst du das? könnte sie fragen. Kannst du mir verraten, wie du das machst? Kannst du mir etwas von deiner Macht und deinem Glück abgeben?

Die Sonne schien auf alle, auf die Männer, die brüllten und sich in den Sand warfen, je wilder das Volleyballspiel wurde, auf die Babys, die bei den Frauen schliefen oder um sie herumkrabbelten, und auf die Frauen, die sich jetzt um die neue Königin der Gruppe scharten, um die eine, die mit dem Geheimnis, der Macht, dem uralten Triumph, dem unbekannten Baby, das in ihrem Bauch wuchs. Die Sonne brannte heiß und ließ das Meer mit glitzernden Scherben aus Licht um sich werfen, die in die Augen schnitten. Eine gute Entschuldigung für eine Sonnenbrille, und Sara setzte dankbar ihre Sonnenbrille auf, war froh, ihre Augen verstecken zu können, die, wie sie dachte, ihren Schmerz deutlich zeigen müßten. Als sie die Sonnenbrille aufsetzte, merkte sie erstaunt, daß sie eiskalte Hände hatte.

In dieser Nacht sagte sie zu Steve, als sie zusammen im Bett lagen: »Ich werde mir jetzt einen Termin für die Laparoskopie geben lassen.«

Sie hatten schon alle Lampen ausgemacht, und deshalb konnte weder sie sein Gesicht sehen noch er ihres.

»Bist du dir ganz sicher?« fragte Steve und drehte sich zu ihr um und legte seine Hand auf ihre Schulter.

»Jetzt ist Ende August«, sagte Sara. »Ich weiß, daß ich morgen meine Periode bekommen werde, zum einundzwanzigstenmal, seit wir nicht mehr verhüten. Ich glaube, ich sollte es machen lassen.« Sie gab ihrer Stimme einen leichten, nüchternen Tonfall.

»Aber du hast gesagt, daß du Angst davor hast...«, sagte Steve mit fragendem Unterton.

»Ich glaube, ich habe immer noch ein bißchen Angst. Aber Ellie hat mir versichert, daß ich keine Angst zu haben brauche, und sie ist Krankenschwester. Sie meint, das Risiko, auf der Fahrt zum Krankenhaus bei einem Autounfall ums Leben zu kommen, ist höher, als im Krankenhaus bei einem Kunstfehler zu sterben.«

»Ach, bitte, fühle dich nicht unter Druck gesetzt bei dieser Entscheidung«, sagte Steve. »Ich möchte nicht, daß du irgend etwas tust, was du nicht tun willst.«

»Das weiß ich«, antwortete Sara. Sie konnte seine Hand auf ihrem Arm fühlen, er knetete ihren Arm, und Sara war dankbar für diesen Ausdruck seiner Besorgnis. »Aber ich habe mir gedacht, daß wir jetzt, wo ich mit ›Jennys Buch‹ fertig bin und den neuen historischen Liebesroman fast zu Ende redigiert habe, zwar nicht gerade reich sind, aber doch genug Geld für die Operation haben. Das ist also okay. Und – ich habe einfach das Gefühl, daß es jetzt Zeit für einen Termin ist. Der Arzt hat gesagt, es müßte eine Zeit nach der Periode, aber noch vor dem Eisprung sein. Damit sie ganz sicher sein können, daß ich nicht schwanger bin, wenn sie den Eingriff machen. Ich weiß, daß sie mir für diesen Monat keinen Termin mehr geben können. Damit habe ich noch einen Monat Zeit, um die Arbeit an ›Die goldene Umarmung der Liebe‹ beenden zu können, ehe ich ins Krankenhaus gehe. Ich habe ein gutes Gefühl dabei, Steve, wirklich.«

Das war natürlich eine Lüge. Sie hatte kein gutes Gefühl. Sie war einfach auf eine merkwürdig gefühllose Art verzweifelt. Als ob an dem Nachmittag am Strand, als »Die Jungfrau« ihre Neuigkeit bekanntgab, in ihr etwas zerbrochen wäre, in ihrem Körper und in ihrer Seele, und sie seitdem nur noch Kälte verspürte, eine leere Kälte, wie etwas Totes. Und jetzt trug sie den Tod in sich, denn sie hatte ihre Periode, sie trug kein Leben in sich. Diese Kälte, diese Leere waren wie eine Erleichterung. Denn das Feuer ihres Kummers war viel verzehrender und schmerzhafter. Sie merkte, daß ihr Mann sie jetzt streichelte, und wunderte sich, daß er nicht sagte, wie kalt sie sich anfühlte; sie wunderte sich, daß seine Hände nicht überrascht wegzuckten. Sie wußte, daß er mit ihr schlief, und sie wußte, daß sie angemessen reagierte, aber sie fühlte nichts, gar nichts.

»Sie haben Glück!« sagte die Krankenschwester fröhlich, als ob sie beim »Glücksrad« wären. »Wir können Ihnen am Mittwoch in einer Woche einen Termin geben. Nach Ihren Angaben müßte das der zwölfte Tag bei Ihnen sein. Dann haben Sie Ihre Menstruation beendet, hatten aber noch keinen Eisprung, nicht wahr?«

Die Krankenschwester redete weiter auf Sara ein. Sie sollte am Mittwoch im Brigham and Women's Hospital operiert werden. Am Dienstag würde sie nach Boston fahren und aus Dr. Crochetts Praxis die Überweisungsunterlagen abholen und dann ins Krankenhaus zur Laboruntersuchung gehen müssen. Sie würde eine Vollnarkose bekommen, und für den Tag vor der Operation war ein Gespräch mit der Anästhesistin vorgesehen. Sie würden eine Laparoskopie machen und, sollte sich herausstellen, daß sie Endometritis hatte, auch eine Laparotomie. Sie würden eine Tubenspülung und eine Endometriumbiopsie machen. Und vielleicht eine Strichcurettage. Wenn der Arzt nur eine Bauchspiegelung machte, konnte Sara vielleicht am selben Tag noch das Krankenhaus verlassen. Wenn er eine Laparotomie machen mußte, was einen chirurgischen Bauchschnitt erforderlich machte, würde sie fünf Tage im Krankenhaus bleiben müssen und sich darauf einrichten, daß sie sich anschließend noch vier Wochen erholen und schonen müßte. Sie mußte ihre Versicherungspapiere für das Krankenhaus ausfüllen. Sie mußte planen, wer sie vom Krankenhaus abholte, weil man ihr nicht erlauben würde, das Krankenhaus allein zu verlassen.

Sara legte den Hörer auf und war völlig fertig vor Angst. Sie konnte sich nicht erklären, warum ihre Schwester das Krankenhaus geradezu liebte, während ihr schon allein beim Gedanken an Krankenhaus schlecht wurde –

das war einfach eine instinktive Reaktion, für die sie nichts konnte. Vielleicht hatte sie eine zu blühende Phantasie. Sie erinnerte sich an jeden medizinischen Irrtum, den sie im Fernsehen gesehen oder in der Zeitung gelesen hatte. Vielleicht war sie Leuten gegenüber grundsätzlich mißtrauisch, weil sie wußte, wie schnell auch der gewissenhafteste Mensch einen Fehler machen konnte. Vielleicht war es einfach ihre persönliche Phobie, jeder hatte mindestens eine große Angst. Jedenfalls konnte sie ihr nicht mitVernunft beikommen. Sie wußte nicht, wie sie damit umgehen sollte. Sie würde diese Operation vornehmen lassen, sie würde sich von ihrer Angst nicht davon abhalten lassen, aber sie würde sich zitternd unters Messer legen.

Sie rief ihre Schwester an. Ellie versuchte ein paar Minuten lang, ihr Mitgefühl zu zeigen und Sara Mut zu machen, aber dann sagte sie plötzlich: »Ach, Sara, es tut mir so leid, ich wollte immer den richtigen Zeitpunkt abwarten, um es dir zu sagen, aber jetzt kann ich nicht länger warten – ich bin wieder schwanger. Ich bin schon bald im fünften Monat. Ja, ich war schwanger, als ich im Sommer bei euch war, aber ich mochte es dir nicht erzählen, weil ich wußte, daß du dich darüber aufregen würdest.«

»Oh, wie wunderbar, Ellie. Wunderbar. Ich freue mich für dich«, sagte Sara. Es kostete sie viel Mühe, ihrer Stimme Begeisterung zu verleihen, so neidisch war sie. Sie hatte ein Gefühl, als hielte jemand ihr Herz umklammert und drückte zu.

»Du müßtest Joey sehen«, sagte Ellie. »Er ist entzükkend, jetzt wo mein Bauch so vorsteht. Er rennt durch die Gegend und piekt sich mit seinem fetten kleinen Finger in den Bauch und sagt: ›Joey hat ein Baby im Bauch, Mami auch!‹«

Sara lachte pflichtschuldig. Und genauso pflichtschuldig kam Ellie wieder auf Saras Operation zu sprechen und machte ihr wieder Mut.

Als Sara aufgelegt hatte, verließ sie das Haus durch die hintere Tür und stand für einen Moment in dem dunklen Garten und sah in den leeren blauen Himmel hinauf. Warum Ellie? Warum nicht ich? fragte sie die Kraft, welche auch immer das sein mochte, die den Tag und die Nacht bestimmte, die Abfolge der Jahreszeiten und der Gestirne und Geburt und Tod. Aber welche Kraft auch immer es sein mochte, sie gab keine Antwort. Sara wußte, daß sie ihr nie antworten würde, und sie fühlte sich zurückgesetzt und nicht beachtet. Sie wäre vor Scham am liebsten im Boden versunken.

Am Wochenende waren Sara und Steve bei Steves Eltern zum Essen eingeladen. Sie hatten beschlossen, den alten Kendalls von Saras bevorstehender Operation zu erzählen – es würde zu schwierig sein, es zu verheimlichen, vor allem dann, wenn Sara fünf Tage im Krankenhaus bleiben mußte. Und Steve wollte sich drei Tage freinehmen und mit Sara am Dienstag hinfahren und mit ihr am Donnerstag zurückkommen, oder er wollte sie, wenn die Laparotomie gemacht wurde, nach fünf Tagen wieder abholen. Wenn seine Eltern auf Nantucket waren, hatten Sara und Steve täglich mit ihnen Kontakt, sie konnten nicht einfach für ein paar Tage verschwinden, ohne daß sie sich Sorgen machen würden.

Sara nahm sich einen starken Drink, ehe sie ihre Schwiegereltern mit der Nachricht konfrontierte, daß sie nicht schwanger werden konnte. Sie liebte Clark und Caroline und wußte, daß sie sie auch mochten, aber sie hatte Angst davor, wie sie darauf reagieren würden – mit Sorge, Mitleid, Erstaunen? Caroline reagierte, zu Saras Überraschung, unwillig, ja ärgerlich.

Sie saßen im Wohnzimmer und sahen auf das Meer, und Caroline Kendall wurde außergewöhnlich grob:

»Sara, das ist doch lächerlich!« sagte sie. »Eine junge Frau wie du läßt sich doch nicht freiwillig operieren. Steve, wie kannst du so etwas zulassen? Also, wirklich!

Wenn es um Leben und Tod ginge, ja. Es ist sehr gefährlich! Außerdem sollte der Herrgott darüber entscheiden, nicht ein chirurgischer Eingriff. Es tut mir leid, daß du Schwierigkeiten hast, schwanger zu werden, Sara, aber ich glaube wirklich, daß du den falschen Weg wählst. Eine Operation! Ich glaube, du solltest dich einfach *entspannen*. Das ist doch bekannt, daß man sich entspannen muß, wenn man schwanger werden will. Entspanne dich und vertraue auf den Herrgott. Wenn es sein Wille ist, dann wirst du ein Kind bekommen, und wenn er es nicht will, dann wird dir auch keine Operation helfen. Du solltest dich auf den Herrgott verlassen.«

Sara war dermaßen schockiert über diesen Ausbruch ihrer Schwiegermutter, daß sie einfach sprachlos war. Sie sah Steve an. Der hatte die Zähne zusammengebissen.

»Schau, Mutter«, sagte er, seine Stimme klang hart und förmlich. »Wir brauchen nicht darüber zu streiten. Wir haben uns dafür entschieden. Wir versuchen es nun schon ziemlich lange, und da ›der Herrgott‹ für uns nichts getan hat, versuchen wir es jetzt mit ein bißchen ausgetüftelter medizinischer Hilfe. Weil wir nämlich im zwanzigsten Jahrhundert leben, wie du sicher weißt.«

»Wie lange probiert ihr es schon?« fragte Caroline.

Oh, warum bleibt mir das nicht erspart? flehte Sara im stillen. Sie konnte immer noch kein Wort sagen.

»Seit fast zwei Jahren«, sagte Steve.

Caroline war von dieser Nachricht offensichtlich schockiert. »Ach, meine Liebe«, sagte sie und warf Sara einen schnellen Blick zu, als wollte sie versuchen, durch ihre Kleider und ihre Haut hindurch einen Blick auf Saras fehlerhaften Bauch zu werfen. Dann sah sie schnell wieder weg. »Ach«, sagte sie. Dann sagte sie nichts mehr. Ihre Hände flogen zu ihrem Haar, ihre Augen glänzten feucht, und dann fiel ihr Gesicht in sich zusammen. Sie schien plötzlich zu begreifen, daß das ein echtes Problem war, daß das endgültig war, daß sie nie Großmutter werden, nie ein Enkelkind haben würde. Ihr Gesicht schrumpfte fast. »Ich werde mal nach dem Braten sehen«, sagte sie mit zitternder Stimme.

Als Caroline das Zimmer verlassen hatte, war die Stille noch quälender als die lauten Bemerkungen wenige Minuten zuvor. Clark Kendall saß mit rotem Gesicht da, ihm war das ganze Thema unangenehm, und Sara war den Tränen nahe. Wie schrecklich, daß sie, die Schwiegertochter, diesen freundlichen Menschen statt einer freudigen eine traurige Nachricht überbringen mußte.

Steve beendete das Schweigen. Sara saß da und starrte auf das Meer, trank ihren Drink und war krank vor Kummer. Irgendwie gelang es ihnen, die Klippen des Abends zu umschiffen und das Essen leidlich friedlich hinter sich zu bringen. Sara dachte, daß sie das Schlimmste überstanden hätte. Aber als sie ihrer Schwiegermutter in der Küche mit dem Kaffee und dem Dessert half, nahm Caroline überraschend Saras Hände in die ihren und sah sie an.

»Sara, meine Liebe«, sagte sie. »Ich kann dich nicht gehen lassen, ehe ich es dir nicht gesagt habe. Ich wollte nie eine Schwiegermutter sein, die sich in alles einmischen muß. Ich wollte mich nie aufdrängen. Und du wirst mir zugeben müssen, daß ich bis heute auch nicht zu aufdringlich gewesen bin. Aber jetzt muß ich einfach meine Meinung loswerden, sonst kann ich nicht schlafen.«

Sara lächelte sie ermutigend an. Sie konnte Caroline ansehen, wie erregt sie war.

»Ich weiß, daß du mich altmodisch findest«, sagte Caroline. »Aber ich glaube doch, daß du zugeben wirst, daß Clark und ich eine gute Ehe führen, eine glückliche Ehe. Und ich glaube, daß wir so glücklich verheiratet sind, liegt daran, daß er der Mann ist und ich die Frau. Das heißt, daß er außer Haus gearbeitet hat und ich zu Hause geblieben bin und den Haushalt gemacht habe. Meine liebe Sara, wenn du doch bloß aufhören würdest zu arbeiten. Ich bin ganz sicher, daß du dann schwanger werden würdest. Es ist *unnatürlich,* daß eine Frau so hart arbeitet wie du.«

O nein, dachte Sara. Oh, das bitte nicht.

Sara befreite sanft ihre Hände. »Caroline«, sagte sie, »es stimmt, daß ich damals in Boston ziemlich unter Streß stand, jedenfalls habe ich hart gearbeitet, und meine Tage – und Nächte – waren immer sehr hektisch. Aber jetzt arbeite ich nur halbtags, nur als freiberufliche Lektorin, an manchen Tagen arbeite ich nur ein paar Stunden, an anderen Tagen gar nicht.«

»Und du fährst sehr oft nach Boston«, sagte Caroline anklagend. »Das geht einfach nicht. Begreifst du das nicht? Es geht um deine Einstellung. Wofür dein *Herz* wirklich schlägt. Sara, um ehrlich zu sein, ich bin mir nicht sicher, ob du dir wirklich ein Baby wünschst. Ich fürchte, daß du dich im tiefsten Herzensgrund davor fürchtest, ein Kind zu bekommen, weil sich das mit deiner Arbeit, die in deinem Leben eine so große Rolle spielt, nicht vereinbaren ließe.«

»O Caroline«, sagte Sara, die wütend und verletzt war, »das ist nicht wahr. Das ist einfach nicht wahr. Ich kann dir nicht sagen, wie sehr ich mir ein Baby wünsche.«

»Dann solltest du deine Arbeit aufgeben und dich wie eine richtige Ehefrau, wie eine richtige Frau verhalten«, sagte Caroline. »Wenn du so weiterleben willst wie bisher, halb Frau, halb Mann, dann wirst du natürlich nie schwanger werden.«

Sara wurde ganz übel vor Verzweiflung. Was sollte sie dieser Frau bloß sagen, um sie von ihrer Meinung abzubringen?

»Würdest du wenigstens mal über meine Worte nachdenken?« fragte Caroline.

»Ja«, antwortete Sara. Sie fing an, Kaffeetassen und Untertassen auf das Tablett zu stellen und die Löffel, sie wollte es hinter sich bringen, den Nachtisch, den Abend, diese Beziehung, die jetzt unwiderruflich zerstört war. Sie hatte nicht gewußt, wie Caroline über ihre Arbeit dachte. Sie war so naiv gewesen, so leichtgläubig. Jetzt streckte ihre grauenhafte Unfruchtbarkeit ihre unerbittlichen, todbringenden Fangarme auch noch auf diesen Teil ihres Lebens aus. Vertrauen war in Mißtrauen umgeschlagen, Freundschaft in Feindschaft. Wenn sie es geschafft hätte, ihrer Schwiegermutter ein Fait accompli zu präsentieren, eine vollendete Tatsache in Form einer Schwangerschaft, eines Babys, dann hätte Caroline nicht das Recht, zu kritisieren, daß sie arbeitete.

Aber so, wie die Dinge standen, konnte man da ausschließen, daß sie recht haben könnte?

Auf der Heimfahrt erzählte Sara Steve, was Caroline gesagt hatte.

»O Sara, hör nicht auf sie«, sagte Steve, »sie ist doch dermaßen altmodisch.«

»Aber glaubst du, daß sie recht hat?« insistierte Sara. »Glaubst du, daß sie recht hat? Daß ich nicht schwanger werde, weil ich arbeite? Findest du mich zu erfolgsorientiert?«

»Nein, Sara«, sagte Steve. »Du gefällst mir so, wie du bist. Ich finde dich wunderbar. Ich finde, daß meine Mutter erzkonservativ ist und daß sie nicht weiß, wann sie besser den Mund halten sollte.«

Erstaunt sah Sara Steve an, dessen Stimme zwar neutral war, wie auch sein Gesichtsausdruck, der aber noch niemals vorher seine Mutter kritisiert hatte – Sara konnte sich nicht erinnern, von ihm je etwas gegen sie gehört zu haben. Sie fühlte sich elend. Sah Steve sich gezwungen, sich mit ihr gegen seine Mutter zu verbünden?

Würde ihre Unfruchtbarkeit noch mehr Schaden anrichten?

Es war eine schöne, warme, klare Sommernacht. Der Mond leuchtete. Als sie das Auto parkten und zu ihrem Haus gingen, hörten sie Gelächter, das von den Gärten und Terrassen der anderen Häuser zu ihnen herüberwehte. Offenbar schien die übrige Welt sorglos glücklich zu sein.

Sobald sie zu Hause angekommen waren, ging Sara ins Bad. Ihre Binde war voller Blut. Sie saß da und betrachtete es, es war so viel, so dick und so rot und reichlich und breit, daß es ihr Leben überdeckte und alle Lebendigkeit, alle Freude auslöschte.

Ihr Selbsthaß war so groß, daß sie sich am liebsten etwas angetan hätte. Ihr Selbsthaß war so groß, daß sie, wenn sie gekonnt hätte, wie sie wollte, und es mit einem einfachen Wort zu machen gewesen wäre, am liebsten in den Boden versunken wäre. Aber das ging nicht so einfach, und so legte sie eine frische Binde vor und machte sich bettfertig, für ein *Bett*, das früher für sie immer nur Freude und Erholung gewesen war und jetzt, im besten Fall, Verwirrung bei ihr auslöste.

Zehn Tage vor der Operation hielt Sara es nicht mehr zu Hause aus. Der Morgen dieses zwölften September funkelte gleißend hell, als ob die Häuser in Boston eine eigene Sonne hätten, die ihre silbernen Strahlen von jedem Wolkenkratzer schickten. Das winzige surrende Flugzeug, das mit Sara an Bord von Nantucket die Küste entlang hochflog, zog eine niedrige Schleife über den Hafen von Boston und landete dann sanft auf einer Rollbahn, die sich vor ihnen wie ein Stück Aluminiumfolie entrollte. Das Taxi, das Sara zu ihrem Ziel brachte, war neu und roch nach Leder und Erfolg und tickte sich schnell durch Unterführungen und Brücken, ohne einen einzigen Stau oder Halt; die ganze Welt schien neu und siegessicher zu sein.

Der Charles River glitzerte, die Fenster spiegelten das Licht, alles war frisch und glänzte metallisch, und auf den Wegen glitten die Jogger mühelos dahin, angetrieben von ihren eisernen Herzen.

Saras Herz lief ebenfalls wie eine Maschine, ihr Körper war geschmeidig, sie stieg aus dem Taxi, sie gefiel sich: Sie trug Schuhe mit hohen Absätzen, gemusterte Strümpfe, eine schlanke Gestalt in einem eleganten Kostüm. Ihr Haar lag glänzend und glatt an, wie ein Helm, ihr Gesicht war makellos, wie eine schöne Maske. Sie kam sich vor wie eine Frau aus dem einundzwanzigsten Jahrhundert.

Im Vorzimmer knöpfte sie ihre Kamelhaarjacke auf, um die Bluse zu zeigen, die sie darunter trug, die wiederum ihren Körper darunter zeigte. Eine rote Seidenbluse mit langen Ärmeln. Sie hatte den Kragen hochgeschlagen, um den tiefen Ausschnitt noch mehr zu betonen, den sie nicht ganz zugeknöpft hatte, so daß der runde Ansatz ihrer Brüste bei jeder ihrer Bewegungen zu sehen war. Sie wußte, was sie tat.

»Sagen Sie Mr. Larkin, daß Sara Blackburn-Kendall ihn sprechen möchte«, sagte sie zu der Sekretärin, und als die Sekretärin höflich fragte, ob Mr. Larkin sie erwarte, lächelte sie arrogant und sagte: »Nein.«

Die Sekretärin telefonierte mit David Larkin, der schnell wie der Blitz in der Tür seines Büros stand und zu ihr hinsah. Sein Gesicht strahlte freudig überrascht.

Ihr früherer Freund. Und sie hatte den Eindruck, daß er sie immer noch liebte. Zumindest sah es so aus, als ob ihre Gegenwart – einfach nur, daß sie da war – ihn freute.

»Hallo, David«, sagte sie lächelnd. »Hast du eine Minute Zeit?«

Er war ein erfolgreicher Architekt, wie sie wußte, und ein vielbeschäftigter Mann, aber sie wußte auch, daß die Firma ihm gehörte und er sein eigener Boß war. Deswegen hatte sie keine Skrupel, ihn bei seiner Arbeit zu stören. Er würde weder gefeuert werden noch Unannehmlichkeiten bekommen. Sie sah sich in seinem Büro um, bewunderte den weichen Teppich, die fleckenlose, glänzende Einrichtung aus Glas und Chrom, japanische Drucke, die eine coole Gelassenheit ausstrahlten, an den sonst kahlen Wänden. Sie gab sich ebenso cool und gelassen, als sie sich mit ihrem früheren Freund unterhielt, ihr Herz war so aalglatt wie das Glas und kalt wie der Chrom, sie umgarnte ihren früheren Freund, flirtete mit ihm. Es lag schon lange zurück, daß sie so etwas gemacht hatte. Es war so, als ob sie nach langen Jahren, in denen sie nicht am Wasser gewesen war, auf einmal wieder schwimmen ging. Sie glitt durch den Morgen wie eine

Seerobbe durch die Wellen. Die Kälte war ihr Element. Auf diese Art konnte sie sich also immer noch bewegen, ihr Körper spielte immer noch eine Rolle und hatte Macht.

David lud sie zum Lunch ein. Sie tranken Champagner. Er erzählte ihr von dem Gebäude, das er gerade entwarf, und von dem neuen Flügel für die Universität. Sie erzählte ihm ausführlich von dem ›Jenny Buch‹. Er fragte sie, ob sie sich sein neues Apartment ansehen wollte. Sie sagte, das wolle sie.

Sein Apartment war genauso glatt gestylt wie sein Büro. Überall in der Wohnung waren Fotos von einer schönen dunkelhaarigen Frau, auf seinem Schreibtisch, an seinem Bett, an der Wand in der Küche. David sagte, das sei Cynthia und daß sie wahrscheinlich bald heiraten würden. Sara dachte: Gut, ich nehme die Herausforderung an. Sie brauchte eine Herausforderung, sie wollte gewinnen, sie mußte sich beweisen, daß sie noch lebendig war, daß ihr Körper funktionierte.

»Du hast dich verändert«, sagte David zu Sara, als sie sich in das tiefe Ledersofa sinken ließen. Er hatte einen starken Kaffee gekocht, weil sie für heute, wie er betonte, mehr als genug Champagner getrunken hätten.

»Wirklich, sehr verändert.«

»Oh?« lachte Sara. »Willst du damit sagen, daß du mich nicht mehr magst?« Sie hatte ihre Kostümjacke ausgezogen und spürte, wie sich ihre Brüste unter der roten Seide der Bluse bewegten und der Duft ihres Parfüms den Raum erfüllte.

»O Sara«, sagte David in leicht tadelndem Ton, »ich habe dich immer geliebt, das weißt du doch. Aber jetzt begreife ich dich nicht. Vielleicht liegt das daran, daß ich dich so lange nicht gesehen habe. Seit sieben Jahren nicht? Mindestens sieben.«

Richtig. Sie hatten sich vor sieben Jahren getrennt. Sie waren ein Paar gewesen. Sie hätten fast geheiratet. Sie hätten eine gute Ehe geführt. Zwei ambitionierte berufstätige junge Leute, die beide in Boston arbeiteten. Zusammen wären sie schickimicki, cool und erfolgreich gewesen. Sara hatte die Beziehung beendet, weil sie ihn nicht mehr liebte. Sie mochte ihn noch, aber sie liebte ihn nicht mehr, und nachdem sie mit Steve zusammen war, wurde ihr klar, daß sie ihn nie richtig begehrt hatte, so wie sie Steve begehrte. Aber sie hatte David wirklich gern gehabt, und sie hatte es auch genossen, daß er sie liebte, denn er war ein intelligenter, nachdenklicher, gutaussehender Mann, kräftig gebaut und gut angezogen und sehr höflich und sehr brillant.

Jetzt sah sie ihn an und sah die Anzeichen des Alters – die natürlich unvermeidlich waren. Sie war sicher, daß er sie auch an ihr entdecken konnte. Sein schwarzes Haar wurde dünn, sein untadelig angezogener Körper war leicht verfettet, und er hatte Krähenfüßchen um die Augen. Die Haut auf seinen Händen war rauher als früher. Aber seine Hände waren immer noch schön, lange, schlanke, geschickte Hände. Und sein Körper, den sie geliebt hatte. Als sie ihn ansah, konnte sie sich noch gut an seinen nackten Körper erinnern. Und sie wußte, ihm ging es genauso.

Im Bett hatten sie die gleichen Dinge gemacht wie alle Liebenden. Sie hatten sich geliebt, aber sie hatte ihn verlassen, weil sie mehr wollte. Für sie war es nicht die große Liebe gewesen. Trotzdem war er ein begehrenswerter Mann, einer der begehrenswertesten Männer, die sie kannte. Sie wollte, daß er sie ebenfalls begehrte, auch jetzt noch, in diesem Moment, und zwar so stark, daß er die dunkelhaarige Cynthia mit ihr betrog.

Sara rutschte näher zu David. »Manchmal ist es einfacher, sich daran zu erinnern, was vor sieben Jahren war, als an das, was gestern war«, sagte sie lächelnd. »Die guten Erinnerungen sind es, die bleiben.« Sie streckte ihre Hand aus. Sie berührte seine Wange.

David griff nach ihren Händen. »Sara«, sagte er, »was soll das?«

»Rate mal«, sagte sie und kam noch näher. Ihre Brüste berührten seinen Arm.

»Ist es das, was du willst?« fragte er und nahm sie in die Arme und küßte sie.

Statt einer Antwort schlang sie die Arme um ihn und küßte ihn mit echter Leidenschaft, die dennoch wie aus einem Spiegel kam, so wie das gleißende Licht dieses Tages von anderen Objekten widergespiegelt wurde. Sie küßte ihn wie eine Ertrinkende.

»Oh, du süße Sara, du bist immer noch so süß«, murmelte David.

Seine Hand war auf ihren Brüsten, ihrer Taille, ihrem Bauch, ihrer Hüfte. Er zog sie aus. Er zog sich aus. Er legte sich auf sie, auf dem Sofa, sie waren beide nackt, sein steifer Penis drückte sich gegen ihre Schenkel, als sie sich bewegten. Sie erinnerte sich, daß sie mal aus Spaß gesagt hatte, daß er wie ein Gorilla aussehen würde, wegen der vielen Haare, die er auf Rücken, Brust und Bauch hatte.

Aber als er versuchte, in sie einzudringen, schrie sie auf und drehte sich weg.

»Nein, David, ich kann nicht«, sagte sie.

»Sara«, sagte David. Seine Stimme klang wütend.

»Es tut mir so leid«, sagte Sara und fing plötzlich zu ihrer eigenen Überraschung, wie auch zu seiner, jämmerlich zu schluchzen an.

David, ganz Gentleman, wie immer, zog sich sofort zurück. Das Ledersofa quietschte vulgär bei jeder Bewegung. »Sara?« sagte er fragend.

Und Sara, die auf dem dunklen Leder nackt und verletzlich aussah, setzte sich auf und sah David an, ihr Gesicht war tränenverschmiert. »Bitte, David, nimm mich in die Arme«, bettelte sie. »Hilf mir.«

Verwirrt, aber lieb – David war immer so lieb – zog er sie an sich. Er nahm sie in die Arme und zog sie an sich, so daß sie wie ein Kind auf seinem Schoß saß, und lehnte sich zurück und hielt sie im Arm wie ein Vater das Kind.

Er hielt sie und akzeptierte sie so, wie sie war, seine nackte und einzigartige Sara. Und seine Zuneigung ließ den kalten Panzer, in dem Saras Herz gefangen war, zusammenbrechen. Sie konnte nicht aufhören zu weinen, ihre Tränen und die Wimperntusche tropften auf Davids nackte Schultern, wo sie schwarze Spuren hinterließen. Er hielt sie in seinen Armen, strich ihr beruhigend übers Haar und streichelte ihre Arme und sagte nichts. Schließlich gelang es ihr zu sprechen.

»O David«, sagte sie. »Es tut mir so leid. Ich bin so gemein. Ich bin so ein Versager. Ich bin schlecht, und ich kann nichts. Gar nichts. Ich bin noch nicht einmal eine richtige Frau. Du kannst von Glück sagen, daß ich dich nicht geheiratet habe. Ich hätte dir nur Unglück gebracht, David. Ich bin verflucht, oder ich bin der Fluch. David, ich wünschte, ich könnte sterben. Ich will sterben.«

»Schsch«, sagte David. »Sag so was nicht, Sara. Das stimmt doch nicht.«

»David, ich kann keine Kinder bekommen«, sagte Sara. Sie sprach zu seiner Schulter, weil ihr dieser Satz viel zu weh tat, um ihm dabei in die Augen zu sehen. »Ich werde nicht schwanger. Irgend etwas ist bei mir nicht in Ordnung. Ich komme mir so nutzlos vor, wie Abfall. Völlig wertlos. Als ob das Schicksal und der Herrgott mich verhöhnen und mir ihre Mißachtung zeigen wollten, ich komme mir vor, als sei ich dieser wie immer gearteten Kraft, die für das Leben auf der Erde verantwortlich ist, völlig gleichgültig. Und ich bringe allen nur Unglück. Steve, seiner Mutter, seinem Vater – die mich im stillen wahrscheinlich bemitleiden und hassen und mich bestimmt gern loswerden würden. David, alles scheint mir zu entgleiten. Ich weiß nicht mehr, wer ich bin. Ich kann nicht mehr klar denken. Ich fühle mich nicht mehr als Frau, ich komme mir unweiblich vor.«

»O Sara, o meine Süße«, sagte David tröstend, »Sara, du bist schön, du bist eine schöne Frau.«

»Nein«, Sara konnte nicht aufhören. »Du verstehst

mich nicht. Ich bin nichts wert, ich bin nutzlos. Und ich weiß überhaupt nicht mehr, was ich machen soll. Es ist so unfair. David, ich brauch' ein Kleenex!«

David stand auf, ging in das andere Zimmer, und als er wiederkam, hatte er sich einen Morgenmantel übergezogen und brachte eine Schachtel Kleenex und eine weiche Decke. Er wartete, bis sie sich die Nase geputzt und die Augen getrocknet hatte, dann legte er ihr die Decke um. Er ging in die Küche und kam mit frischem Kaffee zurück, den er mit Zucker und Sahne servierte.

Sara trank den Kaffee, und die Wärme der Decke und der Kaffee beruhigten sie. Sie lehnte sich in die Sofaecke und sah David an, dessen dunkle Augen freundlich und traurig waren.

»Ich muß ins Krankenhaus«, sagte sie, ihre Stimme klang jetzt ruhiger. »Ich muß mich operieren lassen. Eine Laparoskopie, vielleicht sogar eine Laparotomie. Sie werden mir Nadeln in die Venen und Schläuche in den Mund stecken und meinen Körper betäuben. Vollnarkose. Sie werden mir den Bauch mit einem Messer aufschneiden. Ich habe große Angst.«

»Ich erinnere mich, du konntest noch nie Blut sehen«, sagte David im Plauderton. »Kannst du dich noch an den Abend erinnern, als ich dir Geschnetzeltes machen wollte und mir dabei in den Daumen schnitt?«

Sie lächelte. »Stimmt, ich konnte nie Blut sehen.« Sie trank ihren Kaffee. »David, weißt du, was das allerschlimmste ist? Ich bin ja nicht nur steril, unfruchtbar, wertlos, ich bin auch wahnsinnig wütend, ich bin voller Rachegelüste, ich kenn' mich gar nicht wieder. David, ich wache mitten in der Nacht auf und denke: Ich muß diese verfluchte Operation über mich ergehen lassen und werde auf dem Operationstisch sterben, und dann wird Steve frei sein, und seine alte Freundin Mary wird ihn dann sofort trösten kommen, und in wenigen Stunden liegen sie zusammen im Bett, der arme Steve, er braucht Zuspruch, und dann heiraten sie und haben Kinder. Manchmal möchte ich Steve anschreien. ›Warum lassen wir uns nicht scheiden? Dann kannst du Mary heiraten und Kinder haben, und ich muß nicht sterben.‹«

»Das ist ja eine schreckliche Vorstellung, Sara«, sagte David. »Du solltest dich schämen. Ich kenne Steve zwar nicht, aber ich kann dir versichern, daß sein Leben zerstört ware, wenn du sterben solltest. Wenn *er dich* verlieren würde, wäre sein Leben mit Sicherheit zerstört.«

Davids Worte ließen Sara wieder in Tränen ausbrechen. »O David«, schluchzte sie. »Was soll ich bloß machen? Diese Geschichte macht mich fertig, sie vergiftet mein Leben.«

»Hast du mit Steve darüber gesprochen?«

»Ich habe es versucht. Er will nicht darüber reden. Er ist immer so gottverdammt zuversichtlich und will nicht zugeben, daß es für ihn eine Belastung ist, aber das stimmt nicht. Unsere Beziehung hat sich verändert. Und wenn ich ihm sagen würde, wie groß meine Angst vor der Operation ist, dann würde er sagen, daß ich es lassen soll. Aber wenn ich mich nicht operieren lasse, werde ich vielleicht nie ein Kind haben. Zum Teufel, und wenn ich mich operieren *lasse*, habe ich vielleicht auch nie ein Kind.«

»Aber dann hast du immer noch Steve. Und er hat dich. Und, Sara, das ist sehr viel. Wenn ihr euch liebt, dann habt ihr alles, was ihr braucht.«

Sara sah David an. »Nein, nicht alles«, sagte sie.

»Na gut, fast alles«, sagte er und lächelte.

»Du bist wirklich ein sehr netter Mann«, sagte Sara.

»O ja, das stimmt, das bin ich«, sagte David. Er sah jetzt etwas sauer aus, und seine Stimme hatte einen bitteren Unterton. »Und ich hoffe, daß ich dir bewiesen habe, daß du feminin und begehrenswert bist und daß deine Sexualität immerhin noch so gut funktioniert, daß du mich nach all diesen Jahren immer noch verrückt machen kannst.«

»Es tut mir leid, David«, sagte Sara. »Ich wollte nicht –

ach, ich weiß nicht. Ich will soviel, und ich weiß nicht, wie ich es anstellen soll. Aber du hast mir in vieler Hinsicht geholfen, und ich wünschte, ich könnte dir danken.«

»Gönn deinem armen Mann einfach mal eine Pause«, sagte David. »Glaube ihm einfach. Wenn er sagt, daß er auch ohne Kinder glücklich ist, stimmt das vielleicht auch. Du kannst einen Mann sehr glücklich machen, Sara. Du ganz allein. Du brauchst keine Kinder, um noch besser zu werden. Um geliebt zu werden.«

Sara und David sahen sich in die Augen, und sie lächelte. »Du bist wirklich wunderbar«, sagte sie. »Du warst schon immer wunderbar.«

»Ich glaube, du solltest dich jetzt besser anziehen«, sagte David und lächelte zurück. »Weil ich nicht weiß, wie lange ich mich noch auf mein Wunderbarsein verlassen kann, wenn du hier weiterhin herumsitzt und nur eine Decke anhast.«

Sara stand auf und wickelte sich fester in die Decke ein. »Wo ist dein Bad noch mal?« fragte sie. Sie sammelte ihre Kleider ein, hielt die Decke fest, war plötzlich von der Situation peinlich berührt und ging durch das Zimmer in den Flur und in das Bad, um sich anzuziehen. Als sie wiederkam, hatte David sich ebenfalls angezogen und stand an der Tür und klimperte mit den Autoschlüsseln in der Hand.

»Wo kann ich dich absetzen?« fragte er.

»Du bist sauer auf mich, nicht wahr?« sagte Sara.

»Ich komme mir benutzt vor«, sagte David. »Gedemütigt. Wie ein naiver kleiner Oberschüler, der sich gerade zum Narren machen ließ.«

»O David, das war nicht meine Absicht, ich wollte nicht, ich dachte nicht – ja, genau das ist es, nicht wahr? Ich habe nicht an dich gedacht, ich war so selbstsüchtig, ich habe nur an mich gedacht. Aber wenn es dich tröstet, ich finde nicht, daß du dich zum Narren hast halten lassen. Ich finde, du warst –«

»Ich weiß, *wundervoll*«, sagte David. »Sara, tust du mir einen Gefallen? Bitte mach mich nie wieder so an, wenn du es nicht auch so meinst. Wenn du mich nicht wirklich willst.«

Er fuhr sie zu der Kunstgalerie in der Newberry Street, in der Julia arbeitete, und Julia, die sich sehr freute, Sara zu sehen, lud sie ein, bei ihr zu übernachten. Sie kauften Wein und Quiche Lorraine und Obst und gingen zu Julia, zogen sich ihre Morgenmäntel an und machten es sich auf dem Sofa bequem, um sich zu unterhalten. Sara rief Steve an und sagte ihm, daß sie lange bei Fanny Anderson gewesen wäre und morgen wieder zu Hause sein würde. Es war das erste Mal, seit sie verheiratet waren, daß sie ihn belog, und ihr war ganz übel. Aber Steve klang fröhlich und zuversichtlich, wie immer, dafür liebte sie ihn, es irritierte sie aber auch.

Sara erzählte Julia alles: daß Mary wieder schwanger war, einfach so, daß ihre Schwiegermutter sie bedrängte, nicht mehr zu arbeiten, daß sie Angst vor der Operation hatte und daß sie sich zunehmend wie eine Null vorkam. Daß sie heute morgen aufgewacht war und wußte, daß sie jemanden haben mußte, der in ihr die Frau sah und keine kaputte Babymaschine. Sie erzählte Julia von ihrem Nachmittag mit David und von seiner Güte. Sie fühlte sich so unter Druck gesetzt und war so verletzt, daß sie einfach nur fliehen wollte, irgendwohin – aber wohin? Und wie sollte ihr das gelingen, denn liebte sie Steve nicht?

Julia trug einen schweren schwarzen Kimono, der mit roten Vögeln und blauen Blumen und smaragdgrünen Blättern bestickt war. Ihr dichtes rotes Haar ringelte sich um Kopf und Schultern. Sie war merkwürdig ruhig; als Sara fertig war, stand sie auf und ging durch das Zimmer, sah aus dem Fenster und kam zurück und setzte sich.

»Was du mit David gemacht hast, war ganz schön beschissen«, sagte sie schließlich. »Ihn so zum Narren zu halten. Ich wette, daß er sich wie ein Idiot vorgekommen ist.«

»O Julia«, sagte Sara.

»Na, wie würdest du das denn finden, wenn er plötzlich angekommen wäre und dich als Spielwiese für seinen Egotrip benutzt hätte? Und was ist mit Steve? Warum tust du ihm das an? Was würdest du denn sagen, wenn er mit seinen Problemen zu seiner alten Freundin ginge?«

»Geht er ja vielleicht, zumindest in Gedanken«, sagte Sara. »Glaubst du denn, daß ich mir nicht vorstelle, er wünschte sich, daß er lieber Mary geheiratet hätte, daß er an sie denkt, wenn er sie mit ihren Kindern sieht?«

»Unsinn, Sara«, sagte Julia. »Steve liebt dich. Und wenn er sagt, daß es ihm nichts ausmacht, daß ihr noch keine Kinder habt, dann meint er das auch. Steve hat dir immer die Wahrheit gesagt. Du hast kein Recht, so etwas von ihm zu denken. Du machst mich richtig wütend. Ich liebe dich, aber du machst mich auch wütend. Ich kann es nicht ertragen, mit ansehen zu müssen, wie du dich von allem und jedem so niederdrücken läßt. Du bist nicht die tragische Figur, in die du dich hineinsteigerst. Du hast einen fabelhaften Mann, der dich liebt. Du hast ja keine Ahnung, wie viele Frauen es gibt, die sich alle zehn Finger danach ablecken würden, wenn sie das bekämen, was du hast. Sara, du hast wirklich Glück im Leben. Du hast einen Beruf, der dir Spaß macht, und du bist schön – wie viele Frauen können das von sich behaupten *und* daß sie dann auch noch jemanden haben, der sie liebt und den sie lieben? Vielleicht kannst du nicht sofort schwanger werden, vielleicht wirst du nie schwanger, vielleicht bekommst du nicht alles, was du dir wünschst, aber wer bekommt das schon? Das gibt dir nicht das Recht, so verdammt weinerlich zu sein oder Steve zu betrügen und deinen alten Freund anzumachen. Du würdest ausrasten, wenn er dir das antun würde. Ich kann es kaum glauben, daß du so weit gegangen bist, das ist einfach nicht zu fassen. Du machst dich mit dieser Operation selbst verrückt. Alle versichern dir, daß es dir gutgehen wird, statistisch gesehen hast du keine Chance, daß es dir *nicht* gutgehen wird. Sei ein großes Mädchen. Niemand zwingt dich zu der Operation, du willst sie machen lassen, du wirst *nicht* daran sterben, sie wird dir nicht schaden, und vielleicht kommt eine kleine Sara oder ein kleiner Steve dabei heraus. Also, warum versuchst du es nicht mit ein bißchen Würde? Und wenn du nicht schwanger werden solltest, ertrage auch das mit etwas Würde. Um Himmels willen, reiß dich endlich zusammen.«

Julia schwieg und sah Sara wütend an. Sara starrte ebenso wütend und erstaunt zurück. Dann grinsten die beiden Frauen sich an.

»In dem Kimono siehst du wie ein Orakel aus«, sagte Sara schließlich. »Du siehst so aus, als ob du nur in die Hände zu klatschen brauchst, um Blitz und Donner auf mich zu lenken, wenn ich deinen Rat nicht annehme.«

»Das kann passieren«, sagte Julia. Sie hob mit einer dramatischen Geste ihre Hände und ließ sie dann in den Schoß fallen. »Ach, meine Süße, was weiß ich denn schon?« Sie seufzte. »Ich mußte dir einfach sagen, was ich davon halte. Aber du weißt ja, daß es mir sehr leid tut, daß du noch nicht schwanger bist.«

»Ich glaube, es stimmt, was du gesagt hast.« Sara streckte sich auf dem Sofa aus. »Ich habe Glück gehabt. Manchmal vergesse ich einfach, wie glücklich ich bin. Dann denke ich, ich werde erst froh sein, wenn ich wieder aus der Narkose aufwache – und noch fröhlicher, wenn meine Schwiegereltern wieder nach Florida gehen und ich mir nicht täglich die neuesten Schwangerschaftsnachrichten von Caroline anhören muß. Aber du hast recht, Julia. Ich mache mich selbst verrückt. Aber es ist nicht leicht, sich nicht verrückt machen zu lassen, wenn so unbegreifliche Dinge in deinem eigenen Körper vorgehen. Es ist ein bißchen so, als ob du versuchen würdest, dir selbst die Liebe zu jemandem auszureden, den du liebst, der dich aber nicht liebt.«

»Oder wie die Liebe zu einem verheirateten Mann«, sagte Julia und lächelte trocken.

»Wie geht es Perry?« fragte Sara.

»Wie es geht? Er ist heute abend bei seiner Frau, so geht es ihm.« Julia seufzte. »Vielleicht sollte *ich* mal David Larkin besuchen gehen.«

»Er hat die dunkelhaarige Cynthia«, sagte Sara.»Und du bist zu groß für ihn.«

»Nein, bin ich nicht. Wir sind gleich groß. Du willst nur nicht, daß ich ihn kriege.« Julia grinste. »Ach, du wirst schon sehen, Sara. In fünf Jahren bin ich mit Perry verheiratet, und du wirst deine drei Kinder im Kinderwagen spazierenfahren, wetten? Aber jetzt sollten wir erst mal ins Bett gehen. Es ist nach Mitternacht, du mußt morgen zwar nicht arbeiten, aber ich.«

Sara sah Julia hinterher, die in ihrem reich bestickten Kimono und wehendem roten Haar aus dem Zimmer rauschte. Julia mit ihrer Kraft und ihrer Energie. Sara wünschte, daß ihre Freundin wirklich ein Orakel wäre, eine Zauberin, eine Hexe, die ihre Kräfte zu ihrem Wohl einsetzte. Aber vielleicht genügte es schon, daß Julia ihre Freundin war. Vielleicht war das schon genug.

Als Sara am nächsten Morgen nach Hause kam, war Steve bereits arbeiten gegangen, auf dem Tisch lag ein Zettel, auf dem stand, daß er sie liebte, und in ihrer Post wartete ein dicker Umschlag vom Brigham and Women's Hospital auf sie. Der Umschlag enthielt einen Patientenratgeber und eine Karte der Stadt und ihrer Umgebung, einen Übersichtsplan des Krankenhauses, der mit Fotos von gesunden lächelnden Patienten mit Kanülen in den Armen und Blutdruckmanschetten an den Oberarmen bebildert war.

Für Sara war ein Extrainformationsblatt für ambulante Patienten eingelegt. Sie durfte in der Nacht vor der Operation ab Mitternacht nicht mehr essen oder trinken, sie sollte kein Make-up tragen, keine Haarspangen, keinen Nagellack (Nagellack! dachte Sara. Warum denn nicht? Was war daran problematisch?), keinen Schmuck, auch keine Ringe. Sie sah auf ihren Ehering. Sie hatte ihn noch nie abgezogen. Würde man sie zwingen, ihn für die Operation abzulegen?

Als sie die Informationen über die Operation durchlas, fielen ihr bestimmte Worte ins Auge: »Narkose«, »intravenös«, »Maske« – »Schlaf«. Sie spürte förmlich den beißenden antiseptischen Geruch, den sie als Kind gerochen hatte, wenn sie bei ihrem schroffen und verdrießlichen Arzt mit seinen spitzen Nadeln war, der ihren wehrlosen Körper in seiner Gewalt hatte.

Sie zwang sich, an Julia zu denken, um ihre Angst zu betäuben. Als Julia sie heute morgen zum Flughafen fuhr, hatte sie Sara von der Strichcurettage erzählt, die sie vor ein paar Jahren hatte. Als sie in den OP gefahren wurde, hatte Julia zu dem Anästhesisten, einem sympathisch lächelnden Asiaten, gesagt: »Sollte ich mit einem Hirnschaden aufwachen, werde ich Sie verklagen.« Und sein Lächeln wurde noch sympathischer, als er mit seinem angenehmen Singsang in der Stimme sagte: »Wenn Sie mit einem Hirnschaden aufwachen, werden Sie es nicht mehr merken.« Julia fand das wahnsinnig komisch, Sara war nicht ganz so begeistert. Aber sie war entschlossen, die Sache jetzt zuversichtlich anzugehen und – wie Julia sich ausgedrückt hatte – mit »Würde«.

Steve war schweigsam, als er von der Arbeit nach Hause kam, aber das war er öfter. Er arbeitete hart, wenn das Wetter schön war. Zu Saras Überraschung sagte er nach dem Abendessen: »Wir können doch später abwaschen. Draußen ist es noch hell. Laß uns an den Strand gehen und das Meer ansehen.«

»Was für eine schöne Idee«, sagte Sara. Sie stellte sich auf die Fußspitzen und gab ihrem klugen Mann einen Kuß. Ihr Körper unter den Baumwollhosen und dem Sweater war straff und gesund, ihr Mann war groß und liebevoll, die Nacht war leuchtend und warm und verhieß einen ewigen Sommer. Es gab keinen Grund, unglücklich zu sein.

Das Meer schimmerte dunkel und silberblau. Weit draußen schnitt ein Segelboot wie eine Schere durch die Wellen. Sie saßen im Sand, der noch warm war vom Tag, und lauschten den Geräuschen des Sommers. Dem Kreischen der Möwen, dem Seufzen des Meeres, dem Gelächter, das über das ruhige Wasser von den schlanken Yachten, die im Hafen ankerten, herüberwehte. Sara streckte sich und lehnte sich an Steve und rieb ihre Wange an seiner Brust.

»Mmmm«, murmelte sie zärtlich und verliebt.

»Sara«, sagte Steve. »Ich muß dir etwas sagen.«

Der Tonfall seiner Stimme ließ sie hellwach werden. Irgend etwas Wichtiges lag in der Luft. Ihr fiel das Herz in die Hose.

Jetzt würde er ihr sagen, daß er sich scheiden lassen wollte. Damit er eine andere Frau heiraten und Kinder haben konnte. Sie hatte es gewußt. Sie hatte es erwartet.

Sie konnte nicht sprechen.

Sie rückte von ihm ab. Sie sah nicht zu ihm hoch. »Was denn?« fragte sie.

»Es geht um eine große Veränderung in meinem Leben. Unserem Leben. Ich muß es einfach versuchen, glaube ich. Ich kann so nicht weitermachen.«

Jetzt war es passiert. So ging das also. Sie konnte es verstehen, das konnte sie wirklich. Sie konnte es verstehen und sogar verzeihen, es gab nichts zu verzeihen, er tat nur, was jeder normale Mann tun würde, er *mußte sie* verlassen, warum sollte er bei ihr bleiben wollen. Sie würde es überleben, sie würde weit weg gehen, sie würde sich nie mehr verlieben, sie würde hart und kalt werden, wie ein Stein. Vielleicht würde sie es auch nicht überleben. Sie schlang die Arme um die Knie und wiegte sich beruhigend. Sie sagte kein Wort. Sie konnte nicht.

»Ich möchte mich selbständig machen«, sagte Steve. »Ich habe es satt, für andere zu arbeiten. Ich weiß mehr als die meisten der Chefs, für die ich arbeite – ich weiß, wie gebaut wird, ich kenne mich mit Architektur aus, ich weiß, wie man mit Geld und wie man mit Leuten umgeht. Und ich kenne die Insel und liebe sie. Ich glaube, mit einer Baufirma, die mir gehörte, könnte ich ein paar anständige Häuser errichten und nicht diesen Schrott, den sie heutzutage hier hochziehen. Und vielleicht könnte ich Einfluß auf die Entwicklung hier nehmen. Das wäre eine einschneidende Veränderung. Wenn ich Macks Team verlasse, gebe ich die bequemen Sicherheiten auf. Ich müßte einen Kredit aufnehmen, um meine eigene Firma zu gründen, und es würde einige Zeit dauern, ehe ich mir einen Ruf erworben habe und die Aufträge reinkommen. Ich habe keine Ahnung, wieviel ich in den ersten Monaten verdienen könnte, es kann sein, daß es nicht sehr viel ist. Wir müßten uns auf dein Einkommen verlassen, um die Hypotheken und so weiter zahlen zu können. Außerdem habe ich dafür gespart, damit wir am Anfang über die Runden kommen. Und ich könnte immer noch Dad um Geld anhauen. In jedem Fall heißt das, daß ich viel Zeit und Geld investieren muß, und ich werde wahrscheinlich erst einmal sehr angespannt sein und sehr viel arbeiten müssen, aber dann – mir gefällt die Vorstellung, irgendwann nicht mehr nur angespannt zu sein, sondern in meiner eigenen Firma arbeiten zu können. Wie findest du das?«

»Ich finde, es ist eine wunderbare Idee!« sagte Sara ehrlich. »O Steve, ich finde, das ist eine ganz tolle, aufregende Idee.«

»Ich habe gestern mit meinem Rechtsanwalt telefoniert. Ich habe morgen einen Termin bei ihm, um mich bei der Gründung beraten zu lassen. Mick und Alex haben schon gesagt, daß sie für mich arbeiten wollen, wenn ich mich selbständig mache ...«

Steve redete weiter, er sprach schnell vor Aufregung. Sara hatte sich wieder an ihn angelehnt und hörte zu und lächelte. Sie war erstaunt – nicht weil er sich selbständig machen wollte, sondern er mit etwas beschäftigt war, was nichts mit Kinderkriegen zu tun hatte. Es schien also doch möglich, daß er sich nicht so heftig ein Kind wünschte wie sie. Wie auch immer, jedenfalls dachte er nicht daran, sie zu verlassen, er war glücklich mit ihr, er liebte sie.

Steve erzählte ihr von seinen Problemen mit seinem Boß, von seinem Ärger und seiner Wut, weil sie schlechte Arbeit leisteten, an den Ecken knauserten und kleinere Abmachungen nicht einhielten. Er sagte, daß er hoffte, in seiner eigenen Firma anders und besser arbeiten zu können. Mein Gott, dachte Sara, wie konnte ich mich so in meine eigenen Probleme verrennen. Ich habe davon überhaupt nichts gemerkt. Ihr Herz schwoll vor Liebe zu Steve, einer mütterlichen Liebe, sie wollte ihn schützen und stärken, *er* war derjenige auf der Welt, den sie am meisten liebte, *ihm* wollte sie helfen. Schließlich war er noch jung, sein Leben war noch nicht zu Ende, er wollte noch Dinge erreichen. Sie mußte nicht den Sinn ihres Lebens von Kindern abhängig machen. Das hatte sie vergessen oder noch nicht begriffen gehabt. Das machte alles erträglicher.

Die Dunkelheit senkte sich, und ein leichter Wind kam auf. Über die Wellen kam der exotische, fast orientalische Klang eines Windspiels – das sanfte Geräusch von Draht und Stoff, der an die Masten der Boote schlug, die im Hafen ankerten. Der Sand unter ihren Füßen färbte sich schwarz. Das Meer verschwand in der Dunkelheit, bis auf das gelegentliche Plätschern einer Welle, die für den Bruchteil einer Sekunde das schwache Licht des Mondes einfing. Der Wind war kühl. Der Sommer dauerte nicht ewig. Der Herbst kam. Veränderungen kündigten sich an. Sara und Steve standen auf und gingen durch die leeren Straßen nach Hause, froh, in der dunklen dahinfließenden Nacht zusammenzusein.

9

Der Morgen.

Sie schafften die Fähre um sechs Uhr dreißig. Heute ließ Sara die Labortests im Krankenhaus machen. Morgen würde sie sich operieren lassen.

Steves Chef und ihren Freunden, den Leuten ihrer Clique, hatten sie erzählt, daß sie in Boston zum Polterabend und zur Hochzeit von einer Freundin von Sara, einer Kollegin, eingeladen wären. Sara hatte sich mit den Frauen der Clique immer noch nicht richtig anfreunden können, sie wußte also, daß aus der Richtung keine Fragen kommen würden.

Jetzt, wo es wirklich soweit war, konnte Sara sich entspannen. Sie hatte sich noch ein letztes Mal in ein weinerliches Selbstmitleid hineingesteigert und Steve einen langen sentimentalen Abschiedsbrief geschrieben und ein Testament (Steve erbte alles) und hatte beides in einen Umschlag gesteckt, den sie auf ihre Seite der Kommode gestellt hatte, wo Steve ihn leicht finden würde, wenn er ohne sie nach Hause kommen sollte.

Es war ein Vergnügen, über den Cape-Cod-Kanal zu fahren und dann die Route 3 Boston zu nehmen. Der beginnende Herbst machte sich bereits an den flammenden Blättern der Bäume, die die Straße säumten, bemerkbar.

Die Dünen und die borstigen Bäume, die in Nantucket und auf dem Cape immer ums Überleben kämpfen mußten, machten bald dicken, buschigen Lebensbäumen und majestätischen Ahornbäumen Platz, die wiederum bald der herrlich ausufernden Skyline Bostons weichen mußten.

Das Brigham and Women's Hospital war eigentlich eine Stadt für sich.

Der Eingang für die ambulanten Patienten glich eher

einem Flughafenschalter an einem geschäftigen Tag, die gleichen Schalter, hinter denen Frauen saßen, die ebenso belagert wurden und die Fragen verlorener Seelen beantworten mußten, die gleichen Geschenkeshops mit den gleichen Plüschtieren, dem gleichen namenlosen Kitsch zu überhöhten Preisen, die gleich aussehende Menschenmenge, die sich durch das hallende Foyer drängelte, als ob es von einem Kontinent zum anderen ginge.

Es kostete Sara und Steve fast eine ganze Stunde, um den ersten Schritt zu bewältigen. Sie saßen in einer engen kleinen Nische und gaben einer gestreßten Sekretärin Auskunft über alle Daten, die in ihrem Leben irgendeine Bedeutung hatten. Geburtsdaten, Sozialversicherungsnummern, Adresse, Telefonnummer, Krankenversicherungsscheinnummer. Dann mußten sie zur Kasse, um den Scheck über fünfzehnhundert Dollar einzuzahlen, die Summe, die Sara von ihrer Krankenversicherung ausbezahlt bekam.

Das Wartezimmer für die ambulante Chirurgie lag im Keller des Gebäudes. Hier war alles sehr gut organisiert. Sie überreichten Sara eine blaue Plastikkarte, auf der ihr Name eingeprägt war und die Nummer der Krankenhausrechnung. Auf einer weißen Karteikarte stand, daß der Termin der Operation für den nächsten Tag um elf Uhr dreißig angesetzt war und daß sie spätestens um halb zehn im Krankenhaus sein müßte, sonst würde sie als verspätet registriert und der Termin gestrichen werden. Außerdem bekam sie mehrere fotokopierte Blätter mit Überschriften wie »Präoperative Instruktionen der chirurgischen Ambulanz«, »Präoperative Instruktionen für die diagnostische Laparoskopie« und »Präoperative Instruktionen für die Strichcurettage.«

Sara und Steve saßen in dem vollen Wartezimmer und warteten darauf, daß die Anästhesistin ihren Namen aufrief. Steve blätterte in alten Zeitschriften; Sara las die Informationen, die man ihr überreicht hatte. Es schien alles sehr einfach und unkompliziert zu sein, kein Grund, sich

Sorgen zu machen. Außerdem, sagte sie sich, wenn es so viele Operationen dieser Art gab, daß sogar diese Informationsblätter vervielfältigt werden mußten, dann mußte es sich doch um eine alltägliche Operation handeln. Es würde alles gutgehen.

Endlich wurde ihr Name aufgerufen, und sie mußte durch einen langen Flur zu einem kleinen Büro gehen, wo eine Anästhesistin ihre »Krankengeschichte« aufnahm und ihr erklärte, wie die Anästhesie durchgeführt werden würde. Die Anästhesistin war eine erstaunlich schöne junge Frau, selbst in ihrem grünen Kittel und der Mütze, die wie eine Duschhaube aussah, unter der sie ihre Haare gesteckt hatte. Sie strotzte vor Gesundheit und hatte die längsten und rötesten Fingernägel, die Sara je gesehen hatte.

»Haben Sie irgendwelche Fragen?« fragte sie Sara.

Zu Saras Überraschung (aber eigentlich schien hier sowieso nichts mit der Realität zu tun zu haben: denn seit sie das Krankenhaus betreten hatte, fühlte sie sich entmündigt und in gewisser Weise auch enthemmt) hörte sie sich sagen: »Ja, ich habe eine Frage. Ihre Fingernägel sind so lang. Wie haben Sie das geschafft? Das sieht sehr schön aus.«

Die Anästhesistin lachte. »Oh, die sind nicht echt«, sagte sie. »Meine eigenen Fingernägel sind so häßlich, wirklich, deshalb mach' ich das. Meine Wimpern sind auch falsch.«

Ganz bestimmt, dachte Sara, als sie durch den Flur zurückging, ganz bestimmt hat etwas so Häßliches wie der Tod neben dieser atemberaubend schönen Frau und ihren falschen Fingernägeln keine Chance. Sie fühlte sich außerordentlich bestärkt.

Die Laboruntersuchungen wurden im Aufnahme-Testcenter durchgeführt. Sara lieferte ihren Urin ab und bat Steve, ihre Hand zu halten, als die Krankenschwester ihr Blut abnahm (es tat nicht weh, sie dankte der Schwester, die sie wegen ihrer Überschwenglichkeit amüsiert ansah), und dann wurde ein Elektrokardiogramm gemacht. Als sie sich für das EKG auf den Untersuchungstisch legen und die Bluse aufknöpfen und den BH ablegen mußte, so daß sie mit nackten Brüsten dalag, kam sie sich einen Moment lang ausgeliefert vor und wurde ängstlich.

»Wird das weh tun?« fragte sie und sah auf die komischen kleinen Saugnäpfe, die an einem Gewirr von Drähten hingen, die die Schwester jetzt in Halbkreisen um ihre Brüste befestigte.

»Süße«, sagte die Schwester mit leicht jamaikanischem Singsang, wie Sara merkte, »wenn ich damit bei Ihnen fertig bin, werden Sie mich bitten, von vorn anzufangen.«

Und es tat nicht weh und war blitzschnell vorbei. Die Laboruntersuchungen waren geschafft – und sie konnten gehen.

Der Rest des Tages verging wie im Flug. Sie gingen in ein paar Buchläden in Cambridge, aßen zu Abend bei Pistachios, sahen irgendeinen dummen Film und gingen ins Hotel schlafen. Sara hatte erst gedacht, daß es ihr keinen Spaß machen würde, mit ihm zu schlafen, daß sie zu aufgewühlt sein würde und immer denken müßte: »Das ist vielleicht das letzte Mal, daß ich mit jemandem schlafe. Morgen werde ich vielleicht sterben.« Aber diese Gedanken verflüchtigten sich, als sie mit Steve in das Hotelbett krabbelte. Es machte Spaß, mit ihm in einem fremden Bett zu liegen, in gestärkten weißen Laken, nicht in ihren bunten, es machte Spaß, ein bißchen das Gefühl zu haben, etwas Verbotenes zu tun, hier waren sie nun, nur sie beide, in einer fremden Welt. Sie liebten sich so lange, daß Sara hinterher sofort in einen zufriedenen, erschöpften Schlaf fiel.

Um sechs Uhr morgens wachte sie wieder auf und konnte nicht mehr einschlafen. Vor zwei Monaten war sie fünfunddreißig Jahre alt geworden. Sie kam sich alt und jung zugleich vor. Sie schlüpfte aus dem Bett und ging leise ins Bad und stellte sich lange unter die heiße Dusche. Sie guckte an ihrem nackten Körper hinunter, den sie so oft kritisiert hatte. Aber es war ein vollkommen schöner Körper, wirklich, alles gesund, weiche Haut und festes Fleisch. Wie würde sie nach der Operation aussehen? Würde Steve sich von ihren Narben abgestoßen fühlen? Wirklich, dachte sie, sie lebten in einer Gesellschaft, die viel zu rational war, viel zu wissenschaftlich. Es wäre für alle Beteiligten besser, wenn die Magie und die Rituale auch noch ihren Platz darin hätten, wenn, zum Beispiel, Steve ebenfalls irgendeinen Eingriff überstehen müßte, samt Narkose und dem Verlust des Bewußtseins und der Kontrolle über sich, der zur Folge hatte, daß auch sein Körper von einer kleinen Narbe gezeichnet sein würde. Dann würden sie noch mehr zu einem Paar werden können, dann würde er sie besser verstehen können, weil er ähnliche Erfahrungen machen mußte, dann würden die Unterschiede zwischen ihnen sie nicht noch weiter auseinanderreißen können. Sie war sicher, von solchen spiegelähnlichen Verhaltensweisen bei primitiven Völkern gelesen zu haben. Sie wünschte, daß irgend etwas in der Richtung hier und jetzt gemacht werden könnte, denn ein Gefühl überdeckte jetzt alle anderen, nämlich daß letztlich sie diejenige war, die alles allein durchstehen mußte.

Sie durfte weder etwas essen noch etwas trinken. Noch nicht einmal einen Schluck Wasser. Sie putzte sich sorgfältig die Zähne, nahm wenig Wasser und spuckte alles wieder aus, verschluckte keinen Tropfen. Sie zog sich an und kam sich dennoch unangezogen vor, weil die Schwestern ihr eingeschärft hatten, ihren Verlobungsring und den Ehering abzunehmen. Als ihre Hände nackt waren, war sie traurig, sie hatte ihre Ringe noch nie abgelegt, und sie fand es nicht richtig, es war wie eine Mißachtung.

Sie durfte kein Make-up tragen. Noch so eine Krankenhausregel. Skeptisch betrachtete sie ihr bleiches Morgengesicht im Spiegel. Ihre Lider waren leicht geschwollen (sie hatten gestern abend viel Wein getrunken), die Augenbrauen waren zu dünn und zu hell, wenn sie nicht nachgezeichnet waren, und hoben sich kaum von der

Haut ab, ihre sechs winzigen Sommersprossen auf der Nase leuchteten, wenn sie sie nicht mit Puder abdeckte. Sie sah jung und zart aus. Zu jung, um zu sterben.

Nachdem sie vollständig angekleidet aus dem Badezimmer gekommen war, bereit, sich auf den Weg ins Krankenhaus zu machen, spulte der Tag mit dem wahnwitzigen Tempo einer Zeitrafferaufnahme ab. Steve zog sich schnell an, sie fuhren zum Krankenhaus, sie waren im Wartezimmer. Ihr Name wurde aufgerufen, Sara wurde in einen Umkleideraum für Frauen geführt, wo sie ihre Kleider ablegte und ein blau-weiß gestreiftes Nachthemd anzog und weiche blaue Schaumgummilatschen. Sie zog das Hemd eng um den Körper und dachte, daß Steve vielleicht ihre schlanke Taille bewundern würde, aber als er sie sah, sagte er: »Echte Baumwolle. Ziemlich feines Krankenhaus, was?«

Zusammen saßen sie dann in der ambulanten chirurgischen Abteilung und warteten, daß Sara wieder aufgerufen wurde. Schwestern und Ärzte eilten vorbei. Zwei gesund aussehende junge Männer, die in zwei nebeneinanderstehenden Krankenhausbetten lagen, alberten miteinander herum. Eine erbärmlich schlecht aussehende junge Frau schlich an ihnen vorbei und kroch auf die Toilette, mit der einen Hand schob sie das Gestell mit dem Tropf, auf der anderen Seite wurde sie von einer Krankenschwester gestützt, die ihren Arm festhielt. Ein Mann im Rollstuhl, der einen Hut trug, um zu verbergen, daß er kaum noch Haare hatte, saß neben ihnen und flehte seine Frau an, ihn wieder nach Hause zu bringen, weil er heute nicht behandelt werden wollte. Der Tag schritt voran.

Schließlich kam eine Krankenschwester und holte Sara ab. Vor allen Leuten zog Steve Sara an sich und umarmte sie lange. »Ich liebe dich«, flüsterte er.

»Ich liebe dich, Steve«, antwortete Sara.

Die Krankenschwester führte Sara zu einer fahrbaren Trage, die in einem großen offenen Raum stand, und half ihr, sich hinzulegen.

Ein großer junger Mann kam und stellte sich ihr als ihr Anästhesist vor. Sara hörte zu, als er ihr erklärte, was er machen würde, nickte, verstand kein Wort. Ich habe schon die Verantwortung aus der Hand gegeben, dachte sie. Ich werde genausowenig aus dem Bett springen und fliehen, wie ich in einer Kirche aufstehen und fluchen würde. Selbst jetzt nicht, obwohl ich Angst habe, daß ich sterben werde. Ich bin höflich und wohlerzogen. Ich könnte sofort gehen, wenn ich wollte. Ich bin nicht festgebunden. Aber das werde ich nicht. Ich bleibe hier sitzen und lächle diesen Typen an, der mich, wenn er einen Fehler macht, töten oder verkrüppeln kann, und ich werde nichts von dem sagen, das ich mir vorgenommen hatte, wie etwa: »Machen Sie keinen Mist.« Noch nicht mal: »Bitte passen Sie auf.« Es ist mir egal, ob er gut aussieht oder was er von mir hält, es ist mir egal, ob er meine Brüste sieht oder meinen Bauch zu schwabblig findet. Die Krankenhauswelt funktioniert nach anderen Regeln, und instinktiv verhalte ich mich entsprechend. Ich habe die Verantwortung für mich bereits aus der Hand gegeben.

Dann kam Dr. Crochett, lächelte, plauderte, scherzte. »Keine Angst«, sagte er. »Ich habe heute schon zwei hinter mir, ich habe wirklich Routine.«

Sara war froh, ihn zu sehen, wenigstens ein bekanntes Gesicht, aber gleichzeitig war er ihr fremd, er gehörte zu *ihnen*. Sie sah weg, als sie den Tropf in die Vene des linken Arms einführten, war überrascht, daß es kaum weh tat, war auch überrascht, daß die Krankenschwester immer noch da war und jetzt an der anderen Seite des Betts stand.

Dann wurde sie den Flur entlang und durch eine Schwingtür geschoben. Sie sah ein Hinweisschild, das in die andere Richtung zeigte und auf dem »Kreißsaal« stand.

»Ich würde lieber dahin«, sagte sie.

»Erst beim nächstenmal«, sagte Dr. Crochett.

Man half ihr von dem Bett auf den Operationstisch. Sie fühlte sich schläfrig, warm und entspannt. Irgend jemand setzte ihr eine Maske auf, die Mund und Nase bedeckte. Sie war noch wach genug, um zu protestieren.

»Ich möchte die Maske nicht«, sagte Sara.

»Sie werden in wenigen Sekunden eingeschlafen sein«, sagte die Schwester.

»Ich möchte nicht bewußtlos werden«, sagte Sara, denn sie konnte es schon fühlen beziehungsweise sie merkte, wie sie wegsackte.

»Versuchen Sie von hundert an rückwärts zu zählen«, sagte der Anästhesist.

»Ich will die Maske wirklich nicht«, sagte Sara, und dann merkte sie ganz deutlich, aber ohne Angst, daß sie unterging.

»Hallo«, sagte jemand. Sara öffnete die Augen und sah, daß sie im Wachraum lag, sie war zugedeckt und nahm verschwommen die Krankenschwester wahr, die neben ihr stand.

»Hallo«, sagte die Krankenschwester wieder.

Ich lebe noch, dachte Sara. Ich lebe noch, und ich habe gedacht, daß ich vor Freude aufspringen würde, wenn ich aufwache, aber ich bin noch viel zu betäubt. Sie hob die Decke und zog das Hemd hoch und schaute an sich hinunter. Ein riesiges Pflaster klebte genau unter ihrem Bauchnabel und eins genau über den Schamhaaren. Es ist noch derselbe Tag, sie haben keinen chirurgischen Bauchschnitt/Laparotomie gemacht, dachte sie und schlief wieder ein.

»Hallo«, sagte Dr. Crochett vom Fußende des Bettes aus. »Bei Ihnen ist alles in Ordnung. Ein bißchen Endometritis, die ich ohne Laparotomie entfernen konnte, und wir haben eine Spülung der Eileiter vorgenommen, und alles ist frei. Ich habe auch eine Strichcurettage gemacht, alles ist also blitzsauber. Sie sind in einem großartigen Zustand und können gehen.«

»Sie haben keine Laparotomie gemacht?« fragte Sara.

»Das war nicht nötig. Sie haben keine schwere Endometritis«, sagte Dr. Crochett. »Später werde ich Ihnen mehr erzählen. An das, was ich Ihnen jetzt sage, werden Sie sich sowieso gleich nicht mehr erinnern.«

»Oh«, sagte Sara. Sie sah, wie der Arzt, der am Fußende stand, an die Decke schwebte und sich langsam von ihr entfernte. Es war erstaunlich, daß er das konnte, aber sie war zu müde, um ihm hinterherzusehen.

Nach einiger Zeit kam die Krankenschwester zurück. »Wollen Sie aufstehen?«

»Nein«, sagte Sara. »Nie wieder.« In der Wüste Sahara ihres Bewußtseins erinnerte sie sich vage an den Ratschlag ihrer Schwester: Je früher du aufstehst und herumläufst, dich bewegst, um so schneller läßt die Betäubung nach.

Aber ihre Schwester hatte ihr nicht gesagt, wie sie sich fühlen würde: Ihr war unglaublich übel. Ihr war so schlecht, daß sie nicht klar sehen konnte. Wenn sie den Kopf bewegte, wurde ihr schwarz vor Augen. Wie konnte sie dann ihren Körper bewegen?

Aber die Krankenschwester zog ihr die Decken weg und half ihr aufzustehen. Saras Körper ließ wie ein Roboter ein Bein auf die Erde fallen, dann das andere, und dann klapperten die drei, die Krankenschwester, Sara und das hohe glänzende Gestänge für den Tropf, über den Fußboden und entfernten sich vom Bett.

In Wirklichkeit hatten sie Sara nicht operiert. In Wirklichkeit hatte man sie einfach zusammengeschlagen. Sie mußten das Bett aufgestellt und sie in einer aufrechten Position festgebunden und dann abwechselnd vom Brustkorb abwärts immer wieder geschlagen haben. Sie fühlte sich überall wund und konnte kaum atmen. »Ich habe Leibschmerzen«, sagte Sara. »Ja«, sagte die Schwester. »Das ist das Kohlendioxyd. Damit hat man Ihnen den Unterbauch aufgepumpt, um die Blase nicht zu verletzen. Das ist in ein oder zwei Tagen vorbei.«

»Wenn das erst in ein oder zwei Tagen vorbei ist, ist es mit mir auch vorbei«, sagte Sara.

Die Schwester kicherte. »Sie schaffen es«, ermunterte sie Sara.

Mühsam wankten sie gemeinsam in Richtung Wachraum, brauchten Stunden für wenige Zentimenter. Sara hatte einen dicken Kopf, Unterleib und Schultern taten ihr weh, und wenn ihre Übelkeit nachließ, dann nur, um gleich darauf noch stärker wiederzukommen.

»Warum gehen Sie nicht hier hinein und versuchen es mal?« sagte die Schwester und führte Sara auf die gleiche Toilette, die die Frau, die sie am Morgen gesehen hatte, aufgesucht hatte. Verschwommen fragte sie sich, ob sie genauso erbarmungswürdig aussah wie diese Frau.

Sara ließ sich auf die Toilette sinken und sah auf die Binde, die sie automatisch hinuntergezogen hatte. Sie war voller Blut. Aber sie spürte nicht, daß sie blutete. Sie spürte nur, daß ihr übel war, und das Gas, das gegen ihren Brustkorb drückte. Durch das Brachland ihres Bewußtseins drang das Signal, daß sie Urin abließ.

Als sie fertig war, stand sie zitternd auf und wusch sich die Hände, achtete sorgfältig darauf, die intravenöse Kanüle an ihrer linken Hand nicht naß zu machen, dann lehnte sie sich an das Waschbecken und starrte lange in den Spiegel und suchte ihr Spiegelbild. Ja, sie sah sich. Sie war lebendig, in gewisser Weise. Es war eine interessante Erfahrung, daß ihr Gesicht so aussehen konnte: zum Erbarmen schlecht und ausdruckslos zugleich, wie ein Stück Papier, auf dem herumgetrampelt wurde. Langsam öffnete sie die Badezimmertür und schwankte zurück in den Wachraum.

»Haben Sie uriniert?« fragte die Schwester.

»Ja«, antwortete Sara.

»Dann benötigen Sie das nicht mehr«, sagte die Schwester und nahm ihr den Tropf und das Gestänge ab.

Ohne das Gestänge fühlte Sara sich verloren, es hatte ihr Halt gegeben. Jetzt schleppte sie sich im Zeitlupentempo voran und wußte, daß sie früher oder später einfach auf dem Fußboden zusammensacken würde.

»Ich wünschte, Sie könnten mir helfen, daß ich mich besser fühle«, sagte Sara zutraulich. »Mir ist so schlecht.«

»Setzen Sie sich einfach ein bißchen hin«, sagte die Schwester. »Es wird Ihnen bald bessergehen. Ich bringe Ihnen ein paar Kekse und ein 7-Up.«

Die Schwester brachte eine kleine Packung salziger Kekse und ein 7-Up.

»Soll ich Ihren Mann holen?« fragte sie.

»Nein, wirklich nicht«, antwortete Sara. Die Übelkeit würde bestimmt gleich vorbei sein. Sie hatte mit großer Mühe geschafft, die Uhr an der Wand zu finden. Und sie hatte es sogar geschafft, die Zeit zu entziffern. Es war Viertel nach drei. Bestimmt würde es ihr bald wieder bessergehen.

»Soll ich Ihnen eine Spritze mit Compazine geben, um Ihren Magen zu stabilisieren?« fragte die Schwester.

»Egal was«, sagte Sara. Sie spürte den Einstich der Injektion wie den Stich einer Mücke im Traum.

Um vier brachte die Schwester Steve zu ihr.

»Es geht ihr gut!« sagte sie munter.

»Hallo«, sagte sie und beugte sich nach vorn und übergab sich, direkt auf seine Schuhe.

Danach zitterte sie vor Schwäche, aber ihr Kopf war erstaunlich klar. Plötzlich bemerkte sie die Schwestern, die hin und her eilten, und die Leute, die Steve Papiertücher reichten, und Steve, der neben ihr auf einem Stuhl saß und sich die Schuhe abwischte.

»Ich bin froh, daß du Lederschuhe anhast, nicht die Turnschuhe«, gelang es Sara zu sagen. »Durch die Turnschuhe wäre es hindurchgegangen.«

»Geht es Ihnen besser?« fragte die Schwester.

»Ein bißchen«, sagte Sara zur Schwester, und zu Steve sagte sie: »Das habe ich nicht mit Absicht gemacht.«

»Das weiß ich«, sagte Steve. Er legte seine Hand auf

ihre Schulter. Irgend jemand muß ihm sagen, daß seine Hand so schwer wie ein Lastwagen ist, dachte Sara.

»Wie geht es dir?«

»Besser«, sagte Sara. »Jedenfalls lebe ich noch.«

»Ich liebe dich«, sagte Steve. »Ich bin froh, daß mit dir alles okay ist.«

»Ich liebe dich auch«, sagte Sara.

Um halb fünf war sie soweit, daß sie gehen konnte. Steve fuhr sie zum Hotel zurück, und Sara ging mühsam durch das Foyer in den Fahrstuhl. Steve schloß die Tür auf und half ihr, sich auszuziehen und das Nachthemd anzuziehen und sich ins Bett zu legen. Das Kohlendioxyd drückte immer noch von innen auf ihre Schultern und den Unterleib, bei manchen Bewegungen wimmerte sie leise. Sie bettete sich auf mehrere Kissen und blieb so liegen und döste den ganzen Abend vor sich hin. Manchmal merkte sie, daß Steve aus dem Zimmer gegangen war und mit einer Tüte aus dem Krankenhaus wiederkam. Sie merkte, daß er vor dem Fernseher saß, daß er aß, daß er seine Eltern anrief, daß er mit ihr redete.

Schließlich machte Steve den Fernseher und das Licht aus, zog sich aus und kam zu ihr ins Bett. Sara erinnerte sich verschwommen, daß sie Dr. Crochett einmal angsterfüllt angerufen hatte, um ihn zu fragen, wie lange sie nach der Operation warten müßten, bis sie wieder miteinander schlafen konnten. »Etwa zwei Wochen bei einer Laparotomie«, sagte Dr. Crochett, »und wenn sie nur eine Laparoskopie hatten, dann am selben Abend, wenn Ihnen danach ist.«

»Ja, das ist *gut«*, sagte Sara zu Dr. Crochett.

»Hast du etwas gesagt?« sagte Steve.

»Gute Nacht«, murmelte Sara.

»Gute Nacht, Sara«, sagte Steve.

Er beugte sich zu ihr, um sie zu küssen, seine Bewegung ließ das Bett wie ein Schiff in stürmischer See schlingern. Die leichte Berührung seiner Lippen löste donnernde Wellen in ihrem Kopf und in ihrem Magen aus. Endlich legte er sich wieder ruhig hin. Er schlief. Sara blieb in der Lage, in der sie den Abend verbracht hatte – an die Kissen gelehnt , wenn sie sich hinlegte, würde das Gas bis in ihre Schultern wogen und drücken. Sie merkte, daß sie seitlich wegkippte und eine übermenschliche Kraft aufbringen müßte, wenn sie sich wieder gerade hinsetzen wollte, damit sie keine Schmerzen hatte. Ihr Bewußtsein versuchte mühsam, mit diesem Problem fertig zu werden; als sie wirklich fiel, fiel sie in einen gesegneten, tiefen Schlaf.

Der Morgen.

Ein strahlender, herrlicher, himmlischer Morgen.

Sara wachte auf und war gesund, sie lebte noch, und sie hatte Hunger. Großen Hunger. Sie hatte seit sechsunddreißig Stunden nichts gegessen (die Crackers und die 7-Ups zählten nicht, außerdem waren sie auf Steves Schuhen gelandet).

Steve kam in einer Duftwolke aus Seife und Rasierwasser aus dem Bad. Er hatte seine Hosen an, aber kein Hemd und keine Schuhe, und als sie seinen behaarten, nackten, muskulösen Oberkörper sah, spürte sie eine Welle der Lust.

»O Gott!« rief sie. »Es geht mir wieder gut!«

Jedenfalls fast. Im Bad merkte sie, daß sie immer noch ein wenig blutete. Sie löste das Pflaster über dem Schnitt – reine Folter, im Krankenhaus benutzte man offensichtlich Sekundenkleber, damit die Pflaster hielten – und sah nichts Außergewöhnliches, nur eine häßliche weinrote Kerbe mit heraushängenden Fäden aus Plastik. Nicht sehr attraktiv, aber auch nichts, worüber man verzweifeln müßte. Wie schön sie aussah, wie jung und frisch und gesund und unversehrt.

Und wie schön die Einrichtung dieses Hotelzimmers war, die geometrischen Muster auf den verblichenen grün-blauen Vorhängen und der Bettumrandung, die verschlissenen furnierten Schränke und Stühle. Oh, was für ein wunderschöner Morgen, schwere graue Wolken zogen über den Himmel – das Leben war herrlich! Sie lebte, und es ging ihr gut, und ihr war *nicht übel*, und sie würde sich nie mehr in ihrem Leben über irgend etwas beklagen.

Sie zogen sich an und frühstückten in dem schicken Restaurant des Hotels. Sara aß Rührei und Würstchen und Bratkartoffeln mit Speck und Muffins mit viel Erdbeermarmelade und Butter und dazu ein großes Glas Grapefruitsaft. Aber erst einmal trank sie Kaffee, heißen, starken Kaffee mit Sahne und Zucker, der in ihrem Mund wie Schokolade zerging und sich in ihrem Körper wie eine Droge ausbreitete. Nie war sie glücklicher gewesen.

Als sie am nächsten Morgen wieder zu Hause aufwachte, ging es ihr wirklich wieder gut – sie war ruhig und nicht mehr so hektisch und erschöpft. Sie beschloß, im Bett zu bleiben. Sie schlug einen neuen Roman auf, den sie sich für einen Tag wie diesen gekauft hatte, und freute sich, als sie sah, daß die Fenster ihres Schlafzimmers regennaß waren, als ob das Wetter ihrer Faulheit zustimmen wollte.

Am Nachmittag klingelte es an der Tür, und als sie öffnete, wurde ein prächtiger Blumenstrauß für sie abgegeben, den Fanny geschickt hatte. Sie stellte ihn auf den Nachttisch, damit sie ihn ansehen konnte, und vertiefte sich wieder in ihren Roman. Aber jetzt konnte sie sich nicht mehr konzentrieren. Die Blumen erinnerten sie an Fanny... an etwas ganz Bestimmtes, das mit Fanny zusammenhing... sie stand auf und ging schwerfällig in das Wohnzimmer und holte sich die Fotokopie des Manuskripts von ›Jennys Buch.‹ Als sie wieder im Bett war, blätterte sie die Seiten durch, dann konzentrierte sie sich auf die letzten beiden Seiten von Fannys Roman.

»Es gibt Menschen, die mit ihrem Schicksal kämpfen müssen. Dieser Kampf ist nie fair, wir können ihn auch nie ganz gewinnen, aber gelegentlich gibt es einen Sieg, der golden glänzt, wie eine Trophäe, wie ein Siegespreis, von dem wir noch nicht einmal geträumt haben, und wenn wir am Ende das Schlechte und das Gute gegeneinander abwägen, dann war es der Mühe wert.

Manchmal ist es allein der Kampf, der zählt, der tägliche Kampf, der unsere Sinne am Leben hält.

Es kommt darauf an, herauszufinden, wo sich der Kampf lohnt.

In Kansas wußte ich bereits als Kind, daß ich die Elemente nie besiegen kann – den Wind, die mörderische Kälte, die sengende Hitze, die rauhe Luft. Die Menschen, die diesen Kampf dort aufgenommen haben, achte ich aus ganzem Herzen, sie sind für mich mythische Helden, Menschen, die sich wieder und wieder gegen die Natur auflehnen. Sie gewinnen, weil sie einfach weiterkämpfen; Sieg und Niederlage sind oft das gleiche, ihr Kampf hat sich in die Linien ihrer Gesichter eingegraben.

Mein Kampf war ein anderer. Er ist nicht zu Ende, er wird nie zu Ende sein, erst wenn ich tot bin. Ich kämpfe mit Elementen, die fast so tödlich sind wie das Klima in Kansas: gegen Dummheit, Stumpfheit, Gefühllosigkeit – gegen die Sinnlosigkeit. Ich wünschte so sehr, daß das Leben aus etwas anderem als Sinnlosigkeit bestünde und daß die Menschen schöner wären, willensstärker und freundlicher, als sie sind. Außerdem, natürlich, wünschte ich, daß sie mich bewundern, das würde mir immer gefallen. Mit den Jahren wachsen bei mir in gewisser Weise auch die Eitelkeiten, die Ansprüche – ich werde häufig als herrschsüchtig und schwierig bezeichnet.

Aber ich habe ein paar Dinge gelernt, und mein Wissen berechtigt mich zu versuchen, diese Dinge weiterzugeben. Je näher ich dem Tod komme, der möglicherweise nur die Abwesenheit des mir bekannten Lebens ist, desto mehr entdekke ich den Sinn des Lebens. Er ist in den Büchern, die ich liebe, und in den Tieren, mit denen ich lebe. In den Freunden, die ich heute habe, und auch in den Erinnerungen an Freunde und Feinde. Er findet sich in der Seide, in dem Champagner, in dem Kaminfeuer aus Apfelholz und in Mozart. Er liegt in dem, was ich jedem Tag meines Lebens abtrotzen kann.

Das Leben ist der Sinn des Lebens.«

»Na schön, Fanny«, sagte Sara laut. Sie legte das Manuskript neben sich auf das Bett und sprach mit sich selbst, mit der Luft, mit Fannys Blumenstrauß, mit Fannys Geist. »Um so besser für dich! Du hast es geschafft. Du hast mit dem Schicksal gekämpft und gewonnen, und dieses Buch ist der Sieg. Und weißt du was? Es sieht so aus, als ob ich auch dazu ausersehen bin, mit dem Schicksal zu kämpfen. Ich versuche es! Ich habe die Operation machen lassen. Ich hatte sehr große Angst, aber ich habe es geschafft, ich habe versucht, das Schicksal in die Hand zu nehmen, aber für mich ist es nicht der Kampf, der zählt, ich will gewinnen. Ich möchte die Siegestrophäe. Ich will ein Baby. Und mehr kann *ich* nun nicht mehr machen!«

Sara strich mit den Fingern über das Manuskript. Weißes Papier, schwarze Buchstaben. Fanny hatte ihr ganzes Leben dafür gebraucht. Bei Fannys Kampf mit dem Schicksal ging es um Kreativität, genau wie bei Sara, nur anders. Mit ihrer Hilfe hatte Fannys Buch das Licht der Welt erblickt, aber Sara und Steve brauchten Hilfe aus einer anderen Quelle, um ein Kind zu bekommen. Sie brauchten diesen unsichtbaren Funken, diesen Blitz, dieses Geschenk aus dem Nichts, und Sara konnte sich operieren lassen und Tabellen anlegen und beten, und trotzdem hing ihr Schicksal nicht nur von ihrer Willenskraft und ihrem Durchhaltevermögen ab, sondern von etwas, über das sie keine Kontrolle hatte.

Und trotzdem – es war so, wie Fanny gesagt hatte, der Sinn des Lebens lag nicht nur im Kinderkriegen, sondern in der Gegenwart, darin, was sie aus jedem Tag ihres Lebens machte.

Abends kam Steve nach Hause und brachte Pizza mit und Schokoladenkekse zum Nachtisch, und später schliefen sie zusammen, liebten sich sanft und vorsichtig und unangestrengt. Steve lag im Dunkeln neben ihr, und Sara umarmte ihn, er war in ihr drin, sie umfing ihn, sie waren zwei Hälften eines Ganzen, die ineinander verschmolzen. Und Sara dachte: Er ist hier. Der Sinn des Lebens.

Dr. Crochett hatte Sara gesagt, daß viele Frauen im ersten Zyklus nach der Bauchspiegelung schwanger würden, deshalb war Sara vor Überraschung und Kummer fast außer sich, als sie Ende September ihre Periode bekam. Aber als sie ihn in der Praxis anrief, konnte er sie beruhigen: »Nein, nein«, sagte er. »Dieser Zyklus zählt nicht, der wichtige Zyklus ist der des nächsten Monats, nicht der von diesem Monat.« Sie legte auf und kam sich etwas dumm vor, und sie fühlte sich schwach vor Erleichterung. Das hätte sie auch selber wissen können, denn es wäre ein Wunder gewesen, wenn sie gleich nach der Operation schwanger geworden wäre, weil sie ja fast zwei Wochen noch geblutet hatte. Und sie hatte zwei Wochen lang starke Antibiotika genommen, um einer postoperativen Infektion vorzubeugen – was für die Entwicklung eines Embryos sicher nicht gut war. Es war also in Ordnung, daß sie nicht schwanger war. Logisch betrachtet, war es gut so.

Sie fuhr nach Boston, um die Fäden ziehen zu lassen. Dr. Crochett sagte, sie sei in einer großartigen Verfassung. »Gehen Sie nach Haus, und werden Sie schwanger!« sagte er.

»Soll ich den Eisprungindikator weiter benutzen?« fragte sie ihn.

»Nein«, sagte er. »Geben Sie sich damit nicht ab, denken Sie noch nicht einmal daran. Das macht Sie nur nervös. Machen Sie sich einfach eine schöne Zeit mit Ihrem Mann. Schlafen Sie oft zusammen.«

Es war Anfang Oktober. Die Tage glühten. Sara nahm so viele Bücher zum Lektorieren an, wie es nur ging, sie wollte sich beschäftigen, und sie mußte das Geld wieder verdienen, das sie für die Operation ausgegeben hatte.

Mehrmals die Woche telefonierte sie mit Fanny. Fanny hatte die Korrekturfahnen für ihr Buch bekommen und las nun Korrektur, und die bevorstehende Veröffentlichung machte sie nervös. Das Buch sollte im Januar herauskommen, die frühesten Rezensionen wurden für den Dezember erwartet.

Caroline und Clark Kendall machten ihr Sconset-Haus winterfest und fuhren wieder nach Florida. Sara war sehr erleichtert (jedoch voller Schuldgefühle), als sie abfuhren.

Die Touristen verließen die Insel. Die Geschäfte, die Kaufhäuser und die Bürgersteige waren nicht mehr überfüllt. Steve hatte aufgehört, für Mack zu arbeiten, und hatte sich mit zwei Männern, die er eingestellt hatte, selbständig gemacht. Er stand sehr früh auf und kam abends sehr spät und schmutzig und müde wieder nach Hause. Aber er war glücklich, und Sara war für sie beide glücklich.

In diesem Monat liebten sie sich oft. Sie liebten sich wirklich. Sara maß ihre Temperatur nicht mehr, und sie versuchte nicht mehr, mit ihm zu schlafen, wenn sie keine Lust hatte, aber sie freute sich, als sie merkte, daß sie in der Woche, in der ihr Eisprung fällig war, jede Nacht zusammen geschlafen hatten. Jedesmal schob sie sich danach ein Kissen unter den Po und mußte an Morris Newhouse denken, die immer ihren Po hoch zum Himmel recken mußte, um dem Samen den Weg in die Gebärmutter zu erleichtern.

Die letzten beiden Oktoberwochen waren golden. Sara fuhr jeden Nachmittag Fahrrad und genoß die Strahlen der Sonne auf ihrem Gesicht. Abends saß sie mit Steve am Kamin, sie lasen oder unterhielten sich. Sie fing an, einen neuen Kissenbezug zu besticken. Sie war strahlend glücklich und geradezu sündhaft zufrieden in ihrer Häuslichkeit.

Warum mußte sich die Clique immer genau dann treffen, wenn sie die ersten Anzeichen ihrer beginnenden Periode spürte?

»Ich glaube einfach nicht, daß ich so wichtig oder so verdorben bin, daß das Universum es ausgerechnet auf mich abgesehen hat!« sagte Sara laut zu ihrem Spiegelbild, als sie sich für den Abend zurechtmachte. Heute war sie angespannt, angespannt und besorgt, und sie redete mit sich, schalt sich, schmeichelte sich, versuchte Haltung zu bewahren: Wenn sie nicht an ihre Periode dachte, würde sie sie auch nicht bekommen. Aber ihr Bauch war eindeutig aufgebläht und geschwollen, ihre Brüste schmerzten, ihre Laune war gesunken. Und als sie sich am Nachmittag geduscht hatte, war sie entsetzt, als sie einen Tropfen Blut auf ihrem Knöchel entdeckte. Erst dachte sie, daß sie sich irgendwo geschnitten hätte, dann merkte sie, woher er kam.

»Nein«, sagte sie. »Nein. Nein.«

Sie hatte sich auf den Fußboden sinken lassen, sie war so wütend, daß sie völlig fertig war. Morgen war der neunundzwanzigste Tag. Sie würde also wieder ihre Periode bekommen. Sie war also nicht, wie die anderen Frauen alle, im ersten Zyklus nach der Bauchspiegelung schwanger geworden. Sie saß im Bad auf dem Fußboden, war verwundert und wie vor den Kopf geschlagen und sah keinen Sinn darin, aufzustehen.

Schließlich faßte sie sich in den Schoß und besah sich dann ihre Finger. Kein Blut. Keine Spur. Vielleicht – vielleicht –, alles war möglich. Verdammt, dachte Sara, vielleicht ist noch alles drin. Ellie hatte gesagt, daß die Frauen häufig noch ein bißchen bluten, auch wenn sie schon schwanger sind. Es kam sogar vor, daß Frauen dachten, sie hätten ihre Tage, dabei waren sie schwanger. Wegen eines einzigen Blutstropfens brauchte sie nicht die Hoffnung aufzugeben.

Dieser Gedanke gab ihr die Kraft, weiterzumachen, als wäre nichts. Sie ließ sich Zeit vor dem Spiegel und schminkte sich sorgfältig und probierte mehrere Kleider aus. Sie wollte genau richtig aussehen. Heute wurde bei den Danforths gefeiert, weil Wade Danforth heute Geburtstag hatte und Sheldon Jones morgen. Jeder mußte etwas zum Essen mitbringen, und es würde Sekt geben, und weil die Danforths ein großes Haus hatten, würde auch getanzt werden. Eine richtige Party also. Sara wußte, daß sie bei den Treffen der Clique oft zu gut angezogen war. Zum Beispiel trug sie häufig Kleider aus Seide, weil sie sich so auch in Boston angezogen hätte, und merkte dann, daß die anderen Frauen einfach in Jeans oder Hosen erschienen. Für heute abend wählte sie ein weites, fast knöchellanges Sweaterkleid aus Baumwolle, das sie bei Bloomingdale's bestellt hatte. Es war knallrot und hatte große Schulterpolster und einen U-Boot-Kragen mit einem tiefen V-Ausschnitt im Rücken. Es war ein sehr schönes Kleid, leger, aber elegant, es wirkte locker. Sie legte lange, baumelnde goldrote Ohrringe an und viel Make-up.

»Na bitte«, sagte sie zu ihrem Spiegelbild. »Dein Körper ist ja vielleicht nicht zu retten, aber er sieht immer noch gut aus.«

Steve pfiff, als er Sara sah. Und machte ihr die höchsten Komplimente und sagte einen Satz, den sie nach Belieben mit »hinreißend« oder »schön« oder »sexy« übersetzen konnte. Er sagte: »Hey, du siehst richtig nett aus.«

Sara lächelte und küßte ihn und fragte sich insgeheim, ob er ihr jemals etwas anderes sagen würde, als daß sie nett aussähe.

Steve sah auch nett aus, als er sich geduscht, eine Baumwollhose, ein Hemd mit Button-down-Kragen und einen Sweater angezogen hatte. Die schwere körperliche Arbeit hielt ihn in Form, sein Bauch war flach, seine Arme und Beine muskulös. Sara liebte den Kontrast zwischen seiner zivilisierten Kleidung und seinem Preisboxer-Körper. Und seine Gesellschaft war zur Zeit so angenehm, er war fröhlich, entspannt und optimistisch und unkompliziert. Sie wußte, daß sie ihren Mann jetzt mehr liebte als damals, als sie geheiratet hatten.

Wade Danforth hatte alle seine alten Sechziger-Jahre-Platten hervorgeholt, und es dauerte nicht lange, bis Wade und Annie lachend nach Bo Diddley tanzten. Sara zog sich die Schuhe aus und tanzte barfuß. Sie war froh, daß die anderen Frauen auch alle Kleider oder Pullis und Röcke trugen. Alle außer der »Jungfrau«, die wieder ihre üblichen Jeans und den engen Sweater anhatte. Was merkwürdig aussah, weil sie jetzt im vierten Monat war, und ihr Bauch wölbte sich schon, so daß sie etwas pummelig aussah. Mary saß fast den ganzen Abend über in einer Ecke und redete mit ihren Freundinnen und schüttelte den Kopf, wenn sie zum Tanzen aufgefordert wurde. Sara merkte, daß Bill Bennett sich nicht um seine Frau kümmerte, sondern wieder schlechte Laune zu haben schien, er hielt sich von allem und jedem fern, bis auf den Tisch in der Küche, auf dem die Getränke standen. Einen Moment überlegte Sara, ob sie sich mit ihm unterhalten sollte, schließlich war sie eine Lektorin und er ein Autor. Aber er hatte sie nie darauf angesprochen. Nein, sie würde ihn nicht ansprechen, er war zu abstoßend, seine schlechte Laune umgab ihn wie ein Nebel. Sie vergaß ihn und amüsierte sich, tanzte wieder mit Steve und trank den Sekt, den es anläßlich der Geburtstage gab.

Sie hatte so viel Spaß und hatte so viel getrunken, daß sie, als sie auf die Toilette ging und sah, daß ihre Unterhose voller Blut war, eher ungeduldig war, als ob das gar nicht sein könnte. Es stimmte nicht, ihre Tage hatten nicht angefangen, sie glaubte es einfach nicht. Sie war auf einer Party, alle waren glücklich, sie hatte Spaß. Sie wollte es einfach nicht glauben, es durfte einfach nicht wahr sein. Sie verließ das Badezimmer, ohne ihr Kleid vor dem Blut zu schützen.

Als sie aus dem Bad durch den Flur kam, sah sie wie durch einen Tunnel Mary Bennett, die immer noch in ihrer Ecke im Wohnzimmer saß und sich in das Sofa schmiegte.

Steve saß auf der Sofalehne und sah auf Mary hinunter. Und Sara sah, wie Mary Steves Hand nahm und auf ihren dicken Bauch legte. Sie sagte etwas zu ihm. Mary nahm Steves Hand und schob sie höher, so daß ein Teil seiner Hand ihre riesigen geschwollenen Brüste berührte.

Sofort zog Steve seine Hand weg.

Mary lächelte Steve an, und Sara, die immer noch im

Flur war, sah die Herausforderung in ihrem Lächeln. Sie war überrascht, daß die sexuelle Botschaft, die Mary ausstrahlte, nicht die ganze Clique dazu brachte, sich umzudrehen und sie erstaunt anzustarren.

Steve stand auf und ging weg.

Mary drehte den Kopf und sah, wie Sara auf sie zukam. Marys Augen verengten sich wie die Augen einer Katze oder eines Vampirs, und sie lächelte nicht und sah auch nicht weg. Sie ist eine Hexe, dachte Sara. Sie ist eine Hexe, und sie verflucht mich. Es schien Jahrhunderte zu dauern, bis sie am Ende des Flurs angelangt war und das volle Wohnzimmer betrat.

Alle lachten, tanzten und redeten, aber der Zauber der Party war für Sara verflogen, und sie spielte nur noch mühsam ihre Rolle. Sie tanzte, bis die klebrige Nässe zwischen ihren Beinen ihr signalisierte, daß es nur peinlich werden würde, wenn sie nicht irgend etwas unternahm. Sie ging wieder in Annie Danforth's Bad zurück. Nachdem sie die Tür hinter sich abgeschlossen hatte, öffnete sie die großen Wandschränke und suchte nach Tampons oder einer Binde. Sie fand beides und außerdem, zu ihrem großen Vergnügen, ein Test-Set, mit dem der genaue Tag des Eisprungs bestimmt werden konnte.

Vielleicht war sie also nicht ganz allein. Vielleicht hatte Annie Danforth ebenfalls Schwierigkeiten, schwanger zu werden. Annie war Anfang Dreißig und hatte keine Kinder. Sie würde Annie zum Lunch einladen, sie könnten ein Glas Wein trinken und sich vielleicht aussprechen. Was wäre das für eine Erleichterung, wenn sie wüßte, daß eine andere Frau die gleichen Probleme wie sie hätte! Eine Welle der Erleichterung durchströmte Sara und kämpfte gegen die Verzweiflung an, die in ihrem Köper hochstieg wie Tränen in einem Brunnen. Eine andere Frau hatte auch Probleme. Sie stand nicht allein da, sie war nicht anormal, sie war weder verflucht noch krank.

Sara legte Annies Sachen wieder in den Wandschrank zurück. Sie wusch sich die Hände, kämmte sich die Haare, legte neuen Lippenstift auf und prüfte ihr Gesicht im Spiegel. Konnte man ihre Verzweiflung in ihren Augen lesen?

Als sie wieder in das Wohnzimmer zurückkam, sah sie, daß die Party abflaute. Nur Jamie und Sheldon tanzten noch. Alle anderen saßen jetzt, entweder auf der Erde oder auf den Sofas, oder auf den Stühlen, rauchten oder kifften, tranken das letzte Glas Bier oder Sekt. Alle, außer Steve.

Sara ging in die Küche. Dort war niemand. Sogar Bill Bennett hatte seine Wache am Tisch mit dem Alkohol aufgegeben.

Sie ging wieder ins Wohnzimmer und setzte sich neben Annie und wartete, bis sie ihr Gespräch mit Carole beendet hatte, und fragte dann: »Wo ist Steve?«

Annie gähnte. »Das sollte ich dir sagen«, sagte sie. »Er bringt Mary nach Hause.« Als sie die Überraschung in Saras Gesicht sah, sagte sie: »Wo bist du gewesen? Vor ein paar Minuten hat sich hier ein kleineres Drama abgespielt. Ich glaube, Mary wollte nach Hause und ging in die Küche, um mit Bill zu reden, und dann hörten wir, wie Bill in der Küche fluchte und herumbrüllte, und wir dachten schon, daß er sie schlägt oder so etwas. Er ist so ein Arschloch. Jedenfalls ist er so schnell abgehauen, daß er noch nicht einmal seine Jacke mitgenommen hat. Und dann hat Mary Steve gefragt, ob er sie nach Hause fahren könnte, weil wir gesehen haben, daß Bill mit ihrem Auto wegfuhr. Steve sagte, er sei gleich wieder hier.«

»Oh«, sagte Sara und hörte, daß ihre Stimme klein und schwach klang. »Ich war im Badezimmer, ich glaube, ich habe wegen der Musik nichts gehört –«

Carole beugte sich vor. »Ich hoffe nur, daß Bill nicht schon zu Hause auf Mary wartet. Er kann so gemein sein, wenn er betrunken ist.«

»Nein, es ist ja noch früh, er ist wahrscheinlich noch in die Kneipe gegangen«, sagte Annie. »Jedenfalls ist das seine Angewohnheit, glaube ich. Ich glaube nicht, daß

Mary vor ihm Angst hat. Ich glaube nicht, daß er gewalttätig ist oder so was, er sagt nur immer so schreckliche Dinge. Arme Mary.«

Carole sah auf die Uhr. »Für dich ist es vielleicht früh, aber für mich nicht«, sagte sie. »Wir sollten auch gehen.«

Sara sah auf ihre Uhr. Es war kurz nach Mitternacht. Sie hatte sich vielleicht zehn Minuten im Bad aufgehalten, schätzte sie – die Bennetts wohnten nicht weit, höchstens fünf Autominuten. Steve mußte jede Minute zurückkommen.

Annie stand auf und brachte Carole und Pete zur Tür. Andere Paare waren ebenfalls im Aufbruch. Die Frauen suchten ihre Auflaufformen und Salatschüsseln zusammen. Sara beobachtete vom Sofa aus, wie die Clique an der Tür stand und dann paarweise in die Nacht ging.

Sie blieb mit Annie und Wade allein. Sie brauchte keine Uhr, um zu wissen, daß Steve schon längst wieder zurück sein müßte.

»Gott, bin ich fertig. Ich gehe schlafen«, sagte Wade und streckte sich.

»Geh ruhig«, sagte Annie. »Ich räume nur noch ein bißchen auf.«

»Ich helfe dir«, sagte Sara und war froh, etwas tun zu können, damit die Zeit schneller verging und sie nicht so peinlich verlassen herumsaß. Als sie die überquellenden Aschenbecher und die leeren Flaschen in die Küche trug, überlegte sie, ob sie Annie wegen des Eisprungindikators ansprechen sollte, entschied sich dann aber dagegen. Es war zu spät, sie waren zu müde, und Steve würde bestimmt jeden Moment kommen und ihr Gespräch unterbrechen. Aber was machte Steve so lange? Warum war er noch nicht zurück? Verdammt, warum war er noch nicht zurück? Die nächste halbe Stunde verging unerträglich langsam. Die beiden Frauen räumten das Wohnzimmer auf, das Eßzimmer, die Küche, sie unterhielten sich eine Zeitlang angestrengt. Gerade als Sara dachte, daß sie es nicht länger aushalten könnte und vor Annie in Tränen ausbrechen müßte und ihre schlimmsten Ängste hinausschreien würde, hörte sie die Tür, und Steve kam herein.

»Hi«, sagte er. »Wo sind die anderen?«

»Die Uhr hat zwölf geschlagen«, sagte Annie grinsend. »Sie haben sich alle in Kürbisse verwandelt.«

»Was hat dich so lange aufgehalten?« fragte Sara ruhig, obwohl sie ihn am liebsten angebrüllt hätte.

»Ich mußte den Babysitter nach Hause bringen«, sagte Steve, »und dann habe ich noch ein paar Minuten mit Mary geredet. Armes Kind. Bill hat eine so miese Laune.«

»Ich weiß«, sagte Annie. »Und selbst wenn er nicht mies gelaunt ist, kann er einem angst machen. Ich glaube, ich habe ihn noch nie lächeln gesehen.«

»Ich glaube, er denkt, daß für Künstler keine normalen Anstandsregeln gelten«, sagte Steve.

»War er zu Hause? Geht es Mary gut?« fragte Annie.

»Nein, er war nicht zu Hause. Und Mary sagte, daß er vielleicht nicht vor dem Morgengrauen kommt. Er hat ein paar Kumpels, mit denen er rumhängt. Ihr geht es gut. Sie hat keine Angst vor ihm, sie hat ihn nur manchmal satt.«

Als sie im Auto nach Hause fuhren, wartete Sara, daß Steve ihr noch mehr erzählen, noch mehr erklären würde. Schließlich schuldete er ihr eine Erklärung. Er wußte, was sie von Mary hielt. Und er war lange weg gewesen. Aber er sagte nichts. Er fuhr wortlos, gedankenverloren, sein Schweigen war wie Öl auf dem Feuer ihrer Wut, die schließlich aufloderte, als sie ins Haus gingen.

»Hast du sie geküßt?« fragte Sara wütend und anklagend.

»Was?« fragte Steve überrascht.

»Oh, hör doch auf«, sagte Sara. »Du hast mich schon verstanden.« Sie spürte Krämpfe im Bauch und in den Schenkeln. Sie merkte, wie das Blut sich seinen Weg durch ihren geschwollenen Körper bahnte. Genau wie die Wut, die aus ihrem Körper quoll und sich zu einer schwarzen Wolke des Zorns zusammenballte, die sich nicht länger zurückhalten ließ.

»Nein, ich habe sie nicht geküßt, Herrgott noch mal«, sagte Steve. Er ließ sie stehen und ging die Treppe hoch ins Schlafzimmer.

Sara ging hinter ihm her, ihr Körper zitterte vor Wut. »Und, hast du sie umarmt? Sie getröstet? Hast du die *arme* Mary getröstet?« Ihre Stimme war vor Bitterkeit entstellt.

Steve saß am Fußende des Bettes und zog seine Schuhe aus. »Nein, ich habe sie nicht getröstet«, sagte er leise und gequält. »Ich habe mit ihr geredet, meistens habe ich ihr zugehört. Sie ist unglücklich.«

»Und sie denkt, daß du sie glücklich machen kannst. Stimmt's? Stimmt's?« Sara stand in der Tür und starrte ihren Mann wütend an. Eine Hälfte ihres Verstandes schwebte aus ihrem Körper an die hinterste Ecke der Schlafzimmerdecke und starrte erstaunt von oben auf Sara hinunter. Wer war die Harpyie? Was dachte sie sich dabei?

»Sara, ich bin müde. Hör doch auf«, sagte Steve.

»Du verschwindest einfach von der Party, du läßt mich allein auf der Party, alle deine Freunde wissen, daß du mit deiner alten Freundin weggegangen bist, du bist über eine halbe Stunde bei ihr, und dann willst du, daß ich so tue, als wäre nichts geschehen?« sagte Sara. Plötzlich vermischten sich ihre Wut und ihre Angst, und sie fing an zu weinen.

»Ach, Sara«, seufzte Steve. »Wenn du wüßtest, wie ich das hasse. Ich hasse es, wenn du so eifersüchtig bist. Warum hast du kein Vertrauen zu mir? Warum glaubst du mir nicht? Ich liebe dich. Ich liebe nur dich. Ich liebe Mary nicht. Sie tut mir sehr leid. Aber ich würde nichts mit ihr *anfangen.* Deine Eifersucht ist einfach albern.«

Sara kam ins Zimmer und setzte sich so weit von ihm entfernt, wie es nur ging, auf das Bett und versuchte Land zu gewinnen. Sie kauerte sich an das Kopfende. »Ich muß einfach eifersüchtig sein«, sagte sie. »Wenn ich sehe, wie sie dich ansieht. Ich habe sie heute abend beobachtet. Wie sie deine Hand genommen und auf ihren Bauch gelegt hat. Wie du sie angelächelt hast. Wie sie dich angelächelt hat.« Sie hob den Kopf und sah Steve an, der am Fußende des Bettes saß, die Ellenbogen auf die Knie gestützt und die Hände vors Gesicht geschlagen hatte. Sie wartete, aber er sagte nichts. Sein Schweigen stachelte sie noch mehr an. »Hast du gespürt, wie sich das Baby bewegt hat?« fragte sie anklagend. »Hat es dir gefallen, sie anzufassen? Hast du dir gewünscht, daß sie deine Frau wäre und es dein Baby wäre?«

Steve antwortete nicht. Er saß einfach da und verdeckte sein Gesicht mit den Händen. Sie bekam selber einen Schreck, als sie ein Buch vom Nachttisch nahm und es quer durch das Zimmer warf. Es klatschte gegen die Wand und fiel auf den Boden. »Verdammt noch mal«, schrie sie. »Wenn du schon mit deiner alten Freundin verschwindest, könntest du wenigstens mit mir reden. Wenn du mich noch willst, meine ich. Wenn nicht, solltest du wenigstens soviel Anstand haben, es mir zu sagen. Oder ich gehe, das schwöre ich. Ich packe meine Koffer, und du siehst mich nie wieder. Das hättest du wohl gern, oder? Dann wärst du mich los, und du könntest Mary heiraten und viele Kinder mit ihr bekommen. Sie könnte dir so viele Kinder schenken, wie du brauchst.«

»Sei still, Sara«, sagte Steve. »Bitte sei still.«

Sara war so erstaunt, daß sie tatsächlich schwieg. Steve hatte noch nie so mit ihr gesprochen. Sie stand auf, ging ins Bad, wechselte die Binde, die vor Blut triefte, wusch sich das Gesicht mit kaltem Wasser, versuchte sich zu fangen, dann ging sie ruhig ins Schlafzimmer zurück und nahm ihren Koffer vom Schrank und legte ihn geöffnet aufs Bett. Sie würde ihn verlassen. Es war alles aus. Es war unfaßbar.

»Sara«, sagte Steve. »Hör zu. Ich muß dir etwas sagen.

Himmel, Sara, würdest du aufhören zu packen und dich hinsetzen und mir zuhören?«

Sara sah Steve an. Sein Gesicht war merkwürdig. Sie hatte das Gefühl, daß er noch nie so fertig ausgesehen hatte. Sie setzte sich auf das Bett und sah Steve an, ohne ihn zu berühren.

»Als Mary und ich zusammen waren«, begann Steve, dann schwieg er. Als er wieder anfing, klang seine Stimme wie die eines Mannes, der die Tränen zurückhalten muß. »Als Mary und ich zusammen waren«, wiederholte er langsam, »wußte sie, daß ich sie nicht heiraten wollte. Ich hatte ihr oft gesagt, daß ich ihr dieses Versprechen nicht geben konnte. In dieser Hinsicht bin ich immer ehrlich gewesen. Das mußt du mir glauben. Ich habe ihr nie etwas vorgemacht. Ich habe ihr gesagt, daß ich sie nicht mehr liebte. Wir sind weiter zusammengewesen, manchmal, einfach aus Gewohnheit oder Bequemlichkeit. Ich weiß es nicht so genau. Jedenfalls wurde sie schwanger von mir.«

Saras Herz brannte vor Schmerz. Die lodernde Flamme ihrer Wut fiel auf sie zurück, und sie verbrannte auf dem Scheiterhaufen dieses neuen Wissens.

»Es war ein Unfall«, sagte Steve. »Was mich betraf, jedenfalls. Ich will damit sagen, daß ich dachte, sie würde verhüten. Wir hatten darüber geredet, und sie wollte nicht, daß ich ein Kondom benutzte. Sie sagte, daß sie die Verantwortung übernehmen und die Pille nehmen würde. Dann kam sie eines Tages und sagte, sie sei schwanger, daß sie es absichtlich gemacht hätte, daß sie die Pille schon vor Monaten abgesetzt hätte, ohne es mir zu sagen, daß sie schwanger werden wollte, daß sie wüßte, daß sie mich in die Falle gelockt hätte, aber daß sie mich heiraten wollte, daß sie mich so sehr liebte, daß es für uns beide ausreichte, daß es gutgehen würde.«

Saras Herz brannte und zuckte vor Trauer, Kummer, Qual und Eifersucht.

»Ich sagte, daß ich sie nicht heiraten würde.« Steve

machte eine Pause. »Ich habe ihr gesagt, daß ich sie ganz bestimmt nicht heiraten würde. Ich habe ihr gesagt, daß ich sie nicht liebe, daß wir keine gemeinsamen Interessen hätten und daß ich sie nie wieder anfassen würde, weil sie mich hereingelegt hätte; ich habe ihr damals ziemlich üble Sachen gesagt. Ich habe sie als hinterlistige und dumme Hure beschimpft, ich habe sie schrecklich beschimpft. Ich sagte ihr, daß ich sie niemals heiraten würde. Daß ich sie nie wiedersehen wollte. Ich habe gesagt, daß ich nur noch eines für sie tun würde, nämlich für die Abtreibung bezahlen.« Wieder machte er eine Pause. Dann fuhr er etwas leiser fort: »Sie fuhr nach Boston und hatte eine Abtreibung. Ich habe ihr das Geld dafür gegeben. Und ich bin danach nie wieder allein mit ihr gewesen, und dann habe ich dich kennengelernt. Du siehst, Sara, wenn ich so versessen auf Kinder wäre, hätte ich längst eins haben können. Ich habe dich nicht geheiratet, weil ich Kinder will. Ich habe dich geheiratet, weil ich dich liebe, weil ich mit dir leben wollte, egal wie es sich entwickelt. Ich kann es nicht fassen, daß du auch nur eine Sekunde daran zweifeln kannst. Mir wird schlecht, wenn ich höre, was du zu mir sagst.«

»O Steve«, sagte Sara und rutschte auf dem Bett zu ihm hin und kniete sich hinter ihn. Sie umschlang ihn mit ihren Armen und lehnte sich an seinen Rücken und rieb ihre Stirn an seinem Hinterkopf. »O Steve, verzeih mir. Es tut mir leid. Es tut mir leid, daß ich so eifersüchtig bin. Das habe ich nicht gewußt. Das hätte ich nie vermutet. Und ich bin so fertig, weil ich nicht schwanger werde, das macht mich ganz verrückt. Steve, ich habe *wieder* meine Tage bekommen. Ich habe wieder versagt.«

Zu ihrer Verwunderung fühlte sie, daß Steves Schultern zuckten. »Manchmal denke ich«, sagte Steve, und da merkte sie, daß er weinte, »manchmal denke ich, daß das meine Schuld ist, Sara. O Scheiße. Ich wollte kein Kind abtreiben lassen. Ich kam mir wie ein Scheusal vor, wie ein Mörder. Aber ich konnte Mary nicht heiraten, es wäre für uns beide die Hölle gewesen, es wäre niemals gutgegangen. Ich habe sie nicht geliebt. Aber ich wollte nicht, daß sie schwanger wird, und ich habe mich immer schuldig gefühlt, daß ich wollte, daß sie abtreibt. Und manchmal denke ich ... daß das meine Strafe ist. Daß wir kein Kind haben können, daß ich kein Kind mit der Frau, die ich liebe, haben kann, weil das Schicksal oder Gott oder was auch immer mich dafür bestraft, weil ich schuld an einer Abtreibung bin.«

Sara fühlte, wie Steves Körper zuckte und wie er sich anstrengte, die Fassung wiederzugewinnen. Sie hielt ihn umschlungen. Als sie Kraft fand, zu reden, sagte sie sanft: »O Steve, das funktioniert nicht so. Du wirst nicht dafür bestraft. Es ist nicht deine Schuld. Es ist eigentlich auch nicht meine Schuld, niemand hat *schuld,* es ist einfach so. O Steve, ich liebe dich. Weine nicht, mein Liebling, oh, sei nicht traurig. Du hast nicht gesündigt. Du hast dich richtig entschieden. Steve, ich bin so froh, daß du mir alles gesagt hast, ich weiß, daß dir das nicht leichtgefallen ist, aber es wird mir sehr helfen, du mußt wissen, daß mir das sehr helfen wird. Ich werde nie wieder so eifersüchtig sein wie vorhin, das verspreche ich dir. Ich habe jetzt mehr Klarheit, zwischen dir und Mary war alles so unklar, so verdächtig, aber jetzt verstehe ich das. O Steve«, sagte sie.

Etwas später machte Steve sich los und ging ins Bad. Sara sah kurz sein Gesicht, er sah aufgewühlt und beschämt aus und hatte rote Flecken im Gesicht. Sie machte das Licht aus und zog sich aus. Als er wiederkam und sich hinlegte, nahm sie ihn mütterlich in die Arme wie ein Kind. Sara hatte das Gefühl, als hätte sie ihn noch nie so sehr und so vorbehaltlos geliebt.

Gleichzeitig bohrte ein kleiner böser Teufel in ihr und sagte weinerlich und unablässig bohrend: Da hast du es. Er kann Babys zeugen. Er kann es beweisen. Du bist diejenige, die keine Babys empfangen kann. Du bist diejenige, die versagt. Jetzt besteht nicht mehr der Schatten eines Zweifels.

10

Anfang November fuhr Sara zu einer Besprechung mit Linda Oldham von Heartways House nach Boston. HH wollte eine neue Romanreihe herausbringen, Geschichten von heute, in denen Frauen ein Beruf und sogar Ehrgeiz zugestanden wurden und worin sie auch mal mit einem Mann (wenn auch dezent) ins Bett gehen durften, statt nur zu seufzen, in Ohnmacht zu fallen und schwach zu sein. Linda wollte Sara die Reihe anvertrauen, und Sara willigte unter der Bedingung ein, daß sie in Nantucket bleiben konnte. Sie würde mindestens zweimal monatlich zu Sitzungen in den Verlag kommen. Sie müßte sich durch einen Berg von Manuskripten arbeiten und verantwortlich die charakteristischen Merkmale für die Reihe festlegen müssen. Für Sara war das eine Herausforderung und eine spannende Arbeit, eine Arbeit, an die sie glaubte, denn sie war überzeugt davon, daß es für Frauen das beste war, wenn sie beides hatten, Beruf und Liebe.

Nach ihrer Besprechung mit Linda fuhr sie mit dem Taxi nach Cambridge und ging über den gewundenen Plattenweg zu Fanny Andersons Haus. Der Herbst war milde und trocken gewesen, die Bäume, deren Laub vertrocknet, aber noch nicht abgefallen war, knisterten und raschelten. Sara stand vor der Tür, klopfte aber nicht. Sie sah sich um, betrachtete die goldenen Chrysanthemen, die an der Hauswand wuchsen, den Rasen, der sich bis an den schmiedeeisernen Zaun erstreckte, zwischen dessen Stäben sich Blätter gefangen hatten. Es hatte Zeiten gegeben, wo sie sich vor diesem Haus leicht gefürchtet hatte, weil über ihm ein Geheimnis zu schweben schien. Dann war es für sie zu einem Ort der Herausforderung geworden, und jetzt fühlte sie sich willkommen geheißen, das Haus kannte sowohl ihre als auch Fannys Geheimnisse.

Eloise öffnete ihr mit unbeweglichem Gesicht die Tür,

als sie schließlich klopfte. Das jedenfalls hatte sich nicht geändert. Die schweren blauen Vorhänge des Wohnzimmers waren vollständig zugezogen, und ein helles Feuer leuchtete im Kamin und erfüllte das Zimmer mit Wärme und Licht. Die Katzen lagen an ihrem üblichen Platz, wenn es draußen kalt war, sie räkelten sich vor dem Kamin. Fanny saß auf dem Sofa, neben ihr ihr Lieblingsspaniel, der seinen Kopf in ihren Schoß gelegt hatte. Als Sara in das Zimmer kam, sah sie, daß Fanny ungewöhnlich aufgeregt war. Sie lächelte gequält und streichelte hektisch Kopf und Ohren des Hundes. Oh, oh, dachte Sara, was ist schiefgelaufen?

Zunächst unterhielten sie sich über harmlose Dinge, über ihre Weihnachtspläne und das Wetter und Saras neuen Job für Heartways House. Aber nachdem Eloise den Teewagen hereingeschoben hatte, sagte Fanny: »Sara, Liebes, ich habe ein Problem.« Selbst wenn sie so aufgeregt war, schwang in ihrer Stimme der schleppende, singende Unterton ihres Kansas-Akzents mit. »Ja«, lachte sie, »ich bin dumm, ich glaube, für die meisten Menschen wäre es überhaupt kein Problem. Und das macht es besonders schlimm.« Sie lachte wieder und streichelte den seidigen Kopf des Spaniels. »Also, ich habe hier einen Brief bekommen«, sagte sie. »Aus England. Von meinem englischen Verleger. Er schreibt, daß ›Jennys Buch‹ einen Preis bekommen hat. Verbunden mit ziemlich viel Geld und sehr viel Prestige. Den Shelburne-Preis.«

»Mein Gott, Fanny«, sagte Sara. »Das ist absolut phantastisch. Das ist wunderbar. Ach du meine Güte. Ist das toll. Der Shelburne-Literaturpreis ist wirklich die Krönung.«

»Ja, das weiß ich schon«, sagte Fanny. »Aber du kennst das Problem noch nicht. In dem Brief steht, daß ich bei der Preisverleihung persönlich anwesend sein muß. Ich muß ihn persönlich entgegennehmen, und ich muß eine kleine Rede halten. In England. Im Januar.«

»Na, das kannst du doch!« sagte Sara. »Mein Gott, Fanny. England! Der Shelburne-Preis!«

Fanny starrte Sara an. Sie öffnete den Mund und wollte etwas sagen, dann machte sie ihn wieder zu und sah auf den Hund in ihrem Schoß. Schweigend streichelte sie den Hund.

»Du willst doch nicht sagen, daß du daran denkst, nicht hinzufahren?« fragte Sara. Sie kreischte fast. »O Fanny!«

Fanny blickte hoch. »Na ja, meine Liebe. Ich habe dir erzählt, daß ich dieses Haus seit vier Jahren nicht mehr verlassen habe. Und ich habe dir erklärt, was es für mich heißt, das Haus zu verlassen. Und das bezieht sich nicht nur darauf, daß ich nicht hinausgehen kann, sondern auch auf Reisen ins Ausland, und auf die Rückreise. Und es ist sehr wahrscheinlich, daß ich alte Bekannte aus meiner Londoner Zeit treffen werde. Alte Freunde, alte Kollegen, sogar alte Liebhaber. Und ich weiß nicht, ob ich damit fertig werden kann.«

»Aber Fanny, was für ein Unsinn«, sagte Sara. »Jeder Schriftsteller der Welt würde einmal durch die Hölle und zurück gehen, wenn er den Shelburne-Preis bekäme, und du brauchst dafür nur nach England zu fahren. Du mußt fahren. Deine Eitelkeit darf dir in diesem Fall keinen Strich durch die Rechnung machen. Außerdem weißt du genau, daß alle anderen auch älter geworden sind, wenn dich das quält, aber du hast gewonnen, weil du ein Buch geschrieben hast, das diesen Preis bekommen hat. O Fanny, du mußt fahren, ich werde nicht zulassen, daß du *nicht* fährst!«

Fanny lächelte. »Ich habe gehofft, daß du etwas in der Richtung sagen würdest«, sagte sie. »Weißt du was, meine Liebe, ich glaube nämlich, daß ich möglicherweise unter einer Bedingung fahren *könnte* – nämlich wenn du mich begleitest!«

Sara merkte, wie ihr vor Überraschung der Unterkiefer hinunterklappte. Sie konnte nur an eines denken.

Als Fanny Saras Gesicht sah, fügte sie schnell hinzu:

»Ich würde natürlich für alles aufkommen, für die Reisekosten und die Hotelkosten. Ich werde viel Geld bekommen, und es würde mir nicht im Traum einfallen, dich zu bitten, mich zu begleiten, wenn du mir nicht erlaubtest, für dich zu bezahlen.«

»O Fanny, du bist sehr großzügig, und du weißt, daß ich sehr gern mitkommen würde, nur – wann genau ist die Preisverleihung? Wann im Januar mußt du in London sein?«

Fanny nahm den Brief, der auf dem Tisch neben dem Sofa lag. »Mitte des Monats«, sagte sie. »Am siebzehnten Januar ist die Preisverleihung. Meine Agentin hat gesagt, daß sie versuchen will, ein paar Interviews zu arrangieren, und mein Verleger wird eine Party zum Erscheinen des Buches für mich geben und so weiter, es wäre also das beste, wenn ich eine ganze Woche dort bleiben würde. Sie hat den fünfzehnten bis einundzwanzigsten Januar vorgeschlagen.«

Sara kannte inzwischen jede Phase ihres Zyklus in- und auswendig wie ihren Namen. Sie wußte natürlich, daß die Woche, in der sie Fanny nach London begleiten sollte, zweifelsfrei genau die Woche des Monats Januar war, in der sie ihren Eisprung hatte. Die Woche, in der sie versuchen mußte, schwanger zu werden.

Sie war jetzt fünfunddreißig Jahre alt. Sie hatte nicht mehr viele Wochen in ihrem Leben, in denen sie schwanger werden konnte.

Aber sie konnte Fanny nicht allein lassen. Sie wußte, daß Fanny allein nicht fahren würde.

Und vielleicht wäre sie dann schon schwanger. Vielleicht wäre bis dahin schon alles im Lot.

»Natürlich komme ich mit«, sagte Sara. »Ich komme sehr gern mit, Fanny. Wir werden viel Spaß haben. Mein Gott, du bekommst den Shelburne-Preis. Weißt du überhaupt, was das für eine Ehre ist? Wie stolz du auf dich sein kannst? O Fanny! Eine Woche London! Wir werden es uns wirklich gutgehen lassen!«

Fannys Hände flogen zu ihrem Haar. »Ich habe die ganze Nacht darüber nachgedacht«, sagte sie, »ob ich mir das Haar tönen lassen soll. Es ist schon soviel Weiß darin. Und ich muß abnehmen. Und ich glaube, daß meine Kleider alle hoffnungslos altmodisch sind, ich glaube, ich muß einkaufen gehen...«

Sara lachte und beugte sich vor und unterhielt sich mit Fanny über ihre Haare, ihr Gewicht, ihre Kleider. Die Reise. Den Preis. Es war alles so wundervoll. Im Hinterkopf wiederholte sie immer wieder, wie den Refrain eines Liedes, den einen Gedanken: Fanny wird das Haus verlassen, in dem sie sich jahrelang versteckt hat!

Und noch weiter hinten im Kopf trommelte eine Trommel einen traurigen Rhythmus: Du wirst die Chance verpassen, schwanger zu werden. Du verschenkst die Chance eines ganzen Monats, den du schwanger werden könntest. Wenn du deinen Eisprung hast, wirst du in London sein. Kannst du dir das leisten?

Ende November hatte Sara wieder ihre Periode.

Sie konnte es nicht fassen. Diesmal hatte sie keinen Fehler gemacht, sie hatte alles getan, was sie tun konnte. Die Niederlage machte sie fertig. Sie wußte nicht, ob sie je wieder aufstehen können würde. Sie sah keinen Sinn mehr im Leben.

Schließlich stand sie auf und lief den ganzen Tag im Bademantel herum, nahm Tabletten gegen die Krämpfe und trank abwechselnd starken Kaffee und Weißwein, versuchte sich am eigenen Schopf aus dem Sumpf zu ziehen, versuchte nicht mehr zu weinen. Sie rief Dr. Crochett an, der sagte, sie müsse sich selbst noch ein paar Monate bewilligen, ehe sie etwas anderes versuchte, wie zum Beispiel eine Hormonbehandlung, oder ehe sie noch andere Behandlungen in Erwägung zögen, wie zum Beispiel die teure künstliche Befruchtung. Er führte die Fälle anderer Patientinnen an, die monatelang, jahrelang nicht schwanger wurden und plötzlich, aus keinem nachvollziehbaren Grund, schwanger wurden. Sara wußte, daß der Arzt ihr mit seinen Worten genau das sagte, wie alle anderen auch: Entspann dich.

Noch anders ausgedrückt: Wir können nichts weiter tun.

Am späten Nachmittag war Sara vor Kummer fast hysterisch. Als sie das Fernsehen anmachte, weil sie hoffte, sich von irgendeiner Talkshow ablenken lassen zu können, wurde sie mit Werbung für Windeln bombardiert. Sie machte den Fernseher aus und zwang sich, sich anzuziehen und einen Spaziergang zu machen. Draußen war es kalt und windig, aber sonnig. Sie war gerade zwei Ecken weit gegangen, als sie zwei Mütter mit Kinderwagen sah. Sie drehte sich um und flüchtete in ihr Haus.Es gab Zeiten, in denen es ihr schwerfiel, nicht zu glauben, daß die Welt sich über sie lustig machte, daß die Welt sie haßte.

Noch in Mantel, Hut und Handschuhen, ließ sie sich schluchzend aufs Bett fallen. Wie war sie da hineingeraten? Sie war so vertrauensvoll davon ausgegangen, daß sie und Steve Kinder haben würden; als sie heirateten, hatten sie über Kinder gesprochen und über ihr Leben, und für sie bekam das Leben durch Kinder einen Sinn. Sie wollte eine Familie gründen. Sie wollte ein Baby stillen, ihm die Windeln wechseln, es wiegen, sie wollte einem Kind Märchen vorlesen, es pflegen, wenn es krank war, es zu Weihnachten beschenken. Sie wollte sich mit Steve die Freude teilen, ein Kind zu erziehen. Sie wollte Steve zeigen, wie sehr sie ihn liebte, indem sie von ihm ein Kind bekam. Das war nicht fair, das war nicht richtig, das durfte nicht sein. Ihre Liebe war so richtig und so stark und gesund und gut, daß schon allein die Kraft ihrer Leidenschaft eine Schwangerschaft hätte bewirken müssen. Aber das war damals nicht passiert und jetzt auch nicht. Sie kam sich nutzlos vor.

Kurz bevor Steve nach Hause kam, stand sie auf und wusch sich das Gesicht und beruhigte sich. Jetzt, wo sie wußte, wie sehr auch er sich ein Kind wünschte und daß er sich Vorwürfe machte, weil es bei ihnen nicht klappte, spürte sie, daß es notwendig war, ihn zu beschützen und ihre eigene Enttäuschung herunterzuspielen. Sie legte noch mehr Make-up auf, spielte eine laute Rock-'n'-Roll-Platte und legte ein Steak in die Pfanne, das sie in Butter, Pilzen und Weißwein briet. Sie gab sich optimistisch, obwohl ihr das Herz brach.

Es war Mitte Dezember. Sie war in der Mitte ihres Zyklus. Es war genau der Tag, an dem sie laut Indikator ihren Eisprung hatte.

Draußen war alles mit weißem Schnee überstäubt, und im Haus war es sauber und ordentlich, denn Sara hatte mit viel Phantasie und Energie das Haus weihnachtlich geschmückt. Sie wollte die Hoffnung nicht aufgeben, um nicht in einen Zustand des Klagens und Weinens zu versinken, und deshalb hatte sie sich mit aller Kraft, die sie aufbringen konnte, in die Weihnachtsvorbereitungen gestürzt. Für Samstagabend hatten sie die Clique und fast alle anderen Leute, die sie auf der Insel kannten, zu einer großen Weihnachtsparty eingeladen. Sara hatte vom Festland einen riesigen Weihnachtsbaum mitgebracht, den sie tagelang geschmückt hatte mit Ketten aus getrockneten Beeren und Popcorn und roten Seidenherzen und Sternen aus Spiegelglas und mit dem Inhalt eines Päckchens, das ihr ihre Mutter vor kurzem geschickt hatte und in dem der Weihnachtsbaumschmuck ihrer Kindheit war. Sie hatte das Treppengeländer und die Kaminumrandungen in Wohn- und Eßzimmer mit Lorbeer bekränzt und ein Gebinde aus Gräsern und Beeren, das sie mit einer grünen Samtschleife versehen hatte, ins Küchenfenster gehängt.

Weil es für die Jahreszeit sonnig und warm war, war Steve früh aufgestanden und aus dem Haus gegangen, um an dem Haus weiterzuarbeiten, das er gerade restaurierte. Als Sara aus dem Bad kam, wo sie soeben den Indikator benutzt hatte, zog er sich gerade an. Fast hätte sie

»Nein!« gerufen. »Du darfst jetzt nicht gehen, erst mußt du wieder ins Bett kommen.« Aber sie wußte, daß er sich bemühte, an dem Haus weiterzuarbeiten, wann immer das Wetter Arbeiten im Freien erlaubte. Sie konnte bis heute abend warten. Sie hoffte, daß der Tag schnell vergehen würde. Sie fühlte, wie das Ei wie eine Uhr in ihr tickte und sagte: Los, los, befruchte mich, ehe es zu spät ist! Sie war nervös, ungeduldig und sogar ein bißchen ärgerlich. Dieser Tag durfte nicht ungenutzt vergehen.

Wenigstens hatte sie Annie Danforth heute zum Lunch eingeladen. Sara deckte rote kleine Quilts als Platzdecken und dazu passende Servietten und steckte rote Kerzen in die silbernen Kerzenleuchter. Sie hatte eine Quiche gemacht und einen kleinen Salat und hatte guten Weißwein besorgt. Das war das erste Mal, daß sie auf Nantucket jemanden zum Essen einlud. Sie fühlte sich jung und war aufgeregt wie ein Kind, bei dem ein anderes Kind über Nacht bleiben durfte. Annie hatte einen Magister in englischer Literatur und Geistesgeschichte und konnte wie so viele Frauen auf der Insel – oder wie viele Frauen mit einem Magister in Anglistik überall auf der Welt – keinen Job finden, der ihren Fähigkeiten entsprach. Deshalb hatte sie eine kleine Boutique aufgemacht und war ziemlich erfolgreich. Aber sie las gern und sehnte sich danach, über Bücher sprechen zu können, und deshalb redeten sie den ersten Teil des Nachmittags über Bücher. Sara freute sich sehr darüber, nicht nur, weil sie jemanden gefunden hatte, der Bücher ebenso liebte wie sie, sondern auch, weil sie erst später zum Thema Kinder übergehen wollte, um nicht zu zeigen, wieviel ihr daran lag.

»Was für ein Luxus«, sagte Annie, als Sara eine Kanne mit starkem Tee brachte, um die Wirkung des Weins auszugleichen. Ihr Dessert, zwei Kristallschalen mit Himbeeren, Schlagsahne und Eierlikör, wartete auf sie. Mit einer Handbewegung, die das Zimmer und die ganze Welt mit einschloß, sagte Annie: »Was für ein herrlicher Tag, und dein Haus ist so schön, und das Essen ist so gut. Und es ist so friedlich hier.«

»Ich weiß«, sagte Sara. »Es ist wirklich friedlich. Das liegt zum Teil daran, weil Steve und ich noch keine Kinder haben.« So, dachte Sara, reichte dieser kleine Anstoß in die richtige Richtung?

»Wollt ihr denn Kinder haben?« fragte Annie und rührte in ihrem Tee.

»Mmmm, ich denke schon«, sagte Sara völlig natürlich. Sie konnte ihr schmerzliches Geheimnis nicht sofort preisgeben. »Und ihr?«

»Ach, wir wollten schon immer eine Familie«, sagte Annie. Ihr Gesicht wurde ernst. »Aber wir mußten erst ein bißchen Geld sparen und beruflich weiterkommen! Ich habe einige Zeit gebraucht, um etwas zu finden, was ich hier machen konnte, weil ich mit meiner Anglistik und dem Universitätsabschluß hier nichts anfangen konnte. Und es hat Ewigkeiten gedauert, bis wir das Haus soweit fertig hatten. Aber Wade ist dreiunddreißig, und ich bin fünfunddreißig. Deshalb haben wir beschlossen, jetzt loszulegen. Das war wirklich eine schwere Entscheidung.«

»Ich weiß«, pflichtete Sara ihr bei. »Jetzt«, dachte sie, »wirst du mir erzählen, wie überrascht du warst, als du nicht auf Anhieb schwanger geworden bist.«

»Aber wir hatten uns entschieden, und deshalb nahm ich mein Diaphragma nicht mehr. Das ist jetzt *ein ganzes Jahr* her«, Annie blickte in ihre Teetasse. »Ich glaube, ich habe geglaubt, daß ich sofort schwanger werden würde«, sagte sie mit dumpfer Stimme. »Wir haben wirklich ein hartes Jahr hinter uns, weil das nicht geklappt hat. Ich meine, es hat nicht auf Anhieb geklappt, so wie wir es uns gedacht haben.«

»Ich weiß«, nickte Sara. Fast hätte sie hinzugefügt, daß sie und Steve auch Schwierigkeiten hatten, aber Annie war zu sehr auf ihren eigenen Bericht fixiert. Sara hörte zu und empfand Annies Worte wie Balsam auf der Wunde ihrer einsamen Unfruchtbarkeit.

»Du glaubst gar nicht, wie sehr das eine Ehe belasten kann. Die ersten sechs oder sieben Monate habe ich mir keine großen Gedanken gemacht, obwohl ich jeden Monat, wenn ich meine Tage bekam, sehr enttäuscht und niedergeschlagen war. Ich weiß ja auch, daß wir älter sind und es deshalb vielleicht etwas länger dauert. Und in den ersten Monaten haben wir überhaupt nicht darauf geachtet, wann ich meine fruchtbaren Tage habe, ich meine, wir haben einfach miteinander geschlafen, wenn wir Lust hatten, und nicht an irgendeinem bestimmten Tag. Aber dann habe ich angefangen nachzulesen, wie ich schwanger werden kann, und fing an, Wade an den richtigen Tagen ins Bett zu manövrieren. Das war lustig, aber ich bin nicht schwanger geworden. Du kannst dir nicht vorstellen, wie komisch ich mir dabei vorgekommen bin.«

»Oh, das kann ich mir vorstellen«, sagte Sara mitfühlend. Sie wußte, daß ihre Leidensgeschichte, wenn sie an der Reihe war, aus ihr herausquellen würde wie glühende Lava aus einem Vulkan und sie sich hinterher geläutert, gereinigt und erleichtert fühlen würde, bereit für einen neuen Anfang.

»Und vor etwa zwei Monaten habe ich Wade vorgeschlagen, vielleicht mal zu einem Arzt zu gehen, weil ich nicht schwanger wurde. Mann, du hättest seine Reaktion sehen sollen. Ganz männliche Abwehrhaltung! Er ist ausgeflippt. Niemals würde er einen Arzt an sein Teil ranlassen! Wir hatten eine schreckliche Auseinandersetzung. Die schlimmste, die wir je gehabt haben. Die Sache mit der Fruchtbarkeit rührt wirklich an die tiefsten Ängste und Gefühle. Ich hatte einen ganzen Monat lang richtige Angst. Ich dachte, daß unsere Ehe kaputt wäre. Ich konnte Wade noch nicht einmal dazu bewegen, darüber zu *reden.* Ich habe mich sehr allein gelassen gefühlt.«

»Oh, hättest du mich mal angerufen«, sagte Sara, und fast hätte sie hinzugefügt: »Weil ich nämlich dasselbe durchgemacht habe«, aber Annie ließ sich nicht unterbrechen.

»Dann habe ich einen Eisprungindikator gekauft. Er funktioniert so ähnlich wie ein Chemiebaukasten, du kannst damit genau den Tag des Eisprungs bestimmen. Du mußt einfach in der Mitte deines Zyklus jeden Morgen mit deinem Urin einen kleinen Test durchführen. Das habe ich also gemacht, aber heimlich, denn Wade wäre an die Decke gegangen, wenn er es gemerkt hätte. Manchmal benimmt er sich wirklich wie ein Neandertaler, das glaubt man nicht. Na ja, jedenfalls habe ich das im letzten Monat probiert –« Annie hob den Blick und sah Sara an. Ihr Lächeln war dermaßen strahlend, daß es Sara den Atem verschlug. Sie wußte, was Annie ihr sagen würde, noch ehe sie den Mund aufmachte. »Sara, ich bin mir ziemlich sicher, daß ich schwanger bin! Ich habe es noch niemandem gesagt – noch nicht einmal Wade! Bitte, verrat es keinem. Vielleicht irre ich mich. Aber ich glaube nicht. Meine Periode ist seit drei Wochen überfällig.«

Sara lächelte, aber hinter der lächelnden Fassade schaltete ihr Körper auf ein anderes Programm um, das ganz auf Überleben, Rückzug und Tarnung ausgerichtet war. »Annie, wie schön«, sagte sie. »Hör mal, wenn du schon einen Eisprungindikator benutzt hast, warum versuchst du es dann nicht auch mit einem Schwangerschaftstest aus der Apotheke?«

»Oh, das habe ich ja«, sagte Annie. »Ich habe drei Stück gemacht. Alle drei waren positiv – ich bin schwanger. Mein Gott, ich kann es gar nicht glauben. Ich habe Freitag einen Termin beim Arzt. Ich möchte ganz sicher sein, ehe ich es Wade erzähle. Ich will nicht nur vielleicht schwanger sein. Ich will *richtig* schwanger sein.«

»Du bist bestimmt schwanger«, sagte Sara. »Es hört sich ganz so an.«

»Na ja, meine Brustwarzen sind sehr empfindlich«, sagte Annie. »Und weißt du, was mir gestern beim Nähen passiert ist? Ich bin einfach eingeschlafen. Das ist mir noch nie passiert. Ich bin zur Zeit immer so müde, daß ich überhaupt nichts schaffe. Das sieht mir gar nicht ähnlich. Und –«

Sara hörte zu, und Annie redete weiter über die Anzeichen für ihre Schwangerschaft und wann das Baby kommen würde und daß sie für Wade hoffte, daß es ein Junge würde. Sara lächelte und nickte und sagte »Ah« und »Oh« und dachte: »Annie, du bist so egozentrisch! Wieso kommst du nicht auf die Idee, dich zu fragen, warum ich das Thema zur Sprache gebracht habe. Oder warum ich dauernd ›Ich weiß‹ gesagt habe?« Aber Sara wußte, daß sie Annie ihr Problem jetzt nicht anvertrauen konnte. Sie wollte nicht, daß Annie wußte, daß sie selbst den Test nur einen Monat gemacht hatte und schon gleich schwanger geworden war, während sie, Sara, den Test mehrmals gemacht hatte und immer noch nicht schwanger war, trotz einer Bauchspiegelung und obwohl sie es schon seit zwei Jahren versuchte.

Annie redete, aber mit jedem Wort fühlte Sara sich einsamer. Sie wußte, daß sie Annies Anblick, deren Bauch sich triumphierend über dem neuen Leben wölben würde, einem richtigen Kind, das sie austragen würde, von nun an immer nur an den Unterschied zwischen ihnen beiden erinnern würde. Und daran, daß sie versagt hatte.

Was ging hier vor und warum? Endlich verabschiedete Annie sich, und Sara räumte mechanisch wie ein Zombie den Tisch ab, ging dann in ihr Schlafzimmer und legte sich aufs Bett und war steif vor Selbsthaß und Zweifeln. Das hatte sie nicht verdient. Wieso mußte sie so gestraft werden, sie hatte doch nichts Schlechtes getan. Aber das Schicksal war unmißverständlich gegen sie oder, noch schlimmer, hatte sie ausgewählt, um sie zu verfluchen. Ihre Schwester Ellie war zum zweitenmal schwanger. Die Frau von der chemischen Reinigung war schwanger. Eine Kassiererin in ihrem Lebensmittelgeschäft war schwanger. Und jetzt war Annie schwanger. Bald würden Steve und sie das einzige kinderlose Paar der Clique sein. Warum? Gab es dafür eine Erklärung? Was konnte sie machen? *Was könnte sie machen?*

Sie könnten heute nacht zusammen schlafen. Sie hatte heute ihren Eisprung. Das war bewiesen. Daran mußte sie sich klammern und optimistisch bleiben. Sie durfte sich nicht erlauben, in einem Sumpf von Selbstmitleid zu versinken. Sie würde Steve herzlich und liebevoll empfangen, wenn er nach Hause kam. Vielleicht geschah es heute nacht.

Aber als Steve nach Hause kam, war er müde und gereizt. Einer seiner Leute war nicht zur Arbeit erschienen, und Steve befürchtete, daß sie ihren Zeitplan nicht einhalten könnten. Sara setzte ihm eine riesige Portion Eintopf mit Lammfleisch vor, was ihn für gewöhnlich besänftigte, diesmal aber nicht funktionierte. Während des Essens war er sehr still und reagierte auf ihr fröhliches Geplauder nur einsilbig. Später, in der Küche, als sie gerade dachte, wie unfair es von ihm war, seine schlechte Laune an ihr auszulassen, kam er mit einem Stapel Briefe in der Hand in die Küche.

»Herrgott noch mal, Sara!« sagte er. »Ich habe eben die Rechnungen von Sears geöffnet. Und die von Master-Charge und VISA. Bist du verrückt geworden?«

Sara trocknete sich die Hände ab und drehte sich zu Steve um. Oh Steve, dachte sie und versuchte, ihm eine wortlose Botschaft zukommen zu lassen. Wir wollen uns nicht streiten. Jedenfalls nicht heute abend. Wir müssen heute abend noch zusammen schlafen.

»Es ist Weihnachten«, sagte sie. »Ich habe die Geschenke für alle auf dem Festland gekauft, weil es dort billiger ist als hier auf der Insel. Wir müssen für so viele Leute etwas kaufen, für deine Mutter und deinen Vater und für meine Mutter und für Ellie und ihren Mann und Joey, und Julia und ich schenken uns auch immer etwas, und in diesem Jahr wollte ich auch etwas für Fanny besorgen, weil sie mir soviel bedeutet. Und dann habe ich noch ein paar Delikatessen in Cambridge bei Dardullo gekauft, für unsere Party am Wochenende. Sachen, die ich hier nicht bekommen kann.«

»Mein Gott, Sara. Ich kann es nicht fassen, daß du soviel Geld ausgegeben hast. Verdammt, sieh dir bloß diese Rechnungen an! Als ob wir nicht genug für die Ölrechnungen im Winter ausgeben müßten.«

»Ach, Steve, es ist nicht mehr, als wir sonst auch zahlen«, sagte Sara. »Nur daß in diesem Jahr alle auf einmal kommen, die Rechnungen, meine ich. Gewöhnlich werden wir erst im Januar damit belastet, oder die Summe erstreckt sich über zwei oder drei Monate. Nur weil ich in diesem Jahr alles gut organisiert habe und alle Einkäufe auf einmal erledigt habe, kommen die Rechnungen alle auf einmal.«

»Du hättest mit mir reden müssen, ehe du soviel Geld ausgibst.«

»Ach, Steve«, antwortete Sara. »Stülpe uns doch nicht das Klischee einer Ehe über, in der der Mann seiner kleinen Frau erzählt, was sie zu tun und zu lassen hat. Ich verdiene auch einen guten Teil unseres Geldes, wie du weißt, ich arbeite auch, ich werde die Hälfte der Rechnungen bezahlen.«

»Ja, Sara. Aber du weißt, daß ich zur Zeit blank bin«, sagte Steve. Er ließ sich auf einen Küchenstuhl fallen und schob die Briefe mit so viel Wut von sich, daß ein Teil über den Tisch rutschte und auf die Erde fiel. »Ich finde dein Verhalten wirklich rücksichtslos. Ich sage dir nicht, was du zu tun und zu lassen hast, ich sage nur, daß du mich zumindest hättest fragen können.«

»Aber Steve, du weißt doch, daß du es haßt, Weihnachtsgeschenke kaufen zu müssen«, sagte Sara. »Weil du in dieser Hinsicht ein alter Geizkragen bist –«

»Ach, sind wir schon so weit, daß wir uns jetzt gegenseitig beschimpfen? Daß du mich als alten Geizkragen bezeichnest? Weil ich glaube, daß wir unser Geld zusammenhalten müssen? Du willst nicht, daß wir in das Klischee verfallen, wo der Mann der Frau das Geld zuteilt, aber du beschimpfst mich. So ist es doch. Oder?« Er brüllte fast.

»Steve«, sagte Sara. »Reg dich doch nicht so auf. Nur weil du einen schlechten Tag im Geschäft hattest, brauchst du es doch nicht an mir auszulassen.«

»Und *du* versuch nicht, vom Thema abzulenken!« sagte Steve. »Ich bin nicht sauer, weil ich einen schlechten Arbeitstag hatte. Ich bin sauer wegen dieser gottverdammten Rechnungen. Sara, du hast Joey Spielsachen im Wert von dreihundert Dollar gekauft!«

»Das waren Sonderangebote«, sagte Sara. »Und sie sind nicht nur für Joey –« Sie wandte sich ab. Sie konnte ihm nicht sagen, wieviel Freude es ihr gemacht hatte, den ganzen Nachmittag in der großen Spielwarenabteilung bei Sears auf dem Festland zu verbringen. Sie hatte viel Zeit bei den Puppen mit ihren Rüschenkleidern verbracht und bei den Feuerwehrautos, die mit richtigem Wasser spritzen konnten, und bei den prallgestopften Plüschteddys mit ihren rosa Schleifen und bei den Puppenstuben mit ihren Miniaturmöbeln. Sehnsüchtig hatte sie sich die in fröhlichen Farben gehaltenen pädagogischen Spielzeuge angesehen, die in der Babyabteilung wie riesige Plastikblumen blühten. Sie hätte am liebsten Stück für Stück gekauft und mit nach Hause genommen, als Geschenk für ihr eigenes Baby, ihr eigenes kleines Mädchen, ihren eigenen kleinen Jungen. Sie hatte für Joey, ihren Neffen, Geschenke gekauft und dann wie verrückt Geschenke für das Baby gekauft, das Ellie erwartete und das im Januar geboren werden sollte. Winzige Frotteelätzchen. Ein Babybadetuch und Waschlappen in der Farbe frisch geschlüpfter Küken. Einen Quilt aus Seide mit einer Umrandung, auf die Häschen, Elefanten und Enten und Giraffen gestickt waren. Und eine luxuriöse reinweiße flauschige Winterdecke mit einer Kapuze. Ja, sie war verrückt geworden. Sie hatte zuviel gekauft. Aber andererseits, wieviel war *zuviel,* wenn es darum ging, ein neues Kind auf der Welt willkommen zu heißen? Aber sie konnte Steves Standpunkt verstehen. Sie hatte sich diese Extravaganz geleistet, und sie hatte zuviel Geld ausgegeben. Sie war etwas durchgedreht. In Wirklichkeit hatte sie die Sachen für sich selbst gekauft. Es war ihr dreihundert Dollar wert gewesen, einen ganzen Nachmittag lang ganz legitim Babysachen und Spielsachen einzukaufen.

Das konnte sie Steve auf keinen Fall erklären, weil sie dann beide nur noch unglücklicher wären, weil sie kein eigenes Baby hatten.

»Ich werde alles bezahlen«, sagte sie leise, ohne ihn anzusehen.

»Mein Gott, Sara, sag doch gleich, daß du mir die Eier abschneiden willst«, sagte Steve.

Schockiert sah Sara ihn an. Noch nie hatte er so mit ihr geredet. Aber Steve stand auf, schubste seinen Stuhl weg und stampfte aus der Küche in ein anderes Zimmer. Sie hörte, wie er seinen Mantel nahm und die Haustür zuschlug. Sie hörte den Motor des Lieferwagens aufheulen, dann fuhr er los.

Das hatte er noch nie gemacht, sie auch nicht. Wenn sie sich heftig gestritten hatten, war es immer nur sie gewesen, die aus dem Zimmer gegangen war, aber nur in ein anderes Zimmer. Sie war weinend aus dem Wohnzimmer gerannt und hatte sich auf ihr Bett geworfen, wo sie darauf wartete, daß Steve zu ihr kam. Manchmal war er gekommen und manchmal nicht, und dann mußte sie ihren Stolz hinunterschlucken und wieder ins Wohnzimmer zurückgehen und sich mit ihm weiter streiten.

Aber sie hatte nie während einer Auseinandersetzung das Haus verlassen, und Steve auch nicht. Ihr war schlecht.

Sie hob die Rechnungen auf, die über den Küchenfußboden verstreut waren. Sie konnten einem Angst einjagen, diese Rechnungen für ihre Weihnachtseinkäufe, und sie hatte die Getränke und das Essen für die Party mit der MasterCard eingekauft, und alles in allem hatten sie immer noch tausend Dollar Schulden wegen ihrer Bauchspiegelung. Wenigstens hatte Steve ihr das nicht vorgehalten. Er hatte ihr nicht vorgeworfen, daß sie nicht zweitausendfünfhundert Dollar zahlen müßten, wenn sie nicht als Frau versagen würde. Und dann die Eisprungtests, die Sara gekauft hatte, das Stück für fünfunddreißig Dollar. Das summierte sich.

Alles summierte sich. Sie würden viel arbeiten müssen, bis alles bezahlt und der Schuldenberg abgetragen war. Sie hätte in diesem Jahr bescheidener einkaufen sollen, weil sie wußte, wie sehr Steves neue Firma ihn finanziell und gefühlsmäßig belastete. Aber sie würden es schaffen, das wußte sie genau.

Wenn er doch nur nach Hause kommen würde. Sara sah auf ihre Uhr. Es war fast halb zehn. Ihre Nerven waren zum Zerreißen gespannt. Nur noch zweieinhalb Stunden bis Mitternacht! In zweieinhalb Stunden war der Tag, an dem sie ihren Eisprung hatte, vorbei. Er mußte nach Hause kommen, und zwar bald, sie mußten sich versöhnen, sie mußten zusammen schlafen.

Sie wußte nicht, wohin mit ihrer Energie, also räumte sie die Küche zu Ende auf. Als er um zehn Uhr immer noch nicht nach Hause gekommen war, blieb ihr nichts weiter übrig, als im Haus auf und ab zu gehen. Wo mochte er sein? War er ein Bier trinken gegangen? Dafür würde sie ihn verabscheuen, das hatte er noch nie gemacht, das wäre so, als wollte er aller Welt erzählen, daß sie sich gestritten hatten, das sah Steve nicht ähnlich. Aber es sah ihm auch nicht ähnlich, einfach aus dem Haus zu stürmen.

Es war halb elf, als er nach Hause kam. Er sah finster und gequält aus.

»Wo bist du gewesen?« fragte sie und bemühte sich, ihrer Stimme einen eher besorgten als inquisitorischen Ton zu geben.

»Ich bin einfach zum Strand gefahren und habe im Auto gesessen und Radio gehört und das Meer angestarrt«, sagte Steve. Er ging durch den Flur, warf seine Jacke auf die Treppe und eilte die Treppe hinauf und ging ins Schlafzimmer. Sara hinterher.

Steve redete, während er sich auszog, um schlafen zu gehen. Na, jedenfalls macht er sich bettfertig! dachte Sara.

»Tut mir leid, daß ich so mit dir geredet habe«, sagte Steve. »Das war ordinär und grob.«

»Ich verstehe dich mit dem Geld«, sagte Sara. »Ich sehe ein, daß ich zuviel ausgegeben habe. Es tut mir leid, aber jetzt, wo ich ganztags für Heartways House –«

»Aber begreifst du denn nicht, Sara, daß es nicht richtig ist, wenn du mehr als die Hälfte der Rechnungssumme bezahlst. Ich kann es ertragen, daß ich dich im Moment nicht ernähren kann, so emanzipiert bin ich inzwischen, aber es macht mich einfach fertig, wenn du alle Rechnungen bezahlst und so viel Geld ausgibst, ohne vorher mit mir darüber zu reden, so als ob mein Geld nicht zählen würde.«

»O Steve, das habe ich nicht beabsichtigt«, sagte Sara.

»Das weiß ich. Ich weiß, daß ich beim Thema Geld überempfindlich reagiere. Aber ich habe unerwartete Ausgaben – die Versicherungsbeiträge für die beiden Männer, die ich angestellt habe, bringen mich um. Und die Buchführung macht mich fertig. Ich muß jeden Cent abrechnen, den ich für das Haus ausgebe, und wenn ich einen Fehler mache, geht das ausschließlich zu meinen Lasten. Es ist viel schwieriger, als ich dachte, selbständig zu sein. Manchmal denke ich, daß ich einen Fehler gemacht habe.«

»O Steve, nein, ganz bestimmt nicht. Aller Anfang ist schwer«, sagte Sara. »Es tut mir so leid, daß ich so viel ausgegeben hatte. Das war gedankenlos von mir, jetzt, wo du so eine Menge um die Ohren hast. Aber es wird alles gut werden, Steve, ganz bestimmt.«

Jetzt endlich drehte Steve sich um und umarmte Sara. Er drückte sie an sich und strich ihr über das Haar. Eine freundliche Umarmung, ohne Begehren. »O Gott, ich bin fertig.«

Er stand auf und ging ins Bad, kam zurück und legte sich hin. Sara ging nach unten und machte überall das Licht aus und ging dann wieder nach oben und überlegte fieberhaft. Sie hatten sich versöhnt. Aber er schien keine Lust zu haben, mit ihr zu schlafen. Sie ging auf die Toilette. Sie könnte sich ein sexy Nachthemd anziehen – aber nachts war es kalt im Haus, nachts stellten sie bewußt die Heizung ab. Sie zog immer ein warmes Flanellnachthemd an. Trotzdem zog sie jetzt ein durchsichtiges sexy Nachthemd an.

Steve lag auf dem Rücken, mit einem Arm über den Augen. Er sah sie nicht an, als sie ins Schlafzimmer kam. Sara legte sich neben ihn und umschlang ihn mit ihren Armen und Beinen. Sie kuschelte sich eng an ihn. Sie wußte, daß er ihren Körper durch den dünnen Stoff des Nachthemds spürte.

Steve legte einen Arm um sie und drückte sie. »Tut mir leid, Sara, mit mir ist heute nichts los«, sagte er. »Ich bin erledigt. Ich muß einfach schlafen. Ich möchte morgen um sechs aufstehen. Ich muß früher draußen bei dem Haus sein, oder wir schaffen den Termin nicht.«

»Aber du mußt heute nacht mit mir schlafen!« dachte Sara entsetzt. Du mußt!

Sie lag wie erstarrt da, während er die Hand ausstreckte und das Licht ausmachte und sich dann auf die Seite legte, die Haltung, in der er immer einschlief. Er kehrte ihr den Rücken zu.

Sara bewegte sich nicht, aber innerlich kochte sie. Sie war beleidigt – hatte ihr praktisch nackter Körper seine Anziehungskraft auf ihn verloren? Und, was wichtiger war, was sollte sie jetzt machen? Sollte sie sagen: Steve, du *mußt* mit mir schlafen, ich habe meinen Eisprung? Sehr verführerisch, wirklich. Aber wenn sie es nicht schaffte, daß er mit ihr schlief... Sie sah auf die Nachttischuhr. Es war Viertel vor zwölf... Die Minuten rasten dahin. Was sollte sie machen? Was konnte sie tun?

Sie hörte, wie Steve neben ihr schnarchte. Er war schon fest eingeschlafen. Er schlief jetzt fast jeden Abend so schnell ein, so erschöpft war er von seiner Arbeit. Sie wußte, daß sie ihn nicht wecken würde, das brachte sie nicht fertig. Das wäre zu grob, das würde den Anschein erwecken, als würde sie ihn nur als Zuchtbullen sehen, der automatisch seine Pflicht zu tun und sie zu decken hätte. Er stand auch so schon unter Druck, sie durfte ihn nicht auch noch unter Druck setzen.

Steve schnarchte leise und regelmäßig und schlief tief und fest. Sara lag neben ihm und konnte nicht einschlafen. Was für ein Tag lag hinter ihr: Annie Danforth' glückliches Geständnis, das wie eine Bombe Saras Hoffnung auf eine Leidensgefährtin zerstörte, und dann der Krach mit Steve, und jetzt das, ihr Körper, der sehnsüchtig auf etwas wartete, was nicht eintreten würde. Sie lag noch lange wach. Sie wußte, daß sie in diesem Monat nicht schwanger werden würde.

Am nächsten Morgen hatte sie Schwierigkeiten, wach zu werden. Sie hatte eine schlaflose Nacht hinter sich und war jetzt nicht ausgeschlafen. Pflichtbewußt machte sie Steves Frühstück, pflichtbewußt setzte sie sich an den Tisch, auf dem ein Manuskriptberg so hoch wie der Eiffelturm lag und darauf wartete, von ihr gelesen und beurteilt zu werden. Sie trank ihren Kaffee. Sie starrte vor sich hin. Sie trank noch eine Tasse.

»Ich muß etwas tun«, sagte sie laut zu dem leeren Zimmer. »Ich muß etwas tun, oder ich drehe wirklich noch durch.«

Sie saß da und war nicht in der Lage zu entscheiden, was sie als nächstes tun wollte.

Schließlich zog sie den Berg mit den Manuskripten zu sich heran und fing an zu lesen. Aber sie fand nichts Aufregendes. Sie fand alles langweilig. Sie hörte auf zu lesen. Weil das unfair war, sowohl gegenüber den Manuskripten als auch gegenüber den Autorinnen. Sie war so schlecht gelaunt, daß ihr überhaupt gar nichts gefiel.

»Verdammt noch eins, ich will ein Kind!« schrie sie und schlug mit der Faust auf den Tisch. »Alle sind sie schwanger. Nur ich nicht!«

Ruhelos stand sie auf und ging durch das Haus. Draußen klirrte der Tag vor Kälte. Drinnen im Haus dröhnte das Haus vor Stille, bis auf ihre eigenen Schritte, ihren eigenen Atem.

»Na schön, ich bleibe also einfach hier sitzen und werde verrückt«, sagte sie laut und setzte sich da, wo sie stand, einfach hin – auf die dritte Stufe der Treppe.

Sie hatte keine Ahnung, wie lange sie da gesessen hatte, als die Türklingel so dicht an ihrem Ohr klingelte – sie saß auf dem Flur, nur wenige Schritte von der Haustür entfernt –, daß sie beinahe aufgeschrien hätte. Es war der Postbote, der ein kleines Eilbotenpäckchen von Julia brachte.

»Sofort öffnen!« stand in großen roten Buchstaben auf dem Packpapier. Sara bedankte sich bei dem Briefträger und ging dann mit dem Päckchen ins Eßzimmer und setzte sich. In dem Paket war eine kleine Schachtel mit einem ovalen Stein, der weder besonders hübsch noch besonders außergewöhnlich aussah, und eine Butterbrottüte aus Plastik, die gefüllt war mit winzigen braunen – ja, was sollte das sein? Nüsse? Samen? Getrocknete Haferflocken? Sie entfaltete Julias Brief.

> Im siebzehnten Jahrhundert glaubte man, daß der »Samen von Grindwurz«, den man am linken Arm der Frau befestigt, ihre Unfruchtbarkeit beheben kann. Ich habe im Lexikon nachgeschlagen – »Grindwurz« gehört zu den verschiedenen wilden Arten der Buchweizenfamilie. Dann ist mir eingefallen, daß meine Mutter, und Du weißt, ja, was für ein intellektueller Snob sie ist, lange Zeit Weizenkeime gegessen hat, weil sie schwanger werden wollte – mit meinem Bruder. Diese Mischung aus Weizenkeimen und gemahlenen Buchweizennudeln kommt Buchweizensamen noch am

nächsten, etwas anderes konnte ich nicht auftreiben. Ich frage mich, warum man es am linken Arm befestigen soll.

Den Kieselstein sollst Du in die Badewanne legen. »Heilt Unfruchtbarkeit, sagte man auf den Shetland-Inseln im neunzehnten Jahrhundert, wenn eine Frau ihre Füße in fließendem Wasser badet, in dem ein eiförmiger Kieselstein liegt.« Also, befestige das Zeug an Deinem linken Arm, lege den Kieselstein in Deine Badewanne, und nimm ein gemütliches langes Bad, und schon bist Du schwanger. Ich wette mit Dir, daß meine Medizin mindestens genauso wirksam ist wie der Hokuspokus von Dr. Crochett.

Ich liebe Dich und bete Dich an, auch wenn Du verrückt bist, und ich habe für Dich und Steve ein hochanständiges Weihnachtsgeschenk besorgt, daß in einem Extrapaket kommt.

Liebe Grüße, Julia.

Sara untersuchte den Inhalt der Schachtel. Zum erstenmal hatte sie ein altertümliches Mittel gegen Unfruchtbarkeit in der Hand, mit dem sie tatsächlich etwas anfangen konnte. Sie würde nie versuchen, Wolfsruten aufzutreiben, und sie würde sich nie auf ein Knoblauchdampfbad setzen – aber das hier konnte sie machen.

»Oh«, rief sie plötzlich und war voller Energie. Denn sie hatte eine Idee. Warum sollte sie sich barfuß in die Badewanne stellen und einen einzigen kleinen Kieselstein in die Wanne legen, wenn sie so dicht am Meer lebte, in dem es Milliarden und aber Milliarden eiförmiger Kieselsteine gab. Diese vielen kleinen Kieselsteine. Das waren bestimmt Millionen, Trillionen, mehr, als man zählen konnte, mehr als alle Sterne des Universums zusammen!

Sie beeilte sich, sich warm anzuziehen. Zog einen Pullover aus Wolle über ihr Flanellhemd und Legwarmers über die Jeans. Mit einem Stück Weihnachtsdekorationsband – sie überlegte einen Moment, welche Farbe, und entschied sich dann für Grün, natürlich Grün, für die Fruchtbarkeit, für das Leben – befestigte sie das Tütchen mit den Weizenkeimen an ihrem linken Oberarm. Dann zog sie sich vorsichtig, damit es nicht abging, den Parka an. Sie setzte sich eine Wollmütze auf den Kopf, schlüpfte in ihre Stiefel und rannte zum Auto.

Es war möglich, daß am Jetties Beach Leute waren oder zumindest unten am Hafen, wo die Krabbenfischer und die Hochseefischer kamen und gingen. Sie fuhr schnell nach Surfside Beach auf der dem Atlantik zugewandten Seite von Nantucket. Und sie hatte Glück, kein Mensch war da, nur sie. Sie rannte den langen Abhang bis zum Rand des Wassers hinunter. Es war heute nicht windig, so daß die Wellen zu trödeln und sich Zeit zu lassen schienen und langsam an den Strand rollten. Gut. Sie brauchte also keine Angst zu haben, umgeworfen oder von der Strömung weggerissen zu werden.

Sara zog die Gummistiefel aus und ging ins Wasser. Die Kälte war so scharf und stechend, es war ein Gefühl, als hielt sie ihre Füße an glühenden Stahl. Instinktiv wollte sie sofort zurückspringen, aus dem Wasser springen, aber sie biß die Zähne zusammen und ging tiefer hinein. Sie beugte sich vor und nahm Julias Kieselstein aus der Tasche, warf ihn vor ihren Füßen ins Wasser. Dann blieb sie stehen, ließ das eisige Wasser um ihre Füße und Knöchel spielen. Sie blickte auf das marineblaue Wasser am Horizont, dann nach oben, in den wasserblauen Himmel, wo die Sonne wie eine primitive Göttin hing und sie mit ihren Strahlen blendete.

»Na schön!« sagte sie laut. »Hier stehe ich. Seht mich an.« Das Meer war heute sehr ruhig, aber trotzdem übertönte das Geräusch der beständig heranrollenden Wellen alles andere. »Ich sagte, hier stehe ich!« schrie Sara. »Ich stehe hier mit meinem eiförmigen Kieselstein und mit Buchweizen an meinem linken Arm und richte meine Gebete an jede lebenspendende Kraft in diesem ganzen verdammten Universum! Unternehmt also etwas! Helft mir!«

Sie begann vor Kälte zu zittern. Ihre Füße schmerzten erbarmungslos. In den wärmeren Monaten gewöhnte man sich nach kurzer Zeit an die relative Kälte, aber jetzt war das Wasser zu kalt. Es tat weh.

Vielleicht mußte sie sich bewegen. Sie erinnerte sich an Julias Brief, in dem »waschen« stand. Gut. Sie hatte zwar keine Seife, aber es gab Sand, ein altes, primitives Scheuermittel. Sie schob die Ärmel ihres Parkas hoch und steckte ihre Handschuhe in die Tasche, beugte sich hinunter und schrubbte ihre Füße mit Sand, mit winzigen, eiförmigen Kieselsteinen. Ihre Hände verkrampften sich vor Kälte.

Als sie sich wieder aufrichtete, sah sie eine beleibte Frau, die sich dick gegen die Kälte vermummt hatte, am Strand auf sie zukommen, ihr schwarzer Labrador sprang fröhlich bellend um sie herum.

Scheiße, dachte Sara. Sie fühlte sich gestört.

»Ist alles in Ordnung?« rief die Frau im Näherkommen.

Eigentlich nicht, hätte Sara gern geantwortet. Ich bin nämlich verrückt, unzurechnungsfähig und gemeingefährlich.

»Alles in Ordnung«, rief Sara fröhlich zurück. Sie steckte die Hände in die Taschen und ging in die entgegengesetzte Richtung lässig weiter, plätscherte mit den Füßen im Wasser, als wanderte sie in sommerlicher Wärme. Sie zerbrach sich den Kopf, aber ihr fiel keine glaubhafte Erklärung ein, die sie der älteren Frau dafür geben könnte, warum sie barfuß in dem eiskalten Wasser stand, also ging sie spritzend weiter, bis sie schließlich vor Kälte schlotterte.

Da kam sie aus dem Wasser, setzte sich in den Sand und zog die Wollsocken an. Oh, diese himmlische Wärme. Sie sah auf das Meer hinaus. »Gut«, sagte sie unhörbar und wandte sich mit ihren Worten an das Meer und an die Kräfte der Natur, die das Meer beherrschten, und an die anderen Kräfte des Universums. »Ich habe meine Pflicht erfüllt. Jetzt erfüllt ihr eure.«

Wieder zu Hause, nahm sie ein langes heißes Bad und trank viele Tassen Kräutertee, um eine Erkältung abzuwehren. Und als Steve zum Mittagessen nach Hause kam, fiel sie über ihn her. Er mußte sein Essen hinunterschlingen, und dann zerrte sie ihn ins Schlafzimmer. Es konnte immer noch passieren, es könnte immer noch nicht zu spät sein. Er schwankte wieder zur Arbeit, erschöpft, aber glücklich. Sara blieb im Bett liegen, war voll mit seinem Samen und schlief ein.

»Ich habe ein wunderschönes Weihnachtsgeschenk für dich, aber du mußt das Haus verlassen, wenn du es haben willst«, sagte Sara zu Fanny. Sie saßen in dem blauen Wohnzimmer, neben ihnen brannte ein Apfelholz-Feuer, und die Tiere fielen vor Hitze fast in Ohnmacht.

Fanny stellte ihre Teetasse auf die dünne Untertasse. »Sara«, hob sie an.

»Nein, ich werde kein Nein als Antwort akzeptieren«, sagte Sara. »Das Wetter ist schön, die Straßen und die Geschäfte sind wunderbar weihnachtlich geschmückt, und du wirst mich begleiten, und wenn ich dich aus dem Haus zerren muß.«

»Was für eine unelegante Vorstellung«, sagte Fanny mit dem Anflug eines Lächelns.

Sara wußte, daß Fanny nicht erfreut war. Sie war richtig sauer, obwohl sie dieses Wort nie benutzen würde.

»Fanny, du wirst nächsten Monat nach England fahren. Sei doch mal vernünftig. Glaubst du, daß du aus dem Haus tänzeln wirst und so einfach in ein Flugzeug steigen kannst, wenn du das Haus seit vier Jahren nicht verlassen hast? Du wärst völlig schockiert und völlig desorientiert, das wäre verantwortungslos. Du mußt das Haus vorher einige Male verlassen haben, dich daran gewöhnen. Nun mach schon, du weißt, daß ich recht habe.«

»Heute kann ich nicht ausgehen. Meine Haare sind eine Katastrophe«, sagte Fanny mit einem winzigen launischen Unterton in ihrer melodischen Stimme.

»Ich weiß«, sagte Sara. »Aber du kannst ja einen Hut aufsetzen. Und das gehört zu meinem Geschenk. Wir werden dir eine neue Frisur machen lassen. Wir gehen zum Friseur.«

Fanny erhob sich indigniert. »Meine Frisur ist gut. An meiner Frisur gibt es *nichts* auszusetzen. Ich habe seit Jahren dieselbe Frisur.«

Sara schwieg und ließ ihr Gesicht sprechen: Genau. Das ist es ja gerade.

Fanny nahm wieder ihren langsamen, fahrigen Gang durch das Zimmer auf. Sie wechselte die Taktik. »Sara, Liebes, du bist sehr aufmerksam, das sehe ich selbstverständlich ein. Und du hast zweifellos recht. Ich *muß* wirklich mal auf die Straße gehen, bevor ich nach England fahre. Zum Üben. Und das werde ich auch. Aber nicht heute. Nicht so plötzlich. Du hast mich damit überfallen, weißt du das?«

»Fanny«, sagte Sara. »Du *weißt* genau, daß es anders nicht funktioniert hätte.«

Jetzt zitterte Fanny vor Wut. »Und es funktioniert jetzt auch nicht!« sagte sie. »Ich verlasse dieses Haus, wann *ich* will, und lasse mich nicht unter Druck setzen.«

»Es gibt etwas Neues von ›Jennys Buch‹«, sagte Sara. »Interessante Neuigkeiten. Sehr interessant. Und du wirst sie erst erfahren, wenn wir beim Friseur sind.«

»Na gut«, sagte Fanny. »Dann laß es. Ich kann immer meinen Agenten anrufen.«

»Der wird dir nichts sagen. Niemand wird dir etwas sagen. Ich habe mit allen gesprochen, und sie unterstützen mich und haben mir versprochen, es dir nicht zu sagen.«

Fanny wurde rot vor Wut. Sie drehte Sara den Rücken zu und ging in Richtung der Tür am anderen Ende des Zimmers. Als sie sich wieder zu Sara umwandte, hatte sie Tränen in den Augen. »Das ist Erpressung«, sagte sie.

»Ruf doch die Polizei an«, sagte Sara grausam. »Du müßtest sie reinlassen, damit sie mit dir reden können, dich *sehen* können.«

Fanny wandte ihr wieder den Rücken zu. Sara stand auf und ging ein paar Schritte auf sie zu und sagte versöhnlich: »Fanny, bitte. Denk doch mal einen Moment darüber nach. Wenn es dir so schwerfällt, mit mir zusammen auf die Straße zu gehen, nur zum Friseur, wie schwer wird es dann für dich sein, nach England zu fahren. Du wirst wie gelähmt sein. Du wirst nicht in der Lage sein, zu reisen. Du wirst alles verpassen. Fanny, das ist – das ist, als ob du wieder laufen lernen müßtest. Du mußt den ersten Schritt machen.«

»Gut«, sagte Fanny mit leiser Stimme. »Erlaube mir, mich umzuziehen.«

Sara wußte, daß Fanny, wenn sie sie aus den Augen ließe, sich vielleicht für die nächsten zwanzig Jahre in ihrem Schlafzimmer verbarrikadieren würde.

»Nein«, sagte sie zu Fanny. »Du siehst sehr gut aus. Dein Kleid ist in Ordnung, dein Make-up ist in Ordnung. Du brauchst dir nur einen Mantel anzuziehen. Ich habe in Hyannis ein Auto gemietet und bin damit hergekommen, so daß du nicht vor einem Taxifahrer Angst zu haben brauchst. Nur vor mir und dem Kosmetikinstitut, in dem viele Frauen sein werden, die dir, egal, wie alt sie sein mögen, nicht das Wasser reichen können.« Als sie redete, merkte sie, daß Fannys Spannung nachließ. »Fanny, ich weiß schon, wie du dir die Haare schneiden lassen solltest.«

»Schneiden?« fragte Fanny und fuhr sich mit den Händen ans Haar. »Warum sollte ich mir die Haare abschneiden lassen?«

»Weil du aussiehst, als wolltest du gleich eine Opernarie singen«, sagte Sara. »Du hast schöne dicke Haare, aber wenn du sie so auftürmst, siehst du älter aus, als du bist. Wie eine Großmutter. Und ich habe sogar schon mit dem Friseur gesprochen, und wir haben uns etwas ausgedacht, was dir phantastisch stehen würde.«

»Ich will mein Haar nicht kurz schneiden lassen«, sagte Fanny, und ihre Stimme klang eine Spur selbstsicherer, als ob ihre unbestechliche Urteilskraft zurückkehren würde. »Kurze Haare finde ich unweiblich und unsinnlich.«

»Es wird nicht *kurz sein«*, versprach Sara. »Sondern elegant. Nicht modisch, sondern klassisch. Sogar sexy. Aber sehr einfach.«

Fanny kam wieder mehr in die Mitte des Zimmers. Sie faßte ihre Haare an. »Ich bin seit Jahren nicht mehr beim Friseur gewesen.«

»Erinnerst du dich noch daran, wie luxuriös das ist?« fragte Sara verführerisch. »Wie schön es ist, dir von jemandem das Haar waschen und die Kopfhaut massieren zu lassen? Wir werden zu einem sehr guten Friseur gehen, zum besten.« Sie stand jetzt so nah bei Fanny, daß sie die Hand ausstrecken und sanft nach ihrer Hand greifen konnte. Fannys Hand war klein und weich wie Seide. Vorsichtig, als hätte sie ein wildes Pony an der Leine, das bei jeder plötzlichen Bewegung scheuen könnte, führte sie Fanny aus dem Wohnzimmer in den Flur.

Dort stand die finstere Eloise. Einen panischen Augenblick lang befürchtete Sara, daß Fanny sich in die Arme ihrer Haushälterin werfen und sie um Hilfe anflehen würde, während sie, Sara, versuchte, Fanny wegzuziehen.

Statt dessen sagte Fanny gelassen, als würde sie noch einen Tee bestellen: »Ich hätte gern meinen Mantel, Eloise. Den Nerz. Bitte bringen Sie mir auch meine Handschuhe. Die braunen Lederhandschuhe mit dem Kaschmirfutter. Ich gehe weg.«

Eloises Miene verriet keine Überraschung, nur die Augen schienen schier aus dem Kopf fallen zu wollen. Sie nickte nur mit großen Augen und ging und holte Fannys Sachen. Fanny sah Sara an, und zu Saras großer Überraschung schnaufte sie, weil sie ein Lachen unterdrückte. Da wußte Sara, daß alles gutgehen würde. Fanny würde es packen.

Sara hatte den gemieteten Sedan genau vor Fannys Tür geparkt. Fanny ging mit gebeugten Schultern und eng an die Brust gezogenem Kinn, als sei sie eine Verbrecherin, die sich vor den Blicken einer gierigen Presse schützen wollte. Aber als sie erst mal im Auto saß, schien sie sich zu entspannen. Sie legte sich den Schal so um, daß er fast ihr Gesicht verdeckte, dann drehte sie den Kopf, um aus dem Fenster zu sehen, dann sah sie nach vorn.

»Das werde ich dir nie verzeihen, darauf kannst du dich verlassen«, sagte Fanny, als Sara den Motor anließ.

Sara grinste. »Das glaube ich nicht«, sagte sie und versuchte, ihrer Stimme den Triumph nicht anmerken zu lassen. »Ich glaube, du wirst mir verzeihen.«

Danach fuhren sie schweigend weiter, bis Fanny anfing, die Umgebung, an der sie vorbeifuhren, wahrzunehmen. »Oh, sieh dir das an«, sagte sie, und: »Oh, das hatte ich ganz vergessen.« Und: »Der Fluß sieht heute stahlgrau aus.« Sara wußte, daß Fanny nicht mit ihr redete. Sie redete mit niemandem, sie drückte ihre Begeisterung und ihr Erstaunen über die Bauten, die Bäume, die Überführungen, die Kirchen, die Colleges, die Brücken, die Parks und die Gehwege aus – über die ganze Welt, die sie vier Jahre lang nicht gesehen hatte.

11

»Mein Gott, Sara, wie schön du aussiehst«, sagte Steve.

Es war der Silversterabend. Sie machten sich für den großen Silvesterball fertig, den die Clique in einem Hotelrestaurant des Ortes gebucht hatte, mit einem Champagnerdinner um neun Uhr und anschließendem Tanz in der großen Empfangshalle des Hotels.

Steve hatte lange gearbeitet, weil es sonnig und mild gewesen war, und als er erschöpft nach Hause kam, hatte er erst mal ein paar Stunden geschlafen. Jetzt kam er gerade aus der Dusche, nackend, mit feuchten Haaren und nach Rasierwasser riechend.

Sara stand vor der Frisierkommode und legte ihre Ohrringe an. Sie trug ein Kleid, das noch aus der Collegezeit ihrer Schwester stammte, als das kleine Schwarze modern war. Es war ein altmodisches Kleid, das jetzt wieder modern war, aber es würde immer attraktiv sein: schwarzer glatter Taft, trägerloses Oberteil und ein weit gebauschter Rock bis knapp über die Knie. Mit enger Taille. Das Oberteil war tief ausgeschnitten, ihre schwellenden Brüste wurden von der engen Corsage hochgehoben. Dazu trug sie schwarze Pumps mit hohen Absätzen und Straßohrringe, die wie ein Wasserfall an ihren Ohren glitzerten. Keinen weiteren Schmuck. Sie sah phantastisch aus, das wußte sie.

Aber sie hatte nicht erwartet, daß Steve das bemerken würde. Seine Arbeit machte ihn zur Zeit fertig, entweder war er müde, oder er hatte Sorgen, so daß er sie kaum zu bemerken schien. Aber sie grämte sich nicht darüber, sie konnte sich gut vorstellen, was er gerade durchmachte, weil sie selber sich zur Zeit darauf konzentrierte, die Richtlinien für die neue Serie bei Heartways House festzulegen. Ein Teil des finanziellen Drucks war mit Hilfe der dicken Schecks, die sie zu Weihnachten sowohl von seinen Eltern als auch von ihrer Mutter bekommen hatten, gemindert worden. Trotzdem mußten sie sparen und viel arbeiten. Das war mit ein Grund, warum sie sich für dieses Kleid für den Silvesterball entschieden hatte, weil sie sich dann kein neues zu kaufen brauchte und sich auch nicht nach einem neuen Kleid sehnen mußte.

Als sie jetzt so unerwartet die Aufmerksamkeit ihres Mannes erregt hatte, freute sie sich und sonnte sich darin. Sie drehte sich langsam um die eigene Achse und hob leicht den Rock. »Gefällt es dir?« fragte sie.

»Du gefällst mir«, sagte Steve. »Du bist die schönste Frau des ganzen Planeten.«

»O Steve«, sagte Sara und merkte, wie ihr Tränen der Freude in die Augen schossen. Früher, als sie sich gerade kennengelernt hatten, hatte er oft solche Sachen zu ihr gesagt, aber es war Jahre her, daß er ihr ein so großes Kompliment gemacht hatte.

Er zog sich an. Graue Flanellhosen, ein rosa Hemd mit Buttondown-Kragen, marineblauer Blazer. Als er sich aufs Bett setzte, um sich die Schuhe anzuziehen, fragte er: »Wann habe ich das letztemal diesen Blazer getragen? Das scheint Jahrzehnte zurückzuliegen.« Er hob den Blick und fragte: »Denkst du manchmal daran, wie anders unser Leben wäre, wenn wir uns anders entschieden hätten? Wenn ich zum Beispiel weiter an der Prep School unterrichtet hätte. Dann müßte ich mich jeden Tag so anziehen.«

»Dann hättest du mich nie kennengelernt!« sagte Sara. Sie saß auf dem Bett und lehnte sich an das Kopfende. Es war ganz ungewöhnlich, daß Steve so gesprächig war. Vielleicht lag das daran, daß er morgen, am Neujahrstag, nicht zu arbeiten brauchte und deshalb etwas entspannter war. Warum auch immer, es machte sie glücklich, sie unterhielt sich gern mit ihm. Sie mochte es sehr, wenn sie wußte, woran er gerade dachte.

»Ja, ja, wenn wir uns nicht für Nantucket entschieden hätten, ob ich dann noch bei Masterton arbeiten würde oder ob ich mich in Boston selbständig gemacht hätte? Und wenn wir nicht hierhergezogen wären, wärst du inzwischen vielleicht Cheflektorin bei Walpole and James.«

»Ich bereue nicht, daß wir hierhergekommen sind, und du?« sagte Sara.

»Nein«, sagte Steve. »Ich bin sehr gern hier. Und ich bin – trotz meiner Sorgen – davon überzeugt, daß sich meine Firma durchsetzen wird. Und ich glaube, daß ich, wenn auch nur einen Bruchteil, dazu beitragen werde, wie die Insel in Zukunft aussehen wird. Nein, ich bin froh, daß ich hier bin. Aber wenn ich so sehe, wie du gerade aussiehst, Sara, dann frage ich mich, ob du irgendwelche Zweifel hegst.«

»Nicht die Spur«, sagte Sara ehrlich. »Es gefällt mir sehr, daß wir hier leben. Ich habe nur Schuldgefühle wegen meiner Reise nach England. Ich hasse den Gedanken, eine ganze Woche ohne dich zu sein. Das empfinde ich als falsch. Bist du sicher, daß du nicht mit uns kommen willst?«

Steve lachte. »Weißt du, was ich machen werde, wenn du weg bist? Ich werde acht große Dosen Chili oder Rindfleischeintopf kaufen und acht Packungen Häagen-Dazs-Eis und ein paar Büchsen Michelob-Bier und acht Tüten mit Brezeln, und wenn ich abends nach Hause komme, mache ich den Fernseher an und setze mich davor und esse meinen Eintopf und mein Eis und mache es mir gemütlich. Und wenn ich über die Stränge schlagen will, dann trinke ich noch ein Bier und esse ein paar Brezeln. Ich werde nicht ans Telefon gehen, und ich werde auch keine Einladungen annehmen, vielleicht werde ich mich noch nicht mal rasieren. Ich werde mich so richtig gehenlassen.«

Sara lachte. Dann sagte sie, ohne ihn anzusehen: »Weißt du, daß ich wieder meine Periode habe?« Sie wartete auf eine Antwort. Als er schwieg, sagte sie – und war überrascht über die Bitterkeit in ihrer Stimme –: »Warum sagst du nichts? Manchmal fühle ich mich sehr allein gelassen, ich versuche schwanger zu werden und bin traurig, wenn es nicht geklappt hat.«

»Ich fühle mich auch manchmal allein gelassen!« sagte Steve laut. »Manchmal habe ich den Eindruck, als ob Kinder das einzige sind, was dich überhaupt interessiert, und nichts anderes.«

»Ach, Steve«, protestierte sie und sah ihn an.

»Nein, warte«, sagte Steve. »Hör mir zu. Mir gehen zur Zeit so viele Sachen, die mit der Firma zu tun haben, im Kopf herum, Probleme mit der Buchführung, die Unterweisung meiner Männer und die ungewohnten Entscheidungen, die ich treffen muß. Aber wenn ich manchmal versuche, mit dir darüber zu reden, merke ich, daß du mit deinen Gedanken ganz woanders bist. Du sitzt zwar da und siehst mich an und nickst mit dem Kopf, aber ich weiß, daß du nur an ein Kind denkst.«

»Das würdest du an meiner Stelle ganz genauso machen«, sagte Sara. »Wenn du wüßtest, was es heißt, dich zu fragen, was jede kleinste Regung bedeuten kann –«

»Aber es gibt mehr als das, Sara«, sagte Steve und legte seine Hände auf ihre Arme. »Begreifst du denn nicht, daß es noch mehr für uns gibt? Natürlich möchte ich ein Kind haben, und wir werden ein Kind haben, aber ich will auch meine Firma aufbauen, mir einen Ruf erwerben, und ich möchte auf die Entwicklung der Insel Einfluß nehmen. Und ich wünschte, ich hätte jemanden, dem das auch wichtig ist und der mir wirklich zuhört. Wenn du dich nicht jedenfalls ab und an auf *mich* konzentrieren kannst, wenigstens für ein paar Minuten, warum sind wir dann verheiratet?«

Sara legte ihrem Mann die Hände auf die Brust und sah ihn an. »Du hast recht«, sagte sie. »Es tut mir leid. Ich glaube, ich bin ein bißchen verrückt im Moment. Und ich mache mir Gedanken über dich – ich habe ständig das Gefühl, daß ich dich enttäusche, weil ich nicht schwanger werde.«

»Sara, du mußt mir glauben, daß ich froh bin, daß wir

jetzt kein Kind haben. Ich glaube nicht, daß ich damit fertig werden würde. Mir wäre es nur recht, wenn du in den nächsten Monaten nicht schwanger werden würdest.«

»Aber mir wäre es nicht recht!« hätte Sara am liebsten geschrien, aber eine innere Stimme mahnte: Hast du Steve eben nicht zugehört?

»Läuft irgend etwas falsch? Hast du ein bestimmtes Problem?« fragte Sara.

Steves Gesichtsausdruck war wie ein Geschenk. »Nein«, sagte er. »Kein bestimmtes Problem – alles bereitet mir Kopfzerbrechen.« Er fing an, ihr lang und breit von den Problemen mit dem Haus, das er gerade in Sconset restaurierte, zu erzählen. Sara hörte zu, reagierte, fragte. Plötzlich merkten sie, daß sie zu spät zum Ball kommen würden, und verließen, immer noch redend, eilig das Haus. Als sie das Restaurant betraten, fühlte Sara, daß Steve seinen Arm um ihre Schultern legte und sie fest an sich drückte. Es war, als ob sie gerade zusammen geschlafen hatten, was in gewisser Weise auch stimmte. Sie war ihm so nah wie schon lange nicht mehr, und sie liebte ihn noch mehr.

Das Harbour House glitzerte im Festschmuck. In der Mitte des Speisesaals stand ein ausladender Weihnachtsbaum, von dessen Zweigen, die bis unter die Decke gingen, die Weihnachtskugeln hingen, und die schimmernden Kerzen erhellten den Saal wie kleine Leuchtfeuer. Die Clique hatte einen langen Tisch an der Stirnseite des Saals reserviert, und alle waren gekommen: Pete und Carole, Wade und Annie, Sheldon und Jamie, Mick und die Nymphe Cindy, seine neueste Freundin, und »Die Jungfrau« und noch ein Paar, Watson Marsh und Eileen O'Hara, Freunde von den Clarks, die die Weihnachtsferien auf Nantucket verbrachten. Das Essen war köstlich, alle tranken den Champagner und bestellten dann noch mehr, dann fing die Band zu spielen an, und alle tanzten und tranken unter einem Dach aus Papiergirlanden und

Lichtern. Der Saal war voller Menschen, Musik und Gelächter.

Es war schon nach zwölf, als Sara und Annie auf die Damentoilette wankten, um ihr Make-up zu erneuern. Sie hatten sich gerade auf langen, rosa gepolsterten Stühlen ausgestreckt, als Carole und Jamie mit der neuen Frau, Eileen, hereinkamen.

»Was für ein kleines Flittchen!« sagte Eileen. Sie weinte, und ihre Wimperntusche hinterließ zwei schwarze Spuren auf ihrem Gesicht. Sie ließ sich auf eine Bank direkt neben Sara fallen. »Eine richtige Schnalle!«

Zwei etwa sechzigjährige Frauen sahen indigniert zu Eileen.

»Ich weiß«, sagte Carole. »Ich weiß, Eileen. Es tut mir so leid.«

»Was ist denn passiert?« fragte Annie.

»Watson ist mit Mary verschwunden«, sagte Carole.

»Wie bitte?« fragte Sara erstaunt.

»So ist es«, sagte Carole, die sich mit Jamie auf das andere rosa Sofa plumpsen ließ.

Sara bemerkte den Blick, den Carole und Annie sich zuwarfen. Den Blick zweier Verschwörerinnen, zweier müder und trauriger Verschwörerinnen.

»Carole, ich verstehe dich nicht«, beharrte Sara.

Carole seufzte. »Ich hasse Klatsch. Aber inzwischen weißt du es ja sicher schon, das mit Mary, meine ich.«

»Sie ist eine Schnalle«, sagte Eileen. »Eine schreckliche, widerliche kleine Schlampe.«

»Weißt du, wie wir sie heimlich nennen?« fragte Jamie. »Wir nennen sie MN – ›Mit Nachnahme‹ –, weil sie sich nimmt, was sie kriegen kann, in deinem Haus, im Büro deines Mannes, überall.«

»Würdet ihr mir bitte erklären, wovon ihr redet!« rief Sara aufgeregt.

»Weißt du, ich bin mit Mary befreundet«, sagte Carole, »und sie ist eine gute Kindergärtnerin. Niemand auf der Welt kann besser mit Kindern umgehen als sie. Sie ist nicht *schlecht.* Sie hat einfach nur einen Tick mit Männern. So, als ob sie es sich und allen anderen ständig beweisen müßte, daß kein Mann ihr widerstehen kann, daß sie jeden Mann haben kann, den sie will.«

»Ich glaube, weil Bob so ein großes Arschloch ist«, sagte Jamie mit beschwipster Emphase. »Ich würde es mit dem Mann nicht aushalten.«

»Sie war schon so, ehe sie Bob kannte«, sagte Carole. »Sie war schon immer so. Sie tut mir leid. Das ist bei ihr wie eine Besessenheit, jeder Mann, den sie kennenlernt, soll sich für sie interessieren.«

»Mein Gott«, dachte Sara laut. »Ich dachte, das würde sie nur mit Steve machen. Ich meine, daß sie ihm nachstellt.«

Carole sah Sara an. »Bei Steve legt sie es extra darauf an. Ich glaube, daß sie ihn früher wirklich geliebt hat. Ich weiß nicht, ob sie je darüber hinwegkommen wird, daß er sie nicht geliebt hat. Aber auch das ist nicht der Grund für ihr Verhalten. Sie war auch schon so, ehe sie Steve kennenlernte. Sie will einfach, daß jeder Mann, den sie kennenlernt, sich für sie interessiert, und wenn sie sich dafür vor aller Augen splitternackt ausziehen müßte.«

»*Und* ihm ihre Zunge ins Ohr stecken müßte, wenn sie mit ihm vor den Augen seiner Freundin tanzt«, sagte Eileen. »*Und* seine Hand auf ihre Brüste legen müßte. Gott, was für eine Unverschämtheit! Sie ist schwanger wie ein Känguruh und benimmt sich immer noch wie ein Vamp.«

»Na ja, so dick ist ihr Bauch auch noch nicht, und ihre Brüste sind wirklich riesig«, sagte Jamie. »Wie jeder bei dem Kleid, das sie heute anhatte, sehen konnte.«

Eileen fing zu weinen an. »Ich kann es einfach nicht glauben«, sagte sie. »Ich kann es nicht glauben, daß Watson mit ihr verschwunden ist. Wir sind seit vier Jahren zusammen, und so etwas hat er noch nie gemacht. *Ich* bin diejenige, die nicht heiraten wollte, weil ich finde, daß die Ehe eine veraltete Institution ist, ein Anachronismus, aber jetzt wünschte ich, daß wir verheiratet wären, damit ich mich von dem Schwein scheiden lassen könnte.«

»Er ist betrunken«, sagte Carole. »Ich habe Watson seit Jahren nicht mehr so betrunken gesehen. Normalerweise trinkt er nie viel, das hat sicher dazu beigetragen. Und, Kopf hoch, wenn sie irgend etwas versuchen sollten, würden sie vielleicht gar nicht weit kommen, weil man ja sagt, daß Männer keinen mehr hochkriegen, wenn sie betrunken sind.«

»Watson kriegt seinen immer hoch, auch wenn er bewußtlos ist«, sagte Eileen. »Aber ich begreife nicht, warum er mit dieser Kuh weggegangen ist.«

»Das ist ihre alte ›Ich bin so klein mein Herz ist rein‹-Masche«, sagte Annie. »Die hat sie schon bei allen unseren Männern abgezogen. Und wir haben uns alle damit abgefunden, weil ihr eigener Mann so ein Vieh ist.«

»O Gott«, sagte Sara. »Ich wünschte, daß ich das schon früher gewußt hätte. Ich habe mich im vergangenen Jahr so gequält. Weil ich dachte, daß sie immer nur Steve bittet, sie nach Hause zu bringen, und ihm dann erzählt, wie unglücklich sie ist, als ob er das ändern müßte.«

»Na ja, sie ist wirklich unglücklich«, sagte Carole. »Soviel ist sicher.«

»Ich habe kein Mitleid mit ihr«, sagte Eileen.

»Ich auch nicht«, sagte Sara, und merkte daran, daß sie auch mehr als genug getrunken haben mußte. Denn sonst hätte sie nie verraten, was sie von Mary hielt. »Ich kann sie nicht leiden, und ich glaube nicht, daß sie mich leiden kann.«

»Natürlich kann sie dich nicht leiden«, sagte Carole. »Sie haßt dich. Weil du Steve bekommen hast. Er hat dich geheiratet. Das wird sie dir nie verzeihen. Und natürlich beneidet sie dich auch sonst. Um dein ganzes aufregendes Leben.«

»Aufregend!« sagte Sara. »Mein Leben ist gar nicht so aufregend.«

»Nun hör aber auf«, sagte Carole. »Natürlich hast du ein aufregendes Leben. Dauernd fährst du nach Boston, und in diesem Monat fährst du nach London, du kannst dich in Seide hüllen, während wir uns in die Jeans vom letzten Jahr zwängen müssen.«

»Das stimmt wirklich«, sagte Jamie. »Du hast es wirklich gut, Sara. Und ich beneide dich auch. Versteh mich nicht falsch. Ich hasse dich nicht, aber manchmal komme ich mir neben dir richtig bemitleidenswert vor, wenn an meinem Hemd wieder getrocknete Babyspucke klebt oder wenn ich ein neues Kleid sehe, das mir gefällt, und genau weiß, daß ich es mir nicht nur nicht leisten kann, sondern auch keine Gelegenheit habe, es zu tragen. Und genau dann treffe ich dich zufällig irgendwo, letzte Woche zum Beispiel, als ich dich im Supermarkt gesehen habe. Du hattest Schuhe mit hohen Absätzen an und dein rotes Cape, und du sagtest, daß du gerade von Boston gelandet bist und es schrecklich eilig hättest und nur irgend etwas fürs Abendessen einkaufen wolltest. Und *ich* trug meinen alten, ausgeleierten Pullover und ein Baby mit Schnodder unter der Nase. Der Höhepunkt meines Tages war der Ausflug in den Supermarkt! Ich mag dich sehr, aber manchmal hasse ich dich auch!«

»Na ja«, sagte Sara, »und ich beneide euch um eure Kinder«, aber als sie aufstöhnten und sagten: »Ach, na ja, wenn du erst mal Kinder hast, wirst du verstehen, wovon wir reden«, verfolgte sie das Thema nicht weiter. Sie wollte sich den Frauen noch nicht offenbaren. Sie wollte lieber beneidet als bemitleidet werden.

»Es tut mir leid, daß Mary mich haßt«, sagte Sara. »Aber ich weiß nicht, wie ich das ändern kann. Ich habe ihr nichts getan.«

»Du kannst gar nichts machen«, sagte Carole. »Mary ist in manchen Dingen wie ein Kind. Vielleicht kommt sie deshalb so gut mit Kindern zurecht. Das beste ist, glaube ich, sie zu ignorieren. Nimm es nicht persönlich. Eigentlich haßt sie nicht dich persönlich, sie würde jede Frau hassen, die Steve geheiratet hat.«

Die Frauen verließen gemeinsam die Damentoilette

und gingen wieder in die Halle, wo, wie sie fast vergessen hatten, die Party gefeiert wurde. Sara setzte sich zu Steve und erzählte ihm, was passiert war. Sie beobachtete, wie Eileen den Kaffee trank, der serviert wurde, und dann ihre Sachen zusammensuchte und gehen wollte. Gerade als sie aus der Tür ging, kamWatson herein. Die Clique konnte die Worte nicht verstehen, die gewechselt wurden, aber sie konnte sehen, was dann geschah. Eileen holte aus, schlug Watson so fest sie konnte mit der Hand ins Gesicht. Dann stürmte sie aus der Tür.

»Um Gottes willen, was habe ich denn getan?« sagte Watson und kam an den Tisch. Eileens Handabdruck glühte auf seinem Gesicht.

»Watson, du Idiot, du bist mit Mary verschwunden«, sagte Carole.

»Meine Güte, Carole, ich habe sie doch nur nach Hause gefahren. Sie sagte, daß ihr Mann schon gegangen wäre und daß sie sich nicht wohl fühlte. Was hätte ich denn sagen sollen – ›Tut mir leid, Süße, dann mußt du eben zu Fuß gehen‹?«

»Du bist schrecklich lange weg gewesen«, sagte Carole skeptisch.

»Ja, sicher. Wir sind noch etwas im Auto sitzen geblieben und haben geredet. Sie ist ziemlich unglücklich. Ihr Mann scheint ein übler Patron zu sein. Mein Gott, ich kann es gar nicht glauben, daß Eileen sich darüber so aufregt. Was hat sie denn gedacht, was ich tue?«

»Du hättest ihr sagen sollen, daß du weggehst«, sagte Carole. »Du hättest sie fragen können, ob sie mitkommen will.«

»Sie hat gerade getanzt«, sagte Watson. »Sie hat sich gerade gut amüsiert. Außerdem«, fügte er dümmlich hinzu, »war Mary wirklich wütend. Sie sagte, sie müßte weg, ehe sie in Tränen ausbrechen würde. Sie weinte schon fast. Sie weinte, als wir beim Auto waren.«

»Armer kleiner Schreihals«, sagte Jamie Jones betrunken. »Die arme kleine Mary.«

»Na schön, du solltest jetzt lieber Eileen suchen und ihr alles erklären«, sagte Carole. »Sie kann nicht weit sein, so gut kennt sie Nantucket nicht, und ich bin sicher, daß sie von hier nicht nach Hause findet, sie würde sich verlaufen. Hör zu, Watson, vielleicht hast du genau das Richtige gemacht, aber du hättest Peter und mich fragen sollen. Ich meine, das ist ein alter Trick von Mary, es gibt hier keine Frau, keine Freundin, die sich nicht schon darüber aufgeregt hätte. Mary hat es faustdick hinter den Ohren. Du warst nur höflich, aber sie ist ziemlich freizügig. Du mußt Eileen sagen, daß nichts passiert ist. Sag ihr, daß du mit Mary nur Mitleid hattest. Ich meine, es ist schlimm, daß Eileen dich geohrfeigt hat, aber sie war der Meinung, du hättest es verdient.«

»Warum gehen wir nicht alle drei und suchen Eileen?« sagte Pete. »Wir müssen sowieso nach Hause. Es ist schon spät.«

Damit löste sich die Party auf. Sara schwieg auf der Rückfahrt und lehnte sich an Steves Schulter, während er fuhr. Sie grinste gemein in der Dunkelheit. Sie wußte, daß der richtige Moment kommen würde, wo sie Steve erzählen konnte, daß die arme kleine Mary bei den Frauen der Clique heimlich MN genannt wurde. Dann wurde sie nüchtern und dachte: Vielleicht heißt sie bei den Männern genauso. Auf einmal tat ihr Mary leid, und in diesem Mitleid lag eine große Erleichterung.

Zu Beginn des Abends, als die Frauen scharenweise zur Toilette gegangen waren, hatte Sara eine Unterhaltung zwischen Jamie und Carole mitbekommen, die sich laut drüber unterhielten, wieviel ihre Männer getrunken hatten.

»O Jamie«, hatte Sara gesagt, »ich glaube nicht, daß Sheldon betrunken ist. Ich habe während des Essens neben ihm gesessen.«

»Das kannst du nicht beurteilen, Sara«, hatte Jamie gesagt. »Shell macht einen vollkommen nüchternen Eindruck – er *ist* auch nach vielen Drinks noch nüchtern, und plötzlich, wenn er einen zuviel getrunken hat, dann kippt er um. Und wir wissen nie, welcher Drink einer zuviel ist. Er ist Alkoholiker, mußt du wissen«, fügte sie sachlich hinzu.

»Ich merke sofort, wenn Pete zuviel getrunken hat«, seufzte Carole. »Weil er dann völlig verändert ist, sofort. Dr. Jekyll und Mr. Hyde. Mein Gott, manchmal habe ich es so satt. Wenn die Kinder nicht wären ...«

Die Frauen unterhielten sich weiter. Sara kämmte ihre Haare und erneuerte ihr Make-up, hörte zu, wie die anderen um sie herum sich unterhielten. Sie begriff, warum diese beiden Frauen so eng befreundet waren, warum sie einmal wöchentlich zusammen weggingen, ohne die anderen Frauen der Clique. Sie gingen zu Al-Anon, einer Gruppe Angehöriger Anonymer Alkoholiker. Sie war froh, das zu wissen. Nicht, weil ihre Ehemänner Schwierigkeiten mit dem Alkohol hatten, sondern weil die Frauen etwas verband, was sie nicht mit ihnen teilen konnte – Gott sei Dank. Sie schlossen Sara nicht aus, weil sie sie nicht dabeihaben wollten.

»Manchmal habe ich das Gefühl, daß ich noch genauso unreif bin wie auf dem Gymnasium«, sagte Sara laut. »Manchmal glaube ich, daß ich die Mentalität eines Teenagers habe.«

»Hey, toll«, sagte Steve. »Wollen wir an den Strand fahren, nach Jetties, und im Auto schmusen?«

»Nein, danke«, sagte Sara. »Es ist zu kalt. Ich bin erwachsen genug, um die Bequemlichkeit eines Betts zu schätzen.« Sie sah Steve an und grinste. »Aber ich werde meine Hand auf deinen Schenkel legen und dir ins Ohr pusten, wenn du willst.«

»Hast du das bei deinen vielen Freunden gemacht, als du ein Teenager warst?« fragte Steve.

»Das weiß ich nicht«, sagte Sara. »Das ist schon so lange her, daß ich mich nicht mehr daran erinnern kann.«

»Entscheide dich, Lady!« sagte Steve. »Vorhin hast du gerade noch gesagt –«

»Ich weiß«, sagte Sara. »Ich weiß, ich bin schon zu müde, um noch intelligent sein zu können. Zu benebelt von zuviel Champagner. Morgen wird es mir schlechtgehen.«

»Heute ist morgen«, sagte Steve.

Und es war tatsächlich sehr früh am Morgen. Zu Hause angekommen, gingen sie Arm in Arm durch die Dunkelheit, über ihnen funkelten und leuchteten die Sterne und feierten am Himmel ein weiteres neues Jahr.

Der Morgen.

Es war fünfzehn Minuten nach drei morgens, und vor dem Fenster leuchtete ein strahlend blauer Himmel, der von flammenden Wolken durchzogen war. Unter ihnen drehte sich langsam die Welt.

Aber eigentlich war es schon Viertel nach acht morgens, denn sie waren fast in London. Die Stewardessen gingen schnell durch die Kabine und reichten den Passagieren heiße, zusammengerollte Tücher und Frühstückstabletts mit dampfendem Kaffee oder Tee. Die Passagiere des Flugzeugs hatten Zeit gewonnen, hatten sie überholt, aber ihre Körper waren noch der alten Zeit verhaftet.

Auf dem Platz neben Sara saß Fanny und war noch in einem tiefen, traumreichen Valiumschlaf versunken. Sara hatte keine Ahnung, wie viele Tabletten Fanny geschluckt hatte, ehe sie an Bord des Flugzeugs gegangen war, sie wußte ja auch nicht, wie viele Valium sie normalerweise täglich einnahm. Sie beschloß, Fanny bis zum letzten Moment schlafen zu lassen, wenn das möglich war, für den Fall, daß Fanny vor der Landung Angst haben sollte. Obwohl Fanny keine Angst vor Unfällen zu haben schien, fürchtete sie sich immer und ausschließlich vor dem Urteil anderer Menschen.

Fanny schien der Wiedereintritt in die Welt gut zu bekommen. Sara, die sie in den vergangenen vier Wochen bemuttert hatte, beobachtete, wie Fanny mit jedem

Schritt selbstbewußter wurde, genau wie ein Kind. Zunächst hatte sie die Autorin zum Friseur geschleppt, wo ihr Haar gestylt und getönt wurde, um die weißen Strähnen zu verdecken. Der Friseur, ein gutaussehender junger Mann, hatte Fanny äußerst zuvorkommend behandelt, und ihre neue Frisur war ein überwältigender Erfolg. Sara sah, wie sich vor ihren Augen Fannys Furcht vor Kritik verflüchtigte und ihre Eitelkeit wieder Feuer fing und aufloderte und ihre Augen glänzen, ihre Haut leuchten ließ. Sie hatte sie nicht verloren, ihre gewaltige Gier und Sehnsucht nach Bewunderung und Anerkennung und dem Tribut, den ihr die Blicke der anderen zollten.

Am nächsten Tag ging Sara mit Fanny neue Garderobe einkaufen. Und wieder war der Ausflug ein Erfolg. Die Verkäuferin war ehrlich beeindruckt von Fannys Figur und Haltung, und die neuen Schnitte und Farben, die Fanny anprobierte, heller, lebendiger als die Pastelltöne, die sie immer trug, standen ihr. Fanny mußte sich alles neu anschaffen – Kostüme (die erstaunlich sexy bei ihr aussahen, weil sie so üppig war), Garderobe für den Abend, bequeme Schuhe und lange Hosen für ihre Freizeit in London. Mitten in ihrer Einkaufstour sagte Fanny zu Saras Erstaunen plötzlich beiläufig: »Warum gehen wir hier nicht hinein und kaufen dir einen Nerz, Sara?«

»Wie bitte?« hatte Sara gefragt und hätte vor Überraschung fast losgelacht. Wie konnte man das derart beiläufig sagen!

»Na, du hast doch meinen so bewundert, und man fühlt sich so elegant in einem Nerz. Außerdem ist er warm. Das ist sehr praktisch!«

»Fanny, ich kann mir keinen Nerz leisten«, fing Sara an, aber Fanny unterbrach sie.

»Das weiß ich. Aber ich. Und ich würde dir so gern einen kaufen und dir schenken. Das ist nur gerecht, weil du so viel für mich getan hast.«

Für den Bruchteil einer Sekunde leuchtete der Traum, einen Nerzmantel ihr eigen zu nennen, in Saras Kopf auf, funkelte wie ein Juwel, und da stand Fanny, ihre gute Patin, und wollte mit ihrem Zauberstab wedeln.

»Ich kann nicht zulassen, daß du mir einen Nerzmantel kaufst, Fanny«, protestierte Sara.

»Aber liebe Sara, du weißt doch, daß ich so viel Geld habe, daß ich gar nicht weiß, was ich damit machen soll!« sagte Fanny.

»Ich weiß, ich weiß. Aber ich bin sicher, daß du jetzt, wo du wieder mehr unter die Leute gehst, noch alles mögliche finden wirst, für das du dein Geld ausgeben willst«, sagte Sara. »Fanny, dein Angebot ist unglaublich großzügig, aber das kann ich wirklich nicht annehmen. Und, keine Angst, ich werde dir keine Schande in London machen. Ich werde nicht hinter dir hertrampeln wie die arme Cousine vom Land.«

»Oh, meine Liebe, du weißt, daß mir das nur recht wäre!« sagte Fanny. »Um so besser komme *ich* dann zur Geltung!« Sie lachte herzlich.

›Jennys Buch‹ war in dieser Woche in den Staaten erschienen, und Walpole and James hatten anläßlich des Erscheinens ihres Buches für Fanny eine Party veranstaltet – für Fanny war es die erste Party seit fünf Jahren. Sara hatte den Termin für die Party kurz vor ihre Abreise nach London gelegt, als Probelauf für Fanny. Für die meisten Amerikaner wäre eine Party in London ein bewegendes Ereignis, für Fanny würde die Party überwältigend sein.

Die Party in Boston war gut. Sie war überfüllt mit Journalisten aus Boston und New York, Autoren und Lektoren und Agenten und ausgewählten Gästen, die in der literarischen Welt zu Hause waren. Linda Oldham von Heartways House war gekommen und sehr erfreut, endlich die zurückgezogen lebende Autorin kennenzulernen. Fanny, die ein einfaches schwarzes Wollkleid und Perlen trug, hatte atemberaubend gut ausgesehen und war charmant und witzig und wurde sehr bewundert, aber Sara wußte nicht, wieweit sie ihren Triumph überhaupt wahrnahm, weil sie sich, ehe sie auf die Party gegangen war, mit Valium vollgestopft hatte, und, als sie dort war, einen Whisky nach dem anderen herunterkippte. Sara hatte selten jemanden gesehen, der so viel trank und so nüchtern blieb. Sie wußte, daß diese Beruhigungsdrogen gegen das Adrenalin der Angst kämpften, das in Fannys Venen pochte. Ihre erste Party nach so vielen Jahren. Sie schaffte es glänzend.

Steve war zu der Verlagsparty nach Boston gekommen, und hinterher gingen er und Sara und Fanny und Donald James zum Essen in ein kleines französisches Restaurant. Sara beobachtete amüsiert und beeindruckt, wie Fanny sich ans Werk machte und die beiden Männer bezauberte. Ihr Kansas-Singsang wurde noch melodischer und schleppender, ihr Vokabular noch damenhafter und altmodischer, ihre Bewegungen noch runder, ihr Lächeln noch verführerischer. Sara merkte, daß Fanny fast nichts aß, aber sehr viel Wein trank. Sara hatte noch nie eine erstklassige Unterhalterin bei der Arbeit beobachtet und bekam einen wunderbaren Anschauungsunterricht. Wie subtil Fanny war, wie *feminin!*

Als sie aus dem Restaurant kamen, nahm Donald James Fanny beiseite und nagelte sie auf ihr Versprechen fest, mit ihm zum Lunch zu gehen, sobald sie aus London zurück war.

»Ich kann es nicht glauben. Diese alte Nonne!« sagte Sara im Auto. »Er ist hin und weg von dir. Fanny, du hast es geschafft, daß sogar *er* sich in dich verliebt hat.«

»Ach, Liebes, er will nur geschäftlich mit mir zum Lunch gehen, da bin ich mir ganz sicher. Er will wissen, wie es in London gelaufen ist und so weiter.« Fannys Stimme war glatt. Sie rieb langsam ihre Wange am Kragen des Nerzmantels.

»Möchtest du dich morgen mit uns beiden zum Lunch treffen?« fragte Sara, als sie vor Fannys viktorianischem Haus hielten.

»Du lieber Gott, nein«, lachte Fanny. »Sara, weißt du denn nicht, daß ich morgen gar nicht aus dem Bett kommen werde? Ich werde wahrscheinlich bis drei oder vier schlafen – den Schlaf der Gerechten. Ich brauche ein bißchen Zeit, um mich abzureagieren«, fügte sie hinzu. »Partys regen mich immer so auf. Ich werde wahrscheinlich noch ein paar Stunden wach bleiben und der armen, alten, langweiligen Eloise von meinen Erfolgen erzählen. Dann werde ich ein sehr heißes Bad nehmen und ein Glas – lach nicht! – Kakao trinken, und dann wird es mir hoffentlich gelingen, gegen drei oder vier Uhr morgens einzuschlafen. So war ich immer schon. Das ist mit ein Grund, warum ich nicht mehr ausgehe. Steve«, sagte sie dann, »würdest du bitte so freundlich sein und mich bis zur Haustür begleiten?«

Erst als sie sah, wie Steve Fanny helfen mußte, den verschlungenen Steinplattenweg entlang zu gehen, merkte sie, wie betrunken Fanny war, oder vielleicht war sie betrunken und äußerst erschöpft. Denn für den ersten Abend nach fünf Jahren war es wirklich ein sehr anstrengender Abend gewesen. Sara sah, wie die Vorhänge im Wohnzimmer sich teilten und eine dunkle Gestalt hinaussah. Eloise. Dann wurde die Haustür geöffnet, und Eloise stand da und faßte Fanny unter. Sara konnte Eloises Gesicht im Licht sehen. Sie lächelte nicht, aber sie sah nüchtern und freundlich aus, genau das, was Fanny jetzt brauchte. Personifizierten gesunden Menschenverstand. Sie war froh, die aufgewühlte Fanny in so guten Händen zu wissen.

Als Sara und Steve am nächsten Abend vor Fannys Haustür warteten, war Sara vor Angst fast übel, daß Fanny in Panik geraten sein und sich vor der Reise nach London drücken würde – aber endlich wurde die Haustür geöffnet, und Eloise trat heraus. Hinter ihr Fanny im Nerz mit ihren im Flur aufgereihten, ausgesuchten Gepäckstücken. Steve fuhr die beiden Frauen zum Flughafen und spendierte zur Feier des Tages für alle ein Glas Champagner und küßte Sara und versicherte ihr, daß sie wieder heil zu Hause ankommen und er sich jeden Moment ihrer Abwesenheit nach ihr sehnen würde. Sie brachten den Zoll hinter sich. Sie stiegen ins Flugzeug. Und danach nahm Fanny noch eine Tablette, und bald nachdem das Flugzeug abgehoben hatte, schief sie fest ein.

Und jetzt würden sie gleich landen. In dreißig Minuten, hatte die Stewardeß gesagt. Sara sah auf die Uhr. Sie wollte Fanny in zehn Minuten wecken, damit sie noch Zeit hatte, wach zu werden und sich zurechtzumachen. Sie hoffte, daß diese Reise nach London Fanny guttun würde. Fanny hatte Boston sehr gut überstanden, und es schien nicht zu anstrengend für sie gewesen zu sein, im Gegenteil, sie schien lebendiger. Aber London war noch etwas anderes. Sie kannte Leute in London. Sie würde möglicherweise Menschen wiederbegegnen, die sie vor zehn, fünfzehn, zwanzig Jahren gekannt hatte, als sie jung und schön gewesen war. Fannys Besessenheit hinsichtlich ihrer Jugend mochte lächerlich sein, vielleicht sogar, aus ethischer Sicht betrachtet, eine Sünde, aber sie war in ihr gefangen.

Sara schien erst jetzt die Bedeutung einer Besessenheit wirklich zu erkennen.

Zunächst erkannte sie ihre eigene Besessenheit so schnell wie möglich schwanger werden zu wollen. Ihr Leben wurde von diesem leidenschaftlichen Wunsch überstrahlt, egal was jeder Tag brachte, ihre Begierde würde sich in grellen Farben über den Tag stülpen und jeden anderen Sinn ihres Lebens verblassen lassen. Dieser Zwang verkrüppelte sie. Das wußte sie, aber sie wußte nicht, wie sie das ändern konnte – das gehörte eben zu einer Besessenheit, daß man nicht in der Lage ist, loszulassen.

Jedenfalls hatte ihre eigene Besessenheit ihr geholfen, Einblick in das Leben anderer Menschen zu gewinnen. Hatte ihr geholfen, tolerant gegenüber Fanny zu sein. Und half ihr auch, andere Menschen besser zu verstehen.

Erst jetzt dachte sie darüber nach, wie das Leben für

ihre Mutter gewesen sein mochte, begann ihre Mutter zu verstehen und war ernüchtert von dem, was sie erkannte. Als sie ihre Mutter angerufen hatte, um ihr zu erzählen, daß sie mit Fanny für eine Woche nach London fliegen würde und daß sie immer noch nicht schwanger war, hatte ihre Mutter gesagt: »Nun, das ist vielleicht ein heimlicher Segen. Das Leben kann genauso interessant und lebenswert und auf alle Fälle sehr viel witziger und spannender sein, wenn man *keine* Kinder hat. Mit Kindern ist man einfach schrecklich gebunden, sie verändern das Leben drastisch und in jeder Hinsicht und zerstören alle deine Träume. Deine Träume lassen sich dann nicht mehr verwirklichen. Na ja, vielleicht, wenn die Kinder erwachsen sind. Wirklich, wenn ich du wäre, würde ich es als Gottesgeschenk ansehen. Du fliegst nach London! Du kannst dir ja nicht vorstellen, wie sehr ich mich danach gesehnt habe, London zu sehen, als ich so alt war wie du. Aber ich mußte zu Hause bleiben, ich hatte zwei kleine Kinder und den Abwasch. Das heißt natürlich nicht, daß ich dich und Ellie nicht geliebt hätte.«

Diese Sätze hatte Sara oft gehört und auch den Unterton mühsam versteckter Wut, aber sie hatte sich nie die Mühe gemacht, darüber nachzudenken. Aber jetzt verstand sie ihre Mutter. Ihre Mutter hatte einen Universitätsabschluß in Romanistik – französische Literatur und Geistesgeschichte. Sie hatte davon geträumt, für die Vereinten Nationen zu arbeiten oder für einen Konzern mit internationalen Verbindungen. Statt dessen hatte sie Saras Vater geheiratet und hatte ein Leben in der Umgebung von Boston geführt und für ein angenehmes, gemütliches Zuhause gesorgt. Sie hatte erst vor wenigen Jahren nach Frankreich fahren können, nach dem Tod ihres Mannes, zusammen mit Freunden, als Touristin, sicher nicht so, wie sie es sich erträumt hatte. Endlich begriff Sara, daß ihre Mutter vielleicht glücklicher gewesen wäre, wenn sie keine Kinder gehabt, sondern einen Beruf ausgeübt hätte und gereist wäre.

Sara fühlte tiefes Mitleid mit ihrer Mutter, die auf so viel verzichten mußte. Und dachte, wie praktisch es gewesen wäre, wenn sie die gleiche Obsession wie ihre Mutter hätte, dann wäre sie glücklich mit ihrem leeren Schoß, ihrer kinderlosen Ehe, dann würde sie ihre Unfruchtbarkeit als Segen, nicht als Fluch empfinden. Und noch etwas, etwas viel Grundlegenderes erfüllte Sara, wenn sie jetzt mit ihrer Mutter redete – eine Art Stolz und so etwas wie unerwartete Hochachtung, weil ihre Mutter es geschafft hatte, sich von ihren Wünschen nicht unterkriegen zu lassen. Sie hatte ihre Familie geliebt, hatte dafür gesorgt, daß sie geboren und glücklich waren, sie war nicht weggerannt, hatte sich weder in den Alkohol geflüchtet noch in ein Flugzeug, und jetzt war sie frei und konnte reisen und freute sich ihres Lebens und verbrachte ihre Tage nicht mit bitteren Anklagen und Selbstzweifeln. Ich muß von ihr lernen, dachte Sara.

Wer war schon frei von geheimen Wünschen? Julia bestimmt nicht. Sie war immer noch hoffnungslos in Perry verliebt, obwohl sie zur Zeit immer weniger von ihm hörte. Jamie Jones und Carole Clark nicht, dafür aber ihre Männer. Sie waren vom Alkohol besessen, und das bedeutete, daß Jamie und Carole sich ihr Leben im Rahmen der Besessenheit derer, die sie liebten, einrichten mußten.

Sara konnte nur vage vermuten, wie sie lebten, und da sie Pete und Sheldon kannte und mochte, konnte sie sich vorstellen, wie sehr die beiden sich für ihre Leidenschaft und ihr Versagen hassen mußten.

Es gab also schlimmeres Laster als die Sehnsucht nach einer Schwangerschaft. Darin lag ein gewisser Trost.

Weil sie sich inzwischen in die Fehler und Leidenschaften anderer Leute hineindenken konnte, hatte sie vor der Reise nach England etwas getan, was sie wahrscheinlich sonst nicht getan hätte. Obwohl sie seit Monaten darüber nachgedacht hatte.

Sie hatte Fanny Andersons erste Liebe angerufen. Will

Hofnegle. Er hieß eigentlich Ernst Brouwer – das hatte ihr Fanny schon vor längerer Zeit erzählt. Im November und im Dezember hatte Sara davon geträumt und Pläne geschmiedet – wäre es nicht wunderbar, wenn Ernst gerade verwitwet wäre oder, noch besser, geschieden und allein lebte? Wäre es nicht interessant, wenn sie ihn anriefe und ihn zur Party einlud, die der Verlag Walpole and James für Fanny im Januar geben würde? Sara sah vor ihrem inneren Auge, wie sie Ernst am Flughafen abholte, er wäre älter geworden, natürlich, aber er wäre groß und wettergegerbt und gebräunt, wie der Mann in der Marlboro-Reklame. Und er würde sie begleiten – nein, sie würde ihn Steve anvertrauen. Weil sie selber Fanny abholen und zu der Party begleiten mußte. Sie würde mit Fanny auf die Party gehen, und nach einer Stunde oder so, wenn Fanny mit den Kritikern und den Journalisten gesprochen und etwas getrunken und angefangen hätte, sich auch in Gesellschaft fremder Menschen zu entspannen, dann würde Steve mit Ernst kommen. Er würde durch den Saal auf sie zukommen ... Fanny würde aufblicken, ihn sehen, überrascht lächeln ... und die himmlischen Geigen würden erklingen und die Wiedervereinigung der Liebenden untermalen.

Sie hatte bei der Auskunft angerufen und nach der Telefonnummer von Ernst Brouwer in Centerton, Kansas, gefragt. Sie bekam ohne weiteres die Nummer, was Sara als gutes Omen wertete: Er war da, er lebte, vielleicht wartete er nur auf diesen Anruf!

Aber eine Frau nahm den Anruf entgegen, und als Ernst ans Telefon kam und Saras Erklärung lauschte (sie versuchte, ihn glauben zu lassen, daß der Verlag viele von Fannys alten Freunden einlud, wie zu einer Geburtstagsfeier), hatte Ernst gesagt, daß es ihm sehr leid täte, daß er aber nicht kommen könnte. Seine Frau sei krank, und er könne sie nicht allein lassen, und sie sei bis dahin nicht gesund genug, um an die Ostküste zu fahren, und ihre Tochter würde in diesen Tagen ein Kind bekommen. Ob

Sara bitte seine Glückwünsche an Fanny übermitteln würde? Und daß er sich darauf freute, das Buch zu lesen. Seine Frau auch, sie sei mit Fanny zur Schule gegangen.

Sara hatte tief enttäuscht aufgelegt. Vielleicht, sagte sie, vielleicht wollte sie zuviel; sie wollte nicht nur, daß Fanny ihren erstklassigen Roman veröffentlichte *und* aus ihrem Versteck herauskam und wieder Anteil nahm an der Welt, sondern sie wollte auch, daß Fanny sich wieder verliebte, wieder geliebt wurde, weil das zu Fanny gehörte. Vielleicht erwartete sie zuviel, vielleicht wollte sie überhaupt immer in jeder Hinsicht zuviel. Sie sollte lernen, sich mit dem zufriedenzugeben, was sie hatte.

Das lernte sie. Ja, das lernte sie. Jetzt ging das Flugzeug so schnell hinunter, daß Sara den Anflug in ihrem Bauch spürte, sie merkte, wie ihre eigene Stimmung nicht sank, sondern ihre Vorfreude anhielt. Sie hatten eine wundervolle Woche vor sich. Sie liebte London. Sie würde alte Freunde aus der Verlagsbranche besuchen können, die sie bei ihren Geschäftsreisen für Walpole and James kennengelernt hatte. Sie konnte Fannys literarischen Triumph miterleben, denn der Shelburne-Preis war wirklich ein Triumph. Und Fanny hätte den Preis nie bekommen, wenn Sara das Buch nicht entdeckt und Fanny ermutigt hätte, weiterzuschreiben, und mit ihr daran gearbeitet hätte. Sara konnte sich also selbst auch gratulieren. Die Leute in der Branche würden Saras Anteil kennen und ihr Gespür für Literatur anerkennen. Sie würde nicht bedauern, daß sie nicht schwanger war und auch nicht darauf hoffen konnte, in diesem Monat schwanger zu werden. Sie würde es nicht bedauern, daß Fanny nicht alles haben konnte, Ruhm und Geld und Liebe. Sie würde versuchen, all das loszulassen, was sie und Fanny an unerfüllten Wünschen hatten, und versuchen, eine vollkommen schöne Woche zu verleben und das, was sie erreicht hatten, zu feiern.

»Fanny«, sagte sie und beugte sich über die Frau, die immer noch fest neben ihr schlief. »Wach auf. Wir sind da.«

Lindsay Torrance, Fannys Londoner Agentin, holte Sara und Fanny in Heathrow ab und brachte sie in die Wohnung, in der sie für die Woche wohnen würden: Die Wohnung gehörte der Agentin, sie war wunderbar geschnitten und im Herzen Londons gelegen, direkt gegenüber vom Hydepark, in der Bayswater Road. Fanny nahm das große Schlafzimmer mit dem großen französischen Bett, das mit pfirsichfarbener Bettwäsche bezogen war. Sara nahm das kleinere Schlafzimmer und teilte sich den Kleiderschrank mit einem Bügelbrett und anderen wichtigen Haushaltsgeräten. Beide Frauen genossen den Luxus des warmen, modernen Badezimmers, das mit vergoldeten Armaturen ausgestattet war und einer über zwei Meter langen Badewanne. Alles war einfach wunderbar – besonders das Bad, denn sie waren ziemlich erschöpft und brauchten ein langes Bad in dem therapeutisch wirkenden warmen Wasser, nachdem sie auf ihren gefährlich hohen Absätzen durch London gestelzt waren.

Fanny schwamm in den gesellschaftlichen Verpflichtungen wie ein Fisch im Wasser. Wie die verlorene Tochter, die endlich wieder zu Hause war. Sie ging zum Mittagessen mit ihrer Agentin und den anderen Angestellten der Agentur. Sie ging zum Mittagessen mit den Angestellten des Verlags, der ›Jennys Buch‹ als Taschenbuch herausbringen würde. Sie ging zum Essen mit den Leuten, die ihr Buch in der gebundenen Hardcover-Ausgabe herausbringen würden. Sie dinierte mit einer aggressiven, aber unterhaltsamen jungen Reporterin einer Frauenzeitschrift, gab hier ein Interview und dort ein Interview, besuchte zwei Theateraufführungen, die sie in ihre terminreiche Woche noch zusätzlich hineinstopfte, und hin und wieder machten sie zusammen kurze schnelle Spaziergänge im Hydepark; die Hände tief in den Manteltaschen vergraben, folgten sie den verschlungenen Wegen und tauschten ihre Erinnerungen an frühere Reisen nach London aus. Sie tranken Tee im Ritz und knabberten graziös an ihrem Wasserkresse-Sandwich, Lindsay Torrance lobte Sara in hohen Tönen, so daß sie dachte, sie tränke Champagner statt Tee. Ob Sara daran dächte, nach London überzusiedeln, fragte Lindsay. Oder ob sie für Lindsays Agentur arbeiten wollte. Von Boston oder London aus.

Sara lehnte freundlich lächelnd ab. Sie erzählte Lindsay von ihrem Projekt mit Heartways House, daß sie die Reihe konzipierte und die Maßstäbe für die Auswahl der Bücher festlegte, die sie redigieren würde. Und sie wollte auf Nantucket bleiben. Dort war ihr Zuhause, und sie wollte nicht so häufig von Steve getrennt sein.

»Aha«, sagte Lindsay. »Schlecht für uns.«

Später lag sie noch lange wach – der Jetlag hatte ihre Schlafgewohnheiten durcheinandergewirbelt – und spulte dieses Gespräch noch einmal zurück und ließ es mit der Freude, die jeder bei Komplimenten und Hofierungen empfindet, wieder ablaufen. Wie die verführerischen Komplimente eines Mannes, der sie für sich gewinnen wollte. Sie würde Steve nicht untreu werden, aber wie schön, darum gebeten zu werden. Und, dachte sie, vielleicht war das hier wirklich ihre Welt. Jedenfalls war das die Welt, in der sie erfolgreich war. Sie war eine gute Lektorin, das wußte sie, und sie konnte gut mit Menschen umgehen. Vielleicht war sie dafür geschaffen, im Wirbel des literarischen Lebens zu bestehen und nicht in der gleichmäßigen Routine des heimischen Herds. Sie konnte sich gegen diese Tagträume nicht wehren, die ihr ein völlig anderes Leben vorgaukelten. Reisen nach London, ein paar Klatschfetzen über Skandalschriftsteller bei Kaviar und Sekt, immer, wie selbstverständlich, Seide auf der Haut und kultivierte Leute um sich, die sie in ihrer Seide bewunderten, das Gefühl, eine Aufgabe zu haben, anderen zu helfen, kreativ zu sein, und in der Branche immer wieder Aufsehen...

Schließlich war Sara so von ihren eigenen Gedanken überwältigt, daß sie einschlief.

Der vierte Abend war der Abend der Shelburne-Preis-

Verleihung. Erst sollte es einen großen Cocktailempfang in der Wohnung der Agentin geben, mit ausgesucht edlem Champagner und Hors d'œuvres und vielen Gästen aus der Welt der Literatur. Im Anschluß daran sollte, vor der eigentlichen Preisverleihung, noch ein Bankett im Speisesaal eines renommierten alten Hotels erfolgen.

Sara war so stolz darauf, wie Fanny sich für die Preisverleihung zurechtgemacht hatte, als ob sie Fanny höchstpersönlich erschaffen hätte. Fannys neue Frisur war ein abgeänderter Pagenschnitt, hinten kürzer geschnitten als vorn, die Seitenhaare fielen wie ein glatter glänzender Vorhang zu beiden Seiten ihres Gesichts hinunter, bis zum Kinn, der lange Pony war leicht zur Seite gestrichen. Das hatte Stil, sah verführerisch aus und machte Fanny um Jahre jünger. Für die Preisverleihung hatte sie ein einfaches hochgeschlossenes silbernes Kleid mit langen Ärmeln ausgewählt, das ihre wundervolle Figur zur Geltung brachte. An der Schulter trug sie eine blaue Brosche. Sara hatte ihr die neuesten Make-up-Tricks gezeigt: blauer Lidschatten, schwarzer Lidstrich, einen helleren Lippenstift als sonst. Die Wirkung war atemberaubend. Sara wußte, daß sie in ihrem roten Seidenkleid gut aussah, aber ihr Ehrgeiz konzentrierte sich jetzt auf Fanny.

Fanny, der Ehrengast, hielt im Wohnzimmer der Wohnung hof. Sie saß in der Mitte des Sofas, wo die Leute links und rechts neben ihr Platz nehmen konnten, sie trank Champagner und lächelte und war liebenswürdig. Sara blieb an der Tür stehen und begrüßte die Gäste und zeigte ihnen, wo der Champagner stand oder wo sie Fanny finden konnten. Die Sorgen, die sie sich wegen Fanny gemacht hatte, dachte sie und lächelte in sich hinein, ihre Ängste, daß Fanny mit ihrer Berühmtheit nicht klarkommen könnte, nach den langen Jahren der Einsamkeit. Sie hatte doch tatsächlich befürchtet, daß Fanny vielleicht einen Nervenzusammenbruch erleiden würde. Und da saß Fanny und triumphierte, flirtete, war wie ein Fisch, der wieder in seinem Element war: eine charmante Frau, die wieder unter die Menschen gegangen war.

Ein großer, schlanker und wunderbar distinguiert wirkender weißhaariger Mann stand plötzlich vor Sara im Flur. Er trug einen herrlichen schwarzen Kaschmirmantel und einen weißen Seidenschal über dem elegant geschnittenen grauen Anzug. Beim Anblick dieser Eleganz seufzte Sara vor Freude.

»Hallo«, sagte er freundlich. »Ich bin gekommen, um Fanny zu begrüßen. Ich bin ein alter Freund von ihr. Randolph Bell.«

»Oh, mein –«, sagte Sara, und mit Aufbietung aller Kräfte gelang es ihr, das »Gott« herunterzuschlucken. Randolph Bell – Cecil Randolph. Sie wußte sofort, das war Fannys alte große Liebe. Der Aristokrat. Der Angeber. »Wie schön«, sagte sie. »Fanny wird sich sehr freuen.« *Hoffte* sie. Vielleicht bekam Fanny ja auch einen Schock und würde sich verunsichern lassen und sich elend fühlen. Sie konnte sich nur mühsam beherrschen, um nicht zu fragen: »Und, haben sie ihre Frau mitgebracht, oder ist die, hoffentlich, inzwischen gestorben?«

Aber natürlich würde Sara so etwas nie im Leben sagen. Sie führte Randolph Bell ins Wohnzimmer. Ihre Gedanken überschlugen sich. Sie fragte sich, ob es eine Möglichkeit gab, Fanny vorzuwarnen, damit sie sich wappnen konnte.

Aber dazu war es zu spät. Fanny sah auf. Sie sah Randolph. Ihr schoß die Röte ins Gesicht. Sie schnappte nach Luft, und alle in ihrer Nähe blickten auch auf, um die Ursache für ihre Reaktion zu erkennen.

Sara blieb stehen und beobachtete, wie Randolph durch das Zimmer ging und Fanny aufstand, und sie nahmen sich an den Händen und lächelten sich in die Augen, und Sara wußte nur, daß in diesem Moment tausend Geigen von der Decke erklangen. Das war die Wiedervereinigung eines Liebespaares, auch wenn Fanny und Randolph sich nicht umarmten, sondern sich damit begnügten, sich in die Augen zu sehen und an den Händen zu halten.

Nur wenigen Menschen, dachte Sara, ist es vergönnt, einen Abend zu erleben, wie Fanny ihn an diesem Abend erlebte. Mit ihrem alten Geliebten, ihrer wahren Liebe, der dabei war, als Fanny den Shelburne-Preis in Empfang nahm und ein Publikum aus Schriftstellern und Journalisten und Kritikern ihr zujubelte.

Fanny erhob sich und nahm den Preis in Empfang und ähnelte mit ihrem glänzenden Helm aus dunklem Haar und ihrer üppigen Figur mehr einer Kleopatra als einer Virginia Woolf. Nachdem sie sich bei der Jury bedankt hatte, sagte sie: »Aber vor allem muß ich mich bei einem Menschen bedanken, nämlich bei meiner Lektorin und Freundin Sara Blackburn-Kendall. Sie hat das Buch in einer Rohfassung entdeckt, als es noch in einem embryonalen Zustand war, sie hat nicht lockergelassen« – und an dieser Stelle lächelte Fanny Sara zu –, »bis ich fertig war, sie hat mir geholfen, das Durcheinander in die Form einer vollkommenen Vase zu bringen, und sie hat mir bei jedem Schritt Mut gemacht. Die Literatur braucht Lektorinnen wie sie, mutige Menschen, die bereit sind, ihre Werte und Maßstäbe an die Schriftsteller heranzutragen, Lektoren, die für die Schriftsteller wirklich die Funktion einer Hebamme haben können. Denn so wie ein Kind im Bauch der Mutter sterben kann, ohne das Wissen und die Hilfe einer guten Ärztin, einer guten Hebamme, genauso hätte ›Jennys Buch‹ nie das Licht der Welt erblickt, wenn Sara Blackburn-Kendall nicht geschmeichelt, gekämpft und gezogen hätte, um ihm zum Leben zu verhelfen. Das hätte ich nie allein geschafft. Sara hat mich gelehrt, daß es nie zu spät ist – weder im Roman noch im Leben –, etwas umzuschreiben.«

Sara lächelte, und als sie darum gebeten wurde, stand sie auf und nahm den Beifall entgegen. Der Erfolg des Abends hatte sie so trunken gemacht, daß sie von Fannys Rede nicht sonderlich beeindruckt war, aber sie bewahrte sie in ihrem Herzen, damit sie sich immer wieder daran erinnern und ihr Leben danach ausrichten konnte.

Als die Preisverleihung und das Fest schließlich vorbei waren und der überfüllte Saal sich zu leeren begann, beichtete Sara, die bis dahin sorgfältig über Fanny und Randolph gewacht hatte, daß sie sehr müde sei, zu müde, um die beiden auf einen Drink in einen Pub zu begleiten. Sie sah nur allzu deutlich, daß die beiden sich danach sehnten, allein zu sein. Und sie war müde. Sowie sie im Bett war, schlief sie auch schon.

Danach sah sie nicht mehr viel von Fanny. Sie hatte geplant, noch drei Tage in London zu bleiben. Fanny mußte noch ein paar Interviews geben und ihr Buch signieren, wobei Sara sie jeweils begleitete, und Sara hatte einige Verabredungen und Termine zum Mittagessen mit alten Freunden und Kollegen. Abends – jeden Abend – war Fanny mit Randolph verabredet – ob es Sara etwas ausmachte? Es war klar, daß Fanny jedenfalls in dieser Hinsicht die alte Fanny geblieben war – sie war fähig, herzlos jede Freundschaft mit einer anderen Frau für einen Mann sausenzulassen. In diesem Fall konnte Sara ihr das nicht übelnehmen, und sie war sogar sehr erfreut zu sehen, wie gut Fanny auch ohne sie zurechtkam, ohne ihre Aufmunterungen, und sich nicht mehr in ihrem Zimmer versteckte und sich darüber grämte, daß sie gealtert war.

Trotzdem war sie überrascht, als Fanny an ihrem letzten Tag in London in das kleine Schlafzimmer kam, wo Sara packte, und ihr mitteilte, daß sie nicht mit ihr in die Staaten zurückfliegen würde. Sie wollte mit Randolph auf den Landsitz in Sussex fahren, wo sie sich vor so vielen Jahren geliebt hatten. Randolphs Frau war nicht tot, sie hatte ihn verlassen. Sie waren geschieden, ihre Ehe, erzählte Fanny, war keine gute Ehe gewesen. Randolph behauptete, daß er nie aufgehört hätte, Fanny zu lieben. »Ich wäre nicht erstaunt, wenn er mich diesmal heiraten würde«, sagte sie. »Jetzt, wo ich so berühmt und anerkannt bin. *Und* seine Eltern nicht mehr leben! Er braucht sich also vor niemandem zu rechtfertigen.«

»O Fanny«, rief Sara. »Das ist ja wie im Märchen. Das ist ja unglaublich.« Sie ging zu Fanny und umarmte sie.

»O nein, das ist kein Märchen«, sagte Fanny verschmitzt. »Sondern eher wie ein Liebesroman von heute, findest du nicht? Ich meine, er ist sehr körperlich. Ich glaube nicht, daß es in Märchen um fleischliche Lust geht.«

»Aber Fanny«, protestierte Sara, enthemmt durch Fannys gute Laune. »Hör mal. Setz dich für eine Minute.« Und als sich die Schriftstellerin auf das Fußende des Bettes setzte, die einzige Stelle, die nicht von Saras Unterwäsche und Pullovern bedeckt war, atmete Sara tief ein und fragte: »Was ist mit deinen vielen Ängsten? Ich meine, es fällt mir sehr schwer, überhaupt davon zu sprechen, aber deine Befürchtungen, daß du zu alt bist, daß du dich so verändert hast, daß dich niemand mehr lieben wird, die ganzen Ängste, die dich jahrelang ans Haus gefesselt haben – wo sind sie geblieben?«

»Oh, meine Liebe, sie sind immer noch da«, sagte Fanny. Sie nahm einen seidenen Schal von Saras Bett und fing an, ihn geistesabwesend glattzustreichen und zusammenzulegen, während sie sprach. »Natürlich sind sie noch da. Jede Minute des Tages. Nur daß ich sie jetzt aus einem anderen Blickwinkel sehe. Zunächst einmal, was meine Eitelkeit betrifft, also, ich möchte nicht in Einzelheiten gehen, aber ich möchte dir verraten, daß Randolph mich immer noch ziemlich aufregend zu finden scheint, und das beste dabei ist wirklich, daß du, wenn es soweit ist, eigentlich nur das Licht auszumachen brauchst! Dann sind wir beide allein, im Dunkeln, mit unseren schönen, sanften, sinnlichen und liebebedürftigen Körpern, und es ist egal, wie wir aussehen, wer weiß schon, wie wir im Dunkeln aussehen!«

Mit einer abrupten Bewegung legte Fanny den Schal, mit dem sie gespielt hatte, beiseite und sah Sara an, die in dem einzigen Sessel des Schlafzimmers saß und Fanny aufmerksam ansah. Fanny hielt Saras Blick stand – wie schön sie ist! dachte Sara. Und sie empfand ihre ernsten Worte wie die Botschaft einer Göttin.

»Aber Sara«, sagte Fanny, »das sollte eben ein Witz sein, zumindest zum Teil. Denn was ich seit meiner Ankunft hier begriffen habe, ist sehr viel wichtiger und – schockierender, wirklich. Weißt du, Sara, nachdem ich mich nun in London umsehen und lange mit Randolph sprechen konnte, mußte ich zur Kenntnis nehmen, daß die Hälfte der Menschen, deren Kommen und deren Urteil ich gefürchtet hatte, *tot* sind. Für immer und ewig unter der Erde liegen oder in einer Urne auf irgendeinem Kaminsims stehen. Ich weiß nicht, wie ich das vergessen konnte, den Tod, meine ich, aber das wird mir nie wieder passieren. Oh, ich habe mit dem Gedanken gespielt, Selbstmord zu begehen. Aber das war nur ein Versuch, das Schicksal auf mich aufmerksam zu machen: Sieh mich an, ich bin verzweifelt; wenn du mein Schicksal nicht in die Hand nimmst, dann bin ich bald nicht mehr da! Ein kindisches Spiel. Ich habe nie ernsthaft versucht zu sterben. Weißt du, daß ich nie daran gedacht habe, daß ich jemals sterben könnte? Und jetzt werde ich plötzlich mit der Erfahrung konfrontiert, daß so viele Menschen, die ich gekannt habe, einfach nicht mehr da sind. Das ist schrecklich. Ich meine, das macht mir wirklich angst.«

Fanny stand vom Bett auf und ging durch das Zimmer und rang die Hände vor der Brust. »O Sara, angesichts des Todes erscheinen mir meine Ängste so unwichtig. Nun, sie sind unwichtig. Ich wäre gern im Besitz der ewigen Jugend. Aber das geht nicht, und wahrscheinlich ist es besser, nicht mehr das zu ersehnen, was ich nicht haben kann, sondern das zu genießen, was ich habe! Ich weiß, daß die Menschen mich immer noch verurteilen, nächste Woche sind wir bei Randolphs Schwester eingeladen, und du kannst mir glauben, daß sie mich verurteilen wird, sie ist eine dumme Kuh. Aber ich werde mir auch ein Urteil anmaßen. Und, Sara, jetzt bin ich viel mutiger, ich habe den Shelburne-Preis bekommen, und ich habe einen Roman veröffentlicht. Ich kann mir ein paar Falten und graue Haare leisten. So viele Dinge haben sich für mich geändert, kannst du das verstehen?«

Fanny sah Sara lange und eindringlich an. Sie ging durch das Zimmer und setzte sich zu Saras Überraschung ihr gegenüber auf das Bett, genau auf Saras sorgfältig zusammengelegte Röcke. Sie streckte die Hände aus und nahm Saras Hände in ihre. »Und das habe ich nur dir zu verdanken. Hörst du mir zu? Das meine ich wirklich. Das habe ich alles dir zu verdanken. Du hast mich unter meinem Felsen hervorgelockt und mir den Mut gegeben, zu schreiben und wieder in die Welt zurückzukehren. Und nun bin ich wieder da, und ich genieße es. Und das habe ich alles dir zu verdanken!«

»Na ja«, sagte Sara und protestierte bescheiden, »nicht alles, Fanny.« Die beiden Frauen sahen sich lange an, hielten sich an den Händen. Sara dachte: Ich liebe sie. Und sie liebt mich. Das konnte sie in den Augen der Freundin lesen.

»Weißt du«, sagte Fanny und unterbrach den Zauber des Augenblicks und stand auf und glättete Saras Kleider, während sie weiterredete, »daß Lindsay Torrance mir neulich beim Mittagessen eine Idee für einen tollen neuen Roman gegeben hat? Von einer Frau wie mir, »une femme d'un certain âge«, ach was, von einer Frau *nach* einem gewissen Alter, die sich jahrelang versteckt hat, vor lauter Angst, so wie ich, und dann wieder herauskommt und entdeckt, mit fast sechzig Jahren, wieviel das Leben ihr noch bieten kann, wie aufregend das Leben noch ist! Diesen Roman könnte ich bestimmt schreiben, und ich kann gar nicht aufhören, darüber nachzudenken. Aber es wird sich nicht um eine Schriftstellerin handeln, die an einem Roman arbeitet, es wird etwas ganz anderes werden. Das weiß ich noch nicht genau. Aber ich weiß, daß das ein Thema meines nächsten Romans sein wird. Und ich hoffe, daß du meine Lektorin sein wirst, Sara.«

»Das weißt du doch«, sagte Sara und lächelte.

»Ach, meine Liebe!« sagte Fanny. »Ich will noch so viel vom Leben!«

Ich will noch so viel vom Leben.

Allerdings, dachte Sara, als sie allein nach Amerika zurückflog, das ist wohl wahr. Sie war morgens losgeflogen, und die Stewardessen hatten die Frühstücktabletts serviert und wieder abgeräumt, und die erste Hektik des Fluges war vorbei, und alle machten es sich bequem und entspannten sich bei dem gleichmäßigen Dröhnen des Flugzeugs.

Auf ihrem Schoß lag ein Manuskript, das Lindsay Torrance ihr mit der Bitte um ein Gutachten gegeben hatte. Sie sah auf die getippten Seiten, dann sah sie wieder weg. Auf der anderen Seite des Ganges knöpfte eine junge Mutter ihre Bluse auf, um ihr Baby zu stillen. Sara wollte wegsehen, dann zwang sie sich hinzusehen.

Das Baby. Die zarte Haut. Das kahle, verletzliche Köpfchen. Die weiße Decke. Es wimmerte und strampelte, und ein winziger Fuß in einer winzigen blauen Socke kam zum Vorschein. Ein fetter runder rosa Po, als die Windel gewechselt wurde. Ein kleiner Laut der Zufriedenheit, und endlich der Schlaf, ein gerötetes, makelloses Gesicht, ein Quell vollkommenen Friedens.

Sara wandte sich ab und sah aus dem Fenster. Sie wischte sich die Tränen ab. Draußen war das Nichts, das Blau des Morgens verblaßte in weiter Entfernung im Nichts. Nichts, soweit sie sehen konnte. Und das war der Tod, dachte sie, diese grenzenlos leere Luft, in der nichts passierte. Das mußte der Tod sein: das Nichts. Auf ihrer anderen Seite schlief in den Armen der Mutter das Kind. Das Kind war das Leben. Es war alles: Lärm und Sinnlichkeit und Zukunft. Wenn sie diese Seite nie haben konnte, und es hatte ganz den Anschein, daß dem so wäre, so wollte sie die andere Seite auch noch nicht. Es mußte einen Mittelweg geben.

Sie wiederholte für sich Fannys Mahnung, zu genießen, was man hatte, anstatt das Leben damit zu vergeuden, zu bejammern, was man nicht hatte. Wenn das Schicksal sie zu Fanny geschickt hatte, um Fanny zu helfen, ihr Buch zu verändern und damit ihr Leben zu verändern, vielleicht hatte das Schicksal Fanny zu ihr gebracht, um ihr zu zeigen, wo der Sinn ihres Lebens lag. Auf der anderen Seite des Ganges hielt die Frau ihr Baby im Arm. Sara hatte ihr Manuskript. Und das war auch etwas. Sie liebte ihre Arbeit und hatte nie daran gedacht, sie aufzugeben, und jetzt war sie so erfolgreich. Vielleicht war diese Arbeit ihr Schicksal, ihr Lebensinhalt.

Und sie hatte Steve. Immer noch Steve, der sie liebte und der sie immer lieben würde, egal, ob sie ihm ein Kind schenkte oder nicht, davon war sie überzeugt. Sie hatten schon soviel zusammen durchgestanden: Lust und Eifersucht, Langeweile und Wut, Enttäuschung und schwere Arbeit, unappetitliche Darmgrippen und die Peinlichkeit unerfüllt bleibenden nächtlichen Begehrens und die Erniedrigung der ausbleibenden Fähigkeit des Körpers, sich fortzupflanzen, Hoffnungen und Schwächen, Erfolge im Beruf und die Vereinigung des Fleisches mit einer so tierischen Ausschließlichkeit, daß sie sich gegenseitig in den Himmel katapultierten und ihre Körper, ihre Seelen zum Schmelzen brachten. Sie waren sich jetzt sehr nah, Sara und Steve, sie mußten beide kämpfen, das vereinte sie genauso wie die gemeinsame Ekstase.

Sie hatten sehr viel gemeinsam. Sara sah in den grauen Winterhimmel und schwor sich, daß sie sich, wenn das Flugzeug sicher landete und sie in die komplizierte Welt zurückbrachte, große Mühe geben würde, das zu lieben, was sie hatte, und nicht ihr Leben damit zu vertrödeln, das zu bedauern, was ihr nicht gegeben wurde.

Sie würde die Hoffnung zwar nicht aufgeben, aber sie würde nicht nur hoffen.

Ende Januar brachte Ellie ihr zweites Kind zur Welt, ein Mädchen, dem sie den Namen Sara Melinda gaben.

Im Februar machten Sara und Steve einen Kurzurlaub. Weil sie sparen mußten, buchten sie einen Billigflug nach Florida und besuchten Steves Eltern. Clark und Caroline enthielten sich jeder Bemerkung über Enkelkinder und fragten Sara zu ihrer großen Freude nach ihrer Meinung über verschiedene Bücher, die sie gelesen hatten. Es war, als ob sie ihr ohne Worte sagen wollten: »Es ist alles in Ordnung. Wir lieben dich so, wie du bist.« Und Ende Februar bekam sie wieder ihre Tage.

Das Wetter im März war schrecklich. Die Insel schien tiefgefroren zu sein, alles war grau und kalt. Sara hatte Sehnsucht nach Fanny. Egal, wie hart sie arbeitete – und sie arbeitete wirklich hart an der Reihe für Heartways House , die Zeit schleppte sich frustrierend langsam und endlos dahin. Mary Bennetts Baby wurde geboren, noch ein gesunder Junge.

Sara sah aus dem Fenster und blickte in den kargen weißen Winterhimmel und erinnerte sich an ihren Schwur auf dem Rückflug von England. Also flüchtete sie sich in Aktivitäten. Sie verwandelte das Zimmer, das sie als Kinderzimmer vorgesehen hatten, in ein Arbeitszimmer für sich und Steve. Sie tapezierte das Zimmer eigenhändig mit einer schokoladenbraunen Tapete mit winzigen weißen Lilienblüten und malte die Umrandung blendend weiß. Sie beizte die Dielen dunkel und bedeckte sie mit einem herrlichen weißen chinesischen Teppich mit braunen und jadegrünen saphirblauen Blüten, einem Teppich, der schon Flecken bekommen würde, wenn sich ein Kind nur in seiner Nähe aufhielt. Von dem Geld, das sie verdiente, kaufte sie Steve zu seinem siebenunddreißigsten Geburtstag einen Computer. Er brauchte ihn für seine Arbeit, und sie konnte ihn auch benutzen. In einem Geschäft für gebrauchte Möbel entdeckte sie einen alten Schreibtisch und einen noch älteren Tisch aus Nußbaum. Sie beizte und polierte die Möbel, bis sie glänzten. Sie befestigte schwere Vorhänge aus weißem Leinen an den Fenstern. Als das Arbeitszimmer fertig war, sah es so elegant, so vollkommen aus, daß sie sich einredete, es sei ihr wirklich egal, Ende März wieder ihre Tage zu bekommen.

Als sie im April Geburtstag hatte, schenkte Steve ihr eine junge Katze, eine winzige, flauschige weiße Angorakatze, die so feminin und üppig und elegant war, daß sie sie einfach Fanny nennen mußten. Fanny saß in einem weißen Weidenkorb oder auf einem rosa Kissen, wenn Sara arbeitete. Und im April, als Saras Bauch wieder anschwoll wie ihre Brüste, die auch schmerzten, kamen ihr mit dem Blut auch die Tränen. Um sich aufzumuntern, rief sie Julia an. Zwei Tage später erhielt sie eine erneute Botschaft von Julia mit der Post.

> Es steht geschrieben, daß es Zeiten gegeben hat, in denen rumänische Zigeunerinnen, die nicht leicht empfangen konnten, dem Mond Tieropfer gebracht hatten. Bei Vollmond wurden zwei männliche und zwei weibliche Vögel und zwei männliche und zwei weibliche Vierfüßer auf einer Anhöhe begraben. Dann wurde ein religiöses Trankopfer über die Gräber der Tiere gegossen, als Opfergabe, um die Schwangerschaft zu erflehen.

»Versuch es!« hatte Julia auf die Rückseite des fotokopierten Blattes gekritzelt. »Ich bin sicher, daß Du zwei tote Möwen finden kannst, die irgendwo an den Strand gespült wurden. Wirf sie in eine Tüte, komm nach Boston, wir werden zwei Laborratten kaufen und ihnen ihre kleinen ekligen Köpfe abschneiden und in die Berkshireberge fahren und ein bißchen Vollmond-Voodoo abziehen. Ich bin bereit, wenn Du willst.«

Diesmal fand sie Julias Humor etwas übertrieben verrückt und richtig verzweifelt. Sara rief die Freundin wieder an. »Geht es dir gut?« fragte sie.

»Nein«, schluchzte Julia. »Nein, es geht mir nicht gut, und es wird mir nie wieder gutgehen. Perry zieht mit seiner Frau und seiner blutsaugenden Kinderschar nach Kalifornien. Es ist alles aus, Sara. Es ist alles aus. Und ich schwöre dir, ich weiß nicht, was ich machen soll. Ich weiß es nicht. Weißt du was, ich glaube, wenn es irgendeinen Zauber gäbe, selbst Schwarze Magie, der ihn dazu bringen würde, bei mir zu bleiben, ich würde es machen. Ich würde sogar Tiere töten und ihr Blut trinken, alles, alles.«

»Ich möchte, daß du ein Flugzeug nimmst und zu uns kommst und eine Weile bei uns bleibst«, sagte Sara. »Ich möchte, daß du heute kommst.«

»Ich kann die Galerie nicht allein lassen.«

»Natürlich kannst du die Galerie allein lassen. Los, Julia, ich meine, was ich sage. Ich will, daß du heute hierherfliegst.«

»Du entwickelst dich wirklich zu einer Plage«, sagte Julia.

»Das ist das Schicksal frustrierter und unfruchtbarer Weiber«, schnauzte Sara zurück.

Julia kam, wie befohlen, und blieb zwei Wochen. Das Frühlingsfest der Insel wurde während ihres Aufenthalts gefeiert, das Stiefmütterchen-Wochenende, mit einer Parade und Picknick im Freien und Millionen blühender Stiefmütterchen, und Sara hoffte insgeheim, daß unter der Masse der Touristen, die an diesem Wochenende auf die Insel kamen, für Julia ein neuer Mann dabeisein würde. Aber dem war nicht so.

»Ich hoffe, dir geht es besser?« fragte Sara Julia, als sie sie zum Flughafen fuhr, weil sie nach Boston zurückflog.

Julia starrte sie mit erloschenen Augen an. »Nein«, sagte sie. »Es geht mir nicht besser. Und ich glaube nicht, daß es mir in der nächsten Zeit bessergehen wird.« Dann brachte sie ein boshaftes kleines Grinsen zustande. »Aber keine Angst, Mädchen, du kennst ja den Spruch: Unkraut vergeht nicht.«

Warum nur, dachte Sara und beobachtete, wie das Flugzeug mit Julia startete und sich in die Frühlingswolken hob. Warum bekommen wir nicht das, was wir uns wünschen? Warum kann Julia Perry nicht heiraten, warum kann ich kein Kind haben? Julias Flugzeug verschwand aus ihren Augen und hinterließ einen leeren weißen und weiten Himmel.

Der Mai brachte gute Nachrichten. Fanny rief aus England an, um ihr zu sagen, daß sie und Randolph heiraten würden. Sie wollten eine kleine Hochzeit im engsten Familienkreis im Garten des großen Herrenhauses, im Herbst. Und es sei ihr, Fannys, größter Wunsch, daß Sara ihre Brautführerin sein würde, schließlich sei Sara ihre beste und wirklich einzige Freundin. Und ob Sara und Steve bitte erlauben würden, daß Randolph und Fanny die finanziellen Details regelten, sie würden gern die Reise der Kendalls nach London bezahlen, das wäre das mindeste. Die Hochzeit sollte Anfang September stattfinden. Sara saß an ihrem Schreibtisch und sah in den Garten, der im Frühling wunderschön war, das Gras sah aus wie grünes Ostergras, und die Krokusse und Tulpen und Hyazinthen leuchteten wie bemalte Ostereier unter den Forsythien. Die Welt hatte es wieder vollbracht, sie hatte sich selbst erneuert und hatte sich selbst geboren. Und Fanny war auch wie neugeboren, war zu einer Frau geworden, die Erfolg hatte und lieben konnte und sogar endlich ein bißchen weise geworden war. Alles war möglich, sagte Sara sich. Trotz des Schwurs ertappte Sara sich dabei, daß sie allmonatlich inbrünstig zu dem Gott, wie immer er heißen mochte, betete, der für den Frühling verantwortlich war, denn *dieser* Gott würde ihre Sehnsucht ganz bestimmt verstehen.

Ende Mai blutete sie wieder, trotz ihrer Gebete.

Im Juni erhielt sie den Anruf eines Journalisten, der in New York lebte und eine wöchentliche Kolumne für eine der großen Zeitschriften schrieb und im Sommer auf Nantucket lebte. Er hatte von Saras Arbeit mit Fanny Anderson gehört und fragte, ob sie Interesse hätte, das Manuskript eines alten Exzentrikers zu lesen, der auf

Nantucket geboren war. Sara und der Journalist und der alte Kauz tranken zusammen Tee, und Sara sah sich sein Manuskript an, das von den frühen Anfängen der Insel handelte. Der scharfzüngige alte Seemann hatte jahrelang eine Charteryacht betrieben und hatte die unterschiedlichsten Berühmtheiten zum Fischen hinausgefahren oder sein Boot für Partys und Festlichkeiten vermietet, so daß er viele Erinnerungen, viele Geschichten erzählen konnte, die er mit seiner originellen Lebensphilosophie auf seine eigene, unnachahmliche, verschrobene und farbige Art würzte. Auf seine Weise war der Mann ein Genie, und Sara freute sich darauf, sein Buch zu redigieren. Es würde viel Arbeit machen, denn er würde nicht so bereitwillig mitarbeiten wie Fanny und mußte durch Schmeicheleien dazu gebracht werden, bestimmte Dinge zu ändern. Er fand es eine Schande, daß er die Gattin eines berühmten Senators nicht eine »dumme versoffene Fotze« nennen durfte und so weiter. Für Sara war es eine Herausforderung, aber eine, die ihr wirklich, wenn sie sie erfolgreich beenden würde, zur Ehre gereichen würde.

Ende Juni wölbte ihr Bauch sich wieder vor, und sie konnte ihre seidenen langen Hosen nicht mehr zumachen. Ihre Brustwarzen waren wund, und ihre Brüste schmerzten. Die prämenstruelle Spannung ließ sie geradezu närrisch werden, und am achtundzwanzigsten Tag begannen die kleinen gemeinen schlimmen Krämpfe im Rücken. Am Morgen des neunundzwanzigsten Tages ging sie in die Stadt und kaufte sich vier riesige Schokoladenriegel und jede schöne glänzende Zeitschrift, die sie am Zeitschriftenstand finden konnte. Dann ging sie nach Hause, legte den Telefonhörer neben das Telefon und legte sich ins Bett, um sich ihrem Kummer und den Süßigkeiten hinzugeben.

Am Morgen des dreißigsten Tages war sie außer sich, sie wurde verrückt, sie war wütend. Ihr verfluchter Körper mit seinen verfluchten Tricks! Sie wußte, daß sie ihre

Periode gleich bekommen mußte, sie spürte den Druck bereits in ihrem Innern, ein Druck, der sie wie ein Gewicht behinderte, sie niederdrückte. Verdammt noch mal, warum konnte es nicht einfach losfließen. Warum mußte sie so gefoltert werden. Sie unternahm eine lange Radtour nach Surfside und zurück, dann nach Jetties und zurück und versank anschließend in der heißen Badewanne, weil ihr der Rücken weh tat.

Am Morgen des einunddreißigsten Tages wurde sie wach und stellte fest, daß sie ihre Tage immer noch nicht hatte. Ihre Brüste taten weh, ihr Rücken verkrampfte sich. Sie sah den ganzen Tag lang fern.

Am Morgen des zweiunddreißigsten Tages war ihre Periode immer noch nicht gekommen. Das war zum Aus-der-Haut-Fahren. Sie wollte ins Bett gebracht werden und schlafen.

Am Morgen des dreiunddreißigsten Tages sagte Steve: »Hey, müßtest du nicht deine Periode bekommen?«

Sein Grinsen brach Sara das Herz. Er denkt, daß ich schwanger bin, dachte sie. Oh, mein armer Steve, ich werde ihn wieder enttäuschen müssen.

»Sie müßte jeden Tag kommen«, sagte sie, »sie ist verspätet, aber ich weiß, daß sie kommen wird. Alle Anzeichen sprechen dafür.«

»O«, sagte er. »Schade.«

Am Morgen des vierunddreißigsten Tages flog sie nach Boston und kaufte sich neue Kleider im Wert von 200 Dollar: enge Kleider und einen hautengen tief ausgeschnittenen Badeanzug.

Am Morgen des fünfunddreißigsten Tages, nach einer Nacht, in der sie sich im Bett gedreht und gewälzt und gehofft und gezweifelt hatte, einer Nacht, in der sie fast überhaupt nicht geschlafen hatte, zog Sara sich schnell an und schlich sich in eine Apotheke am Rand der Stadt, wo keiner sie kannte. Sie kaufte einen frühen Schwangerschaftstest, den sie morgen benutzen wollte.

Der Morgen.

Der sechsunddreißigste Tag.

Sara stand leise auf, noch ehe der Wecker klingelte, damit Steve nicht wach wurde. Sie schlüpfte leise ins Bad, holte den Test hinter den Handtüchern hervor, wo sie ihn versteckt hatte.

Der Test.
Die Tasse.
Der Test.
Das Warten.
Das Ergebnis: Sie war schwanger.

Sara stand im Bad und starrte auf den Teststreifen, den sie in der Hand hielt und der einen wunderbar schönen blauen Farbton angenommen hatte. Sie blickte hoch und sah ihr Gesicht im Spiegel. Das Gesicht einer Schwachsinnigen, einer religiös Bekehrten, das Gesicht von Saulus auf dem Weg nach Damaskus. Sie klappte den Klodeckel herunter und ließ sich darauf niedersinken und saß da und hielt den wundersamen Teststreifen in der Hand und starrte ihn an.

Wie war das passiert? fragte Sara sich. Wie war das möglich? Warum jetzt? Warum nicht früher? Warum überhaupt?

Sie wußte es nicht. Sie würde es nie wissen. Sie wußte nur, daß sie endlich schwanger war. Sie saß da und war überwältigt. Die Sonne stieg höher und wärmte den Tag und schickte ihre Strahlen sogar in das kleine Badezimmer dieses bescheidenen Hauses, so daß das Badezimmer glänzte, als ob es einen Schatz barg. Und der Morgen entfaltete seine Helligkeit in ihrer Welt, ihrer Stadt, in ihrem Haus und in ihrem Leben. Sie fühlte das Licht des Morgens, sein Versprechen, und die flimmernden Anfänge in ihrem Körper antworteten ihr.

Sie ging ins Schlafzimmer. Sie schlüpfte wieder ins Bett

zu Steve und schmiegte sich an ihn, zog an seinem Körper, bis er sich umdrehte und sie ansah.

»Ummm«, sagte er müde.

»Steve«, sagte sie. »Guten Morgen.«